U0083883

古典詩歌研究彙刊

第一輯

龔鵬程 主編

第 16 冊

稼軒豪放詞風之美學研究

王翠芳 著

國家圖書館出版品預行編目資料

稼軒豪放詞風之美學研究／王翠芳 著 — 初版 — 台北縣永和
市：花木蘭文化出版社，2007〔民 96〕

目 4+304 面；17×24 公分
（古典詩歌研究彙刊 第一輯；第 16 冊）
ISBN-13：978-986-7128-92-8（全套：精裝）
ISBN-13：978-986-7128-87-4（精裝）
1.（宋）辛棄疾－作品評論

852.4523   96003206

ISBN - 9867128874

9 789867 128874

古典詩歌研究彙刊
第一輯　第十六冊   ISBN：978-986-7128-87-4

稼軒豪放詞風之美學研究

作　　者　王翠芳
主　　編　龔鵬程
出　　版　花木蘭文化出版社
發 行 所　花木蘭文化出版社
發 行 人　高小娟
聯絡地址　台北縣永和市中正路五九五號七樓之三
　　　　　電話：02-2923-1455／傳眞：02-2923-1452
電子信箱　sut81518@ms59.hinet.net
初　　版　2007 年 3 月
定　　價　第一輯 20 冊（精裝）新台幣 28,000 元

稼軒豪放詞風之美學研究

王翠芳　著

作者簡介

王翠芳，1954 年生於宜蘭，祖籍浙江鄞縣。高雄師範大學國文系碩士、博士。曾擔任高中國文教師多年，現任義守大學通識中心助理教授，國立高雄大學兼任教授。學術研究以古典詩詞及史傳文學為主。

提　要

本論文的研究方法，主要仍以「文本」（Text）為分析中心，並以作者自身或朋輩之詩、文、詞相參證；在時代背景方面，則採用「歷史批評法」，以文獻探討方式，徵引史傳、文學載集等資料以為輔助說明。也就是將宏觀研究與微觀研究，歷時研究與共時研究結合起來，以期完整突顯稼軒豪放詞風在詞史上，及美學上的意義。以下針對論文的內容及綱目安排，作一扼要說明：

第二、三章是「知人論世」部分。重在探討稼軒所處時代背景，包括政治、經濟、軍事、文化等各層面，作一概略性描繪，以見出文章、世運、人心之間互動影響的情形。

第四章為稼軒豪放詞風形成之主體因素探討。除了個人與生俱來的生命氣性外，他的家世、成長背景、南北地域文化的差異等，都是構成稼軒審美心胸及氣象格局的重要因素。同時本章也運用西方美學理論，對稼軒才命相敵之悲劇命運，及其崇高品格之「悲壯美」作一說明。

第五章為探討稼軒詞學觀及其藝術淵源。由於稼軒未曾明白標舉自己的詞學觀及審美理念，故唯有從「夫子自道」的詩詞作品中歸納整理；並輔以朋輩往來酬贈等詩文為佐證。

第六章為探討稼軒豪放詞「風格」之美。本論文先對稼軒「不主一格」的豪放風格類型作一「美學」上的定義說明，然後舉例分析；以彰顯其豪放詞風，既有傳統儒家審美觀之影響，也有主體浪漫氣質的真實呈現，確實做到「人品」與「詞品」一致的境界。

第七章為探討稼軒詞的「語言形式」之美，針對稼軒詞之用典、以詩為詞、以文為詞、以賦為詞等較為突顯之藝術技巧作分析說明。

第八章為探討稼軒詞「意象」之美。稼軒豪放詞意象豐富，不論人物形象，自然物象皆鮮明生動，詞評家喻之為「詞中之龍」（陳廷焯《白雨齋詞話》）、「弓刀遊俠」（譚獻《復堂詞話》）、「詞中之狂者」（王國維《人間詞話》）、「詞壇飛將軍」（楊希閔《詞軌》）等，皆由於他意象經營成功之故。

第九章說明「稼軒風」之成立，對當代及後世詞人之影響。如此方能呼應前章所述詞人造詣之精，並顯出其歷久彌新之藝術價值所在。

目錄

第一章 緒 言

第一節 辛詞成就與研究概況

一、辛詞成就

　　辛稼軒，就其一生之人品事功而言，可以「人中之傑」譽之；就其作品而言，《稼軒詞》凡六百二十餘首，無論其量之多，其質之優，皆足以雄冠南宋，誠可謂「詞中之龍」（陳廷焯《白雨齋詞話》卷一）。若綜合並觀，則他確實把中國傳統士大夫「有爲有守」的道德生命與「文章事業」的不朽價值發揮到極致。正因爲稼軒的「文章」中，有他念茲在茲的「道德」使命寄寓其中；也就是他的藝術作品是根植於現實生活的土壤，是個人眞實生命的投射與昇華；所以千載之下讀之，每能透過文字藝術的接引轉化，被引領進入一個眞善美的世界：危時厄運所激盪出的風雲之氣和英姿颯爽的鬚眉氣概相互輝映，跳躍動盪於字裏行間，形成一種悲壯而浪漫的審美風格，具有無盡感發、滌蕩人心的藝術效果。「須信此翁未死，到如今凜然生氣」（〈賀新郎〉），這句話恰是稼軒對自己畢生心力經營的「壯詞」所下的最好註解。

　　《稼軒詞》的成就，可從以下三方面來看：

（一）就稼軒在詞史的地位言

東坡於北宋詞壇獨崇氣格，箴規柳、秦；詞體之尊，乃自東坡始。南渡而後，稼軒崛起，將斜陽煙柳、故國月明之思一併融入詞中；由於他專力爲之的態度，加上高卓才情的經營，「豪放」詞風乃趨於成熟定型。自此，「性情所寄，慷慨爲多」（陳洵《海綃說詞》）便成爲「豪放」詞之家法，一時文章豪傑，皆奉稼軒爲祧廟。這群鐵血男兒不約而同地於詞中發出慷慨金石之聲，豪放詞風因而鼓盪流行於南宋詞壇，「豪放詞派」終如異軍突起般形成。詞家「婉約」、「豪放」兩派詞風乃相對成爲兩大審美範疇，於詞壇並軌揚芬。若不是稼軒「背胛有負」（陳亮〈辛稼軒畫像贊〉）、「才氣橫軼」，則不足以高舉「豪放詞」之大纛，承擔此一扭轉風氣之歷史責任。

（二）就稼軒個人藝術成就言

辛棄疾一方面以身世家國之題材入詞，以「英豪鬚眉」取代「綺羅薌澤」，於詞中「揚眉吐氣」，縱橫捭闔，開拓了詞體雄奇擴大之詞境。另一方面，又借鑑婉約詞的一些創作技巧，以婉約詞中常見的柔美意象，反映時代風雲，抒發個人壯懷；「以雄豪之氣驅使花間麗語」（吳熊和《唐宋詞通論》），因而形成剛柔相濟之獨特「豪放」詞風，爲詞體開拓另一種新的美學意境。至於其藝術構思之奇情壯采則出於他「不能以繩尺律之」的膽識魄力；才大如稼軒者，實爲曲內縛不住者。前人評稼軒詞曰：「詞有格，《稼軒詞》若無格；詞有律，《稼軒詞》若無律。細按之，格律絲毫不紊。總由才大如海，只信手揮灑，電掣風馳，飛沙走石，塡詞壇第一開闢手。」總之，稼軒之詞，已臻「道」與「藝」的高度融合境界，其勇於開拓之精神與典範樹立之功，大有「壓倒古人」（田之《西圃詞說》）之概。周濟《介存齋論詞雜著》曰：

> 稼軒不平之鳴，隨處輒發，……其才情富艷，思力果銳，南北兩朝，實無其匹，無怪流傳之廣且久也。……後人以粗豪學稼軒，非徒無其才，並無其情。稼軒固是才大，然

　　情至處，後人萬不能及。

此說極為愜當，稼軒之藝術技巧容或有轍可尋；然而他那「風節建豎」處（劉熙載《藝概‧詞曲概》），則非一般性情歉然者所能企及，無怪乎詞評家每以「稼軒不可學」諄諄告誡，唯恐稍一不慎，便淪為東施效顰之譏。

（三）從美學意義言

　　西方詩人雪萊說：「詩人是一隻夜鶯，棲息在黑暗中，用美妙的歌喉唱歌來慰藉自己的寂寞。」（〈為詩辯護〉）〔註1〕中國詩人的美學修養，同樣是講個人內在孤獨時刻的狀態；因為只有在面對真我的時刻，才是屬於審美的我，美學意義的我。中國知識份子的終極關懷本來就不是作官，而是致力於「自我」的完成。當現實的挫辱仍無法使他們改弦更張，阻擋不了他們不惜以全生命奔赴理想時，那便是一種「浪漫」而動人的生命價值呈現；所達到的境界，是一種「自由」的境界。正如屈原毅然投江，縱身一躍的剎那，汨羅江畔便反映出一個悲壯的「美的身影」；他把生命意義轉化提昇為一種「節操典範」，足以震撼、淨化人心，朱光潛說：「美感活動是人在有限中所掙扎得來的無限，在奴屬中所掙扎得來的自由。」把「美感活動」運用在生活中的，就是把「人生藝術化」；人生達此境界，也就進入「審美境界」〔註2〕。

　　就稼軒而言，他的「美感活動」便是用「詞」這種藝術形式來記錄那屢仆屢起、悲欣交集的生命歷程；換言之，《稼軒詞》是他藝術化的心靈獨白，也是他的「美感經驗」的呈現。這裡面有言志的、倫理的、寫實的大我關懷；也有抒情的、浪漫的主體意識抒發；兩者交融激盪出一種動態的、壯美的、崇高的「豪放」藝術風格。只是，比起積極昂揚的盛唐「氣象」而言，這股「豪放」詞風，雖然同樣是「有

〔註1〕收於約翰‧蕭克羅斯編輯《雪萊的文學和哲學批評》，轉引自 M.H. 艾布拉姆斯著《鏡與燈》（北京：北京大學出版社，1992年），頁30。
〔註2〕勞承萬《朱光潛美學論綱》（安徽：教育出版社，1998年），頁19。

血痕」、「無墨痕」（賀貽孫《詩筏》評唐詩語），但畢竟挾帶了更多嘶啞沉重的嘆息，少了一份美好的憧憬與期許；所呈現的是「夕陽冉冉春無極」之遲暮美感，而非「日出江花紅勝火」的燦爛昂揚。

二、辛詞研究概況

　　長期以來，稼軒詞一直是學者鶩趨競奔的研究對象。據大陸學者崔海正《宋詞研究掃描》書中引述的資料顯示，「單從五○年代初至一九八七前的三十餘年間，據不完全統計，大陸各主要報刊即發表有關研究論文三百餘篇，出版專著二十餘種。近十年來，辛詞研究仍保持了旺盛的勢頭，見諸報刊的專門論文約一百五十餘篇，有關著作約十餘種。不僅數量較多，在有關問題的研究上也取得了一定的突破。」就研究範圍而言，一般文學作品的研究範圍大約可分為作者與作品兩大類：

　　1. 作者的研究：生平、家世、仕宦、思想、人格、年譜……等。
　　2. 作品的研究：創作背景、藝術淵源、創作技巧、藝術風格、作品賞析、校箋、版本……等。

《稼軒詞》的研究範圍亦不外乎此。只是，早期大陸研究稼軒詞的作品雖然數量繁多，卻往往受到「意識型態」的侷限，重思想而輕藝術，內容多以辛詞之「愛國主義」為焦點，著意強調其「愛國思想」，故研究內容千篇一律充滿「戰鬥」色彩，格局較為狹小。近年來，隨著政治大環境的轉變，思想逐漸開放，學術界開始有些新鮮空氣流動起來，論者對稼軒詞才有了較為周全的觀照。如有從心理學的角度，探討稼軒的藝術思維內涵，分析稼軒種種複雜心理所形成的特殊「情結」。或者強調稼軒與前代詩人詞人之間的淵源與異同，如與陶淵明、杜甫、蘇東坡等人的比較，以深入探究稼軒詞的藝術淵源及其獨創性。又或者從題材內容加以分類，透過對農村詞、閒適詞、酬唱詞、送別詞、詠物詞等研究，以彰顯這類詞的價值原不下於他的愛國詞，亦有助於窺探稼軒詞的精神全貌。另外，也有從文化的廣角鏡頭來看

他與宋代的政壇及學術思想的關聯，甚至南北兩地不同的文化色彩對詞人所產生的思想衝擊等。而其中成就最大的，莫過於作者生平考證、作品輯佚、編年箋注等方面，如鄧廣銘之《稼軒詞編年箋注》便是最具代表性的作品，這些都對日後稼軒詞的研究，提供了更全面而可信的研究基礎。

相較之下，國內學術界對稼軒詞的研究情形較爲冷清，近三十年來有關碩博士論文專著不到十本；除了與蘇軾並列研究外，專論稼軒部分的，也往往只是擇其一端，小題大作。如單就其豪放詞的成因及成就作探討，或針對稼軒詞之內容作分類研究；或強調其藝術技巧：如稼軒詞用典研究、詠物詞研究等，而未見針對稼軒一家豪放詞風之全面性觀照研究，也因此本論文才有彌縫整合及發揮的空間。

第二節　研究動機與目的

辛詞自南宋以來，便一直受到人們的青睞，千載以下，可謂「芳至今猶未歇」（〈喜遷鶯〉）。就筆者而言，個人主觀的審美好尚較傾向於「豪放」風格的作品；加上多年前於高師大四十學分班進修時，張師子良開設「蘇、辛詞研究」課程，在張師之引領下乃有機會正式接觸稼軒詞。之後便有愈咀嚼而滋味愈出之感；捧讀之餘，往往爲其無施不可的藝術才華傾服不已。而更引人入勝的還是在於他那深情一往，「之死靡他」的浪漫執著精神；就是這種認眞而一貫的生活態度，稼軒活出了他的「英雄本色」。也讓人聯想到另一位「一飯未嘗忘君」的大詩人杜甫，他們同樣是以全部熱情來貼近生命，實踐追求理想。這種「浪漫」的氣質，當是古今一流大家共通的心靈頻率；而其生命的熱度，似乎可以透過文字直接傳遞熨貼到每一個共振的心靈上。所以個人每從稼軒的作品中深刻體驗到「詩可以興」的審美愉悅。

　　在擇定稼軒詞作爲研究對象之前，幾經猶豫，唯恐眼高手低，徒然落得拾人牙慧之譏誚而已。但是，終究還是不願拂逆研讀過程中所眞切感受到的審美愉悅；也相信稼軒詞精湛深廣，必定仍有值得開掘的藝術空間，遂以：「題目是眾人的，文章是自己的」一語自我勉之。「寧作我，豈其卿」（〈賀新郎〉）稼軒這句話也給了我一些啓發。在與指導教授龔師顯宗商討之後，乃以「稼軒豪放詞風之美學研究」爲題，黽勉從事。本論文試圖在前人探討不足處加以統整發揮，期待能作到微觀、宏觀兼顧的境地。以下是四項預期目標：

　　（一）從詞史的角度出發，將豪放詞的興起、遞嬗及其流變影響之過程，作一鳥瞰式的整體概述。

　　（二）以往哲前賢有關稼軒及其豪放詞的研究爲基礎，對其人其詞進行歸納整合的工作。除了微觀的作品分析外，並以宏觀的視角，定出稼軒豪放詞在詞史上的座標定位，以彰顯其歷史價值。此外，稼軒人格特質的美學意義也是本論文所強調的重點之一，期能凸顯稼軒「風格」即「人格」的美學境界。

　　（三）中國傳統文藝理論雖然不像西方美學般，有嚴謹的邏輯思考和哲理爲基礎；但不容否認的，東西方的美學範疇還是有相融相浹處。所以本論文期望能適度運用西方美學的理論來挹注闡釋稼軒豪放詞風的藝術審美特質，以證明不論古今中外，「美」的最高境界仍是相通的。

　　（四）過去學者對稼軒的詞學觀，及稼軒詞在後世的流播及影響等研究，雖有觸及，但未見周全統合。本論文希望能在這兩方面作一梳理歸納。藉以說明「稼軒體」、「稼軒風」之成立，非單憑作者才性學識可成，而是有其一定的審美理念爲依據；「有轍可尋」，方能使此一審美理念成爲豪放詞之「家法」；進而蔚爲時代風潮，開宗立派，接引沾漑後世無數好之樂之者步趨遵循。

第三節　研究範圍、方法與過程

一、研究範圍

　　若以「流派」而言,「豪放派」僅限於有宋一代;若以「風格」論,則「豪放詞」可以出現在唐以來各家的眾多作品之中,也可能只是一家作品中的部分篇什而言。本論文以「稼軒豪放詞風之美學研究」為題,乃針對《稼軒詞》中以「豪放」風格為主的作品作一探究分析,非其全集之研究。於此先對詞體之「豪放」風格作一說明。

　　「豪放」是一種涵義極廣的風格類型,與它相關的形容詞彙有雄豪、豪邁、沉雄、蒼勁、勁健、雄渾、慷慨、激昂、清曠等,同樣都屬於「豪放」這一審美範疇。「豪放詞」指的是具有豪放風格的詞章,並不限於少數豪放派詞家的豪放之作。如李清照詞被王士禎目為「婉約」之宗(《花草蒙拾》),然其〈漁家傲〉「天接雲濤連曉霧」置諸「豪放」之林,亦屬能品。辛稼軒為南宋豪放詞之宗主,然詞集中「穠纖綿密者,亦不在小晏、秦郎之下」(劉克莊〈辛稼軒集序〉)。所以「風格」要因人、因時、因地求。

　　再者,「豪放」常與「婉約」對舉,「豪放」呈陽剛之美;「婉約」呈陰柔之美。一是「關西大漢,銅琵琶、鐵綽板,唱『大江東去』」;一是「十七八女郎,執紅牙板,歌『楊柳岸,曉風殘月』。」(《歷代詩餘》引俞文豹《吹劍續錄》)十分形象地說明了兩者間風格之差異。人們也習慣從對立的意義上去理解二者之別。但這兩個審美範疇之間並非壁壘分明,毫無交集;「豪放」與「婉約」在不少方面有其相通相融之處,但也因而增添了詞的創作複雜性和風格的多樣性,詞的美學意蘊也因此更加豐厚與雋永。稼軒豪放詞之所以「不主故常」、「隨所變態、無非可觀」(范開〈稼軒詞甲集序〉)其機在此。

　　就題材而言,一千多年來豐富多采的創作證明,有些題材如:詠物懷古、送遠贈別、山水景觀、感時傷逝等,豪放詞、婉約詞都能運用。清人沈祥龍說:「詞有婉約、豪放,二者不可偏廢,在施之各當

耳。房中之奏，出以豪放，則情致少纏綿；塞下之曲，行以婉約，則氣象何能恢拓！」(《論詞隨筆》) 他認爲豪放、婉約各有其題材領域，不可逾越。然而驗諸事實，此說卻又不盡周全。如歐陽脩〈踏莎行〉「候館梅殘」，景物柔美，情感婉轉，是婉約詞中名篇；辛棄疾的〈鷓鴣天〉「唱徹陽關淚未乾」則寫景壯麗清雄，境界闊大，爲其豪放詞之佳構；二者風致不同，卻同樣是寫「送別」題材。因此，題材不是決定風格的唯一因素。

其次，就藝術表現而言，「豪放詞」往往借鑒「婉約詞」的創作技巧，以「婉約詞」中常見的一些柔美意象來反映現實，抒發時危心苦之音，從而創造了既有積極昂揚的思想內容，又有剛柔相濟的藝術風格的優秀作品，如辛棄疾〈水龍吟〉「楚天千里清秋」有「倩何人喚取，紅巾翠袖，搵英雄淚！」之句；而其〈摸魚兒〉「更能消幾番風雨」，通篇都是「以雄豪之氣驅使花間麗語」﹝註3﹞，「借花卉以發騷人墨客之豪，托閨怨以寓放臣逐子之感」(劉克莊〈跋劉叔安感秋八詞〉)，這些詞也都是稼軒豪放詞之「正體」，與「粗獷」一派，不可同日而語。

蘇軾嘗自評其書云：「端莊雜流麗，剛健含婀娜」(〈與子由論書〉)，這句話反映了一代豪放宗師以多種藝術風格、藝術手法交相爲用的自覺審美追求，也適足以用來形容稼軒豪放詞的風格特徵。

然則，「豪放詞」必有其獨特的審美條件，不然無法獨立成爲一個風格獨具的審美範疇。以下就「豪放詞」之審美特質作一概略說明：

其一，「豪放詞」突破一般「傷春悲秋」的狹小題材藩籬，廣泛注入時代、社會、人生等相關內容，進而擴大到「無意不可入，無事不可言」(劉熙載《藝概·詞曲概》評蘇軾詞) 的境地；由於情志的寫實性增加，舉凡家國之感，銅駝金谷之悲等一切重大題材均可寫入

﹝註 3﹞吳熊和《唐宋詞通論，辛棄疾與南宋愛國詞》(浙江：古籍出版社，1989 年)，頁 247。

詞中，無形中提高了詞品，一新天下人之耳目。

其二，「豪放詞」情感充沛，主觀色彩濃厚，詞人多採直抒胸臆的方式表達情感，即使寫景狀物，也把滿腔激情投射其上，使我「情」之多少，「與風雲而並驅」（劉勰《文心雕龍‧神思》）；因此「豪放詞」中的人物形象顯得格外鮮明生動，而所創造的往往是頂天立地、神足氣旺的英雄豪傑形象，充滿強烈的藝術感染力。若再配合時代的風雲變幻，則一個不衫不屨的鐵血男兒幾乎由詞中大踏步而出，使人神魂飛越不已。

其三，「豪放詞」境界闊大。詞中常以悠悠蒼穹、無盡曠野、崇山峻嶺、落日長河、千里鐵騎等景物爲背景；甚至視角可以延伸到萬里江山，包攬宇宙，涵蓋古往今來。在今昔對比、大小映襯之間，詞境得以無限擴充，張力彌滿。

其四，「豪放詞」以使事寓意爲主，故多用典故。如蘇軾「以詩爲詞」首開風氣。其後稼軒更把「以學問爲詞」、「以議論爲詞」的精神發揮得淋漓盡致；他所摘取的典故來源遍及經、史、子、集，開前所未有之局面。但也因爲典故的運用，情意含蓄，才使「豪放詞」不致流於粗獷叫囂。

二、方法與過程

本論文的研究方法，主要仍以「文本」（Text）爲分析中心，並以作者自身或朋輩之詩、文、詞相參證。在時代背景方面，則採用「歷史批評法」，以文獻探討方式，徵引史傳、文學載集等資料以爲輔助說明。也就是將宏觀研究與微觀研究，歷時研究與共時研究結合起來，以期完整凸顯稼軒豪放詞風在詞史上及美學上的意義。以下針對論文的內容及綱目安排，作一扼要說明：

第二、三章是「知人論世」部份。重在探討稼軒所處時代背景，包括政治、經濟、軍事、文化等各層面，作一概略性描繪，以見出文章、世運、人心之間互動影響的情形。創作主體唯有與時代相結合，

他的思想行爲與創作才有眞切之意義。

　　第四章爲稼軒豪放詞風形成之主體因素探討。除了個人與生俱來的生命氣性外，他的家世、成長背景、南北地域文化的差異等，都是植成稼軒審美心胸及氣象格局的重要因素。同時本章也運用西方美學理論對稼軒才命相敵之悲劇命運，及其崇高品格之「悲壯美」作一說明。

　　第五章爲探討稼軒詞學觀及其藝術淵源。這是決定稼軒之所以爲稼軒的關捩所在，也是詞人建立其豪放詞風的主要審美心理因素。由於稼軒未曾明白標舉自己的詞學觀及審美理念，故唯有從「夫子自道」的詩詞作品中歸納整理，並輔以朋輩往來酬贈等詩文爲佐證。由於稼軒以詞爲「陶寫之具」，情眞語眞，所以歸納出的理論與作品之間，並沒有扞格不入的現象。

　　第六章爲探討稼軒豪放詞「風格」之美。歷來談稼軒豪放詞風的文章甚多，本論文則嘗試先對稼軒「不主一格」的豪放風格類型作一「美學」上的定義說明，然後舉例分析，以彰顯其豪放詞風，既有傳統儒家審美觀之影響，也有主體浪漫氣質的眞實呈現，確實做到「人品」與「詞品」一致的境界。在分析過程中並適度援引西方美學理論爲說明依據。

　　第七章爲探討稼軒詞的「語言形式」之美，針對稼軒詞之用典、以詩爲詞、以文爲詞、以賦爲詞等較爲凸顯之藝術技巧作分析說明。清代詞評家況周頤以「才情富豔」推許稼軒。若用西方美學理論的說法，則稼軒詞的藝術造詣是「鏡」與「燈」的融合，亦即他一方面如「鏡」一般，忠實反映規模前賢之藝術技巧；一方面又如「燈」一般，靈明自得地發出自我燭照的藝術光華。這便是稼軒「倚東風，一笑嫣然，轉盼萬花羞落」（〈瑞鶴仙〉）的獨到之詣。

　　第八章爲探討稼軒詞「意象」之美。稼軒豪放詞意象豐富，不論人物形象，自然物象皆鮮明生動，詞評家喻之爲「詞中之龍」（陳廷焯《白雨齋詞話》）、「弓刀遊俠」（譚獻《復堂詞話》）、「詞中之狂者」

（王國維《人間詞話》）、「詞壇飛將軍」（楊希閔《詞軌》）等，皆由於他意象經營成功之故。

　　第九章說明「稼軒風」之成立，對當代及後世詞人之影響。如此方能呼應前章所述詞人造詣之精，並顯出其歷久彌新之藝術價值所在。

　　由於個人才疏學淺，在寫作過程中，時生力有未逮之感。所幸在　座師的耐心指導及鼓勵下，方得以發揮駑馬十駕之精神，克竟全功。本論文尚有許多疏漏舛誤之處，尚祈大雅方家不吝指正。

第二章　北宋豪放詞之興起與形成

第一節　宋初右文政策與士林休閒風尚

　　詞興於唐而極盛於宋。宋代各體文學如詩歌散文均極繁盛；其中又以詞爲一代之特絕〔註1〕。近代詞學家胡雲翼在所著《宋詞研究》中，論及宋詞產生的時代背景說：「既是國家平靖，人民自競趨於享樂，詞爲豔科，故遭時尚。」這段話除了指出「詞爲豔科」的文體特質外，也點明詞之所以成爲宋代的「絕藝」，是來自於「承平時代」的沃養。而美學家李澤厚《美的歷程》則從時代心理的角度提出另一

〔註1〕王國維於《宋元戲曲史》自序中說：「一代有一代之文學：楚之騷，漢之賦，六代之駢語，唐之詩，宋之詞，元之曲，皆所謂一代之文學，而後世莫能繼焉者也。」但若從文學成就看，宋詞與宋詩、宋文實難強分軒輊。如李漁《閒情偶記・詞曲部・結構第一》則以爲：「漢史、唐詩、宋文、元曲，此世人口頭語也。……宋有文士蹌蹌，宜其鼎足文壇，爲三代後之『三代』也。」陸游也認爲：「吾宋之文抗漢唐而出其上兮」〈尤延之尚書哀辭〉）。所以今人王水照認爲將宋詞作爲「一代文學代表」，應當作如下解釋：「從中國諸文體發展的角度來看，作爲詞體文學，宋代無疑已臻頂巔。……宋詞以我國詞體文學之冠的資格，憑藉這一文體的創造性與開拓性，爲宋代文學爭得與前代並駕齊驅的歷史地位。在這一意義上，它與楚騷、漢賦、六朝駢文、唐詩、元曲並列才是當之無愧的。」（《宋代文學通論・文體篇》，高雄：復文圖書出版社，民國89年），頁53。

種闡釋，他認爲晚唐五代後：「時代精神已不在馬上，而在閨房；不在世間，而在心境。」所以，宋詞成爲「最爲成功」的藝術部門，是因爲「時代心理終於找到了它的最合適的歸宿」。〔註2〕

　　宋代學術文化高度成熟，在歷史上足可凌駕漢、唐，邁越元、明。史學家陳寅恪便稱：

　　　　華夏民族之文化，歷數千載之演進，造極於趙宋之世。〔註3〕

宋文化所以能取得如此輝煌成就，當與宋廷所制定的「右文政策」有關。宋初開國君主皆喜讀書；不僅太祖本身「他無所愛，但喜讀書」（李燾《續資治通鑑長編》卷三二淳化二年閏二月戊寅），太宗也曾對近臣說：「王者雖以武功克定，終須用文德致治。朕每退朝，不廢觀書，意欲酌前代成敗而行之，以盡損益也。」（李攸《宋朝事實》卷三〈聖學〉）宋初帝王提倡讀書及其產生的影響，《宋史‧文苑傳序》亦有所記載：「藝祖（太祖）革命，首用文吏而奪武臣之權。宋之尚文，端本乎此。太宗、眞宗，其在藩邸，已有好學之名，及其即位，彌文日增。」西元九六〇年，趙匡胤結束了五代十國約半世紀的紛爭擾攘局面，建立趙宋王朝。宋王室秉持「承天之佑，戰戰栗栗」（王夫之《宋論》卷一）的心理，爲避免重蹈五代「方鎮太重，君弱臣強」的覆轍並鞏固政權，太祖乃制定「偃武修文」的政策，以「杯酒釋兵權」的方式，「稍奪其權，制其錢穀，收其精兵」（李燾《續資治通鑑長編》卷二建隆二年七月條），逐步加強中央集權，以求天下之安。在文化建設上乃表現出攀美前朝，步武取法，以邀合人心的傾向。落實在具體政治措施上，便是廣開科舉，利用科舉制度來拔擢人才，精擇翰林，優禮文士，厚其俸祿等。上有好之者，下必甚焉。在太祖、太宗、眞宗三朝一系列崇文之舉的鼓勵下，「學而優則仕」便成爲宋代知識份子共同的人生抉擇；讀書成爲宋代士人的天職，也是取得社

────────────────────────

〔註2〕李澤厚《美的歷程》（臺北：谷風出版社，民國73年），頁203。
〔註3〕陳寅恪〈鄧廣銘《宋史職官志考證》序〉，《金明館叢稿二編》（上海：上海古籍出版社，1980年），頁245。

會認同的依據。宋代文化之所以能自創新局，各項學術文化事業蓬勃發展，就是建立在知識份子對傳統文化的傾心研讀，盡情汲取的基礎上。在這樣適宜的氣候土壤培育下，一批批文章豪傑之士乃應時而生，各領風騷，鼓吹激盪，因而形成文章事業與開國氣象並臻繁盛的局面。

「詞」這種依附唐以來的「新聲俗曲」而興起的新體抒情詩，是透過音樂語言和文學語言密切配合的特殊藝術形式。正因為這種「上不類詩，下不似曲」的藝術特質，形成詞體獨特的審美趣味，使得詞體在興起之後，便廣受歡迎。唐玄宗更將此新興俗樂引進宮廷，於宮中另設左右教坊以教習之〔註4〕。安史之亂以後，因政治局勢的變動，宮中伶官四散流離，詞樂隨之流播民間，並以鮮活的生命力引起文人的關注與喜好。

由於詞體自晚唐五代以來，便定位於社會娛樂的功能上；因此，詞的發展必以社會安定富庶為前提。宋真宗、仁宗朝，由於「四方無事，百姓康樂，戶口蕃庶，田野日闢」（《宋史·食貨志》）朝野一片昇平氣象。汴京城中，勾欄瓦舍，演出各種技藝；茶坊酒肆，競唱各類新聲。不論是朝廷宴饗，或文士往來酬酢，可謂「動有聲歌」。在歌曲市場的需求之下，久經離析的唐教坊舊曲漸漸被整理出來，而四方執藝之精者，或因爭戰而被擄送至京師，或為謀生而輾轉來到繁庶之汴京。為配合朝廷及民間的需求，他們便在舊曲的基礎上創制新聲，甚至太宗、仁宗本身也從事新曲的創制〔註5〕。於是一時之間，「舊

〔註4〕「教坊」本為教習音樂歌舞的伎藝之所。據《舊唐書·職官志》記載，唐玄宗以前，宮中已有兩教坊之設，「以按雅樂」。玄宗愛好俗樂，並將之引進宮中，另設內外教坊，與太常並行。太常是政府官署，主郊廟；教坊是宮廷樂團，主宴饗。

〔註5〕《宋史》卷一百四十二〈樂志〉十七：「宋初循舊制，置教坊，凡四部。其後平荊南，得樂工三十二人；平西川，得一百三十九人；平江南，得十六人；平太原，得十九人；餘藩臣所貢者，八十三人；又太宗藩邸有七十一人。由是四方執藝之精者，皆在籍中。」又「太宗洞曉音律，前後親製大小曲及因舊曲創新聲者，總三百九十。……

曲綿傳，新腔競出」（王易《詞曲史》）。與此相應的是，樂工每得新腔，必求與之相應的新詞；而歌伎爲求提高纏頭身價，亦要求詞客應歌填詞，以利傳唱。如張先、柳永便經常應樂工歌伎之請，爲其按歌填詞：

> 柳耆卿爲舉子時，多遊狹邪，善爲歌辭。教坊樂工每得新腔，必求永爲辭，始行於世。（葉夢得《避暑錄話》卷三）
> 張子野老於杭，多爲官伎作詞。（陳師道《後山詩話》）

所以，百姓生活富庶安定，娛樂事業興盛，間接促成了士大夫與民間娛樂的接觸與融合。

再者，太祖建國之初就鼓勵大臣「多積金帛田宅以遺子孫，歌兒舞女以終天年」（《宋史‧石守信傳》）。在朝廷爲功臣宿將、新貴臺臣提供物質保證的同時，也爲他們提供具體優禮措施，沈括《夢溪筆談》卷七云：

> 天下無事，（朝廷）許臣僚擇勝宴飲，當時侍從文館士大夫爲燕集，以至市樓酒肆，皆供帳爲游息之地。

朝廷的獎勵，便爲士大夫的讌集享樂生活作了最好的心理建設。

此外宋代歌伎制度也有利於小唱伎藝的發展。當時歌伎大致分爲官伎、家伎和私伎三類。官伎又包括教坊的歌伎、軍中的女伎、中央及地方官署的營伎。地方官吏每有賓客過境，就得開宴合樂，命官伎歌詞侑觴。《夷堅丁志》卷十二引述一位官伎自述曰：

> 身隸樂籍，儀眞過客如雲，無時不開宴，望頃刻之適不可得。

當時的官場娛樂文化，於此可見一斑。而民間歌伎則活動於社會下層，以賣藝爲主，謂之「私伎」，凡重要商業城市中的歌樓酒館、平康諸坊和勾欄瓦市等處，都是「私伎」聚集活動的地方，也是落魄文士經常留連出入的場所。凡遇朝廷御宴、官府公筵、富戶宴樂，或是

仁宗洞曉音律，每禁中度曲，以賜教坊；或命教坊使撰進，凡五十四曲。」

鄉會等活動，往往招喚「私伎」「祇應」（《夢梁錄》卷二十）。至於士大夫家則蓄養「家伎」。宋代「家伎」之盛，比起唐代可謂有過之而無不及。據《宋人軼事彙編》卷一引《曲洧舊聞》云：

> 兩府（中書省、樞密院）兩制（翰林學士、知制誥）家內
> 各有歌舞，官職稍如意，往往增置不已。

可見當時達官顯貴之家蓄養「家伎」之普遍。如高懷德「聲伎之妙，冠於當時，法部中精絕者，殆不過之。」歐陽脩家有妙齡歌伎「八九姝」，韓琦「家有女樂二十餘輩」，蘇軾「有歌舞伎數人」（詳見謝桃坊《宋詞辨‧宋代歌伎考略》），由於文官武僚公私讌集頻繁，於是官宦之家便廣蓄聲伎，退朝之餘，儘可以冠冕堂皇地享受檀板輕歌的悠遊之樂。而官吏們送往迎來，彼此以歌伎奉承，更是司空見慣的正常娛樂。士大夫們卸下道貌岸然的外表後，酒席歌筵間，興之所至，搦管填詞，以佐清歡，亦屬賞心樂事。故而當時「文章豪放之士，鮮不寄意於此」（胡寅〈酒邊詞序〉），如范仲淹、晏殊、宋祁、歐陽脩等名公巨卿，同時也都具有詞人身分。

　　詞除了有娛樂的社會功能外，又是抒寫幽約隱微的個人情愫的最佳載體。宋朝士大夫往往是集政治家、經術家、文學家三種身份於一身，他們經常在廟堂之上「開口攬時事，議論爭煌煌」（歐陽脩〈鎮陽讀書〉），抒發經世濟民之理想；但是在堂而皇之的正面形象外，仍不免有些個人的幽約隱微之情必須宣洩，這時，填詞便成為最佳的抒情管道〔註6〕。當文人在填詞時，是基於享樂、宣洩的補償心理，所以雖多以「餘力」為之，但也在一定程度上表現出他們內心深處某些隱微之情。所填之詞內容題材雖不外乎代表享樂之風的「美人」、「醇

〔註6〕錢鍾書〈宋詩選註序〉云：「宋代五七言詩講『性理』或『道學』的多得惹厭，而寫愛情的少得可憐。宋人在戀愛生活裏的悲歡離合不反映在他們的詩裏，而常出現在他們的詞裏。如范仲淹的詩裏一字不涉及兒女私情，而他的〈御街行〉詞就有『殘燈明滅枕頭敧，諳盡孤眠滋味。都來此事，眉間心上，無計相迴避。』這樣悱惻纏綿的情調。」（臺北：木鐸出版社，民國73年），頁10。

酒」，但透過這些意象的烘托映襯，一些念遠傷離、輕惆淺悵之作，也都眞實動人，頗具文學價值。

　　總之，北宋這種隨俗享樂的士林風尙，隨著崇文政策與社會安定而日漸滋長，進而促使文人雅士與市井娛樂市場的需求兩相結合。宋詞便在這雅俗交融的時代風尙與需求下，奠定了繁盛的基礎，進而成爲最具開拓性與發展性的新興文體。

第二節　宋初詞壇概貌

一、晚唐五代之《花間》風致

　　文章之道，關乎世運。晚唐以來由於時代的影響，文學形式及審美趣味、藝術主題等均走向「細膩的官能感受和情感色彩的捕捉追求中，⋯⋯人的心情意緒成了藝術和美學的主題」〔註7〕。而「詞」這一文體，恰是最適宜表達這類情感的載體。「花間」婉變詞風乃配合氣運人心之變，應運而生。

　　溫庭筠首開文士專力塡詞之風。溫氏一生由於疏傲權貴而久被擯抑，於是蒲飲酣醉，潦倒以終。《舊唐書》本傳說他「士行雜塵，不修邊幅，能逐絃吹之音，爲側豔之詞」。溫庭筠才華富贍，塡詞時，往往引晚唐綺麗婉曲的詩風入詞，以富麗精工的語言，委婉含蓄的筆法，極力描寫婦女的容貌體態、芳情愁思，因而形成一種綺靡風調，頗能迎合當時士大夫的生活情調和審美趣味。流風所及，乃吸引日後西蜀一批文士的步趨仿效，形成所謂「花間」詞人群〔註8〕。歐陽炯在〈花間集序〉中說：「自南朝之宮體，扇北里之倡風」，所以花間詞即齊梁宮體與晚唐五代倡風的結合，花間詞婉麗綺靡的風格，也就成

〔註7〕見李澤厚《美的歷程・韻外之致》，頁202。
〔註8〕《花間集》爲後蜀趙崇祚編，共十六卷，裒集溫庭筠等十八家「詩客曲子詞」凡五百首。歐陽炯爲之作序。這篇詞序可視爲標舉《花間》「豔詞」風格之宣言。

了詞的傳統風格。由於溫庭筠居《花間集》之首，是開創此派風格之領導者，王士禎《花草蒙拾》便以「花間鼻祖」尊崇之。

到了五代的亂離之世，西蜀、南唐緣地利之便，局勢相對較爲安定，成爲當時經濟文化的重心，聲色歌舞乃隨著都市的繁榮而昌盛起來。韋莊（836～910）挾歌詞種子移植於成都，遂開西蜀詞風之盛。西蜀詞人作品多步趨溫詞，以描寫豔情爲主。而少數詞人如韋莊，有些篇什或懷鄉、或憶舊，頗能脫略脂粉，情感眞摯，詞語質直，在西蜀詞人中可謂別立標格。大致說來，花間派詞風是由溫庭筠始創，至韋莊而門庭始大。

南唐的重要詞人則以中主李璟、後主李煜和宰臣馮延巳（904～960）堪爲代表。據馬令《南唐書》云：

> 元宗因曲宴內殿，從容謂曰：「吹縐一春水，何干卿事？」
> 延巳對曰：「安得如陛下『小樓吹徹玉笙寒』之句？」

像這樣君臣之間的諧謔遊戲之詞，雙方各舉小詞以對，南唐詞風之盛，由此可見一斑。「南唐詞人幾乎全力作詞，不再附詩以自見，表明文人詞的專門化比之晚唐又前進了一步。」（吳熊和《唐宋詞通論·南唐君臣與宋初詞壇》）南唐詞的內容雖不脫「春愁」、「離情」之範圍，然而詞中還隱伏著盛世不再、前景渺茫的惆悵和傷感，比起西蜀詞人純粹描寫豔情之詞，顯得較爲蘊藉深沉，馮延巳是五代初詞壇大家，他不但首開南唐詞派，而且影響及於宋初。成肇麐〈唐五代詞選敘〉云：

> 吾家正中翁，鼓吹南唐，上翼二主，下啓歐、晏，實正變
> 之樞紐，短長之流別。

馮延巳可說是溫、韋之後，轉變詞風的關鍵人物。他與南唐二主，都以詞傳世，而詩則湮沒不彰。論詞作之多，唐五代詞人可謂無出其右，馮詞《陽春集》除部分與《花間》詞、晏殊、歐陽脩詞相混外〔註9〕，尙有九十餘首，大多情致纏綿，吐屬清華；王國維《人

───────────

〔註9〕馮延巳、晏殊、歐陽脩三家詞，多互相混雜。歷來從事詞籍校勘者，

間詞話》稱其「堂廡特大，開北宋一代風氣」，當指這類作品言。

南唐詞人中，以後主的詞成就最高，尤其他在亡國之後，能以身世家國之感入詞，把歷來詩歌言志抒情的傳統引進詞體，遂能擺落《花間》倚紅偎翠，雕金鏤玉的狹窄格局，使得詞體在表現心靈世界方面，又往縱深的方向開掘。他在溫庭筠所打造建立的「嚴妝精麗」之美外，以「粗服亂頭」的清新自然奪人眼目。也因為他以真情注入詞中，以白描手法傳遞情感，強化了詞的情感濃度，因而更具有感發人心的藝術效果。胡應麟《詩藪雜編》曰：

> （後主）樂府為宋人一代開山。蓋溫韋雖麗，而氣頗傷促，意不勝辭。至此君方為當行作家，清便宛轉，詞家王、孟。

李煜在詞壇上的「開山」之功在於使詞格由迫促而從容，詞境開闊，日後宋初諸家，或多或少都受其沾溉影響。王國維《人間詞話》評曰：

> 詞至李後主而眼界始大，感慨遂深，遂變伶工之詞而為士大夫之詞。

這是指後主亡國後感慨沉至的作品而言。由於南唐覆亡，使他的生活急轉直下，從原來的至尊地位瞬間跌落萬丈深淵，這種生活巨變促使他的詞從內容到風格都有明顯的改變；他把厚重的亡國之痛寫入詞中，格調也一變為沉鬱悽愴、「雄奇幽怨」（譚獻《復堂詞話》），這對後世蘇、辛之豪放詞也有某種程度的啟發作用，今人鄭因百有云：「李後主正如詩中陶淵明，都是超時代的人物；他們本人雖然在時代風氣之外特立獨行，而時代風氣並未馬上隨著他們轉變。」所幸歷史終於給這位「但開風氣不為師」的亡國之君冠上「詞中之帝」（王鵬運《半塘老人遺稿》）的封號，以還其公道。

整體而言，「『南唐』之變『花間』，變其作風不變其體，仍為令、

往往視為難題。如〈蝶戀花〉：「六曲闌干偎碧樹。楊柳風清，展盡黃金縷，誰把鈿箏移玉柱。穿簾海燕雙飛去。　滿眼游絲兼落絮。紅杏開時，一霎清明雨。濃睡覺來鶯亂語。驚殘好夢無尋處。」此詞既見馮延巳《陽春集》，又見晏殊《珠玉詞》，又見歐陽脩《歐陽文忠公近體樂府》。足見三家詞同出一脈。

引之類。……南唐詞確推廣了『花間』的面貌，而開北宋一代風氣。」（《唐宋詞選釋‧前言》）南唐詞人大致遵循「花間」詞人所走的「詩客曲子詞」之路；雖然路面稍有拓寬，視野較前開闊，但本質上還是一條「深狹」之路，而「康莊大道」之形成，則尚待後起之宋代詞人「介然用之」，方能克竟全功。

二、淺斟低唱的宋初詞壇

　　北宋肇造初始，尚未建立起真正屬於「宋調」的學術文化事業，往往規模前朝，轉相敷衍。居於傳統學術主流的詩文均取法「唐音」〔註10〕，而詞壇則是取徑花間、南唐。代表詞人是晏殊（991～1055）、歐陽脩（1007～1072）。他們都是承平時代的臺閣重臣，慣以詩文抒發其經世濟民之志，而以餘力來填詞。如歐陽脩便是「以餘力作詩人」，羅泌〈歐陽文忠公近體樂府跋〉云：「蓋嘗致意於詩，為之本義。溫柔寬厚，所得深矣。吟詠之餘，溢為詞章。」當時「小詞」〔註11〕雖然被視為遣興娛賓，酬別贈答的小道末技，然才大者固無所不宜，因此都取得了相當的成就。在詞的形式上，他們承襲唐五代小令的形式，內容所反映的主要是「承平」時代從容舒坦的享樂意識，和樂極生悲後的傷感心理以及對人生的反思。聲情大多閒適和婉，風格近於花間、南唐，特別是「開北宋一代風氣」（《人間詞話》）的馮延巳：

　　馮延巳詞，晏同叔得其俊，歐陽永叔得其深。(劉熙載《藝概‧詞曲概》)

而馮煦則從地域關係點明其間詞風傳承的因緣：

　　宋初大臣之為詞者，寇萊公、晏元獻、宋景文、范蜀公與

〔註10〕趙宋王朝肇建初始，詩、文、詞、賦大體上都是繼承晚唐五代之風。方回《桐江續集》卷三十二〈送羅壽可詩序〉云：「宋劃五代舊習，詩有白體、崑體、晚唐體。……凡數十家，深涵茂育，氣勢極盛。」

〔註11〕「小詞」一詞最能顯出宋人對詞體的態度。李清照《詞論》評諸家詞云：「晏元獻、歐陽永叔、蘇子瞻，學際天人，作為小歌詞，直如酌蠡水於大海，然皆句讀不葺之詩耳。」所謂「小」，不僅指體製短小，且含有輕視之意。

歐陽文忠，並有聲藝林。然數公或一時興到之作，未爲專詣。獨文忠與元獻，學之既至，爲之亦勤，翔雙鵠於交衢，馭二龍於天路。且文忠家廬陵，而元獻家臨川，詞家遂有西江一派。其詞與元獻同出南唐，而深致則過之。（馮煦《宋六十家詞選‧例言》）

大致說來，所謂「西江」一派，是北宋初期奠定婉約詞風的重要詞人。晏殊這位「太平宰相」大半生在優游中度過，他的詞在閒雅的情調中，透露出一種耐人尋繹的哲學思考；雖然「綺羅薌澤」之氣未除，但「溫潤秀潔」（王灼《碧雞漫志》）中，不乏富貴氣象，雍容大度，與「花間」豔詞相較，自有文野之分，雅鄭之別，「北宋倚聲家初祖」（《宋六十一家詞選‧例言》）之稱，當由此而來。

晏、歐雖並稱，然二人不同之處在於晏殊全爲雅詞，歐陽脩則雅俗兼備。他的詞不論是寫戀情相思、酣飲醉歌、或傷時念遠，都出之以清新疏淡的筆觸，不尚藻飾，融情入景，語近而情深；加上本身的音樂造詣頗佳〔註 12〕，填詞時能注意音律的和諧，所以歐詞在清新婉麗之外，更有一唱三歎之致。馮煦評其詞「疏雋開子瞻，深婉開少游」（同上），已隱然透露宋詞流派遞分的消息。

三、凡有井水處，即能歌柳詞

詞至北宋，「涵養百餘年，始有柳屯田者，變舊聲作新聲，出《樂章集》，大得聲稱於世。」（李清照《詞論》）柳永（約 985～1053）的一生，大抵以景祐元年（1034）中進士爲分界。前期的柳永，以北宋首都汴京爲活動中心，在屢求功名不得的情況下，留連歌酒，有很長一段混跡青樓，淺斟低唱的浪漫生涯。這段時期他創作了大量表現市井趣味的通俗慢詞。年近半百及第釋褐之後，乃由早期的風流浪子一變而爲「諳盡宦遊滋味」（〈定風波〉）的地方官吏，而自此展開他

〔註 12〕歐陽脩的音樂素養，可從蘇軾的一番話看出：「歐陽文忠公嘗問余『琴詩何者最善？』答以退之〈聽穎師琴〉詩。公曰：『此詩固奇麗，然非聽琴，乃聽琵琶詩也。』余深然之。」（〈水調歌頭‧小序〉）

的後期人生階段。由於「名宦拘檢」(〈長相思〉),「歌情酒懷,不似當年」(〈透碧霄〉),自然結束俗詞的寫作,而轉為描寫薄宦飄零,羈旅行役的雅詞。然而不論是男女戀情詞或羈旅行役詞,都深深烙印著柳永的人生際遇,柳永的詞,是他所處的時代和人生的藝術反映。

柳永以一生精力傾注於填詞之道,對詞的發展,有重大的貢獻,蔡嵩雲《柯亭詞論》曰:

> 北宋初,仍循五代遺法歌小令。中葉以後,慢詞漸盛,詞樂始突飛猛進,內容遂日趨於繁複矣。當時創調制譜最有名者,首推柳耆卿。

這段話說明柳永在詞史上有兩大貢獻:

其一,他是長調慢詞的倡導者。自中唐以來,下逮宋初的兩個世紀中,以短章小詞配合令曲的形式,基本上相沿未改,這個局面直到柳永出而始得改觀。試看北宋初年名家的詞集幾乎全是小令,而且有些調子如〈漁家傲〉、〈采桑子〉、〈蝶戀花〉等,使用頻率頻繁,這些情況都符合「花間」和南唐的本色傳統〔註13〕。在北宋詞集中,保存長調最多的便屬柳永的作品,最長者如〈戚氏〉多至二百一十二字,〈拋球樂〉也有一百八十八字,這都是前所未有的創舉。他在許多慢詞的調名上註明宮調名稱,以指導樂工按調演奏;可見柳永不但提倡慢詞,而且證明長調也可以像小令一樣入樂演唱,所以他的作品不僅是詩集,也是唱本;他詞集名為《樂章集》便可證知。

其二,有了「新聲」的形式,必有與之相應的「新詞」內容。最明顯的是詞的題材拓寬了,舉凡城市的「承平氣象」,個人的「冶遊狹邪」、「羈旅行役」,歌兒舞女的苦樂悲歡,皆可入詞。使得詞體從「花間」以來便侷限在「用資羽蓋之歡」的狹小範疇中解脫出來。加

〔註13〕如晏殊《珠玉詞》凡一百三十餘首,除卷末五首應酬之壽詞為中調外,其餘幾乎全是小令。歐陽脩的《六一詞》也絕多小令;且有些詞牌使用頻繁,如〈漁家傲〉有三十闋,〈玉樓春〉二十九闋,〈蝶戀花〉十七闋,〈采桑子〉十三闋等。

上他大膽背棄習俗偏見，以俚俗語言入詞，爲宋詞注入了新鮮而強沛的生命力，擴充了詞的風致韻味，使詞風在某種程度上又向敦煌民間詞回歸。且因口語入詞，方便伎人傳習，利於蛾兒雪柳傳唱，故能形成「一時動聽，散播四方」（宋翔鳳《樂府餘論》）、「凡有井水處，即能歌柳詞」（葉夢得《避暑錄話》）的盛況。

此外，他並運用善於鋪敘的賦體手法帶入詞中，形成「鋪敘展衍，備足無餘」的特點，使得「千篇的情調雖爲一律，千篇的詞語卻未有相同的。他的詞百變而不離其宗的是旅思閨情，然卻能以千樣不同的手法，千樣不同的辭意傳述之。使我們並不覺得他們的重複可厭。」（鄭振鐸《中國文學史‧北宋詞人》）也因他善於鋪敘，能將身之所歷，目之所見之眞情實感納入詞中，詞中的意境乃因之開展提昇，逐漸走向雅化之途。

總之，若非柳永放下士大夫的優越身段，以過人的文學涵養和音樂造詣，與下層社會樂工歌女密切合作，爲其代言，就無法爲這音樂語言和文學語言密切配合的文學體勢開闢新局，以供後起作家縱橫馳騁。宋代婉約詞中纏綿、幽婉、傷感的基調，以及對愛情的嚮往追求，正是在柳永哀感頑艷、骫骳從俗的長調慢詞中肇始；也唯有柳永才開始轉變詞人對女子的態度，由一般的欣賞推進到憐香惜玉、惺惺相惜的情感深度，並將對婦女的理解尊重這一嚴肅的精神態度帶進了美的創造中。柳永雖然爲了「淺斟低唱」的填詞事業而斷送個人大好前程，並受時人訾議〔註14〕；然而他所開創的「屯田蹊徑」、「柳氏家法」，當時追隨者所在多有，沾漑後人甚廣〔註15〕；

〔註14〕如吳曾《能改齋漫錄》卷十六記載，宋仁宗因柳永〈鶴沖天〉詞有「忍把浮名，換了淺斟低唱」之句，而將其除名於進士榜上。並曰：「此人風前月下，好去淺斟低唱，何要浮名？且填詞去。」柳永只好以「奉旨填詞」自嘲。此外張舜民《畫墁錄》也記載，仁宗朝宰相晏殊因柳永詞有「彩線慵拈伴伊坐」（〈定風波〉）之句，而不肯放官。

〔註15〕南宋王灼認爲東坡長短句「十有八九不學柳耆卿則學曹元寵（組）」，

近人夏敬觀《手批樂章集》認爲柳詞下開金元曲子的先聲。他在詞史上的影響及地位於此可見。

第三節　北宋豪放詞之興起

一、東坡「向上指出一路」

　　蘇軾的詞集《東坡樂府》收詞三百四十五首，在他卷帙宏富的所有作品中，只佔較小的部分，尚不及詩歌總數（二千七百餘首）的八分之一。他雖是「以文章餘事作詩，溢而作詞曲」（王灼《碧雞漫志》）。然而，就文體的開拓和創新來說，蘇軾對詞學的發展貢獻，並不亞於他在詩史和散文史上的地位。清代陳廷焯說：

> 人知東坡古詩古文卓絕百代，不知東坡之詞，尤出詩文之右。……此老生平第一絕詣，惜所傳不多也。（《白雨齋詞話》卷七）

蘇軾在詞史上的地位，並不在於用調之多，存詞之富，而在於他拓展疆宇，別開宋詞題材風格的新天地。

　　在蘇詞出現以前，北宋詞壇基本上仍承「花間」、南唐餘緒，不脫「綺羅薌澤之態，綢繆宛轉之度」，吟唱的是男女慕悅、離情別緒等類型化情感，風情婉變，只不過有或雅或俗，含蓄與直露的差別。且當時文章家雖心好填詞之道，然往往託以「諧浪遊戲」之辭，半遮半掩，或悔其少作，或自掃其跡（胡寅〈酒邊詞序〉），亦不敢自躋於「大雅」之林。與五代溫、李、馮、韋相較，自然顯得氣格較弱，正如王灼《碧雞漫志》所指出的：「長短句雖至本朝而盛，然前人自立與眞情衰矣。」

而沈公述、李景元、孔方平、田不伐……等，作詞「源流皆從柳氏來」。（《碧雞漫志》卷二）。黃庭堅對柳詞往往能信口引用，前期所作之俚俗小詞，亦可看出柳永之影響。蔡嵩雲則認爲周邦彥「寫景用賦筆，純是屯田法。」（《柯亭詞論》）

　　而蘇軾這位一代文宗，不僅完成北宋詩文革新運動，同時也把這一運動的精神擴展到詞的領域。他看出「自立與眞情衰」就是造成詞體不尊的原因，於是毅然起而矯之，以嚴肅的態度著意尊體；他以詩爲詞（陳師道《後山詩話》），打破「詩莊詞媚」的傳統框架，「絕去筆墨畦徑間，直造古人不到處」（胡仔《苕溪漁隱叢話》），並以曠世之高才，和純熟自如的藝術手法，將耳聞目見、心動情思，一一羅致筆下：抒情敘事，詠物說理，莫不隨心所欲；在時人好尚之「柳七郎風味」外，另闢蹊徑，終能別樹一幟，形成了蘇詞以「豪放清雄」〔註16〕爲主的藝術風格，建立起詞壇上的「東坡範式」〔註17〕。從此天下「弄筆者始知自振」（王灼《碧雞漫志》卷二），引發後世無數好之、樂之者的景仰趨慕，一代宗風因此肇始開基。

　　　　眉山蘇氏一洗綺羅香澤之態，擺脫綢繆宛轉之度，使人登
　　　　高望遠，舉首浩歌，而逸懷浩氣超乎塵垢之外。於是《花
　　　　間》爲皂隸，而柳氏爲輿臺矣。（胡寅〈酒邊詞序〉）
蘇詞之妙諦與專詣之境，胡氏此語可謂盡之矣。

二、東坡「詞爲詩裔」的詞學觀

　　在東坡尚未在詞壇異軍突起之前，除了「士行雜塵」的溫庭筠，「骩骳從俗」的柳永外，對於詞之製作，鮮有以嚴肅態度爲之者；直

〔註16〕晁以道云：「紹聖初，與東坡別於汴上，東坡酒酣，自歌〈古陽關〉，則公非不能歌，但『豪放』不喜剪裁以就聲律耳！」（《歷代詩餘》引）王鵬運云：「北宋人詞，如潘逍遙之超逸，宋子京之華貴，歐陽文忠之騷雅，柳屯田之廣博，晏小山之疏俊，秦太虛之婉約，張子野之流利，黃文節之雋上，賀方回之醇肆，皆可模擬得其彷彿。唯蘇文忠之『清雄』夐乎軼塵絕跡，令人無從步趨。」（王鵬運《半塘老人遺稿》）

〔註17〕「東坡範式」一詞乃是王兆鵬《宋南渡詞人群體研究》之用語。王氏認爲：自晚唐五代至北宋，詞壇上存在著兩個創作營壘：一是爲聽眾讀者「消閒解悶」而作，抒發接受者所喜愛，且人人能感受的類型化情感的營壘。以溫庭筠爲領袖。二是以「自我表現」爲創作目的，抒發個體化情感的營壘，以蘇軾爲代表。前者運用的是「花間範式」，後者即爲「東坡範式」。

至東坡一出，乃以靈氣仙才開徑獨往，別開生面；其主要關鍵來自於東坡超越時人的詞學觀點。

　　詞學史上，第一位引起廣泛而持久的爭論性詞人是柳永，而首先對柳詞作理性的審察，並揭出自己的詞學理論的則是蘇軾。由於柳詞抒情大膽直率，語言明白妥溜，充滿濃厚的世俗情味。雖然「大得聲稱於世」（李清照《詞論》），但也招來大雅之士的不滿，比之為「都下富兒，雖脫村野，而聲態可憎」（《碧雞漫志》卷二）。蘇軾開始填詞之時，正值柳詞風靡一世之際，他想要改變詞風，就從另闢蹊徑做起，並自覺地提出「自是一家」的說法：

> 近卻頗做小詞，雖無柳七郎風味，亦自是一家，呵呵！數日前，獵於郊外，所獲頗多。作得一闋，令東州壯士抵掌頓足而歌，吹笛擊鼓以為節，頗壯觀也。（〈致鮮于子駿書〉）

由這段文字看來，東坡對於自己的詞有別於「柳七郎風味」，深感自負；也顯示他有意要開拓創新詞境，改變詞格，標舉「壯觀」之美，以樹立「自是一家」的旗幟。這篇〈致鮮于子駿書〉不啻為一篇創立「豪放」詞風的宣言。

　　「詞為詩裔」是蘇軾的詞學本體論。其〈祭張子野文〉云：

> 清詩絕俗，甚典而麗。搜研物情，刮發幽翳。微詞宛轉，蓋詩之裔。

在蘇軾看來，詞之於詩，既是相對的不同文藝載體，又是詩的產物，更是詩人所選擇的不同型態的藝術創造。其主要意義即是：詞來源於詩，與詩同質而異體。詞在本質上可以同詩一樣，表現主體的性情襟抱，可以抒寫一切或隱或顯之人情物理，反映社會盛衰與歷史興亡之慨；甚至可以像詩一樣記錄山光水色的清麗，又可以表現高華悲壯的恢弘氣象。從藝術本質而言，不同形式的藝術，在審美效果及趣味上是祕響相通的：

> 燕公之筆，渾然天成，爛然日新，已離畫工之度數，而得詩人之清麗也。（〈跋蒲傳正燕公山水〉）

坡公在此指出「燕公之筆」頗能表現出主體的審美情趣，不與一般畫工同科，已具有詩人的清麗之美。又云：

> 詩不能盡，溢而爲書，變而爲畫，皆詩之餘。

把書、畫皆當成「詩餘」，正像他把詞當成「詩餘」一樣。說明人在從事文藝創造時，往往有「詩不能盡」處，創造主體便可以依各人情性之所近的藝術形式表現出來。書、畫、詩、詞等是異構而同質的藝術。故而，「詞」絕非僅是前者的「膽餘價值」，而是各自以特殊的審美體式彼此互補，相得益彰。

東坡「以詩爲詞」的理論，也反映在創作之中，他在〈定風波〉中悟出「回首向來蕭瑟處，歸去，也無風雨也無晴。」的哲理。後來在他謫居儋州時，便化爲「回首向來蕭瑟處，也無風雨也無晴」（〈獨覺〉）的詩句，基於詩詞同源的認識，蘇軾並循此標準來評鑑他人詞作之高下。如〈與蔡景繁書〉便有「頒示新詞，此古人長短句之詩也」之說。這顯然不是從句度長短的形式將兩者作一比附，而是著眼於蔡詞的內涵精神與「古人長短句之詩」亦即「古樂府」之精神有契合之處。而對於柳永〈八聲甘州〉的警句「漸霜風凄緊，關河冷落，殘照當樓。」亦讚以「此語於詩句，不減唐人高處」（《侯鯖錄》卷七）。他推許柳詞具有唐詩「高渾」之美，就基於「詩詞只是一理，不容異觀」的審美心理而發。胡適《詞選》把蘇詞稱爲「詩人之詞」，其理在此。

三、東坡豪放詞之義涵

（一）「豪放」之義界

「豪放」是一涵義極廣的審美概念，「豪」與「放」二字連用，最早見於北齊魏收《魏書·張彝傳》中稱張彝「少而豪放，出入殿庭，步眄高上，無所顧忌。」強調其人性格、行爲的不拘禮法常規。其後，司空圖的《詩品》，將詩歌的體格風貌分爲二十四品，「豪放」爲其中一目，其「豪放」品曰：

觀花匪禁，吞吐大荒，由道反氣，處得以狂。天風浪浪，
海山蒼蒼，眞力彌滿，萬象在旁。

可見「豪放」風格，主要建立在創作主體「吞吐大荒」的磅礡氣勢上，
以「我」之狂飆精神傾注全篇，如此，萬象亦可納入胸中，任我吞吐。
楊廷芝《詩品淺解》解釋「豪放」爲「豪邁放縱」，以爲「豪則我有
可蓋乎世，放則無物可羈乎我」，強調「豪放」作品當氣度超拔，不
受羈束，也就是指「創作主體充滿鬱勃自由創造的精神」（張惠民《宋
代詞學審美理想》）。

蘇軾爲有別於北宋詞壇盛行的「柳七郎風味」，率先刻意標舉「豪
放」詞風，以「劃然變軒昂」之詞與柔靡的「昵昵兒女語」（韓愈〈聽
穎師彈琴〉）並列相較。俞文豹《吹劍續錄》云：

東坡在玉堂，有幕士善謳。因問：「我詞比柳詞何如？」對
曰：「柳郎中詞，只好十七、八女孩兒，執紅牙拍板，唱『楊
柳岸，曉風殘月』。學士詞，需關西大漢，執鐵板，唱『大
江東去』。」公爲之絕倒。（《説郛》卷二十四引）

幕士舉蘇、柳二人代表作爲例，以形象而饒富趣味的語言，揭示兩家
陰柔、陽剛詞風之不同，頗具典型意義。鐵板銅琶，「大江東去」也
成爲蘇軾「豪放」詞的代表標誌。

蘇軾〈答陳季常書〉是最早用「豪放」觀念來評詞的：

又惠新詞，句句警拔，詩人之雄，非小詞也。但豪放太過，
恐造物者不容人如此快活。

雖然「警拔」、「雄」都屬於「豪放」範圍。但這裡的「豪放」，當偏
重於「豪放不羈，縱情放筆的意思」（《唐宋詞通論·詞派》）。南宋論
詞者每以「豪放」、「豪妙」表述蘇詞之藝術特點。其涵義並不全指藝
術風格而言，如陸游說：

公非不能歌，但豪放不喜裁剪以就聲律耳。（《老學庵筆記》
卷五）

這裡顯然是指創作主體不受聲律束縛的自由精神，而非指其藝術風

格。此外，透過蘇軾的夫子自道，也可以印證「豪放」是來自主體精神的「快活」。如何薳《春渚紀聞》卷六〈東坡事實〉載：

> 先生嘗謂劉景文與先子曰：「某平生無快意事，惟作文章，意之所到，則筆力曲折，無不盡意。」自謂世間樂事無逾此者。

蘇軾之「快意」、「樂事」，就是情感的奔放，「無不盡意」地充分自由的藝術創造精神。生命氣性的暢流和自由的創作精神，便是所謂「快活」，也正是「豪放」的源頭所在。所以「豪放」成為蘇軾審美觀中一個重要概念，是取決於一種「開放型」的創作態度；比起「內斂」式的婉約詞創作態度，更為坦易、開朗而外放，故而更容易達到「文如其人」的境界。

而明人張綖的《詩餘圖譜》則第一次明確地以「豪放」論詞體，並與「婉約」對舉，作為兩種對立的審美範疇。

> 詞體大略有二：一體婉約，一體豪放。婉約者，欲其詞情蘊藉；豪放者欲其氣象恢弘。

張綖所謂的「詞體」，當類於《文心雕龍‧體性》所標舉的「體性」，「體」是就風格的外在形態而言，「性」是就風格的內在本質而言；也就是兼指文章的體貌和作家的創作個性而言。張綖並以「氣象恢弘」作為豪放風格的主要內容，後世論詞者大多宗法此說，「氣象恢弘」也就成了論詞者對豪放詞的直觀感受。

就美學角度而言，中國古典文學中的「豪放」審美範疇，和西方「浪漫主義」（Romanticism）的精神是一致的。中國本有「浪漫」一詞，如蘇軾〈與孟震同游常州僧舍〉詩中，就有「年來轉覺此生浮，又作三吳浪漫遊」之句。不過此處之「浪漫」乃指遊山玩水之無拘無束，任情而動；與西方「浪漫主義」杳不相涉。「浪漫主義」是十八世紀晚期興起於歐洲的一種思想文化運動。此一運動逐漸演變為文人學者自覺而刻意的創作方法。此派學者強調的創作方法不外是出以充沛的熱情，抒發奇幻荒誕想像，隨心所欲的誇飾等。中國雖沒有發展

出「浪漫主義」這一名詞以代表某種文類或創作方法，但自遠古神話傳說，到《莊子》、《離騷》以來的詩文、小說、戲曲，實蘊含許多可以稱之爲「浪漫主義」的文學作品。就宋代而言，在正統詩文中受到壓抑的浪漫歌吟，在詞中得以盡情舒展發揮；尤其東坡所開創的「出神入天」的豪放詞風，可說是宋詞浪漫精神的首度張揚。

（二）東坡不主一格之豪放詞風

　　蘇軾爲豪放詞風之開創奠基者。然「大家」的藝術風貌常是不拘一格，異彩並呈的。「氣象恢弘」一詞，實不足以涵蓋蘇詞「豪放」之全貌。前人在蘇詞「豪放」的基本精神上，品味出「清麗」、清新、「清雄」、「韶秀」等不同藝術風貌〔註18〕。由於東坡塡詞是出於主體性情眞實無僞的抒發，故其深厚的學養，超曠的胸襟氣度往往於詞中隨處映現。

　　　　東坡書挾海上風濤之氣，讀坡詞當作如是觀。(王漁洋《花草
　　　　蒙拾》引黃山谷語)
　　　　試取東坡諸詞歌之，曲終，覺天風海雨逼人。(《歷代詩餘》
　　　　引晁以道語)

這是強調其詞波瀾壯闊，氣勢逼人。

　　　　逸懷浩氣，超然乎塵垢之外。(胡寅〈酒邊詞序〉)
　　　　語言高妙、似非吃煙火食人語。然非胸中有萬卷書，筆下
　　　　無一點塵俗氣，孰能至此。(黃庭堅〈跋東坡樂府〉)
　　　　東坡詞具神仙出世之姿。(劉熙載《藝概‧詞曲概》)

上述評語出於同樣的審美角度，均強調蘇軾豪放詞中超脫塵俗之高蹈精神。這些「仙」、「逸」、「清」、「新」的形容詞，又可以「超曠」一

〔註18〕周濟《介存齋論詞雜著》云：「人賞東坡粗豪，吾賞東坡韶秀，韶秀
　　　　是東坡佳處，粗豪則其病也。」張炎《詞源》云：「詞須要出新意，
　　　　能如東坡『清麗』舒徐，出人意表，不求新而自新，爲周、秦諸人
　　　　所不能到。」樓敬思云：「東坡老人故自靈氣仙才，所作小詞，沖口
　　　　而出，無窮『清新』，不獨寓以詩人句法，能一洗綺羅薌澤之態也。」
　　　　(《詞林紀事》引)

詞來涵蓋。故蘇詞之「豪放」，實包含多層次的審美趣味。

　　要言之，東坡的豪放主要建立於「情性之外，不知有文字」（元好問〈新軒樂府引〉）的審美標準與創作態度；當詞人卓絕的「人品」與「詞品」統一時，「豪放」的文采風流便自然流露。東坡革新詞風並非單純狹隘地反對婉約詞風，反對音律；而是要爲詞壇注入富有主體情性的多元風貌，使詞的美學韻味更加豐厚與雋永。

四、詞體「本色論」之思辨

　　「本色論」是中國文學批評中的一個重要概念。「本色」一詞，始見於《晉書‧天文志》：「凡五星有色，大小不同，各依其行而順時應節。……不失本色而應其四時者，吉。」意指「本來的顏色」。其後便衍爲「本行」、「本業」之意。如《唐律‧名例》記載：「犯徒者準無兼丁例，加杖還依本色」。「還依本色」即放歸各行各業。其後《東京夢華錄》卷五云：「士農工商，諸行百戶，衣裝各有本色，不敢越外。」此爲「行業」之衍生義，指各行各業的服飾皆有定制，不可逾越。

　　南朝劉勰首先將「本色」一詞借用於文學理論範疇：

　　　青生於藍，絳生於蒨，雖逾本色，不能復化。（《文心雕龍‧
　　　通變》）

劉勰針對當時文壇「多略漢篇，師範宋集」的現象表示不滿；爲補偏救弊而主張「通變」之說，亦即「資故實，酌新聲」；「本色」即比喻傳統質樸典雅之文，唯有向傳統借鑑取法，才能「變」而不失其「通」。其後嚴羽也用「本色」一詞說明其「妙悟」理論：

　　　大抵禪道惟在妙悟，詩道亦在妙悟。惟悟乃爲當行，乃爲
　　　本色。（《滄浪詩話‧詩辨》）

「當行」、「本色」在此只是作爲一個譬喻的用法，指作詩的「當家本領」而言。

　　最早用「本色」一詞評論詞體的是陳師道，其《後山詩話》云：

> 退之以文爲詩，子瞻以詩爲詞，如教坊雷大使之舞，雖極
> 天下之工，非本色。今代詞手，惟秦七、黃九爾，唐諸人
> 不逮也。

而陶明濬《詩說雜記》卷七對「本色」一詞作如下解釋：

> 本色者，所以保存天趣者也。故夷光之姿必不肯污以脂粉，
> 藍田之玉又何須飾以丹漆。此本色之所以可貴者也。

所謂「保存天趣者」，當指作品具有作者之「主體精神」，不失其「本來面目」之意。而宋代陳師道則將「本來面目」、「主體精神」的意義擴大解釋爲針對某一文類而言，並以之爲此一文類之審美標準。

　　陳師道是蘇門「六君子」之一，對於蘇軾開創之豪放詞風，他從詞體以「婉約」爲「本色」的角度出發，而提出批評，並以秦觀、黃庭堅所作之詞爲「本色」典型。所以陳師道所標舉的「本色」，當涵蓋詞的語言、內涵、風格、音律等特點。蘇詞之所以「要非本色」，在於他「以詩爲詞」，以致混淆了詩詞的界線。

　　其後李清照發表《詞論》，針對唐五代至北宋詞學的發展予以評論，表述了他對詞的審美理想，並提出詞「別是一家」之說，強調詞以合律性爲本位，詞之「協律」、「鋪敘」、「典重」、「情致」、「故實」五者必須並重，文辭音律兼備，乃爲「當行出色」。他從形式、內容、風格各方面立論，把詩詞的界線劃分開來，可視爲詞的一篇獨立宣言。李清照和陳師道一樣，均針對蘇軾「詞之詩化」提出批評，認爲東坡之詞不合於詞的特殊格調，徒然只有長短句式的形式而已，毋寧更近於詩的風味，在他看來，蘇詞只是「句讀不葺之詩爾」。從陳師道、李清照的理論看來，詞在長期發展過程中，至北宋已經形成一種獨特的「婉約」藝術審美特色，並已取得人們的共識。此後，東坡「詞爲詩裔」的詞學觀與李清照「別是一家」的詞學觀，便形成詞壇上兩派不同的詞學審美範疇；並成爲日後「婉約」和「豪放」兩派依循的鑑賞標的，從而引發詞壇的「本色」、「正變」之爭。然而，從接受美學的角度來看，仁者見仁，智者見智，亦各從其所好而已；兩者間，

只有審美趣味之差異，實不必強為軒輊。誠如田同之《西圃詞說》所云：

> 填詞亦各見其性情。性情豪放者，強作婉約語，畢竟豪氣
> 未除；性情婉約者，強作豪放語，不覺婉態自露。故婉約
> 自是本色，豪放亦未嘗非本色也。

這是強調抒情主體的性情才是決定「本色」的主要依據。而劉熙載《藝概》則從創作時空和歷史背景為考量依據，認為「詞當合其人之境地以觀之」，能做到「文學與時為消息」，便屬「正聲」。這才能在主觀的欣賞中又不失其客觀的審美態度。

第四節　「東坡範式」之成立

　　蘇軾以異軍突起之姿崛起詞壇後，在總結前人經驗及表現方法的基礎上，建立起一種新的詞風及抒情範式，王兆鵬《宋南渡詞人群體研究》將此一範式名為「東坡範式」。而「東坡範式」代表的涵義，主要包含以下三方面：

一、就人物形象言

　　「東坡範式」的首要特徵，便是「著重表現主體意識，塑造自我形象，表達自我的人生體驗，抒發自我的人生理想和追求。」（同上）在晚唐五代時期，詞中人物以女性為主。王兆鵬〈唐宋詞的審美層次及其嬗變〉曾作過統計：《花間集》中，溫庭筠現存六十九首詞，其中人物形象幾乎全是女性，沒有一首是直接抒發自我的人生體驗，表現自我的人格精神。其餘十七位作者的作品，百分之八十是以女性為抒情主體。就南唐詞人而言，李璟詞今存四首，皆以女性為主體。馮延巳詞存詞一百一十首，女性形象佔了一百首。李煜存詞三十四首，有一半的詞以女性為主。由於受到女性形象的制約，所以詞人填詞，必得淡化自我，把自我隱身在詞的背後，為女性代言；或是透過女性的情思，隱約折射出詞人的微細心曲。而詞人筆下所代言之人物形

象，或是一種模糊的「共我」，或特定身份的「謝娘」、「楚女」。所抒發的情感，自然是「類不出綺怨」（《藝概·詞曲概》），作者自我的情感便融化在類型化的「綺怨」之中。

自從柳永在詞中引入了一個「書劍飄零」，浪跡天涯的下層知識份子形象後，詞的天地便由「失意文人」與「紅粉佳人」共享。然而從詞的流變過程看，這樣的變異畢竟是一種繼承性的「微變」；真正為詞體注入新的「質素」，以男性為主體，擺脫一般性的思想情感，以詞人自我的真面目示人，這種關鍵性的「質變」，則要到蘇軾跨入詞壇後，才算成立。當他展示內心世界時，已不再需要依賴「醇酒美人」來烘托氣氛，婉轉寄意；他所追求的不再只是功名利祿與官能享受；詞中所呈現的精神視野，已超越今生現實，而投向來世與生命的不朽。他的詞充分展現出人格精神的複雜性與豐富性，詞中的男性形象也就不是單一化、平面化或類型化的人物。

在東坡詞中，既有「致君堯舜，此事何難」（〈沁園春〉）的雄心壯志，也偶生「月明多被雲妨」（〈西江月〉）之慨歎，甚至不乏乘風欲仙的出世思想。詞人與生俱來「多情多感仍多病」（〈采桑子〉）的靈敏氣性，卻生就一身傲骨，寧可忍受「無人與目成」（〈南歌子〉）的孤獨，依然「揀盡寒枝不肯棲」（〈卜算子〉）。雖然坎壈一生，終究以「此心安處是吾鄉」（〈定風波〉）之豁達睿智來自我寬解，以「多情卻被無情惱」（〈蝶戀花〉）自我解嘲。我們在詞中看到了一個毫不掩飾個人喜怒哀樂的浪漫文人；他同時也是一位「會挽雕弓如滿月，西北望，射天狼。」（〈江城子〉）的英雄豪傑。總之，在東坡詞中蘊含的是一個立體、豐富、多變而有血有肉的士大夫人格與靈魂。

二、就詞境的擴大言

當蘇軾把個性分明的男性形象帶入詞中後，由於題材的增加，情感的繁複多樣，所以詞的空間也隨之擴大，甚至可以出入古今，涵容宇宙，更具有歷史性與深遠性。在前人的婉約詞中，吳山、柳岸、驛

橋、杏花、煙雨、樓閣等江南風情，只是客觀獨立於抒情主體之外，成爲「包圍」與「美化」思婦佳人的場景，個人往往只是場景所映襯的對象之一。動人的是如畫的玲瓏空間，或經過轉化的「物象」，而非靜默的女性〔註19〕。其後李煜、柳永先後把「四十年來家國，三千里地山河」(〈破陣子〉)；「漸霜風淒緊，關河冷落，殘照當樓」(〈八聲甘州〉) 的詩的意象納入詞中；這種「詩人之詞」所創造的遼闊視野，在他們手中，尚未成爲一種審美典範；到了蘇軾詞中，詞中抒情主體才正式成爲客觀場景的支配者，他把詞中的鏡頭由閨房內室移向戶外；隨著男性形象的腳蹤所至，舉凡神游目接，天上人間，田園鄉村，千里關河，雲濤煙浪等一切「天地奇觀」(劉辰翁〈辛稼軒詞序〉)，一一納入詞中；由原來的近距離特寫鏡頭，變成鳥瞰式的廣角鏡頭，甚至千古風流人物都可以納入他的心靈視野中。更進一步做到物我交融，主客體合一；明月、楊花、孤鴻、蝴蝶、流水、夢境，一切景語，莫非情語，詞的境界也因想像空間的擴大而更顯深邃豐富，蘇軾在柳岸鶯啼、檀板輕歌的「花間」世界外，爲欣賞者開闢了一個嶄新而遼闊的審美空間和視野版圖，既雄奇擴大，也饒富情趣韻味。

三、就情感的寫實性言

由「「東坡範式」的自主化、個性化所衍生出的另一特色是，詞中所抒發的情感由「花間」的類型化、虛泛化的擬情，走向個人情感的寫實化。

早期花間詞人的創作緣起，往往而是出於外在應歌的需要，爲社交娛樂提供服務而創作。詞中的情感常因時因地而擬造虛構；詞中之

〔註19〕孫康宜《晚唐迄北宋詞體演進與詞人風格》指出：「溫庭筠筆下的女人靜如處子，而且默默然如畫中人。但是和這女人有關的種種卻玲瓏多姿，虎虎有生氣。如『鬢雲欲度香腮雪』(〈菩薩蠻〉) 之句，溫氏寫活了這『鬢雲』，好像會動似的。這種生命倒轉，無生命的反而化爲有生命的，也是溫詞話中有話，極盡曲折的緣故。」(臺北：聯經出版社，民國 83 年)，頁 68。

境，也是配合所擬之情而設，以使內在情感與外在物象、環境達到兩相烘托的效果。由於作者們有意無意地略去詞中具體的時、地、事，強化情感指向的模糊性、普遍性，故而接受者可以根據各自的審美經驗，人生閱歷，在欣賞時產生多角度、多層次的聯想。但由於花間詞人捨棄了具體感發事件的鋪陳交代，只是一味用意象、氣氛來烘托，因而只適宜用來表現作者隱曲深細的內心世界，而不易於表現客觀的外在世界。所以在花間詞中，很難找到足以反映人生，或與社會歷史有關的重大題材。

　　「東坡範式」則往往緣事而發，感事而作。當心靈受到具體事件的衝擊或現實生活的激盪，心有所感乃溢爲歌詞；舉凡敘事繪景、言志抒情、懷古感舊、酬唱應答、贈別悼亡；或悲壯怨抑，或滑稽戲謔，幾乎無所不有，一如蘇詩之「左抽右旋，無不如志」（趙翼《甌北詩話》卷五）。也因其「無意不可入，無事不可言」，詞的寫情紀實性因而增強。蘇軾曾主張詩要「有觸於中而發」（〈南行前集序〉），即是要求創作要寫實情、紀實景。然詞的文體特性畢竟長於抒情，較不適宜敘事紀實，於是蘇軾乃創造性地運用詞題和小序這種形式以爲彌補。所以蘇軾的詞大致說來都有明確的指向性、時間性和地域性。

　　蘇軾這種「悍然不顧一切」的嘗試努力，終於轉移一時風氣，從此「大江東去」的雄詞高唱，乃得與「曉風殘月」的鶯啼婉轉並峙詞壇。

第五節　蘇門之嗣響

　　蘇軾大刀闊斧的改革，給宋詞開闢了一個不與「群兒雌聲學語較工拙」（劉辰翁〈辛稼軒詞序〉）的新方向，進而建立起他在詞壇上別開生面的地位。在南宋，已有詞人自覺以蘇詞爲榜樣，並產生了詞學上的流派觀念。南宋詞學對此已有自覺的理論表述，如王灼《碧雞漫志》卷二曰：

> 東坡先生非醉心於音律者，偶爾作歌，指出向上一路，新
> 天下耳目，弄筆者始知自振。

「偶爾作歌，指出向上一路」一語道出蘇軾轉移時代風會的歷史貢
獻。而東坡所開創的豪放詞風之所以能蔚爲一時風尚，則有賴於蘇門
諸子之嗣響追蹤。《宋史・蘇軾傳》有云：

> 一時文人，如晁補之、秦觀、張耒、陳師道，舉世未之識，
> 軾待之亦如朋儕，未嘗以師資自予。

蘇門諸子，雖不盡效法其師之所爲，然而在詞壇轉變風氣的關鍵時
刻，也各有其左右一時風氣的論點及影響。

一、黃庭堅

黃庭堅（1045～1105）爲「蘇門四學士」之首，也是「江西詩
派」之大宗。與蘇軾並稱「蘇、黃」。亦擅詞，有《山谷詞》傳世。
與秦觀並稱爲「今代詞手」（《後山詩話》）。李清照《詞論》則以詞
壇「知之者」推許二人。黃氏早年塡詞往往出之以游戲態度，他爲
晏幾道《小山詞》作序，曾述其少年塡詞經歷云：

> 余少時間作樂府，以使酒玩世。道人法秀獨罪余「以筆墨
> 勸淫，於我法中，當下犂舌之獄。」（《豫章文集》卷十六）

這便是馮煦所謂的「褻諢之作」（〈宋六十一家詞選例言〉）。後因年事
漸長，又以文字遭遷謫，落拓之餘，詞風因而有所轉變。其作品「佳
者則妙脫蹊徑，迥出慧心」（《四庫提要》），當指其後期作品而言。

黃庭堅的詞學觀主要在〈小山詞序〉中，透過對晏幾道性格與作
品的評說而顯現出來：

> 晏叔原，臨淄公之暮子也。……文章翰墨，自立規模。……
> 乃獨嬉弄於樂府之餘，而寓以詩人句法，清壯頓挫，能動
> 搖人心。……余嘗論叔原，固人英也。其癡亦自絕人。……
> 仕宦連蹇，而不能一傍貴人之門，是一癡也；論文自有體，
> 不肯一作新進士語，此又一癡也；費資千百萬，家人寒飢
> 而面有孺子之色，此又一癡也；……至其樂府，可謂狹邪

之大雅，豪士之鼓吹，其合者〈高唐〉、〈洛神〉之流，其
下者豈減〈桃葉〉、〈團扇〉哉！

序中傳神寫照地道出晏幾道的詩人氣質，與其詞作的獨特風格。他與
世不諧的「痴絕」個性也具體反映在作品中。晏氏所爲詞，雖出於嬉
弄，卻能出以詩人句法，清新壯闊、沉鬱頓挫，具有感發人心的力量。
黃庭堅於此頗致推崇，這不僅顯示他能別具隻眼，也可視爲他對蘇軾
「以詩爲詞」主張的另一種步趨發揚。

　　黃庭堅也極力稱道蘇軾的詞，推崇蘇詞語言意境的「高妙」。其
評蘇軾〈卜算子〉（「缺月掛疏桐」）云：

語言高妙，似非吃煙火食人語。然非胸中有萬卷書，筆下
無一點塵俗氣，孰能至此。（〈跋東坡樂府〉）

「胸中有萬卷書」肯定作者深厚廣博的學問修養，而詞境之「高妙」，
可由長期積累之學問涵養及創作經驗而來。杜甫〈奉贈韋左丞丈二十
二韻〉自稱「讀書破萬卷，下筆有如神」，黃庭堅尤奉爲圭臬，詞評
是創作實踐的反映，所以他把從蘇軾以來所創闢的「詩人之詞」的「雅
化」程度發揮得更爲徹底。山谷既從東坡游，不免心慕手追。如他的
〈定風波〉（「萬里黔中一漏天」）中那老而「氣岸」的詞人形象，便
依稀有東坡「狂夫老更狂」的身影。要言之，其詞取徑東坡處大略有
二：一爲技法上的模擬，如押韻處全用相同之語助詞，或檃括他人詩
文以入律〔註20〕。一爲借詞體以說人生哲理。山谷均有所繼承，這對
日後辛稼軒也產生若干程度之啓發影響。

二、晁補之

　　晁補之字無咎，亦爲蘇門四學士之一。詞集名《晁氏琴趣外篇》。
胡仔《苕溪漁隱叢話・後集》卷三十三引《復齋漫錄》載其《詞評》

〔註20〕如檃括〈醉翁亭記〉爲〈瑞鶴仙〉，句末全押一「也」字。稼軒〈水
龍吟・題瓢泉〉句末多用「些」字韻與此相類。而黃庭堅也有〈古
漁家傲〉四首，以禪宗語爲之。日後稼軒也以《莊子・秋水》之哲
理入詞。

（又稱《評本朝樂章》），文中對宋代柳永、歐陽脩、蘇軾、黃庭堅、晏幾道、張先、秦觀等七位作家之詞加以評說，頗有精到之見解。這篇詞論反映出他雖屬蘇門，而論詞卻無所偏頗。如評柳詞不盡俚俗，其〈八聲甘州〉（「漸霜風淒緊，關河冷落，殘照當樓」）乃「眞唐人語不減高處」。又評晏元獻「風調閑雅」、張子野「韻高」，顯出他論詞「尚雅」的傾向。此外，他也推崇蘇詞「橫放傑出，自是曲子中縛不住者」，對蘇詞是否合律的問題別有獨到的看法，把「橫放傑出」的創造精神置於詞律之上；而不要求詞體必恪守「諧律」之「本位」。這種「輕重之別」的見解，實爲日後陸游稱蘇軾「但豪放不喜剪裁以就聲律」說的先聲。亦頗得東坡以開拓心胸爲務之創作旨趣。

關於晁氏之詞的評價，歷來皆以東坡嫡派視之。劉熙載《藝概》評曰：

> 無咎詞堂廡頗大。東坡詞在當時鮮與同調，不獨秦七、黃九，別成兩派也。晁無咎坦易之懷，磊落之氣，差堪驂靳。然懸崖撒手處，無咎莫能追躡矣。

而馮煦則謂：

> 無咎無子瞻之高華，而沉咽則過之。（〈宋六十一家詞選例言〉）

他的詞呈現強烈的主體生命氣性，其「坦易之懷，磊落之氣」自然流露，且未流於率易，誠屬不易，近似東坡。其詞幾乎無篇無題，多屬有爲而作；最受稱道者，莫過於〈摸魚兒・東皋寓居〉（買陂塘旋栽楊柳）一闋。此詞在上承東坡，下啓稼軒方面，起了一種「橋樑」的作用。黃昇稱：「眞西山絕愛此詞」（《唐宋諸賢絕妙詞選》）。而劉熙載則謂：

> 辛稼軒〈摸魚兒〉（更能消幾番風月）一闋，即無咎〈摸魚兒〉（買陂塘旋栽楊柳）之波瀾。（《藝概・詞曲概》）

由於政治遭遇和思想情感上的相似，晁、辛這類抒寫閒居題材的詞，從構思到意境到筆法的運用，都有某種神似之處。

此外，無咎詞格調既高，乃益加變化，以散文筆法施之於詞。如

〈萬年歡‧次韻和季良〉直抒胸臆，一似書札體裁。龍楡生認爲：「此種作品，從詞之本體言之，自不足道；所謂『著腔於唱好詩』者，實不啻無咎自道其詞格。若撇卻聲律，專言氣象，則東坡、無咎實有別關天地之功。」(《詞學論文集‧蘇門四學士詞》)。

三、張　耒

　　張耒，字文潛，自號柯山，世稱「宛丘先生」。蘇軾稱讚他的文章汪洋沖澹，有一唱三嘆之聲。張氏主張作文以理爲主，不假雕飾。《宋史》本傳引其言曰：「故學文之端，急于明理，如知文而不務理，求文之工，世未嘗有也。」他的詩學白居易，樂府學張籍，感情比較貼近一般民眾，風格平易自然。

　　在蘇門四學士中，張耒作詞最少，近人劉毓盤集其詞十首爲《柯山詞》。其論詞宗旨，主要見於爲賀鑄所作之〈東山詞序〉：

> 文章之於人，有滿心而發，肆口而成，不待思慮而工，不待雕琢而麗者，皆天理之自然，而性情之至道也。世之言雄暴虓武者，莫如劉季、項籍，此兩人者，豈有兒女之情哉？至其過故鄉而感慨，別美人而涕泣，情發於言，流爲歌詞，含思淒惋，聞者動心焉。此兩人者，豈其費心而得之哉？直寄其意耳！余友賀方回，博學業文，而樂府之詞，高絕一世。攜一編示予，大抵倚聲而爲之詞，皆可歌也。或者譏方回好學能文，而惟是爲工，何哉？余應之曰：「是所謂滿心而發，肆口而成，雖欲已焉而不得者。若其粉澤之工，則其才之所至，亦不自知者。夫其盛麗如游金張之堂，而妖冶如攬嬙施之袪，幽潔如屈宋，悲壯如蘇李，覽者自知之，蓋有不可勝言者矣。」

張耒以論文之旨來論詞，強調填詞需直抒胸臆，滿腔感情噴薄而出；不須苦思焦慮，刻意雕琢，文章自然眞切動人。賀鑄之詞，情調豐富，多姿多采，或盛麗、或妖冶、或幽潔、或悲壯；都是作者充沛情感之自然流露。這種詞學觀與一般「本色」論者片面標舉柔美諧婉之聲情

美者，自有境界高下之別。

　　蘇軾〈南行前集序〉有謂：

　　　夫昔之為文者，非能為之為工，乃不能不為之為工也。山
　　　川之有雲霧，草木之有華實，充滿勃鬱而見於外，夫雖欲
　　　無有，其可得也？

由此看來，張耒的詞學觀點最能與蘇軾的創作旨趣合拍。

　　元好問〈新軒樂府引〉云：

　　　坡以來，山谷、晁無咎、陳去非、辛幼安諸公，俱以歌詞
　　　取稱。吟詠情性，留連光景，清壯頓挫，能起人妙思。亦
　　　乃語意拙直，不自緣飾，因病成妍者，皆自坡發之。

元氏這段話說明東坡與蘇門後進之間的相互影響；由於有蘇門諸子在
理論及創作上的支持與響應，東坡所開創的以「吟詠情性」為主的豪
放宗風，方能以「新人耳目」的面貌流佈詞壇，接引後進。而東坡本
人也因而取得「詩家韓愈」之地位〔註21〕。

〔註21〕《四庫提要》：「詞至晚唐五代以來，以清切婉麗為宗，至柳永而一
　　　　變，如詩家之有白居易；至軾而又有一變，如詩家之有韓愈，遂開
　　　　南宋辛棄疾等一派。」

第三章　南宋豪放詞盛行之時代契機

第一節　偏安守成之南宋朝廷

一、南宋初年之國勢

自宋朝初年以來，主政者爲了避免重蹈五代覆亡的覆轍，便奉行「守內虛外」的方針。長期重文輕武的結果，導致邊防力量相對薄弱，如北宋對遼與西夏的戰事，最終都是以輸銀納絹的方式來換取和平共存。金國原是居住在白山黑水間的女眞族，經過幾世紀的發展，在北宋末葉逐漸強大起來，金主完顏阿骨打於西元 1115 年建立金國稱帝。其後逐步滅遼侵宋，爲中原華夏民族帶來了歷時一百二十年的浩劫。

宋欽宗靖康二年（1127），女眞銳師攻陷宋都汴京，徽、欽二帝被俘，中原淪陷，北宋政權結束。而保有東南半壁的宋室臣民，爲了興復祖業，在兵荒馬亂中，擁康王趙構繼統於南京（河南商邱），是爲南宋高宗，是年亦爲建炎元年。

宋室南渡之初，天下驚惶未定，境內盜賊四起，剽掠劫奪；加上兵燹爲患，軍費浩大，人民賦稅亦隨之繁重，如《建炎以來繫年要錄》卷八十六紹興五年閏二月乙酉條記載：

伏見朝廷數年以來，財賦寖虛，用度日廣。廟堂責之戶部，
戶部責之漕臣，漕臣責之州，州責之縣，縣責之民而止。
民之既困，膏血將竭則如之何？

南宋初期國計虛竭，民生凋弊之情形由此可而知。

就兵力而言，高宗南渡之初，州縣殘破，金兵所至，宋軍往往望
風而潰，此時宋金兵力之強弱，懸殊甚大。日後宋軍之所以能連敗金
軍，偏安江左，主因在於金兵快速竄起，掠地雖廣，然治守不易；加
上金國內部政爭不斷，因而削弱自身實力。相對而言，宋軍實力日益
精進，亦是因素之一，尤其高宗先後任用劉光世、韓世忠、張浚、岳
飛等將領，厚予祿賜，並充分授權；諸將於紹興三、四年以剿撫策略
收平群盜後，宋室內憂既除，戰力因而轉強。一連擊敗劉豫、完顏宗
弼，形成中興北伐之氣象。然而因當權者的畏戰心態，及朝中文臣武
將離心離德，終於導致中興大業功敗垂成之憾。

二、當權者畏戰求和

高宗自為康王出使金營為質時，便對金人存有恐懼之心，誠如
所謂：「為質於虜廷，熏灼於剽悍兇疾之氣，俯身自顧，固非其敵。」
（王夫之《宋論》卷十）逮即位後，金人南侵，高宗出亡海上，幾
有被俘之虞，由此更加深其畏敵心理；加上他對宋室軍力自始並不
信任〔註1〕，故建炎元年初即位，即遣使向金乞和。此後宋、金交
戰，而宋之和使仍絡繹於途，在紹興十二年以前，宋廷至少派遣了
十七次的和議使（金毓黻《宋遼金史》第七章）可見高宗積極求和
的態度。

〔註1〕《建炎以來繫年要錄》卷四十一紹興元年正月辛酉：上曰：「朕填在
藩邸，入見淵聖皇帝，率用家人禮。一日，論及金人事，嘗奏曰：『京
師甲士雖不少，然皆游惰羸弱，未嘗簡練，敵人若來，不敗即潰耳，
陛下宜少避其鋒，以保萬全。』淵聖皇帝曰：『朕為祖宗守宗廟社稷，
勢不可動。』其後敵復犯京師，朕在相州，得淵聖親筆，謂悔不用
卿言……遂致今日之誤。」

　　此外，高宗求和的動機，亦有其不便明言者，蓋高宗得位以僥倖成分居多，即位後對被俘北去的徽、欽二帝，始終不願見其南歸，以免危及帝位。他一面誅殺主張迎二帝回朝之太學生陳東（見《要錄》建炎元年八月壬午條），並坐視信王榛起兵五馬山寨，為金兵圍攻而不出兵相救，致使信王被俘；種種舉措，無非是藉以消除對其帝位有所威脅者。另一方面，高宗則努力為其繼位找尋合法依據，如《三朝北盟會編》建炎元年五月一日庚寅記載：

> 初上在相州也，閏月（靖康元年閏十一月）十四夜，夢淵聖盡令解所服袍帶，而以自所服者賜之。望日，上語延喜、世則，群臣不敢對。先是太上皇帝將禪位，解所服緋衣玉帶賜淵聖。既上出使河北，淵聖又解以贐行。

其他諸如此類的傳聞不少〔註2〕，或出高宗之口，或時人所記，姑不論其可信度程度如何，然皆隱喻高宗即位乃屬天意，則這些傳說背後的動機不言可喻。紹興八年，金國主戰派的宗翰下臺，主和的宗磐、撻懶得勢，始有宋金之和議。

　　高宗表面上對朝臣採用所謂「包容政治」，實則「外有好士之名，內有拒諫之實」〔註3〕。他籠絡群臣，而不完全信任；一方面鼓勵臣子議論政事，並獎勵其忠君敢言；另一方面臣子所提抗議的奏論則留中不發，或聽而不行。如此君臣皆享美名。高宗對武臣尤多所猜忌，這也是影響他主和態度的因素之一。自宋室南渡後，內有盜寇為亂，外有金兵侵擾，內憂外患交迭而至，遂使武將得以日益壯大。如張（俊）、韓（世忠）、劉（錡）、岳（飛）等名將，不僅握有重兵，並且財得專用、吏得專辟。諸將勢力的增長，不僅違背宋代祖宗中央集

〔註2〕如：王明清《揮麈後錄》卷二：「宣和中，燕諸王於禁中。高宗以困於酒，倦甚，小憩幄次。徽宗忽詢康王何往乎？左右告以故。徽宗幸其所視之，甫入即返。驚愕默然。內侍請于上，上云：『適揭廉之次，但見金龍丈餘，蜿蜒榻上，不欲呼之，所以亟出。』嘆息久之云：『此天命也。』由是異待焉。」

〔註3〕劉子健〈略論南宋的重要性〉，代序，黃寬重《南宋史研究集》（臺北：新文豐出版社，民國74年）。

權的基本政策，也對高宗權勢形成威脅。高宗因而標舉能「議君臣之義，知尊朝廷，不專於戰勝攻取，惟以安社稷爲事。」之「賢將」以與「一意功名爵賞，專以戰勝攻取爲能，而未必視朝廷大體及社稷久遠利害」之「才將」區隔（見《中興小紀》卷二十九紹興十一年三月庚子條）。這些都足以反映出高宗對諸將勢力的猜防。因此，他或藉「提昇裨將以分大將之權」、「壓制四鎭武力再行擴張」及「加強中央三衙力量」等措施，將旁落的君權收歸中央；另藉厚其俸祿的手段，使諸將感恩奮發，俯首聽命〔註4〕。自此高宗便袖手過著「尊中酒不空」（〈漁父詞〉之一），「贏得閒中萬古名」（〈漁父詞〉之五）的悠游歲月。

三、文臣武將離心離德

南宋朝廷除了高宗主和之外，大臣中也不乏主和者與之應和，如輔政大員黃潛善、汪伯彥等，即是主和派的初期代表人物。其後汪、黃被罷，秦檜自金廷南歸，一反既往義不戴金的立場，而大倡和議之論，成爲後期主和派的代表人物。秦檜等人，極力奉承高宗意旨，爲其驅遣，並盡斥主戰派如王庶、張俊、趙鼎、胡寅等人，使主和派在宋廷取得優勢。又由於南宋偏安之局面，得力於諸將之用兵，日久乃形成武將之驕橫跋扈；再加上如劉光世輩，遇敵退怯，索民殘虐，凡此種種，朝中文臣莫不引以爲憂。如趙鼎、胡寅等雖力主恢復，但對武將又不免有猜忌心理，對於恢復大業，亦不敢寄予厚望〔註5〕。而朝中宰輔大臣如李綱、張浚、趙鼎之間也未能同心同德，甚而相互攻擊，後人乃有「勢利之交，其三相之謂歟？」（朱勝非《秀水閒居錄》）

〔註4〕如高宗對扈衛大將張俊，不但寵遇優渥，並耳提面命要其讀〈郭子儀傳〉，效法郭子儀的精神以身享厚福，子孫慶流無窮。（見《要錄》卷一百三十九紹興十一年正月庚戌條）

〔註5〕張俊對諸將之防可見《宋史》卷二十八〈高宗本紀〉紹興七年四月庚戌，「張俊累陳岳飛積慮，專在併兵，奏牘求去，意在要君。」而趙鼎對諸將之防，可見《宋史》卷三百六十〈趙鼎列傳〉，鼎對高宗諫曰：「今見諸將尤須靜以待之，不然，益增其驕蹇之心。」

之譏訕。由於文臣之間意見不合，嫌隙時起；諸將復各擁重兵，驕縱不法，北伐恢復之業自是困難重重。當金人戰力減弱，有意和談時，南宋朝廷也就在高宗的私心，文臣武將的不合，及財計疲困的種種考量之下，而不得不屈辱地接受和議，南北對峙的局面因此形成。

　　孝宗即位之初，亦頗思有所作為，起用主戰派之張浚主持軍政，但因李顯忠、邵宏淵二將合作不力〔註6〕，終於導致「符離」一役慘敗；孝宗因而信心動搖，不得不罷免張浚，任用湯思退為相，與金簽訂「隆興和議」，割地求和，稱侄納貢。此後三十年，宋金無事，孝宗亦不免「萬機餘暇，留神棋局，詔國手趙鄂供奉」（張端義《貴耳集》卷上）過著安逸閒適的生活。

　　大致而言，終孝宗之世，朱熹、呂祖謙、辛棄疾、陳亮等都力主恢復，但因關鍵性的「符離之役」大敗，導致朝廷信心動搖；加上金世宗也是有為之主，始終沒有給予宋人可乘之機，因而主和派再度抬頭，發展至此，南宋偏安的局面已成定局。整個宋代治體的優劣點，就在於文治可觀，而武績未振，如此則事功之不競，亦可知矣。

第二節　南宋前中期之社會風潮

一、雅俗交融之文化現象

　　兩宋跨時三百二十年，其間社會環境變化頗大，文化風潮也因而有所轉移，自紹興八年（1138）三月，康王趙構定都臨安（杭州）之

〔註6〕《續資治通鑑》卷一百三十八孝宗隆興元年：「金左副元帥……以精兵萬人自睢陽攻宿州，李顯忠擊卻之。金貝薩復自汴率步騎十萬來攻。晨，薄城下，列大陣，顯忠與之戰，貝薩退走，既而益兵至，顯忠謂邵宏淵并力夾擊，宏淵按兵不動，……宏淵顧眾曰：『當此盛夏，搖扇於清涼之下，且猶不堪，況烈日披甲苦戰乎！』人心遂搖。……顯忠知宏淵無固志，勢不可孤立，歎曰：『天未欲平中原耶？何沮撓如此！』遂夜遁。……甲寅，使清臣等躡之，追至符離，宋師大潰，赴水死者不可勝計。」

後，形成宋金對峙的偏安局面，在長期的守勢中，自然醞釀出屬於那一時代特有的經濟文化特質。

北宋時代，南方由於貿易發達，經濟情況已漸凌駕北方，《宋會要輯稿》之十六記神宗熙寧間，全國商稅收入年額七百八十萬三千七百二十七貫，南方收入爲四百四十一萬五千一百七十貫，佔全國總收入之百分之五十六，宋室南渡後，高宗利用南方原有的經濟基礎，努力經營；一方面招撫流離，一方面鼓勵生產，所以南宋初年「雖失舊物之半，猶席東南地產之饒，足以裕國。」（《宋史・食貨志・農田》）由於東南經濟迅速恢復，當時行在臨安更是蓬勃發展。耐得翁〈都城紀勝序〉云：「自高宗駐蹕於杭，而杭山水明秀，民物康阜，視京師（汴京）其過十倍矣。」所以臨安城既是當時政治中心，也是全國經濟文化的首善之區。對此，近人夏承燾的《詞學論札》有如下記載：

「若要官，殺人放火受招安；若要富，趕向行都賣酒醋。」
這兩句民謠，反映南宋初年政治現實和杭州經濟狀況。從這些大大小小的統治階層人物到來之後，造宮殿、闢苑囿，以固定他們偷安東南的政見；官僚們紛紛買田地、置別墅、廣羅嬌妻美妾，過他們驕奢淫佚的生活。杭州在這種政治環境下，再加之當時種種自然條件加經濟條件，在十二世紀的世界上最繁榮富盛的大都市裡，就首推這南宋半壁江山的首都了。錢鏐以來的「東南第一州」，在北宋時躍昇爲全國第一州，到南宋這時又躍進爲世界第一大都市。馬哥波羅在南宋亡後來游杭州，還驚歎爲「世界上最美麗華貴的天城」，我們看吳自牧的《夢粱錄》，周密的《武林舊事》，耐得翁的《都城紀勝》以及乾道、淳祐、咸淳三部《臨安志》，還可以想見當時的盛況。

由於杭州城民豐物富，促進了都市經濟的繁榮，各階層的娛樂文化也應運而生。舉凡九衢三市、旗亭綺陌，都是他們活動的場所。爲了使王孫公子、才子佳人、屠沽工賈等雅俗階層的民眾各得其所，盡情遊樂，杭州城休閒娛樂的內容也因之無所不包：除了「憐池苑，狎風月」

的文人雅集外；瓦子〔註7〕勾欄則有市井階層欣賞的雜劇、小唱、影戲、相撲、說書、諸宮調等。民間各種娛樂活動項目尤其繁多，且有專門組織；如有編寫話本的藝人所組成的「書會」，又有表演歌舞藝術的「社會」，據《西湖老人繁盛錄》記載「姑以舞隊言之，如清音、遏雲、掉刀鮑老……各社，不下數十。」這些民間藝術表演活動如雨後春筍般從市井街頭興起，形成比士大夫階層還要廣大的審美群體活動，且更具有活潑之生命力。

這種注重休閒娛樂的氣氛，也具體反映在各種佳節慶典之中。其中又以元宵、清明、七夕、中秋、重陽等節日活動，尤爲繁盛多彩。如元夕之夜，臨安城內，「公子王孫，五陵午少，更以紗籠喝道，將帶佳人美女，遍地遊賞。人都道玉漏頻催，金雞屢唱，興猶未已。甚至飲酒醺醺，倩人扶著，墮翠遺簪，難以枚舉。」（吳自牧《夢梁錄》卷一元宵條）而清明之日，更是四野如市，車馬往來繁盛，「都人不論貧富，傾城而出，笙歌鼎沸。鼓吹喧天。」（《夢梁錄》卷二清明條）當時人們追求享樂的心態，可見一斑。影響所及，文人雅士在讀書、賞花、聽樂、品畫、飲茶等富於嫻雅情調的審美活動中，偶爾也從書齋案頭抽離出來，走向人群，投入民間的娛樂活動中，形成雅俗共賞的情趣交流〔註8〕。有關民俗節慶之繁盛景況，乃成爲文人筆下多姿多彩的寫作題材〔註9〕。其他文人所作的節序詞更是不計其數，可見一代之社會經濟風俗文化，對文學的滲透影響是不容忽略的。

然而，在虛幻的承平表象之下，仍有少數「獨醒之人」爲這種盡

〔註7〕據魏承思〈瓦子究竟是什麼場所〉一文指出：瓦子，是宋元城市中的一種方形市場。市場四周有酒樓、茶館、妓院（瓦舍）和各種商店，中間廣場上定期舉行集市，設立浮舖。並往往有許多藝人在這裡搭起勾欄演戲賣藝。這種瓦子是我國古代坊市制度打破後，在城市裡發展起來的一種綜合性市場。（引自《古代禮制風俗漫談》，北京：中華書局，1992年）

〔註8〕如范成大〈燈市行〉便有「吳臺今古繁華地，偏愛元宵影燈戲」之句。

〔註9〕稼軒詞〈青玉案〉（東風夜放花千樹）便是一例。

情縱樂的風氣感到憂心不已，如林升〈題臨安邸〉云：

> 山外青山樓外樓，西湖歌舞幾時休？暖風薰得游人醉，直
> 把杭州作汴州。

此詩暗諷在侷處偏安的時局中，卻依然有人過著春風管絃，恬然自安的虛華生活；也間接反映出南宋時人「一樣春風兩樣情」的不同懷抱。大致說來，南宋從建都臨安直到亡國，所謂「行在」，始終充滿著享樂的氣氛，其間雖曾激盪出一陣金戈鐵馬之聲，但在「一二人心之所嚮」的影響下，終復歸於沉寂；西湖之瀲灩波光，醺得南宋臣民「百年歌舞，百年酣醉」；國事倚仗無人，多少壯氣男兒，只有走向「孤山」，「笑指梅花蕊」（《古杭雜記》引文及翁〈賀新郎〉）。西湖迷離的煙水中，編織的是一場繁華走向悲涼的夢幻而已。

二、學術思潮

文學是一種有機體，它的形式固然繁雜多樣，但各體之間，必有某些本質相通之處；不同的體式之間往往存著相互影響滲透，或是相互補足的關係。而任何一種文體的發展演變，必然與當時的整體學術思潮有不可割裂的淵源關係存在。宋代學者氣象博大，學術途徑至廣，舉凡經學、史學、文學、哲學、科技、藝術等，都取得了相當的成就，形成學術史上所謂的「宋學」，以與「漢學」對舉。一般說來，「宋學」主要意義在於「理性精神」的張揚，大致可歸納為以下兩個重點：

一、去除漢代以來專務詞章、溺於訓詁的家法之學；轉為「捨傳求經」，「疑經破注」，講求自得，自闢蹊徑，而以義理為探求目標〔註10〕，開創一代新的學風。

二、尊崇儒學，對原始儒家的面對現實人生，求真務實的積極人

〔註10〕如歐陽脩有《易童子問》三卷，專辨〈十翼〉非孔子作。吳棫為懷
　　　疑《古文尚書》為偽作之第一人。南宋鄭樵、朱熹對《詩經》之大、
　　　小序排擊最力，此外《左傳》、《周禮》、《管子》等均有人懷疑。

文精神作了新的哲學論證。研究內容以「心性義理」爲主，以「傳道」爲使命，並對佛、老部份思想作適度的融攝吸收，使儒家道德學說獲得形上性和整體性的論述，形成所謂「新儒學」，收拾長久以來「儒門淡薄」的局面，重新樹立儒學的正統本位。〔註11〕

　　理學的興起，是我國思想史上的重大事件。近人錢穆以爲，「北宋諸儒實已爲自漢以下儒統中之新儒；而北宋之理學家，則尤當目爲新儒中之新儒」（〈朱子學提綱〉）。在宋代學術演進歷程中，以二程爲主的「洛學」，與王安石的「新學」，和蘇氏「蜀學」長期並峙；其中「新學」自神宗朝便取得主導地位〔註12〕。宋室南渡後，一部份人將北宋亡國的責任歸咎於王安石，因而「新學」也受到衝擊。二程「洛學」乃乘機大力發展。如宰相趙鼎喜好伊洛之學，被目爲伊川「尊魂」，張浚舉薦理學名士胡安國，推動洛學的傳播。故《宋元學案》一書認趙、張二人爲相，「伊洛之學從此得昌」（《宋元學案》卷四十四〈趙張諸儒學案〉）。其後秦檜當權，復於紹興十四年（1144）重禁二程洛學，直到紹興二十五年（1155）秦檜死，「士大夫之攻伊川者，自是少息」（《宋元學案》卷九六〈元祐黨案〉）。及至南宋中期，朱熹、張栻、呂祖謙、陸九淵等各立門戶，理學乃呈現鼎盛之局面〔註13〕。

　　縱觀宋代學術發展的過程，除了政治因素外，哲學與文學始終有

〔註11〕參見牟宗三《心體與體性》之〈所謂「新儒學」：新之所以爲新的意義〉一文（臺北・正中書局，1981 年）。

〔註12〕《宋史・選舉志》卷一記載，王安石變法，宋神宗下詔：「罷黜聲律，俾王安石訓釋經旨。頒之，天下既知經術矣。」其後由於黨派競爭激烈，徽宗崇寧時期，展開對「元祐黨人」、「元符黨人」的打擊，並自崇寧二年（一一〇三）起，大禁「元祐學術」二十餘年。直到欽宗繼位，方解除黨禁、學禁。

〔註13〕周密追述當時盛況云：「伊洛之學行於世，至乾道、淳熙（孝宗年號）間盛矣。其能發明先賢旨意，論著講解，卓然自爲一家者，惟廣漢張氏敬夫（栻）、東萊呂氏伯恭（祖謙）、新安朱氏晦（熹）而已。朱公尤淵洽精詣，蓋以至高之才，至博之學，而一切收斂，歸諸義理。……蓋孔孟之道，至伊洛而始得其傳，而伊洛之學，至諸公而始無餘蘊。」（《齊東野語》卷十一）

著表裡相依的關係。理學的發展，到南宋而達於極致，自然對當時的文學思想乃至創作方向都產生極為深遠的影響。理學家文學觀的核心是文、道關係。重道輕文是其總體規則。但實際上各家對文、道關係的輕重程度卻有差異。如周敦頤雖然主張「文以載道」（《通書・文辭》），實則並不廢文。而其弟子程頤則明言「作文害道」（《河南程氏遺書》卷十八），將輕文觀念推向極致。

到了南宋，理學家的文學觀又有進一步的發展。朱熹繼承周、程諸人重道輕文的觀點，但他又進一步提出「文道一貫」之說，（〈與汪尚書〉），強調「這文皆是從道中流出」（《語類》卷一三九），道外無文，文道必須合一。朱熹論文重道，至於論詩則「主志」。他認為道充而文生，志高而詩至。衡量詩人和作品，主要是看其志向之高下；對於形式，則以質樸自然為尚。南宋理學家的文道觀主要表現在對傳統儒家詩教觀的認同，詩壇上儘是主張「性情之正」的聲音；並且他們把「言志」與「吟詠性情」混為一談。如反對空談心性的薛季宣在論詩時，仍不忘強調「用情正性」（〈書詩情性說後〉），劉克莊認為風人之詩應「以性情禮義為本」（〈何謙詩集序〉）。而張戒《歲寒堂詩話》更認為「自建安七子、六朝、有唐及近世諸人，思無邪者，惟陶淵明、杜子美耳，餘皆不免落邪思也。」張戒的「思無邪」，也就是「性情之正」；這和朱熹所強調的「志之高下」又有相通之處。稍後的理學家真德秀所編《文章正宗》也與朱熹的主張一致。他所標舉的詩人典範，唐前以陶淵明為主，唐代則為杜甫，顯然因為陶淵明的「避世高趣」與杜甫的「忠愛根於天性」純是真情溢露，與他們所標舉的「吟詠性情」的審美標準相契合。陶、杜二人不僅是理學家推崇的對象，也幾乎成為當時詩人的共同偶像。〔註14〕至於南宋中期詩人如陸游、范成大、楊萬里不約而同地表現出對江西詩派的背離與超越，也和理

〔註14〕除稼軒外，陸游晚年亦特別喜好陶詩，其〈讀陶詩〉云：「我詩慕淵明，恨不造其微。退歸亦已晚，飲酒或庶幾。雨餘鋤瓜壟，月下坐釣磯。千載無斯人，吾將誰與歸。」

學家對江西詩派的厭棄〔註15〕態度不謀而合。

　　就詞而言，詞爲南宋社會廣爲流行的通俗文學，在本質上必然遭到理學家的排斥和否定。然而詞體配樂而歌的形式又與古樂府的表現方式一致，於是詞便在一定的程度上得到理學家的接納。〔註16〕尤其南宋前中期的愛國詞篇，往往得到理學家的高度評價。如朱熹〈書張伯和詩詞後〉云：

> 右紫微舍人張伯和父所書父子詩詞以見屬者，讀之使人奮然有擒滅仇寇，掃清中原之意。淳熙庚子刻置南康軍之武觀，以示文武吏士。

朱熹將張氏父子的愛國詞篇刻於官署，以示激勵，足見推崇之極。此外理學家魏了翁則盛讚張孝祥詞「有英姿奇氣」，脫略一般「紫微青瑣」的塵俗之氣（〈跋張于湖〈念奴嬌〉詞眞跡〉）。由此可見，理學家對豪放詞從內容到風格均予以肯定，這正是他們所標榜的「文以載道」觀的理念延伸。由於理學大家俱不廢詞，故理學之興盛對南宋豪放詞風的發揚實有正面的促進作用。

三、文壇審美趨向

　　劉勰《文心雕龍・時序》有云：「文變染乎世情，興廢繫乎時序」，說明文章、氣運、人心之間，必有其相互制約影響的關係存在。文學本身雖有其自主性的發展，卻不是孤立的現象，而是歷史文化整體發展中的一部份；而文藝思潮與政治浪潮往往又是相互推動促進。當北宋末年的君臣還耽溺在歌舞昇平的酖豢宴樂中時，金人鼙鼓已動地而來，導致徽、欽二帝相繼被擄。南宋臣民一夕之間遭此家國巨變，不

〔註15〕朱熹〈跋病翁先生詩〉云：「學者其毋惑於不煩繩削之說而輕爲放肆以自欺也哉。」其《清遠閣論詩》云：「後山雅健強似山谷，然氣力不似山谷大。但卻無山谷許多輕浮意思。」

〔註16〕朱熹對詞體的看法是：「古樂府只是詩，中間卻添許多泛聲，後來人怕失了那泛聲，逐一聲添個實字，遂成長短句，今曲子便是。」（《朱子語錄》卷一百四十）

得不從繁華的美夢中驚醒過來；一種共赴國難的慷慨意識乃沸沸揚揚地蔓延開來。士大夫們面對混亂的世局憂患意識，道德使命感再度被喚醒〔註17〕；北宋末年歌舞昇平的閒雅情調，至此，已被充滿悲壯憤激的愛國熱情所取代。身為文人，對國難當前的局勢，反應自也最為靈敏；他們一方面口誅筆伐，對金人的殘暴掠奪做出血淚的見證〔註18〕；一方面則自覺或不自覺地改變了原有的創作審美觀，「我族意識」便成為當時文學創作的主導心理〔註19〕。

到了南宋中期，理學思潮興盛，理學家「重道」、「尚理」的藝術審美觀，也隨著理學思潮的流播及師弟相傳，對當時詩文創作的思想性和藝術性產生某種程度的滲透影響。

（一）「詩言志」觀的承襲

「言志」和「重道」是一體之兩面，主要強調文學的社會作用。詩歌是人們思想情感的自然流露，所謂「在心為志，發言為詩」（《禮記‧樂記》），透過詩歌，不僅可以表達人們對於社會生活的態度和觀點，並且進一步可對社會產生某些諷諫作用。這便是《詩大序》所強調的「風，風也，教也；風以動之，教以化之」的詩歌教化功用。自漢代儒學昌盛後，這種以詩歌來「移風易俗」的詩教觀便成為文人從事創作的主要審美價值觀。在歷史演進過程中，傳統儒家「詩言志」的文學觀已經成為文學思潮的主流，每隔一段時間便會應時代之召喚而受到重視。

〔註17〕北宋以來，士大夫極為重視道德，對自己立身之大節也非常堅持，這與宋太祖的重建政治倫理和強化社會道德有密切關係。由於文人社會地位崇高，形象良好，也激發了知識份子熱愛國家，關懷社會的道德使命感。如范仲淹之心憂天下，興學行義，即是最佳典範。

〔註18〕如呂本中〈兵亂寓小巷中作〉：「城北殺人聲徹天，城南放火夜燒船。江湖夢斷不得往，問君此住何因緣？竄身窮巷米如玉，翁尋濕薪媼爨粥，明日開門雪到檐，隔墻更聽鄰家哭。」

〔註19〕龔鵬程〈知性的反省──宋詩的基本風貌〉：「『我族意識』之真正成為一種主導精神，當在南宋。」，收於張高評、黃永武編著《宋詩論文選集》（一）（高雄：復文書局，民國77年）。

　　北宋自范仲淹倡導「慶曆新政」以來，就以追復三代之治相號召。表現在文學思想上，便是重視文章和教化的關係，他以革新文風作爲重建士風和政治改革的重要手段。其後，以歐陽脩、梅堯臣、蘇舜欽爲代表的詩壇主流繼起，在儒學復興的政治文化背景中，積極推動詩文革新運動。他們一方面奉韓愈之文章道統爲圭臬，「以達於孔氏」（蘇軾〈六一居士集序〉）；另一方面則從詩歌創作上「變盡崑體，獨創生新」（葉燮《原詩》外篇）。並強調不論詩文，都要有「察其美刺，知其善惡，以爲勸戒」（歐陽脩《詩本義・本末論》）的針砭功能。在這理念的指導下，宋詩便在這群士大夫手中確立「散文化」、「議論化」的藝術特徵和風格的的轉換。所謂「宋調」〔註20〕的風貌，也於此時完成。

　　其後蘇、黃繼起，在前人既有的成果基礎上「力振斯文」（吳之振〈宋詩鈔序〉），強調「有爲而作」的創作態度〔註21〕，及詩歌「療飢」、「伐病」的社會作用。宋詩發展至此，在「詩言志」觀的指導下，對「義理」的追求，已定型成爲時代的共同特色。

　　宋代這種強調文學社會功能的詩學觀，到了黃庭堅繼起，才明顯有所轉變。他「薈萃百家句律之長，窮極歷代體制之變，蒐獵奇書，穿穴異聞」（劉克莊〈江西詩派小序〉），以勁峭奇巧的風格在詩壇自闢門庭，開創「江西詩派」，並被奉爲「詩家宗祖」（同上）。黃氏論

〔註20〕 許總〈宋詩特徵論〉：「具有獨特風貌的「宋調」，形成於北宋中期。以歐陽脩、梅堯臣、蘇舜欽爲代表的詩歌復古運動，作爲這一時期詩壇的主流，依倚著儒學復興的文化土壤，以及政治文化走向一體化的時代背景，一方面表現出儒家政教詩學的濃厚色調，另一方面又造成政治社會意識的空前強化。……在對宋初晚唐詩風的批判與變革之中，宋詩也完成了議論化、理性化的特徵建構。」收於張高評主編《宋代文學研究叢刊》第二期（高雄：復文書局，民國 85 年），頁 3。

〔註21〕 蘇軾〈鳧繹先生詩集序〉云：「先生之詩文，皆有爲而作，精悍確苦，言必中當世之過，鑿鑿乎如五穀必可以療飢，斷斷乎如藥石必可以伐病。……如先生之文者，世莫之貴矣。」

詩，首推杜甫，他傾注全力從杜詩的形式技巧中，尋求經驗和規律，提出「以故爲新，以俗爲雅」（〈再次韻楊明叔小序〉）的詩歌理論。山谷這種以模擬爲主的學杜理論，加上個人實踐的成果，終於蔚爲一代詩風。影響所及，「江西詩派」牢籠南北宋之交的詩壇約六七十年之久，除了山谷本人以「思深調絕」（沈德潛《說詩晬語》）而自成一家外，其餘末流，往往以撏撦拆補爲能事，一味在「生澀瘦硬，奇僻拗拙」上下工夫，缺乏深刻文學價值。加上北宋末年新舊黨爭激烈，詩人們有鑑於蘇、黃因政爭而遭到迫害；爲了迴避政治風險，不願也不敢藉著詩歌諷刺時政，只有在學習前人的藝術技巧上下工夫。但也因爲不能面對現實，所以眼界日益狹小，詩境日益枯寂，詩人的個性也就幾乎消融不見了。

　　宋詩的命脈原本幾乎要斲喪在江西詩人手中，但是，「國家不幸詩家幸」（趙翼《二十二史箚記》），國土淪喪，社稷將傾，又深化了詩人的憂患情感，強化了政治意識；所胡雲翼《宋詩研究‧南渡的詩壇》說：「南渡的詩壇，詩人都是舊的，詩歌可是新的。」這時許多文人都有類似杜甫天寶前後的經歷與感受，江西詩社的詩人也不得不從字斟句酌中抽離出來，把眼光投向烽煙彌漫的世局；呂本中、曾幾、陳與義等江西詩人都寫過反映時代動盪，表現憂國憂民思想的詩篇。其中又以被劉克莊評爲「始以老杜爲師」、「造次不忘憂愛」（《後村詩話》）的陳與義詩歌最具典型意義：

> 廟堂無策可平戎，坐使甘泉照夕烽。初怪上都聞戰馬，豈知窮海看飛龍。（〈傷春〉）

金兵入侵的戰火將鏤月裁雲的詩人驅趕出藝術的象牙塔；顛沛流離的生涯使他們比以前更貼近生活現實，也更能觸摸到詩聖杜甫創作的精神，而自覺地發出「但恨平生意，輕了少陵詩」（陳與義〈正月十二日自房州城遇金兵至奔入南山……〉）的慨歎。

　　隨著家國劇變，「江西派」詩人創作觀逐漸異化蛻變，南宋初的詩評家也幾乎同步提出「言志爲本，緣情爲先」的詩歌批評論點，如

張戒的《歲寒堂詩話》即是。張戒論詩，以儒家思想爲依據，引孔子「興觀群怨」之說，充分肯定杜詩「得風騷之旨」的思想意義；反對蘇、黃注重「用事」、「押韻」的習氣；他認爲「奇外出奇，極盡變態」的結果，終使得「詩道爲之大壞」。張氏此一論點不僅有「補偏救弊」的時代意義，也形成理論指導創作的效果。經過一段時間的醞釀，乃有南宋四大詩人尤（袤）、楊（萬里）、范（成大）、陸（游）的崛起。

四大家一掃既往「江西詩派」過度對形式技巧的追求，由「江西」入手而又超出「江西」畛域；既能保有「作家各自一風流」（楊萬里〈和假季承左藏惠四絕句〉）的一家風味，又不約而同地回歸「詩言志」的儒家傳統詩教觀。他們認爲作詩反映現實也是人生意義的追求〔註22〕，強調詩歌要以豐富的生活閱歷爲基礎〔註23〕；詩歌的藝術性取決於思想性，「詩家三昧」來自躬行體驗。這和以往「江西詩派」閉門覓句的苦吟作法大相逕庭；自此南宋詩壇才注入了更深廣眞切的情感內涵，開拓了更高遠視野和格局。

這股「言志」之風，也雨露均霑地吹向詞壇。在天崩地坼的時代，婉約詞賴以滋生的土壤已不復存在，詞人們的創作從內容到風格都自然而然產生變化；與此相應的是，詞學理論家們也開始感到淺斟低唱的婉約傳統不足以拘守，並對詞的生發過程進行反思，探索其起源與流變。他們對蘇軾「以詩爲詞」的努力給予極高的評價，充分肯定蘇軾開創豪放詞風的貢獻。在理論指導創作的情形上，「詞」逐漸向「詩」靠攏，成爲時代之必然發展結果。由於靖康之變，朝廷下詔禁樂十六年，直到高宗紹興十二年（1142），宋金達成和議後，朝廷復詔：「弛天下樂禁，黎民歡忻，始知有生之快。謳歌載道，遂成化國。」（銅陽居士〈復雅歌詞序〉）朝廷有意藉著解除戰時禁令以粉飾太平；而

〔註22〕楊萬里〈上元夜戲作長句〉：「不願著腳金華殿，不願增巢上林苑。只哦少陵七字詩，但得長年飽吃飯。」

〔註23〕陸游〈題廬陵蕭彥毓秀才詩卷後〉其二云：「法不孤生自古同，癡人乃欲鏤虛空。君詩妙處吾能識，正在山程水驛中。」

這一解禁，爲南宋詞壇的興盛提供了最有利的條件。後此數年（紹興十五年），王灼的《碧雞漫志》便應運而生，成爲南宋初年最具代表性且論述較爲全面的論詞專著。

王灼以「詩與樂府同出，豈當分異？」的觀點出發，認爲「有心則有詩，有詩則有歌，有歌則有聲律，有聲律則有樂歌，永言即詩也，非於詩外求歌也。」歌曲起於人之心聲，上古詩歌，漢魏晉代樂府與唐宋之詞曲，實爲一脈相傳之發展，初無二致，這就把詞提高到與詩同等地位。詩詞都合樂可歌，故能產生巨大感染力量與社會效用；他並強調詞以抒發喜怒哀樂之情爲主，音律應該幫助歌詞表達內容，而不該片面重視聲律，輕視內容。所以他特別推崇蘇軾以詩爲詞的作法是「指出向上一路，新天下耳目」的創舉。

與此聲息相通的還有胡寅爲向子諲詞集所作的〈題酒邊詞〉。他指出「詞曲者，古樂府之末造也。古樂府者，詩之傍行也。詩出於《離騷》、《楚辭》，而《離騷》者，變風變雅之怨而迫，哀而傷者也；其發乎情則同，而止乎禮義則異。」詞曲之體雖然是超越了傳統詩教「溫柔敦厚」之風，然而「寄慨無端」的精神卻是繼承風雅和《離騷》之傳統。這種體裁也是「文章豪放之士」所樂於採用又能別擅勝場的。如東坡就完全擺脫《花間》傳統，把詞提昇到「使人登高望遠，舉首高歌」的意境，超越一般剪紅刻翠的詞風。王、胡二人不約而同地推尊詞體，鄙薄詞的「綺羅香澤」之態，均可視爲「詩言志」觀的影響滲透。

無獨有偶的是，詞選家們也秉持「尙雅」的審美觀來編選詞集。鋼陽居士編《復雅歌詞》〔註24〕，收詞四千餘首，迄於宣和之際。顧名思義，此書有「述往事，思來者」之意。他以「復雅」爲號召，以便在南宋「中興」的局面下，促使詞的發展回返本初，歸於《騷》、《雅》。

〔註24〕《復雅歌詞》本有五十卷，然此書久佚。趙萬里輯佚本，僅得十則，且未見題序。其序文見於祝穆《新編古今事文類聚》續集卷二十四，是一篇專論歌曲源流和詞風演變的重要詞論。

此外，曾慥編《樂府雅詞》。《正集》選錄歐陽脩等三十四家，《拾遺》選錄十六家。曾氏自述取捨的標準是：「涉諧謔則去之」（〈樂府雅詞引〉）。該書不僅刪除了傳為歐陽脩所作的一些豔詞，也不選柳永、晏殊、晏幾道、秦觀等風行北宋詞壇的名家作品，充分體現當時詞學發展中的「尚雅」傾向。「尚雅」與「言志」交互為用的結果，一種新的詞學審美觀便逐漸醞釀成型，並成為時人共同欣賞追求的標的。

（二）忠愛思想的激揚

　　清初黃宗羲認為，時代的巨變，能呼喚起具有歷史使命感的豪傑之士；而豪傑之士尤能在「厄運危時」的激盪下，發出元氣淋漓的「風雷之吼」：

> 夫文章，天地之元氣也。元氣之在平時，崑崙磅礴，和聲順氣，發自廊廟而旁浹於幽遐，無所見奇。逮夫厄運危時，天地閉塞，元氣鼓盪而出，擁湧鬱遏，坌憤激訐，而後至文生焉。（〈謝皋羽年譜遊錄注序〉）

在中國歷史上，幾乎沒有一個朝代像「靖康之難」般，在一時之間，可以激盪出這麼深入而廣泛的忠愛思潮和「風雷之文」。異族的入侵，給宋人帶來的不只是政治上的災難，也是文化命脈是否得以續存的考驗。身為國家菁英份子的士大夫階層，這時也得隨著一般市井百姓接受戰爭的洗禮；動心駭目之際，思想情感自然產生極大的衝擊變化。自北宋即沿襲下來的理性自覺的憂患意識，加上華夷之辨的民族意識，終於匯聚成一股滾滾滔滔的熱流，奔騰在每一位愛國志士的血脈之中，也使得一代美學思潮產生了根本性的重大改變。隨著天下「共主」的被擄，詩人的閒雅情調被破壞了；他們的心境，似乎在一夜之間變得蒼老，也變得更加深刻；傳統儒家的忠君觀念成為愛國志士胸中最濃烈而熾熱的情感。恢復中原，迎回二聖，不僅是志士仁人奮鬥不已的政治目標，且已淪肌浹髓，成為愛國志士文藝創作的普遍主題：

> 胡馬南來久不歸，山河殘破一身微。功名誤我等閒過，歲

月驚人和雪飛。每事恐貽千古笑，此心甘與眾人違。艱難唯有君親重，血淚斑斑染客衣。（吳曾《能改齋漫錄》卷十一引李若水〈衣襟中詩〉）

自中原板蕩，夷狄交侵，余發憤河朔，起自相台，總髮從軍，歷二百餘戰。……嗣當激勵士族，功期再戰，北逾沙漠，蹀血虜廷，盡屠夷種。迎二聖歸京闕，取故地，上版圖，朝廷無虞，主上莫枕，余之願也。（岳飛〈五岳祠盟記〉）

江南江北雪漫漫。遙知易水寒。彤雲深處望三關。斷腸山又山。　　　天可老，海能翻。消除此恨難。頻聞遣使問平安。幾時鸞輅還。（向子諲〈阮郎歸〉）

詩、文、詞各類文體，所表達的情感內容是互通的。而理學家劉子翬一組〈四不忍〉，更是噓寒問暖，體貼入微；從徽、欽二帝的衣食住行，一直到二帝的孤寂心境，無不關心〔註25〕。然而可悲的是，高宗即位伊始，就採取放棄中原，逃往東南的投降政策，扶植並依靠投降派勢力，打擊、鎮壓主戰派；因而形成社會人心之普遍要求與現實相矛盾的衝突。這種社會人心之普遍要求與事實相衝突的矛盾，就成了那個特定時代的歷史悲劇。文章豪傑之士對此現象慮之於心又不能宣之於口，「硬語盤空誰來聽」（陳亮〈賀新郎〉），一股沉鬱悲憤的慷慨之氣，終南宋之世，始終在詩、文、詞各類風雷之文中盤旋迴繞不已。

（三）文壇上的風雷之聲

南渡之初的詩壇最具代表性的首推「愛國詩人」陸游（1125～1210）。他早年學詩於曾幾，從江西詩派入手，但終究摒棄了它的奇險雕琢，特別崇李、杜、岑參等詩人，並把深切的家國之感注入詩中，重新建立起詩壇的新氣象。陸游具有熱情積極的性格，終生不忘收復中原，他主戰的言論一直不受朝廷重視，只好在詩裡發洩他滿腔的愛

〔註25〕〈四不忍〉其一：「草邊飛騎如煙滅，拉獸摧斑食其血。此時疾首念鑾輿，玉體能勝飢渴無？」

〈四不忍〉其四：「漁陽疊鼓風沙戰，潑水淋漓舞胡旋。此時太息念鑾輿，玉體能勝寂寞無？」

國熱情。只是他「雖感傷，卻不終於感傷」，（吉川幸次郎《宋詩概説‧南宋中期》），在他近萬首詩中，有一種始終不變的情操貫注其中，那就是身爲知識份子的社會責任感：

　　平生萬里心，執戈王前驅。戰死士所有，恥復守妻孥。（〈夜讀兵書〉）

　　中原久喪亂，志士淚橫臆。切勿輕書生，上馬能擊賊。（〈太息〉）

而這份弘毅的社會責任感也就是這位「愛國詩人」的生命基調。一旦與現實牴觸，便在美學領域裡摧陷廓清，吐氣如虹，建立一代沉鬱迭宕，別開生面的美學風格。所以清乾隆帝在《唐宋詩醇》綜論中明確指出：「宋自南渡以後，必以陸游爲冠。」並下了「感激悲憤，忠君愛國」的八字定評，這八字定評不僅是陸游詩歌的主要精神所在，也成爲一代詩風之典範。

　　而政論性散文更是志士仁人力主抗金，打擊投降派的有效利器。圍繞高宗時的紹興和議（1141），孝宗時的隆興和議（1164），寧宗時的嘉定和議（1208）所引起的和戰之爭，使南宋前期八十年之間的散文創作充滿昂揚的愛國精神。尤其是南渡初期抗金名將和愛國志士上書言事或誓師北伐的政論文，更是彪炳史冊，足以振奮人心。如宗澤的〈乞毋割地與金人疏〉、〈請駕還汴疏〉，岳飛的〈南京上高宗書略〉、〈五岳祠盟記〉，李綱的〈論天下強弱之士〉、〈請立志以成中興疏〉，陳東的〈上高宗第一書〉，胡銓的〈戊午上高宗封事〉，張浚的〈論恢復事宜疏〉，虞允文的〈論今日可戰之機有九疏〉等，都是秉筆直書，義正辭嚴的至情至文。至於陳亮等「事功派」作家則把忠愛思想轉化爲經世濟民之道，爲文務求切合實用，而不斤斤於字斟句酌、規模法度；完全擺脫形式技巧的拘限，這和理學家朱熹所強調的「文從道中流出」、「道充則文生」（《朱子語錄》卷一三九）的「重道」觀念是不謀而合的。

　　至於南宋詞壇則是呈現一片金戈鐵馬之聲。夏承燾《天風閣學詞

日記・詞林索事序》云：

> 有宋一代詞事之大者，無如南渡及崖山之覆。……實處唐
> 詩人未遘之境。酒邊花間之作，至此激爲西臺朱鳥之音，
> 洵天水一朝文學之異彩矣。

靖康之變與南宋覆亡的兩大政治變動，是有宋一代面臨續絕存亡的關
鍵時刻；神州陸沉，山河破碎，不僅影響了詩歌、散文的創作，也同
樣震動了娛樂色彩濃厚的詞壇，因而產生前所未有的「質變」。富於
民族思想的詞人目睹時艱，莫不慷慨激昂，藉詞章抒發抗金主張及收
復失土的雄心壯志。詞人們的創作態度由悠閒率易轉向嚴肅認眞，作
品內容由對自身的關心轉向爲對國家人民的關注；風格由輕巧綺豔而
轉爲慷慨激昂；詞壇流行已久的檀板輕歌已被一片金戈鐵馬之聲所取
代，言情之詞至此正式擴大功能而成爲言志之詞。

　　詞壇上率先發出時代風雷之音的是趙鼎、李光、李綱、胡銓等名
公巨卿。他們於南北宋之交，或身負軍政重任，或決策於帷幄之中，
或抗敵於沙場之上，原不以詞名；然因遭逢時變，感時傷事，忠義之
氣不能自抑，偶爾發之於詞，則激昂奮厲，慷慨浩蕩，足以發聲振聵，
廉頑立懦。王鵬運〈南宋四名臣詞跋〉云：

> 嗟乎！茲四公者，夫豈非所謂魁壘宏廓儒者其人耶？其身
> 繫乎長消安危，其人又繫乎用與不用。用之而不終用之也，
> 於是則悲天運，憫人窮，當變風雲時，自托乎小雅之才，
> 而詞作焉。

他們的詞以「悲天憫人」爲出發點，印證了「道充則文生」的美學命
題，也說明「詞」之爲體，亦能具有如詩一般的「美刺針砭」之功能。
一代詞風的移轉，就在「國勢日弱，朝廷日卑，而上下宴安，志士扼
腕，……欲澄清而無路」（劉永濟《詞論・通論》）的矛盾中醞釀滋生。

　　其後，與四名臣桴鼓相應的則有張元幹（1067～1143）、岳飛
（1103～1141）、陸游、張孝祥（1133～1170）等愛國詞人。他們的
詞無暇顧及音律的精審，也不屑計較字面的妥帖，但求快意放筆，

滿心而發，肆口而成，直抒胸中所不得不言。張元幹生活在南渡前後，是豪放詞的發展史上一位承先啓後的重要作家。曾因贈詞給主戰派的胡銓和李綱而遭到秦檜的迫害。後來他自訂詞集《蘆川詞》時，便刻意將這兩首〈賀新郎・寄李伯紀丞相〉、〈賀新郎・送胡邦衡待制赴新州〉編於卷首，定爲壓卷之作。並將其早年「堪與片玉、白石並垂不朽」（毛晉〈蘆川詞跋〉）的婉麗作品置於集後，如此安排，自有他深刻的價值取捨與審美觀的轉變等意義存在。茲舉其中一首爲例：

> 夢繞神州路。悵秋風、連營畫角，故宮黍離。底事崑崙傾砥柱，九地黃流亂注。聚萬落千村狐兔。天意從來高難問，況人情老易悲難訴。更南浦，送君去。　　涼生岸柳催殘暑。耿斜河、疏星淡月，斷雲微渡。萬里江山知何處？回首對床夜語。雁不到、書成誰與？目盡青天懷今古，肯兒曹恩怨相爾汝？舉大白，聽金縷。（〈賀新郎・送胡邦衡待制赴新州〉）

此詞既寄寓國土淪陷的滿腔悲憤，也表明對胡銓義無反顧地支持，充分表現出他的人品和膽識，讀之使人「數百年後尙想其抑塞磊落之氣」（《四庫提要》・《蘆川詞》提要）。此外如抗金名將岳飛的〈滿江紅・怒髮衝冠〉，已是家絃戶誦的名篇，它反映了九死不悔，頑抗到底的戰鬥精神，和保疆衛土的愛國信念，即便時隔世異，那份凜然的忠義之氣，依然具有震撼人心的藝術效果。

　　張孝祥是南宋前期較張元幹稍晚而影響較大的愛國詞人，有《于湖詞》傳世。曾因上疏申理岳飛之冤情，觸犯秦檜，被捕入獄。檜死，再度出仕。其後又因支持張浚北伐而被主和派彈劾落職。但是終其一生，「欲掃河洛之氛祲，蕩誅洙泗之羶腥者，未嘗一日而忘胸中。」（謝堯仁〈張于湖先生集序〉）他的詞全出於一片「熱腸鬱思」（陳廷焯《白雨齋詞話》卷六），因此「駿發踔厲」（湯衡〈于湖詞序〉），充滿邁往凌雲之氣。膾炙人口的代表作有〈六州歌頭〉：

> 長淮望斷，關塞莽然平。征塵暗，霜風勁，悄邊聲，暗銷
> 凝。追想當年事，殆天數，非人力。洙泗上，絃歌地，亦
> 羶腥。隔水氈鄉落日，牛羊下、區脫縱橫。看名王宵獵，
> 騎火一川明。笳鼓悲鳴，遣人驚。
> 念腰間箭，匣中劍，空埃蠹，竟何成！時易失，心徒壯，
> 歲將零。渺神京，干羽方懷遠，靜烽燧，且休兵。冠蓋使，
> 紛馳鶩，若爲情。聞道中原遺老，常南望、翠葆霓旌。使
> 行人到此，忠憤氣塡膺，有淚如傾。

陳廷焯評此詞「淋漓痛快，筆飽墨酣，讀之令人起舞」（同上），據宋無名氏《朝野遺記》記載：「安國在建康留守席上賦此，歌闋，魏公爲罷席而入。」足見此詞不僅抒發了詞人的「忠憤」之氣，也深具「興觀群怨」的藝術功效。

　　上述這些愛國詞人，有著一致的審美理想；所以作品中共同呈現出一幅幅時代動亂、民生疾苦的歷史畫面，充分流露出知識份子先憂後樂的歷史使命感與時運蹭蹬的強烈無奈感。在這歷史的關鍵時刻，東坡所倡導的豪放詞風終於不可遏抑地激盪開來，騰湧出一條雄壯奔放的長江大河；至此，豪放詞終於沸沸揚揚地成爲詞壇主流。

　　由於有這類充滿昂揚意志、悲憤慷慨的忠愛之詞爲先導，及至辛稼軒、陳亮、劉過、劉克莊、劉辰翁等人繼起，南宋以言志抒懷爲主的豪放詞風乃水到渠成地進入成熟階段，乃至於開宗立派，於「剪紅刻翠之外，屹然別立一宗」（《四庫提要·《稼軒詞》提要》）。

第三節　詞的體性及發展

　　詞是一種由詩歌演化出來的韻文。詞體一方面具有長短互節，奇偶相生的文字音節錯綜之妙；加上「宮羽相變，低昂舛節」（沈約《宋書·謝靈運傳》）的聲音律度之美，所以較之五、七言體詩或近體詩，「有色有聲」的詞體更適宜充分表達人物內心曲折複雜之情感。也因具備這種「有文字以來，殆無與比者焉」（劉永濟《詞論》）的優秀條

件，詞體方能度越往製，奪幟文壇。

在詞體整個發展過程中，從內涵到風貌得以不斷蛻變生發，必有其獨特的優勢條件，才能配合外在客觀因素而遞變不已。南宋豪放詞的興盛和詞體自身的靈活性、適應性有著極大的關聯。

一、詞調的豐富性

詞是將詩歌藝術和音樂藝術融合為一體的音樂文學。詞本依聲而作，聲因曲調而異。填詞又謂「倚聲」之學，就是強調詞之所以異於古、今體詩者，在於詞之句度長短之數、聲韻平上之差，必依所用之曲調為準。既是依曲調以填詞，則歌詞所表之情，宜與曲調所表之情相應，否則文質便不能相宣相稱。明人王驥德說：「用宮調，須稱事之悲歡苦樂。如遊賞則用仙呂、雙調等類；哀怨則用商調、越調等類。以調合情，容易感動得人。」（《曲律・論戲劇第三十》）強調聲情之間融合無間，才能漸近自然，而收相得益彰之效果。聲情除了從宮調著眼外，詞調（詞牌）〔註26〕，也是詞情和詞風賴以生發的依託。所以唐宋人在填詞時，首先要考慮選擇曲調曲牌的問題。大體而言，詞調一經確立，其聲情也隨之立定，「如〈漁歌子〉的瀟灑，〈塞翁吟〉的衰颯，〈謫仙怨〉的幽怨，……〈滿江紅〉的豪放，〈蘭陵王慢〉的激越，〈六州歌頭〉的高亢，〈水調歌頭〉的雄渾……都可說是各個詞牌的特徵。」（黃勘吾《詩詞曲叢譚・談詞》）大致而言，唐宋詞調約可分為陰柔與陽剛兩大類型，吳熊和《唐宋詞通論・調調》有云：

> 曲調之別，首先在音。曲調固然有長短之分，但更重要的，它還有哀與樂、剛與柔、急與慢等分別。……唐宋宮廷舞

〔註26〕吳熊和《唐宋詞通論・詞體》解釋「詞調」與「曲調」關係云：「曲調是一首歌曲的音樂形式，詞調則是符合某一曲調的歌詞形式。『詞以協音為先』，是說詞調須以相應的文句、字聲，與曲調的曲度、音聲相配合，從而形成一定的體段律調而定型下來。……詞調的長短、分段、韻位、句法以及字聲，主要取決於曲調。這是詞調對曲調的依從性。詞調一經成體，它就可以脫離曲調，作為一種新的格律詩體而出現。這是詞調對曲調的獨立性。」

曲，分爲健舞曲與軟舞曲兩類，前者剛健，後者柔婉。詞曲的情況，當與之大致相似。燕南芝庵《唱論》「凡唱所忌」條說：「男不唱豔詞，女不唱雄曲」。唐宋詞中，就有艷詞與雄曲這兩類。他們在聲情上的區別是十分顯著的。因此作詞擇調，首先要選擇調的聲情。

詞調中可列於豔曲類的較多，宋人或稱之爲「豔歌」、「麗曲」：

> 一曲豔歌留別，翠蟬搖寶釵。（張先〈定西藩〉）
>
> 麗曲〈醉思仙〉，十二哀絃，穠蛾疊柳臉紅蓮。（晏幾道〈浪淘沙〉）

或稱之爲「妍曲」、「相思曲」：

> 妝鏡巧眉偷葉樣，歌樓妍曲借枝名（晏幾道〈浣溪紗〉）
>
> 參差竹，吹斷相思曲。（張先〈憶秦娥〉）

這類豔曲的聲情，在晏幾道一首〈鷓鴣天〉中有所說明：「小令尊前見玉簫，〈銀燈〉一曲太妖嬈。」可見〈剔銀燈〉的聲情即是「太妖嬈」。而毛滂自注〈剔銀燈〉云：「侑歌者以七急拍、七拜勸酒。」則明示此調之功用在於「侑歌勸酒」。所以這類豔曲柔調，較多運用在秦樓楚館中。

至於詞調中的剛健雄曲也不少。如宋蔡挺於嘉祐間知慶州、渭州時，作長調〈喜遷鶯〉，有句如下：

> 霜天秋曉。正紫塞故壘，黃雲衰草。汗馬嘶風，邊鴻翻月，壟上鐵衣寒早。劍歌騎曲悲壯，盡道君恩須報。……（王明清《揮麈餘錄》卷一引）

這類塞下傳唱的「劍歌騎曲」，在聲情上就與豔曲有著截然不同的風味。又如辛棄疾爲陳亮賦「壯詞」，所用的〈破陣子〉原是唐教坊曲《破陣樂》中的一段。《破陣樂》屬武樂曲，據《舊唐書·音樂志》記載，此曲演奏時，軍士戰馬一齊上場，場面十分壯觀。又如〈六州歌頭〉爲鼓吹曲，亦屬軍樂。程大昌《演繁露》卷十六云：「〈六州歌頭〉，本鼓吹曲也。近世好事者傳其聲爲弔古詞，如『秦亡草昧，

劉、項起吞并』者是也〔註27〕。音調悲壯，又以古興亡事實文之，聞其歌，使人慷慨，良不與豔詞同科，誠可喜也。」據此，可知〈六州歌頭〉得聲之由來，出於邊塞鼓吹曲，而「音調悲壯」、「聞其歌，使人慷慨」尤足想見此曲之聲情。其後，賀鑄用此調作「少年俠氣」一詞，張孝祥用此調作「長淮望斷」一詞，劉過亦用此調作「中興諸將」一詞，同樣是是利用此調悲壯之聲情來寄寓慷慨悲壯之情。再如〈水調歌頭〉是一高亢而悠揚的長調。此調在宋朝時還用於軍樂，作為凱歌使用。張孝祥〈水調歌頭〉自注：「凱歌上劉恭父。」張鎡〈水調歌頭〉自注：「項平甫大卿索賦武昌凱歌。」故此調又名〈凱歌〉，亦與其雄壯的聲容有關。

　　此外，常見的雄健之曲還有〈念奴嬌〉、〈賀新郎〉、〈滿江紅〉、〈水龍吟〉等。仔細玩味這些曲調的句度聲情，並見拗怒之勢。如〈念奴嬌〉、〈賀新郎〉、〈滿江紅〉三調，例以入聲韻為準，取入聲之逼仄，以盡情發洩壯烈之懷抱。〈永遇樂〉、〈水龍吟〉多用四言句，聲情較重墜〔註28〕，且多以仄聲字作結，加上偶句數倍於奇句數，於拗怒中見和諧，讀之自有雄強之態。〈六州歌頭〉多以三字短句，層累聯翩而下，而又平仄互協，幾於句句用韻，引吭高歌，頓覺蒼涼激越，使人神往。蘇、辛一派作家，喜拈此類曲調，以抒寫其鬱勃豪放之情。試以《東坡樂府》與《樂章集》比較，就可發現二人用調多異。蘇詞中不見柳永所用的〈看花回〉、〈玉山枕〉、〈柳腰輕〉、〈佳人醉〉、〈紅窗迴〉、〈剔銀燈〉之類的柔靡之音，而其名篇大都為〈水調歌頭〉、〈念奴嬌〉等聲宏調暢的詞調〔註29〕。南宋辛棄疾等豪放派詞人用調就多同蘇軾。

　　瞭解唐宋詞在聲情上的差異後，便可以明白，何以婉約派詞家常

〔註27〕按此詞為北宋李冠所作之長調懷古詞（詠項羽廟）。
〔註28〕夏承燾以為詞之「多用三五七字句相間者，聲情較和諧；多用四字
　　　　句、六字句、排偶句者，聲情較重墜。」（《夏承燾・填詞四說》）
〔註29〕本段參見龍榆生《詞學論文集・填詞與選調》。

用〈訴衷情〉、〈蝶戀花〉、〈臨江仙〉、〈浣溪沙〉之類婉轉纏綿之調；而豪放派則較常用〈滿江紅〉、〈水調歌頭〉、〈賀新郎〉等激越奔放、慷慨悲涼之調了。由於詞的音樂體性並不都適於表現柔靡之音，只要善於擇曲選調，詞人大可以從慷慨雄健的詞調中，尋找到最足以承載「豪放」之情的音樂支撐和文體依託。如辛稼軒有〈賀新郎〉二十三首，據岳珂《桯史》卷三記載：「辛棄疾有〈賀新郎〉二十三首，每宴必命侍妓歌其所作，特好歌〈賀新郎〉一詞。」南宋詞人陳人傑有《龜峰詞》，收詞三十一首，皆爲〈沁園春〉。從擇調之偏好，除可見出詞人氣性之所近外；長調慢曲之詞，用韻較疏〔註30〕，長句較多，較利於駢散句式相錯，曲折從容地勾勒鋪排厚重之情志。若再配合入聲或上去聲韻部，更適於表達或蒼茫沉鬱，或掩抑悲愴等情調。故李西雯云：「詞雖貴柔情曼聲，然第宜於小令。若長調而亦喁喁細語，則失之弱矣。故須慷慨淋漓，沉雄悲壯，乃爲合作。」（馮金伯《詞苑萃編》引）

二、詞體結構的可變性

詞體在發展之初，往往有「一調多體」的現象，格律也不如後世嚴整；不同的樂工或歌唱者表演同一首歌曲，結果可能不盡相同。知音善歌者於表演時，在不影響樂曲的節奏旋律的前提下，對於板拍緩急、聲腔高下、字數多寡，往往可以隨個人體會而加以調節周旋〔註31〕，時有參差。這便爲詞人提供一個更活絡且可以自由抒發的空間。非必如後世講求格律到了「談平仄之不足，進而論上去；論上去之不足，更進而言四聲；言四聲之不足，更進而言清濁陰陽。」（龍沐勛〈詞律質疑〉）般拘泥不化。敦煌曲子詞、《花間集》、《尊前集》，以

〔註30〕如〈水龍吟〉一百零二字九韻，〈蘇武慢〉一百零七字八韻，〈沁園春〉一百十四字九韻，〈摸魚兒〉一百十六字十一韻，最長的詞〈鶯啼序〉二百四十字僅十六韻，平均十一字到十五字才押一韻。

〔註31〕沈義父《樂府指迷》：「古曲譜多有異同，至一腔有兩、三字多少者，或句法長短不等者；蓋被教師改換。」

至柳永《樂章集》都有「一調多體」的現象〔註32〕。有些詞調便有所謂「攤破」、「添聲」或「減字」、「偷聲」等方式來增刪字數。就增字部分言，如〈浣溪沙〉本調上下片各七言三句。有於上下片末尾各增添一個三言句的，南唐李璟詞稱〈攤聲浣溪沙〉、宋毛滂《東堂詞》稱〈攤聲浣溪沙〉、辛稼軒《稼軒長短句》稱〈添字浣溪沙〉。就減字部份而言，如〈木蘭花〉調爲七言八句，張先〈偷聲木蘭花〉便將其前後段的第三句減省節奏，由七言改爲四言。而〈減字木蘭花〉則是既偷聲，又減字句，即將〈木蘭花〉前後段第一、三兩句的七字句，各減三字而成四字句。並由原調通首仄韻，改爲兩句一轉韻，成爲仄平仄平的調式。這些都是「歌者上下縱橫取諧爾。」（楊愼《詞品》卷一）的靈活妙用之效。由於詞體結構具有這般可供歌者活用的可變性，行之既久，變體也就約定俗成的與正體並行於世，所以清初萬樹《詞律》一書收錄有六百六十調，一千一百八十多體。到了康熙《欽定詞譜》，則增至八百二十六調，二千三百二十六體。

　　詞調的異體變革，是歌詞形式的變化，然而這種變化不只是文辭字句的增減而已，也是音樂上作曲和移調變奏等技法的改進；可以說，一調數體的現象，往往是名家變通常律的結果。詞體承載的情感空間隨著體調的多變而擴大，自然也影響到詞風的改變。

　　詞體的多變性還在於它具有「一調多能」的彈性空間。有此詞調的聲情並非一成不變、泥於一格的，同一詞調，即便形式律度不變，依然可以涵容不同的內容及風格。

　　詞家相題選調，本以聲情相宜爲宜；如婉約詞家多用〈訴衷情〉、〈蝶戀花〉、〈臨江仙〉等婉轉纏綿、清怨淒咽之調。而豪放派則常用〈滿江紅〉、〈水調歌頭〉、〈賀新郎〉等激越奔放、慷慨悲涼之調。然而，唐宋詞中仍有一些聲情不合，甚至乖迕的現象存在。這種情況或

〔註32〕如柳永《樂章集》中所出現的〈傾盃〉調，其「又一體」多達六個。
　　　　〈女冠子〉一調，便有五體；有四十一字的，有一百零七字的，有
　　　　一百十一字的，有一百十二字的，有一百十四字的。

是出於「無意」，也有出於「有意」爲之的變調之作，這可從三方面來看：

首先是創作者有意嘗試改變，而以押韻來改變聲情。王驥德《曲律・雜論》云：「如東、鍾之洪，江、陽、皆、來、蕭、豪之響，歌、戈、家、麻之和，韻之最美聽者。寒、山、桓、歌、歡、先、天之雅、庚、青之清，尤、侯之幽次之。濟、微之弱，魚、模之混，眞、文之緩，車、遮之用，雜入聲又次之。支、思之萎而不振，讀之令人不爽。」詞、曲聲韻之理本無二致，如〈六州歌頭〉本屬鼓吹曲，音調悲壯，歷來填詞者多選擇東部之洪音韻以配合詞情。如賀鑄、張孝祥、韓元吉皆填此調，而賀詞「少年俠氣，交結五都雄」用東洪韻，聲情相稱，被世人推爲此調之傑作。張詞「長淮望斷，關塞莽然平」用庚清韻，仍不失悲壯激烈之感。至於韓詞「春風著意，先上小桃枝。」用支、微、齊韻，則不復有悲壯之感矣。足見用韻之不同，影響詞調之聲情甚鉅。此外所押韻之平上去入，皆關乎聲音之道；如仄聲韻適於抒發鬱勃豪放之情，若入聲韻則較慷慨激越，如〈念奴嬌〉、〈滿江紅〉、〈賀新郎〉例以入聲爲韻。亦有詞家刻意改爲上去韻者，則聲情鬱而不宣，無裂石之聲。

就歌者而言，有些善於調聲弄曲的歌者，儘可以根據歌詞內容的不同，將同一曲調唱出不同情感來，而形成「調少情多」的現象。如楊無咎〈一叢花〉云：

美人爲我歌新曲，翻聲調，韻超出宮商。

此指歌女能依歌唱內容及情感而改變調聲與唱法。如李清照之〈聲聲慢〉（尋尋覓覓）本屬「怨悶之辭」，而陳世崇《隨隱漫錄》卷二便記載其父應太子之命撰〈快活聲聲慢〉一曲，陳氏「二進酒而成，五進酒數十人已群謳矣。」同一曲調，聲情可由「怨悶」轉爲「快活」，歌者的調聲節唱當是重要關鍵。

此外，這種聲情乖違的現象，還可借助樂工「變奏」的方式加以解決。樂工由於長期演奏，技藝純熟，在累積相當的經驗之後，自然

能得心應手地隨意加以伸縮變化，以變奏等技巧來駕馭聲情，產生不同的效果。如毛幵《樵隱筆錄》云：「都下盛行周清眞詠柳〈蘭陵王慢〉，西樓南瓦皆歌之，……至末段聲尤激越，惟教坊老笛師能倚之以節歌者。」這是以演奏者之技巧來控制聲情之例。

　　由於有上述這些條件的配合，所以同一詞牌便可以容納更廣闊的情感空間，如蘇軾詞集中，共收〈江城子〉十二首，其內容風格便有極大差異。茲舉三首爲例：

　　　　鳳凰山下雨初晴。水風清，晚霞明。一朵芙蕖，開過尚盈
　　　　盈。何處飛來雙白鷺，如有意，慕娉婷。　　忽聞江上弄
　　　　哀箏，苦含情，遣誰聽？煙斂雲收，依約是湘靈。欲待曲
　　　　終尋問取，人不見，數峰青。(湖上與張先同賦，時聞彈箏。)
　　　　十年生死兩茫茫。不思量，自難忘。千里孤墳，無處話淒
　　　　涼。縱使相逢應不識，塵滿面，鬢如霜。　　夜來幽夢忽
　　　　還鄉，小軒窗。正梳妝。相顧無言，唯有淚千行。料得年
　　　　年腸斷處，明月夜，短松崗。(乙卯正月二十日夜記夢)
　　　　老夫聊發少年狂。左牽黃，右擎蒼。錦帽貂裘，千騎卷平
　　　　岡。爲報傾城隨太守，親射虎，看孫郎。　　酒酣胸膽尚
　　　　開張，鬢微霜，又何妨？持節雲中，何日遣馮唐？會挽雕
　　　　弓如滿月，西北望，射天狼。(密州出獵)

三闋詞的形式相同，詞情及風格則迥不相似。第一首是蘇軾於熙寧年間在杭州通判任上與張先（時年八十有餘）同游西湖所作。據《墨莊漫錄》卷一記載：東坡與友人同游西湖，其中二人有服。湖上一彩舟，載淡妝婦女數人；中有一彈箏美女，風韻雅嫻，婉變多姿，二客竟目送之。曲未終，彩舟已遠去。東坡乃戲作此詞。姑不論此類軼聞瑣事是否屬實，都無損於此詞的藝術價值。在雨後初晴、晚霞明麗的湖光山色中，山水、音樂、美女相映成趣，饒富情趣，引人遐想。另兩首則同爲熙寧八年（1075）所作，時蘇軾任密州知州。〈十年生死兩茫茫〉是宋詞中有名的悼亡之作。他用樸實自然之筆，抒寫對於亡妻刻骨銘心的悼念，詞風沉著哀痛，蘊藉淒涼。而〈老夫聊發少年狂〉則

是東坡第一首豪放詞，風格豪邁雄健，頗有顧盼自雄之氣概，也是東坡在詞壇樹立起「自是一家」旗幟的代表作。這三首〈江城子〉在蘇軾「有意爲之」的努力下，果然呈現出截然不同的情味風貌。

再如溫庭筠有多首〈菩薩蠻〉，都是描摹女性生活及情態，風格綺靡流麗，詞情與調名相符，茲舉一首爲例：

> 玉樓明月長相憶，柳絲裊娜春無力。門外草萋萋，送君聞馬嘶。　畫羅金翡翠，香燭銷成淚。花落子規啼，綠窗殘夢迷。

然而這一詞調到了辛棄疾手中，便顯現出截然不同的情感內涵及風貌：

> 鬱孤臺下清江水，中間多少行人淚。西北望長安，可憐無數山。青山遮不住，畢竟東流去。江晚正愁予，山深聞鷓鴣。（書江西造口壁）

梁令嫻《藝蘅館詞選》引梁啓超之評曰：「〈菩薩蠻〉如此大聲鏜鞳，未曾有也。」不論從內容或風格而言，小令而作悲壯之音，是前所未有的手筆；且詞人滿腔鬱勃之情，也透過「借水怨山」（周濟《宋四家詞選》）的比興手法呈現，因而形成「宕逸中亦深煉」（譚獻《詞辨》卷二）的藝術效果。凡此，皆是出於大家手眼的刻意之作。

綜合上述可知，由於詞體本身具有曲調眾多、聲情繁富的體式上的優勢；且又具有「一體多式」和「一調多能」的彈性空間；只要詞人別具隻眼，勇於創新，發揮才學，儘可以在規律之外創造出與傳統詞風迥異的新風貌。因此，在詞的流變過程中產生與「本色」風貌大異其趣的所謂「變體」詞，也就不足爲奇了。

三、詞的雅化

唐宋燕樂的發展大致可分成三個階段：唐五代時燕樂的胡樂成分較重；北宋的燕樂已進一步與我國民間音樂相結合；南宋時燕樂漸漸趨於古典化而走向衰微。金人南侵，不僅導致北宋政權的覆亡，也使

北宋的禮樂制度及設施，遭到嚴重的破壞，因此，歌詞合樂的條件大不如前。北宋末以來，精研樂律的文人才士，向來將經過大晟樂府改造的傳統雅樂及燕樂，奉爲依律賡唱的標準。然而戰亂之中，大晟遺譜佚失零落，教坊伎人流散四方；而重新整建的紹興大樂與大晟所傳樂器又「未必相應」〔註33〕。這些都不利於歌詞的傳唱。加上歌壇上善聽、善唱者，指不多屈〔註34〕，也使得樂律家與填詞者的創作，不盡適於合樂入唱之需要。影響所及，詞壇上便出現兩種不同的創作方向：一派致力於在詞的藝術形式上精益求精，以維護其應歌協律的傳統；另一派則努力開拓詞的內容意境，以詞爲言志抒懷之具，而把詞的音樂性放在次要位置。

　　南宋高宗於紹興十二年「冬十月乙丑，始聽中外用樂」（《宋史‧卷二十四‧高宗本紀》）。十四年，復置教坊，「凡樂工四百六十人，以內侍充鈐轄。」（《宋史‧卷一百四十二‧樂志》）樂禁既開，朝中上下再度呈現歌舞昇平之象。上自皇家之聖節大典，下至社會民間的娛樂活動，瀰漫一片唱詞之風。據毛幵《樵隱筆錄》云：「紹興初，都下盛行周清眞詠「柳」〈蘭陵王慢〉，西樓南瓦皆歌之，謂之〈渭城三疊〉。」（引自鄭文焯〈清眞詞校後錄要〉）可知南宋時期，唱詞仍然是士大夫階層「遣賓餘興」的娛樂項目。然而在「樂典久墜」之際，南宋詞壇上通曉音律者並不多見，少數專家乃竭力從詞的藝術形式上努力，以維護詞體協律應歌的傳統。如音節文采並冠絕一時的姜夔便「留心學古，有志雅樂」，以保存詞體「聲文之美」（姜夔〈白石道人歌曲跋〉）。所創作的《白石道人歌曲》集中俱註明宮調，且有旁譜，可見其深諳律呂之學。吳文英亦精通樂理，在歌詞的形式美及音樂美

〔註33〕姜夔《大樂議》記曰：「紹興大樂，多用大晟所造，有編鐘、鎛鐘、景鐘；有特磬、玉磬、編磬，三鐘三磬未必相應。塤有大小，簫、篪、籥有長短，笙、竽之簧有厚薄，未必能合度。琴、瑟絃有緩急燥濕，軫有旋復，柱有進退，未必能合調。」（《宋史‧樂志》）

〔註34〕張炎〈意難忘序〉：「余謂有善歌而無善聽，雖抑揚高下，聲字相宣，傾耳者指不多屈。」（《山中白雲詞》卷四）

方面苦心經營，下字用韻務求合度，他曾講論作詞之法，提出四項標準：

> 音律欲其協，不協則成長短之詩；下字欲其雅，不雅則近乎纏令之體；用字不可太露，露則直突而無深長之味；發意不可太高，高則狂怪而失柔婉之意。（沈義父《樂府指迷》引）

這就是著名的論詞四標準。然而也因為他們在詞的形式上過度強調鍛鍊之工，聲調之雅，使得這類精工典麗「文人詞」往往只能在少數文人雅士中傳唱，形成「陽春白雪」和之者寡的現象，而無法達到預期的目標。失去了群眾基礎的詞體，終不免走上「可憐都付殘照」（張炎〈霜葉飛〉）而無法傳唱的命運。

南渡詞人創作歌詞多沿用舊調，然而舊譜零落，新調又無法普遍傳唱，有些詞人索性以前人的詞集引為樣品，亦步亦趨，嚴加仿效，如方千里、楊澤民、陳允平之和清眞詞。而另有一批詞壇作家則不期然而然地將詞由「抒情」傳統向「言志」移位。如向子諲自訂《酒邊詞》兩卷，用「江北舊詞」與「江南新詞」來區分其南渡前後歌詞創作的變化區別。前期是道地「花間尊前」之作；後期則是身處急遽變化的世局中，「感時撫事」的太息之作。向子諲並將「江南新詞」列於「江北舊詞」之前，這種「退江北所作於後，而進江南所作於前」（胡寅〈題酒邊詞〉）的進退之舉，正關合時世之變。與向氏精神相通的還有陸游、辛棄疾、陳亮、劉過、劉克莊、劉辰翁等人。在偏安的歷史背景中，他們共同努力在詞的舊形式上賦予新的內容，並改變傳統藝術表現手法，擴充詞的藝術境界，增強詞體的藝術功能。由於他們的作品並非專為應歌合樂而作，詞體的娛樂性、音樂性乃逐漸減低，而日益向詩靠攏。所以陸游詞「歌之者絕少」（《後村大全集》卷一百八十《詩話》續集），辛詞中也不乏可供「爭誦」、「先睹」之篇章，發展到後來，「詩詞合流」乃屬必然的結果。

第四章　稼軒豪放詞風形成之主體因素

　　「風格」一詞最早見於《晉書·庾亮傳》：「風格峻整，動由禮節」，本指人物的風度品格而言。六朝時期乃以「風格」來概括人的特質和文學創作的特點。這也是中國文學批評史上開始形成較有系統的風格理論時期。劉勰在《文心雕龍》中所講的「體性」〔註1〕，鍾嶸《詩品》所講的「味」〔註2〕，大都與風格有關。劉勰並正式用「風格」一詞評論作家：「仲瑗博古，而銓貫有敘；長虞識治，而屬詞枝繁；及陸機斷議，亦有鋒穎。而腴詞弗剪，頗略文骨，亦各有美，風格存焉。」（《文心雕龍·議對》）此處之「風格」，即指美文之格調體勢。風格的形成是在主客觀因素的交互作用中表現出來的，故風格因人、因時而異；可以為一人所獨有，也可以是一派或是一個時代所共有。就一個藝術家而言，追求風格就是追求自我完成。獨創的藝術風格，

〔註 1〕劉勰《文心雕龍·體性》篇是最早接觸到風格個性化的問題。篇中把各種不同的文章概括為八體，而八體的形成，是來自作者才、氣、學、習四者的綜合關係。文曰：「夫情動而言形，理發而文見，蓋沿隱以至顯，因內而符外者也。然才有庸雋，氣有剛柔，學有淺深，習有雅鄭，並情性所鑠，陶染所凝。」

〔註 2〕鍾嶸〈詩品序〉認為好的詩歌必須是有「滋味」的，尤其「五言居文詞之要，是眾作之有滋味者」；若能賦、比、興並重，作到言近旨遠，有風力、有藻采，便能「使味之者無極，聞之者動心」。他認為永嘉以後的玄言詩由於「理過其詞」，故顯得「淡乎寡味」。

是作家自出機杼的成熟標幟。而一家風格的形成，除了客觀的外部因素外，創作主體的主觀因素更是關鍵所在。也就是創作主體的自身條件；包括他的生命價值觀、學識涵養、個人經歷，稟賦、氣質、審美好尚等，這些因素本身各自從不同的角度影響藝術家風格的形成。

　　所以要認識稼軒豪放詞的風格特色，除了研究時代背景因素外，還要針對稼軒個人的生平遭際、成長的地域文化背景，及其生命特質、審美價值觀等主體因素作一詳細探究；兩相映襯，辛稼軒其人其詞所代表的特殊意義才能充分彰顯。

第一節　一世英豪辛棄疾

一、中州雋人之成長背景

　　辛棄疾好友黃榦在〈與辛稼軒侍郎書〉中，推崇其具有「果毅之資，剛大之氣，眞一世之雄也。」要瞭解稼軒資質秉性中之「凜然風采」(《勉齋集》卷四)之所從來，自要由其出身背景、成長環境入手。

　　辛棄疾，原字坦夫，後改字幼安，中年後別號「稼軒居士」，山東濟南府歷城縣人。生於南宋紹興十年（1140），卒於寧宗開禧三年（1207）。他的一生是在宋金對峙的南宋時期渡過的。

　　辛棄疾早年失怙，由祖父辛贊撫養成人。辛贊是一位極具民族意識的人物〔註3〕，他因累於族眾而身陷虜庭，被迫仕金，但心中時刻以復仇爲念。棄疾自幼在祖父曉以民族大義的教導下，復仇雪恥的信念和愛國的情操很早就在他心中萌芽。他在〈美芹十論〉中有云：「大父臣贊，……每退食，輒引臣輩登高望遠，指畫河山，思投釁而起，以紓君父所不共戴天之憤。」青少年時期，稼軒在祖父的安排下，「兩隨計吏抵燕山，諦觀形勢」，因而奠定他「曉諳軍事」的良好根基，

〔註 3〕稼軒〈美芹十論〉：「臣之家世，受廛濟南，代膺閫寄，荷國厚恩。大父臣贊以族眾拙於脫身，被汚虜官，留京師，歷宿、亳，涉沂、海，非其志也。」

也對他日後呈給朝廷的恢復大計頗有助益。

　　稼軒自幼受學於亳州劉喦老（瞻），與党懷英同學，時人稱之爲「辛、党」。據《宋史》本傳記載，辛、党二人曾以蓍草占卜的方式來決定各自的發展方向，結果稼軒占得離卦，而此卦「乃南方丙丁火，以鎮南也」（謝枋得〈祭辛稼軒先生墓記〉），因而增強他南歸的決心。其後，金主亮大舉南犯，英姿勃發的辛棄疾終於舉起義旗，率領所結集的二千部眾，投入當時義軍領袖耿京的部隊，自此展開他一生爲之奮鬥不已的抗金復仇之志業〔註4〕。

二、「壯歲旌旗擁萬夫」之「歸正」義舉

　　宋金對峙期間，陷於北方之百姓，本就不甘受異族統治；加上女眞族不斷施以剝削苛擾，使得民怨益深。不堪蹂躪的人民或基於民族大義，或爲求生，紛紛組成義軍，起而抗金。據《金史·李通傳》記載，當時北方金人統治下的淪陷區是「盜賊蜂起，大者連城邑，小者保山澤」。而南宋政府也採取獎勵敵後人民來歸的政策，以加強自身戰鬥實力。紹興年間，女眞政權稍穩，北方義軍無所作爲，南宋偏安局面也剛形成，不願受異族統治之百姓，抱著「吾屬與其順寇，則寧南向作賊，死爲中國鬼。」（莊仲方《南宋文範》卷十二）的信念而開始大規模南逃。在宋代文獻上對這一時期的北人南歸之舉或稱「歸正」，或稱「歸朝」、「歸附」等，不一而足。終南宋之世，「歸正人」始終絡繹不絕於南奔之途〔註5〕。

　　在許多抗金隊伍中，聲勢最浩大，實力最雄厚的要屬耿京所領導的義軍。辛棄疾在二十二歲那年，毅然率領他所聚合的兩千人，投效

〔註 4〕《宋史·辛棄疾傳》：「始筮仕，決以蓍，懷英遇〈坎〉，因留事金；棄疾得〈離〉，遂決議南歸。」此事謝枋得〈祭辛稼軒先生墓記〉亦有記載。鄧廣銘《辛稼軒年譜》的解讀是：「稼軒幼秉家教，即刻刻以復仇爲念，其舉義南歸斷非待偶然之卦爻而決者，謂以此而促成其事則可，謂其事全繫於此則未免於誣矣。」

〔註 5〕詳參黃寬重〈略論南宋時代的歸正人〉，《南宋史研究集》（臺北：新文豐出版公司，民國 74 年）。

耿京旗下，爲掌書記。他以出衆的才華和過人的膽識，很快便成爲義軍中的重要人物，與耿氏共同擘畫用兵大計。他曾追殺叛徒義端和尚，追回義軍大印。義端慚惶之餘，以「青兕」稱之〔註6〕。其後在南歸途中，聞知耿京被叛將張安國殺害，義軍潰不成軍，辛棄疾立刻率領五十騎兵，飛騎直闖有五萬金兵據守之金營，一舉擒獲叛徒，當場又號召上萬士兵起而反正，並即刻率領衆兵南向疾馳，欲將叛徒押送行在臨安斬首。一路上渴不暇飲，飢不暇食，束馬銜枚，間關渡淮。其過人的膽識魄力和智勇兼備的才華於此可見。

「壯歲旌旗擁萬夫」（〈鷓鴣天〉），是辛棄疾對早年金戈鐵馬生涯的夫子自道，這一段「壯聲英概」的歲月爲時雖然短暫，卻是詞人一生中最爲精采的歲月，只是南歸後的稼軒，再也等不到殺敵報國、建功立業的機會，「看試手，補天裂」（〈賀新郎・同父見和，再用韻答之〉）的宿願無法得償，從而鑄就了他一生創作中沉雄悲壯的基調。

三、讒擯銷沮之仕途際遇

紹興三十二年（1162），稼軒奉耿京命，奉表南歸。朝廷先授承務郎之職，後改任江陰簽判，一位熱血沸騰的英雄少年成了一名無足輕重的地方官吏；然而他並不因人微言輕而改變初衷，仍盡力提出分兵攻敵之策，只是未蒙採納〔註7〕。孝宗即位，稼軒重新燃起希望，先後於乾道元年（1165）、乾道六年，奏進〈美芹十論〉、〈九議〉給孝宗皇帝及宰相虞允文，對恢復大計提出具體的擘劃策略。只是自隆興元年「符離之役」慘敗後，宋金達成和議，朝廷即避談恢復之事。是故這兩篇「筆勢浩蕩，智略輻湊，有《權書》、《論衡》之風」（劉

〔註6〕《宋史・辛棄疾傳》：「義端一夕竊印以逃，京大怒，欲殺棄疾，棄疾曰：『勾我三日期，不獲，就死未晚。』……急追獲之，義端曰：『我識君眞相，乃青兕也，力能殺人，幸勿殺我。』棄疾斬其首歸報，京益壯之。」

〔註7〕稼軒以分兵攻金人之策干張浚，不被採納。詳見《朱子語類》卷一一○〈論兵〉。

克莊〈辛稼軒集序〉）的軍國大計，終究伴隨著稼軒的雄才大略和戮力謀國的滿腔赤忱，一併付之流水。

　　乾道八年（1172），稼軒出知滁州，任內「寬徵薄賦、召流散、教民兵、議屯田」（《宋史·辛棄疾傳》），使得滁州「人情愉愉，上下綏泰，樂生興事，民用富庶，……荒陋之氣，一洗而空。」（周孚〈滁州「奠枕樓」記〉）淳熙元年（1174），葉衡入相，力薦稼軒「慷慨有大略」（《宋史·辛棄疾傳》）孝宗再度召見，遷倉部郎官。次年出爲江西提點刑獄，明年調京西漕官。淳熙四年（1177）起至淳熙八年（1181），數年之間，歷官江陵知府兼湖北安撫、隆興知府兼江西安撫、大理少卿、湖北轉運副使、湖南轉運副使、潭州知府、湖南安撫使、隆興知府兼江西安撫等職。期間曾奏進〈論盜賊札子〉，濬築陂塘、發倉賑災，並創置湖南飛虎軍，以討捕盜賊；不論職務久暫，官位大小，稼軒都全力以赴，因民之所利而利之，對地方建設貢獻良多，充分顯示出他是一位幹練而又能爲民造福的政治人才。

　　淳熙八年冬，因臺臣王蘭之彈劾而落職〔註8〕，辛棄疾歸隱帶湖，並以「人生在勤，當以力田爲先」（《宋史·辛棄疾傳》）爲由，以「稼」名軒。從此，「稼軒居士」就在帶湖新居度過十年投閒置散的生活。這十年間，稼軒是身在江湖，心存魏闕，他念茲在茲、魂牽夢縈的仍然是「整頓乾坤事了」（〈千秋歲，金陵壽史帥致道〉）之志業。直到光宗紹熙三年（1192），終於接到朝廷詔命，就任福建提點刑獄，他再次踏上仕宦之途，這一年稼軒已五十三歲。在福建任上，他一如既往，戮力從公，儘管對南宋朝廷已不抱太多期望，但依然不忘力陳抗金驅敵的意見，奏論荊襄上流爲東南重地，建議朝廷妥爲備禦。然而依舊未受當朝重視。紹熙五年（1194），稼軒先是遭到諫官黃艾的彈劾〔註9〕，罷去福建安撫使之職，主管建寧府武夷山沖佑觀。

〔註8〕《宋史·辛棄疾傳》：「臺臣王蘭劾其用錢如泥沙，殺人如草芥。」
〔註9〕《宋會要·職官》七三之五八：「紹熙五年七月二十九日知福州辛棄疾放罷，以臣僚言其殘酷貪饒，姦贓狼藉。」

同月，再被御史中丞謝深甫論列，降充秘閣修撰〔註10〕。寧宗慶元元年（1195），又因御史中丞何澹之奏劾〔註11〕，再度落職家居。這次他因帶湖住宅慘遭祝融之災，乃徙居鉛山縣期思市之瓢泉。搬家時，自嘲「借車載家具，家具少於車」（〈水調歌頭‧將遷新居不成〉），其困窘之況可想而知。而更不堪的是，言官對他的打壓並未因此而稍緩，是年九月，稼軒復因言者論列〔註12〕而罷宮觀。三年後才又主管沖佑觀。

寧宗嘉泰三年（1203），在度過八年閒退山林的生活之後，稼軒再度被起用為紹興知府兼浙東安撫使。這位六十四歲的白髮老翁也一本初衷，整裝再起，重新出發。寧宗嘉泰四年（1204），稼軒改命鎮江知府，並蒙寧宗召見；他分析「金國必亂必亡」，故對金用兵為遲早之事。然而眼前南宋尚未具備必勝的條件，若不精確估算雙方實力，而冒率進兵，只會「贏得倉皇北顧」（〈永遇樂‧京口北固亭懷古〉）。因此他建議朝廷要有充分準備，把用兵之事委託給元老大臣，「預為應變之計」（見《宋史‧韓侂胄傳》）。而稼軒本人亦不自外於復仇之業，他屢次遣諜至金，偵查其兵騎之數、屯戍之地、將帥之姓名、帑廩之位置等。並於邊境招募丁壯，準備軍服。然而，韓侂胄的北伐之舉畢竟是出於急功近利，以求鞏固自己的政治地位，故一心積極備戰。稼軒的建議不但未蒙採納，反於次年（1205）以「舉人不當」為由，受到降官處分，六月底調離京口軍事要衝，遷隆興知府。未及上任，七月初便軒奉祠歸。這時，他恍然明白自己之所以被朝廷

〔註10〕 《宋會要‧職官》七三之五九：「御史中丞謝深甫言：『二人（辛棄疾、馬大同）交結時相，敢為貪酷，雖已黜責，未快公論。』」
〔註11〕 《宋會要‧職官》七三之六三：「慶元元年十月二十六日，前知漢州張縯罷祠祿，降授秘閣修撰知福州辛棄疾與落職。御史中丞何澹言……棄疾酷虐裒斂，掩帑藏為私家之物，席捲福州，為之一室（空）。」
〔註12〕 《宋會要‧職官》七五之六六：「……以臣僚言棄疾贓污恣橫，唯嗜殺戮，累遭白簡，恬不少悛。今俾奉祠，……必肆故態，為國家軍民之害。」

旋用旋罷，乃因韓侂冑之倡議對金用兵，實專爲自身之聲名權位計，非眞有意於恢復。舟次途中，不禁發出「鄭賈正應求死鼠，葉公豈是好眞龍」（〈瑞鷓鴣〉）之浩歎！

　　憔悴歸來的稼軒返家未幾，又再三接到朝廷復職的詔命，但此時他已澈悟朝中豎子實不足與謀，乃堅辭不就，他不甘再與這幫短視近利僞善之徒爲伍了。

　　開禧二年（1206），宋金交戰，宋兵果然戰敗求和，韓侂冑怒於金人以他的人頭爲議和的條件（見《宋史紀事本末·北伐更盟》春正月丁丑條），打算再度對金用兵。開禧三年（1207）朝廷再度起用稼軒，委以樞密院都承旨之要職，詔令速赴行在奏事。已臥病在床的稼軒依然拒不受命，上章乞致仕。數日後（九月初十），一代英雄終於走完他悲劇的一生。臨終前還「大呼殺賊數聲」（《濟南府志·稼軒傳》）。報國宿願未償，稼軒是清醒而悲涼地離開這破碎山河的。

第二節　稼軒審美主體之本色美

一、詞品之豪出於人品之豪

　　中國傳統的文學創作或理論，往往強調文學內容必須關乎社稷民生，在寫實的基礎上能充分「反映」生活的作品，才是上乘之作；其實，文學除了反映人生外，更是作者這一審美主體自我表現和完成的結果。所以，詩文是否能自成一家之言，和作者的人格操守，及內在的審美心理結構，有著莫大的關聯。

　　早在魏晉時代，當文學逐漸脫離經學的附庸地位，而取得獨立的生命時，創作主體的意義才開始受到重視。魏晉以後，知識份子面臨社會的動亂，文化的沒落，他們力求擺脫對政治的依附，以期獲得精神的超脫與自由。因此在藝術上偏重於表現創作主體的心靈和個性。如曹丕的《典論·論文》首先注意到作家的秉性氣質問題，提出「文以氣爲主」的看法，並以爲「氣之清濁有體」，強調文氣之陽剛或陰

柔，和作者的稟性氣質有必然的關聯。接著陸機〈文賦〉提出「詩緣情而綺靡」的觀點，把個人情感從「詩言志」的範疇中脫離出來；其後劉勰的《文心雕龍》繼起，標立〈體性〉一篇，專門討論作家先天的秉性氣質和作品的「風格」之間的關聯。他認為：「吐納英華，莫非情性」，人人「各師成心」，才能呈現「其異如面」的獨特藝術風格。自此，「情性」便成為詩文創作最主要的質素，以至於有「情性之外，不知有文字」（元遺山〈新軒樂府引〉）之說。

衡諸文學史上一流大家之作，莫不是「緣情造端」，具備「性情之真」〔註13〕，進而達到「文如其人」之「真」與「美」的和諧統一境界。法人蒲封（Buffon）說：「文體是人，風格就是那人自己」。這是強調在正常情況下，一個作家應當是「即人格，即風格」；作品風格足以反映作者人格。涂公遂《文學概論》亦云：

> 所謂的文學風格，……就是作家的個性與人格在文學內容與形式上的一種綜合的表現。看不見的是心靈，看得見的是面目和建築，面目和建築，就是風格，也就是品格。每個人都有他的個性和人格，因而每個文學家也便有他的風格。〔註14〕

這些論點都是強調風格的獨創性往往來自風格的個性化。大家名作，必有一種面貌，一種神態，與他人迥不相同。詩人若能做到「我自發我之肺腑，揭我之鬚眉」（石濤《苦瓜和尚畫語錄》），筆下的感情必然是真摯而強烈的；個性必然是鮮明獨特的，他的詩也才具有「動人」的抒情藝術效果。反之，「不精不誠」，則「不能動人」（《莊子·漁父》）。其實一切文藝之事，無非是單純的要傳遞或保有一個「真實的自我」、「性情的我」，當這兩個條件都具備時，作者的精神氣象自然汩汩然

〔註13〕如楊倫論杜詩：「無一語不自真性情流出」（《杜詩鏡銓》），元遺山評蘇軾詩：「情性之外，不知有文字」（《遺山文集》卷三十六〈新軒樂府引〉）。

〔註14〕以上涂公遂及法人蒲松之說法，均見於涂公遂《文學概論》第六章（臺北：華正書局，民國64年）。

而出；鑑賞者籠罩在這樣的精神感召之中，亦必忻悅不已，動容不已，詩歌鑑賞的「興味」於是活活然而生。

　　稼軒豪放詞之所以風神駿逸，使人感激奮發，正因其詞「直從性情之教來」。唯有性情之眞，乃有心術之正，故儘可動心、動情、又復動性。歷來詞評家也先後指出，稼軒詞品之豪，實來自其人品之豪。正如其弟子范開於〈稼軒詞序〉中所云：

　　　　器大者聲必閎，志高者意必遠。知夫聲與意之本原，則知
　　　　歌詞之所自出。

指出作者的志趣襟抱在創作過程中，對詞作的深淺有決定性的作用。晚清詞評家劉熙載便注意到人品與詞品間的必然關聯，而有「論詞莫先於品」之說。〔註15〕他認爲蘇、辛詞之所以爲一流之詞人，其因在於在他們的詞作中承載憂國憂民的偉大情操和莊嚴的歷史使命感，蘇、辛詞品之高，來自人品之高：

　　　　蘇、辛皆至情至性人，故其詞瀟灑卓犖，悉出於溫柔敦厚。
　　　　（《藝概‧詞曲概》）

　　此外，梁啓超也從人品的角度來推崇稼軒：

　　　　稼軒先生之人格與事業，未免爲其雄傑之詞所掩。使世人
　　　　僅以詞人目先生，則失之遠矣。（梁啓勛〈稼軒詞疏證序例〉引）

梁氏此語，強調稼軒之「人格事業」與其「雄傑之詞」有相互輝映之效；若掌握到稼軒的人格特質，也就掌握到稼軒雄傑之詞之精神所從出。再者，王國維在《人間詞話》中，論及辛詞時也有類似看法：

　　　　東坡之詞曠，稼軒之詞豪。……無二人之胸襟而學其詞，
　　　　猶東施之效捧心也。

〔註15〕劉熙載《藝概‧詞曲概》認爲：「論詞莫先於品」，詞品之高下，由「情」之內涵而定：「詞家要先辨得情字。《詩序》言『發乎情』，《文賦》言『詩緣情』，所貴於情者，爲得其正也。忠臣孝子，義夫節婦，皆世間極有情之人。」（《藝概‧詞曲概》）在他看來，詞爲心聲的傳遞，而詞情亦有雅鄭之別。只要是發自肺腑的「中正」之情，詞體同樣具有儒雅風流的詩教功能，而毅到名教之地。

直陳「稼軒之所以爲稼軒」的主要因素，乃在於他的「性情襟抱」。

　　以上這些詞論家共同提出稼軒「詞品出於人品」的審美觀點。稼軒這位「英雄詞人」，驗諸其一生行事作爲及進退出處，的確表現出「風節建豎」（《藝概・詞曲概》）之節操及「吞吐八荒之概」（陳廷焯《白雨齋詞話》卷六）的獨特審美個性。

二、九死不悔之貞定志節

　　綜觀稼軒的一生，從「氣吞萬里如虎」（〈永遇樂・京口北固亭懷古〉）的意氣風發，到「向彌茫數盡歸鴉」（〈上西平・會稽秋風亭觀雪〉）的落寞凄涼，正印證了前人「才命相敵」之說。他本是一位英姿勃發，才、膽、識、力兼備的一世豪傑，眼見國勢日衰，頗欲有所作爲；年少英雄渡江南來，卻請纓無路；空有一身膽識魄力，滿懷經綸大計，只落得求田問舍，把「萬字平戎策」換得一紙「東家種樹書」（〈鷓鴣天・有客慨然談功名，因追少年時事，戲作〉）。南歸四十餘年間，多半時間是處於投閒置散的狀態中，「雕弓掛壁無用」（〈水調歌頭・嚴子文同傅安道…〉），「無用兩手」只落得「把蟹螯杯」（〈水調歌頭・湯朝美司諫見和……〉）；但在「涼夜愁腸千百轉」（〈蝶戀花・和趙景明知縣〉）之餘，依然期盼「喚起一天明月，照我滿懷冰雪」（〈水調歌頭〉）。即使到了「白髮西風」的暮年，猶以志在千里的老驥自喻，以「男兒到死心如鐵」（〈賀新郎・同甫見和，再用韻答之〉）自誓。稼軒人格操守的可貴，正在此不堪之際遇中彰顯無遺。

　　雖然稼軒也有浩歎「誰解相憐」（〈醜奴兒〉）的失意時刻；更有「功名渾是錯」（〈菩薩蠻〉）、「卻自移家向酒泉」（〈醜奴兒〉）的苦悶幽憤。偶爾也自我調侃「人間寵辱休驚，只消閒處過平生」（〈臨江仙・再用韻送祐之弟歸浮梁〉），「箇裡溫柔，容我老其間」（〈江神子・和陳仁和韻〉），看似一派達觀悠閒，以老莊之道逍遙自適；然而直到他六十八歲齎志以沒，「平生志願百無一酬」（謝枋得〈祭辛稼軒先生墓記〉），他也沒有眞正放棄自己的理想；稼軒那「了卻君王天下事」（〈破

陣子·爲陳同甫賦壯詞以寄之〉）的志業，未嘗因「別有人間行路難」
（〈鷓鴣天·送人〉）而稍有改變或放棄。世人所謂的因時制宜，明哲
保身，與稼軒「以氣節自負，以功名自許」（范開〈稼軒詞序〉）的生
命價值觀，實在是扞格不入；這位血性男兒不願也不屑於從事媚俗譁
眾之舉。終其一生，稼軒都是以這種九死不悔的貞定志節，與百般捉
弄他的命運之神相抗衡；詞人這股「熱騰騰」的「耿耿不忘恢復之思」
（楊希閔《詞軌》卷六），這般堅苦卓絕的精神，不僅充分表露出北
地男兒的剛毅性格，也證明他是以全生命在追求踐履儒家「仁以爲己
任」的理想境界。不論是「落日樓頭，斷鴻聲裡」的「江南遊子」，
或是「獨倚西風寥闊」（〈念奴嬌·賦雨巖〉）的白髮英雄，不約而同
的映襯出一個落寞而又孤傲的身影。後人評稼軒詞爲「萬古一清風」
（陳模〈論稼軒詞〉），確是受到詞人精神感召後的由衷讚嘆！

三、才命相敵之悲壯美

　　稼軒奮進與挫敗交織的一生，可說是充滿了「悲壯性」的美感。
近代美學家姚一葦在參酌融合中西方各文藝批評及美學理論後，對
「悲壯」有一番獨到的見解：

> 由於中國係生存於一個（與西方）截然不同的精神文化背
> 景裏，具現爲不同的宇宙和人生觀，因此不僅不可能產生
> 希臘和文藝復興時代的悲劇，亦不可能產生任何西洋歷史
> 階段意義下的悲劇。但是話又說回來，中國雖沒有產生過
> 「悲劇」，並非意謂中國沒有「悲壯藝術」；因爲在我的觀
> 念下，人只要在面對他所依存的環境時，即可能產生一種
> 「悲壯觀」或「人生之悲壯感」，或某種性質的悲壯藝術。
>
> 《美的範疇論·論悲壯》

　　姚氏並認爲，構成「悲壯」條件的有兩大要素，即個人與環境兩
個變項。就人自身而言，各人的意志、能力、智慧、性格、價值觀各
不相同，稟賦不一，強弱異體。就環境言，不單指人類實際生存的社
會，亦指抽象的環境，如命運或神的勢力；所以環境對人而言亦各不

相類，代不相同，變異繁複。人生就是由人與環境之間所產生的種種牽涉作用所形成。若兩者間產生牴觸時，「悲壯感」便產生了，因而形成所謂的「悲壯藝術」。

> 悲壯藝術係人的處境的表現。當人面對他所依存的環境，
> 以及諸般威脅著人類的巨大勢力，所產生的作爲或反應，
> 所流露出來的宇宙觀或人生觀。（同上）

亞里士多德在《詩學》中，對「悲劇英雄」的人格特質有所界定〔註16〕。而容易產生「悲壯感」的人格特質，往往不出「悲劇英雄」人格特質的範圍。最具關鍵性因素的是，悲劇英雄的性格強度往往超越常人，一旦他們認定自己的作爲是正確的，則必定全力以赴，即使犧牲一切亦在所不惜。他們敢於挑戰，敢於以有限挑戰無限；即使所執著的目標理想未必正確，他們也絕不推諉責任，或中途妥協。雖然堅持到底的結果仍是失敗的，然而雖敗猶榮；因爲悲劇英雄已經用肉體的犧牲來換取精神的長存，用自身的生命來證實他們的「偉大」——「生命力的偉大」。這種知其不可爲而爲的大勇精神的表現，和他們所處的高位及所掌握的權勢，頗有相互輝映之效，也都有超凡的審美效果。

悲劇英雄的遭遇雖然是可怕的，使人戰慄的，但他們行爲中所蘊含的高貴氣質與正義精神則是令人讚嘆激賞的；他們的崇高與偉大足以使人震懾，足以映襯出吾人的渺小。悲劇人物也因「其事可悲，其情可壯」的崇高意境，而引發人們產生哀憐與恐懼的情緒。黑格爾便認爲，悲劇感中所蘊含的倫理理念內容，足以對人們哀憐恐懼的情緒

〔註16〕依亞里士多德的解釋，悲劇英雄具有下列特點：一、「其人必須爲享有名望與榮華者」，亦即門第顯赫，身負重任者。二、「悲劇英雄較一般人爲善」，亦即悲劇英雄的性格強度超出一般常人之上。他可能比一般人堅毅勇敢，忠貞不屈；亦可能比一般人驕傲、固執、甚至殘忍。三、悲劇英雄並非十全十美，而係具有某種性格上之缺陷。「不幸之降臨於他，非由於罪惡與敗壞，而係由於某種判斷上之過失。」（姚一葦：《美的範疇論》第四章〈論悲壯〉，台灣：開明書局，民國81年，頁192～193）。

產生陶冶、淨化的作用（註17）。人們在「審悲」的過程中，不僅情緒得以發散釋放，甚至可以從中獲得精神上的鼓舞感召，引人奮發進取；換言之，「悲壯藝術」的審美價值，和中國傳統「興觀群怨」的詩教功效是不謀而合的。

　　稼軒豪放詞之所以風神獨具，足使「懦士為之興起」（洪邁〈稼軒記〉），令人嘆賞不置，就因為其中流露出稼軒的崇高人格及其一生踐履追尋之生命價值觀。稼軒所處的時代與他一生所抱持的志意相牴觸，而他依然抱持「之死靡他」的信念，不因「忠而見謗」而灰心喪志；他的靈魂因飽蘸痛苦的汁液而愈顯崇高，所形成的悲劇美感也愈強烈。最能體會稼軒命運之悲壯者，莫若項平庵之〈祭辛幼安〉：

> 人之生也能致天下之憎，則其死也必享天下之名。豈天之
> 所生必死而後美，蓋人之所憎必死而後正，嗚呼哀哉！死
> 者人之所惡，公乃以此而為榮；予者公之所愛，必當與我
> 而皆行。局旦暮而相從，固予心之所愛；尚眠食以偷生，
> 恨公行之不待！

劉克莊《後村詩話續集》卷四載錄此文，並於文末評曰：「自昔哀詞未有悲於此者。」誠哉斯言！項氏這番切齒憤恨之言，說明稼軒詞之所以成為悲壯激烈的「驚濤怒雷」（陳廷焯《白雨齋詞話》卷八），正是「厄運危時」與英雄志節之間的矛盾衝突激盪而成的結果，人們在哀敬這位悲劇英雄之餘，無形中也受到其高尚偉大人格的感召與陶冶。此種審美快感自然也帶來了心靈的淨化與提昇。

第三節　南北文化融合之審美心胸

一、齊魯文化之影響

　　詩人的氣質，除了來自先天的氣質外，地域的影響亦不容忽視。劉勰就認為「屈平所以能洞鑑風騷之情者，抑亦江山之助乎！」（《文

〔註17〕黑格爾：《美學》第三卷下（臺北：里仁書局，1981年），頁288。

心雕龍‧物色》）此外，蘇轍在〈上樞密韓太尉書〉中也提出：「文不可以學而能，氣可以養而致」的觀念，認爲文氣可以經由後天的培養而成，如太史公司馬遷，由於「行天下，周覽四海名山大川，與燕、趙間豪俊交游，故其文疏蕩，頗有奇氣。」強調外在閱歷對文氣涵養的重要；而外在閱歷又包括人物交游與山川形勝、奇聞壯觀的激發等。同理，辛稼軒之詞之所以有「排蕩激昂，不可一世」（彭孫遹《金粟詞話》）之氣象，當與他北人南歸的生活經歷與大江南北的地域文化有相當的關聯。

齊魯之地，原是一個擁有悠久歷史和文化傳統的地域。先秦時代，齊國都城臨淄就是當時的學術中心，而所謂「稷下學官」，在「喜文學之徒」（《史記‧田敬仲完世家》）的齊宣王時代更達於極盛。聚集在稷下的學者，有儒、道、法、名、陰陽等各家；他們在此自由地論道講學，議論政治，一時之間，百家爭鳴，盛況空前。長久以來，經過各家思想文化的碰撞、融合，乃醞釀出齊魯之地特有的文化內涵──以孔孟爲代表，強調實踐理性精神的儒家文化。當時南方則出現以老莊爲代表，注重空靈玄思的老莊文化。其後，南北文化才有逐漸融合的趨勢，但之間的差異依然存在﹝註18﹞。大致說來，南方文化的特色在於：南人個性較溫馴，感情細膩婉轉，審美觀崇尚陰柔之美；價值觀較以個人爲重，追求享樂。北人性格則豪邁不羈，質樸率易，審美觀偏陽剛之美，價值觀受儒家哲學影響，重禮義教化，有積極入世之精神。

地域文化的特色一旦形成，在其影響之下的作家作品，無形中自然打上文化的烙印。如北宋時代，齊州屬於「京東東路」行政區域（今山東大部及河南商丘一帶）。梅聖俞對「京東」之士的評價是：「其俗重禮義，難耕紉」，「樸魯淳直，甚者失之滯固，然專經之士爲多。」宋初張詠、王禹偁、石介均爲「京東」人士，他們在政治上的剛直進

﹝註18﹞錢鍾書〈中國詩與中國畫〉：「禪家有南北二宗，唐時始分；畫之有南北二宗，亦唐時分也。」

取作風，正是北方士人文化性格和精神傳統的具體表現〔註19〕。

　　就詞體而言，它也同樣受到南北文化之差異而呈現不同之風貌。在宋代，詞是以抒情唯美的風姿流行於雅俗階層。然而到了北方金國，卻顯出截然不同的風致。況周頤《蕙風詞話》卷三便如此說道：

　　　　南宋佳詞能渾，至金源佳詞近剛方；宋詞深致能入骨，……

　　　　金詞清勁能樹骨。……南人得江山之秀，北人以冰霜爲情。

一「深致入骨」，一「清勁樹骨」，扼要地道出地域文化對南北詞風之影響。

　　稼軒生長於北方，而大半生卻是在南方度過，這種身分與經歷，使他受到南北文化的雙重影響；他既有北人的「冰霜之情」，又加上南方「江山之秀」的薰染，南北文化的交融結果，造就了他獨特的審美心理結構，也因而形成他在創作上不主故常，兼容並蓄的審美風格。

　　辛棄疾生於儒家文化的發祥地。據《歷城縣志》載：「（歷城）男子多務農桑，崇尚學業，……貴禮尚義，有勤儉之範，子弟多弦誦之風，……敦厚闊達，多大節。」〔註20〕辛棄疾血脈中流蕩的就是北地男兒豪爽剛烈的氣性。他的「果毅之質，剛大之氣」就是直接稟承於北方遼闊的廣袤大地。

　　可以說，青少年時期是稼軒性格、價值觀、審美觀受北方文化影響而趨於定型的養成時期，而南渡之初的仕宦生涯，就是這些觀念得以充分體現和發展的階段。稼軒是一文韜武略均所擅長的英雄人物；在行動上，他曾於萬人中生擒叛賊，此一壯舉震動了南宋君臣，朝中上下莫不推崇其「壯聲英概」，甚至令「聖天子一見三嘆息」（洪邁〈稼軒記〉）。其後，他於湖南創制湖南「飛虎軍」，更是聲聞朝野。此軍一成，即雄視江上，亙數十年而猶爲勁旅。在抗金計畫上，他亦曾奏

〔註19〕參見程杰〈論北宋詩文革新的地域性因素〉，《宋代文學研究叢刊》第二期。

〔註20〕轉引自王華光〈南北文化交融的結晶——「稼軒體」成因及特點初探〉，《齊魯學刊》1989年，第二期。

進〈美芹十論〉、〈九議〉等奏箚，提出詳備的恢復大計，其文「英偉磊落」，「筆勢浩蕩，智略輻湊」（劉克莊〈辛稼軒集序〉），在在可見北地男兒勇於任事之邁往豪情。

二、長安父老，新亭風景之衝擊

只是，稼軒身為北人，他那剛毅果決的性格，不僅與主和偏安的朝廷不合，也和步調悠閒的南人風尚扞格不入，稼軒對此也有自知之明，在南歸一段時日之後，他自述常「恐言未脫口，而禍不旋踵」（〈論盜賊箚子〉），甚至連當朝光宗皇帝亦勸他：「養邁往之氣，日趨於平；晦精密之明，務歸於恕……益平豪雄之氣，而見溫粹之容」（《攻媿集》卷三十五〈福建提刑辛棄疾除太府卿制〉）。這正是稼軒身受南北文化衝擊的具體明證，劉辰翁便由此掌握到稼軒終其一生不得志的原因：「斯人北來，喑嗚鷙悍，欲何為者？而讒擯銷沮，白髮橫生，亦如劉越石陷絕失望，……此意何可復道！」（〈辛稼軒詞序〉）自此，稼軒的心態不得不有所改變，他開始追求更豐富的「道」的境界，以求精神的超脫自由，這時具南方文化色彩的老莊哲學逐漸滲透到他的思想中，「案上數編書，非《莊》即《老》」（〈感皇恩·讀《莊子》聞朱晦菴即世〉），「怎得身似莊周，夢中化蝶，花底人間事。」（〈念奴嬌·和趙國興知錄韻〉）「鐘鼎山林都是夢，人間寵辱休驚」（〈臨江仙·再用韻送祐之弟歸浮梁〉），一股愜意自適的情調，不時迴盪在他的思潮之中。

相較於儒家思想的積極入世，道家哲學則有高蹈的、審美的、內觀的思想傾向。而道家「崇尚自然」的藝術精神反映在文學上，就是將自然變成一個審美範疇。山巔水涯，無處不是「道」的化身；回歸自然，就能達到與萬化冥合之審美境界。

中國傳統士大夫往往是在朝講孔、孟，在野言莊、老；進則以「儒」治世，退則以「道」養身；其實這正是仁者襟懷不同形式的轉換，也是「君子居易以俟命」的智慧運用。稼軒於仕途多蹇，讒謗交集之際，

亦不免卷而懷之，向道家思想靠攏，把眼目投向自然；透過徜徉山水，求得一時之身心安頓。在賦閑家居時期，他不得不入境隨俗地過著詩酒行樂的生活。而南方觸目可及的雲煙草樹，平疇綠野，隨時隨處爭相供眼，稼軒鬱悶的心胸因山水之助而得以盪滌舒展，「一松一竹眞朋友，山鳥山花好弟兄」（〈鷓鴣天・博山寺作〉），「連雲松竹，萬事從今足」（〈清平樂・檢校山園〉）。在雲濤煙霧，花鳥相親的天地中，稼軒心境暫時亦轉趨平和。第一次落職後，便把治國長策轉爲求田問舍，用心構築居家環境：「帶湖吾甚愛，千丈翠奩開。先生杖屨無事，一日走千回。……東岸綠陰少，楊柳更須栽。」（〈水調歌頭・盟鷗〉）過著「一花一草，一觴一詠，風流杖屨」（〈水龍吟・盤園任帥子嚴掛冠得請…〉）悠閒的生活。閒居期間，他寫了許多詞情閒適的農村詞，詞風婉轉清麗，「西風棗梨山園，兒童偷把長竿，莫遣旁人驚去，老夫靜處閒看。」（同上）「一丘壑，老子風流佔卻。……古來賢者，進亦樂，退亦樂。」（〈蘭陵王・賦一丘一壑〉），稼軒終於體會到淵明「眾鳥欣有託，吾亦愛吾廬」（〈水調歌頭・將遷新居不成…〉）的忻悅。這段閑居生涯，造就了稼軒更豐富的人生體驗，和不拘一格的心靈視野；他對「山水」的沉思，其實也是對「道」更深一層探索，對藝術心靈的深掘開拓；農村田園風光，確實讓幽悶寂寥的稼軒暫時得到「蝴蝶花間自在飛」（〈鷓鴣天・有感〉）的逍遙自適。

　　要言之，南渡之後的稼軒，其思想、心理結構受到南方山水文化的薰陶，使得他的審美視野及心胸有了更多元的內涵，更開闊的格局；連帶影響到他的作品風格也有了相應的變化。

　　然而稼軒畢竟不甘於只在山水之間聆賞清音，這位人中之龍本該在波濤之中翻騰；道家的遺世獨立，清虛自適，終究只是一時心靈的託庇，無法取代他「功名本是，眞儒事」（〈水龍吟〉）的積極進取人生觀，亦不能成就他「荷載四國之重」（陳亮〈辛稼軒畫像贊〉）的弘毅志業。儒家的入世精神，才是他生命的立足點和人格操守的主要依據，「要識死生眞道理，須憑鄒魯聖人儒」，「屏去佛經與道書，

只將《語》、《孟》味真腴」(〈讀《語》、《孟》二首〉)這些詩句清楚
點出他的人生價值觀,而潔身自好,披髮行吟的屈原也才真正是他
的異代知己;靈均的高蹈孤憤,最能引發他靈魂深處的共鳴。「思接
千載」的這種嚮往之情,隨處顯現於詩詞之中:「手把《離騷》讀遍,
自掃落英餐罷」(〈水調歌頭‧賦松菊堂〉),「靈均恨不與同時,欲把
幽香贈一隻」(〈和傅嚴叟梅花二首〉之二)。「千古《離騷》文字,
芳至今猶未歇」(〈喜遷鶯,謝趙晉臣敷文賦芙蓉詞見壽〉),稼軒咀
嚼出《離騷》文字中,既有儒家深刻的憂患意識,也有老莊所追求
的心靈自由,任真自得。所以稼軒豪放詞所蘊含的宏闊氣象,主要
是來自於南北文化交融的影響,也是儒、道情調兼具的審美心靈之
呈現。

第五章　稼軒詞學審美觀及藝術淵源

第一節　稼軒詞學觀

　　文學史上的每一次革新，除了客觀社會的因素，文體自身的演變外，總是與革新者主觀的才華膽識密不可分。如初唐陳子昂反對當時文壇上充斥齊梁靡麗輕艷的詩風，大力主張恢復漢魏風骨，並以實際行動來實踐自己的主張，因此成為影響一代詩風的先導人物。清代葉燮便認為，一流詩人當具備「才膽識力」的創作條件：

　　　　大凡人無才，則心思不出；無膽，則筆墨畏縮；無識，則
　　　　不能取捨；無力，則不能自成一家。(《原詩・內篇下》)

稼軒之所以能在南宋詞壇上大放異彩，開創宗風，除了具備卓越的才華外，主要原因就是他具備了過人的識見，知所取捨，並有「人不敢道，我則道之；人不肯為，我則為之」(陸游〈頤庵居士集序〉)的膽識勇氣；因而終能在前人闢出的蹊徑上，介然用之而成路，度越流輩，自成一家。在此之前，詞壇上嘗試走豪放風格的作家不乏其人；但是，能以全副心力貫注其中，以之作為抒情言志的陶寫之具的，稼軒是詞史上第一人；這樣的「識見」，自然與他獨特的詞學審美觀有密切的關聯。

一、以詞為陶寫之具

辛稼軒門人范開在〈稼軒詞序〉中，對其師塡詞的創作動機有如下說明：

> 雖然，公一世之豪，以氣節自負，以功業自許，方將斂藏其用以事清曠，果何意於歌詞哉，直陶寫之具耳。

他指出稼軒以詞為「陶寫之具」，所代表的涵義有二：

其一，辛棄疾突破傳統文人以詞為應酒佐歡之作的狹隘觀念，在他手中，詞不僅是「小詞」、「曲子詞」而已；而是像詩一般，具有攄寫心情的陶寫功能；而文人陶寫的心情又往往以「憂愁幽思」為主。中國文學史上，普遍存在一種現象，即不同時代的傑出作家，往往有著大體相同的思想蛻變歷程；他們在青少年時代奮發向上，致君堯舜，為民造福；但也因為文章豪傑之士的思想和作為，多具有超越時代的前瞻性，和超越凡俗的審美眼光及價值判斷，因而亦往往不見容於在位者。現實挫斷了他們奔赴理想的足脛，但他們寧可「橫眉冷對千夫指」，也不願俯首屈膝，獻媚逢迎；所以註定一生要挺著一身傲骨，孤獨地踉蹌而行。及至哀樂中年以後，熱情逐漸降溫，失意潦倒之餘，滿腹辛酸牢騷只有透過龍蛇之筆宣洩。這種「不平之鳴」，不求建功立業，也不為藏諸名山，純為陶寫心靈，排憂適性，這便是志士豪傑忠於自我，退而求其次的最大慰藉。同樣的，稼軒塡詞的動機，亦不外是以「排憂適性」為出發點，以攄發他不為世所用的憂悶之情；如此一來，詞在他手中便由「巷陌之風流」，提昇到與詩與文「同一機軸」（劉將孫〈胡以實詩詞序〉）的地位。

其二，稼軒何以情有獨鍾的選擇詞體來「長歌以騁懷」，並作為他「畢生精力注之」（謝章鋌《賭棋山莊詞話》）的文學載體？對此，南宋劉辰翁曾有所說明：「顧稼軒胸中古今，止用資為詞，非不能詩，不事此耳！」（〈辛稼軒詞序〉）「不事此耳」代表一種主觀的抉擇，

審美的取捨；在捨詩就詞的取捨間，稼軒除了「避謗」〔註1〕的因素外，在相當的程度上，是由他的文學觀及審美情趣所決定的。

　　「文章以體制爲先」〔註2〕，古人對文章體裁、體制十分重視，早在《尚書・畢命》篇便有「辭尙體要」之說。關於「文體」的選擇，明代徐師曾有極爲精闢的比喩：

> 夫文章之體裁，猶宮室之有制度，器皿之有法式也。爲堂必敞，爲室必奧，爲臺必四方而高，爲樓必狹而修曲，爲笪必圓，爲籧必方。爲籃必外方而內圓，爲簋必外圓而內方，夫固各有當也。苟捨制度法式，而率易爲之，其不見笑於識者鮮矣，況文章乎！（〈文體明辨序〉）

這是以宮室器物爲喩，說明文體各有所宜，下筆之前，宜先辨體，方能寫出聲情相應的作品。對於詩、詞二體之異同，古人辨析甚詳；他們分別從音律、用字、語調、發意和意境格調上加以區別。但是，一些不受體制規範約束的思想先進者也體認到，文章之體可辨別而不可執著；體裁的規範不是死板僵化的，仍有一些容許個人發揮創造的靈活性、可變異性；詞與古文、詩、賦雖然體製各異，然詞既由詩演變而來，則二者在抒情的功能上當是一致的：

> 詩與詞體格不同，其爲攄寫性情，標擧景物，一也。（田同之《西圃詞說》）

在「抒情」功能相同的前提上，詩、詞之間是允許變形，允許創造，允許互通發展的。

　　其次，就文學史的發展演變而言，自蘇軾以來，詞壇上便逐漸有

〔註1〕稼軒在〈水調歌頭〉（文字覷天巧）小序中說：「提幹李君索余賦〈秀野〉、〈綠繞〉二詩，余詩尋醫久矣，姑合二榜之意，賦〈水調歌頭〉以遺之。」又〈醉翁操〉「長松」小序云：「（范開）將告諸朝，行有日，請予作詩以贈，屬予避謗，持此戒甚力，不得如廓之請。」蘇軾詩〈七月五日二首〉其一有云：「避謗詩尋醫，畏病酒入務」。「尋醫」本指「去官」之意，此指「不作詩」。

〔註2〕（宋）倪思語，轉引自（明）吳訥《文章辨體序說・諸儒總論作文法》。

「詩詞合流」的傾向，詩的語言、句法、材料、精神都可以入詞，詞作者或詞論家也不反對以詩入詞，如周邦彥、賀鑄之詞皆因善於變化前人詩句入詞，而被譽之爲「能事」〔註3〕；李清照《詞論》雖主張詞體「別是一家」，然亦以「尙故實」作爲詞體審美準則之一。「詩詞合流」的現象發展到南宋初年，加上政局變動的推波助瀾，一種「與時高下」，慷慨激越的豪放詞乃蔚爲一時風潮，至此，詞體已不再只是綺靡柔曼之「小道」，其審美標準亦不限於「要眇宜修」（王國維《人間詞話》）而已。

其次，就詞體的獨特藝術審美功能而言，一切「委折抑塞」之情，「於五七言詩不得盡見者，詞能短長以陳之，抑塞以就之」（宋翔鳳〈浮溪精舍詞自序〉）。對此，詞家亦多持相同看法：

何文非情，而以參差不齊之句，寫鬱勃難狀之情，則（詞）尤至也。（沈際飛〈草堂詩餘四集序〉）

詩以道性情尚矣，顧余謂言情之作，詩不如詞。參差其句讀，抑揚其音調，詩所不能達者，宛轉而寄之於詞。（謝章鋌〈眠琴小築詞序〉）

詞體由於有聲調及長短不齊的形式等特殊條件，所以在表達曲折要眇之情感時，較詩更有深掘的空間。至於詞體嚴格的聲律要求，及四聲五音的交錯運用，使得詞體具有特殊的音樂感及節奏感，與吞吐不盡之幽咽情感更能相得益彰，而達到聲情和諧的審美要求。

在上述種種主客觀條件的影響配合下，稼軒便把「詩境之壯闊」，與「詞情之要眇」的詩歌特質鎔於一爐，滿腔悲憤，假詞以鳴；或奔放顯豁，或千回百折，眞正做到情感與形式統一的審美要求，並形成自有一家風味的豪放風格及神理韻味。

辛棄疾雖不是專事吟詠的騷人墨客，而是一位「負管、樂之材」

〔註 3〕周密《浩然齋詞話》：「周美成長短句，純用唐人句法，如『低鬟蟬影動，私語口脂香』，此乃元白全句。賀方回嘗言：『吾筆端驅使李商隱、溫庭筠常奔走不暇。』則亦謂能事矣。」

而又志切恢復的英雄豪傑；然因「平生志願百無一酬，不能盡展其用，一腔忠憤，無處發洩」，唯有將「抑鬱無聊之氣，一寄之於詞」（《詞苑叢談》引黃梨莊言）；所以《稼軒長短句》便是他「滿心而發」的不平之鳴，嘗云：

> 百世孤芳肯自媒，直須詩句與推排。（〈浣溪沙·種梅菊〉）

「百世孤芳」形容自己的政治理想和思想情操與世多忤，因而落落寡合，但詩人依然兀傲地不肯放下身段，以「自媒」博取認同；他寧可透過文字來抒發胸中鬱悶，尋求慰藉。作者坎坷不遇的政治經歷和牢騷怨抑之情，多以填詞來排遣，可見這是他有意爲之的抉擇。詞爲「陶寫之具」的另一涵義是：當詞人「滿心而發」，肆口而成時，不求工而自工，讀者自然能感受到一股足以移人情性，愉人魂魄的藝術感染力量。且因出自「情志之切」，故「格調之高」也因此產生。

對詞體發展而言，由於稼軒刻意選擇詞體作爲「陶寫之具」，以「直抒胸臆」的方式，打破傳統詞體「抒情」的框架，回歸詩學抒情言志傳統；這種「不衫不屨」，大踏步而來的創作態度，終於在傳統綺羅薌澤的「花間」詞風外，形成另一種足以與之抗衡的「豪放」詞風，在詞壇上並軌揚芬。

二、儒家詩學觀的繼承

所有一流大家，不僅「善創，抑且善因」（王國維《人間詞話》），辛稼軒既以詞爲「陶寫之具」，則對儒家「興觀群怨」和「詩言志」之詩教觀自然有所繼承。辛棄疾自幼深受儒家思想影響，又與當日理學宗師頗多交往，其文藝思想及創作受其影響，也是可以理解的。朱熹在淳熙十六年（1189）寫給金華杜斿的信中如此說道：

> 辛丈相會，想極款曲。今日如此人物，豈易可得。向使早向裏來有用心處，則其事業俊偉光明，豈但如今所就而已耶。〔註4〕

〔註4〕《朱文公文集》卷六十〈答杜叔高〉二。

所謂「向裏來有用心處」當指朱熹理學思想體系中「格物致知」的認識論和「持敬」的涵養功夫等。其後辛棄疾自福建被召赴行在，途經建陽，再次晤見朱熹，朱氏手書「克己復禮」和「夙興夜寐」題其二齋室以相勉。辛稼軒有〈癸亥元日題克己復禮齋〉之詩作可證。稼軒對儒家思想的體悟較多集中在他的詩集中，如〈讀《語》、《孟》二首〉：

> 道言不死真成妄，佛說無生更轉誣。要識死生真道理，須憑鄒魯聖人儒。

> 屏去佛經與道書，只將《語》、《孟》味真腴。出門俯仰見天地，日月光中行坦途。

類似談儒說教意味濃厚的詩句還有：

> 此身果欲參天地，日讀《中庸》盡至詩。(〈偶作〉)

> 我識簞瓢真樂處，《詩》《書》執《禮》《易》《春秋》。(〈偶作〉)

> 我來欲問小乘禪，慚愧塵埃未了緣。(〈贈延福端老二首〉)

這些片段詩句，未必是上乘的作品，但卻是詞人最真誠的「吟詠性情」之作。他自述本想追求自我了脫的小乘境界，但畢竟心有罣礙，尚有一段欲放不下的「塵埃未了緣」也就是孔門志切行道，博施濟眾的人生觀；孔顏「簞瓢真樂處」也才是他追求的人生至樂。

稼軒和儒家思想有這樣的淵源，儒家的文學觀自然對他影響甚鉅。儒家主張詩歌創作當反映現實，諷諭時政，詩人應負擔起洩導民情輿論的職責，以期有補於世。為了讓詞體也能像五、七言詩一般，發揮抒情言志的功能，稼軒充分利用此一文體反映他的生活中的一切思想情感；其中自然也包括他念茲在茲的儒家「經世致用」的思想；換言之，他是以儒家的寫實精神作為詞體創作的出發點。

> 功名事，身未老，幾時休？詩書萬卷，致身須到古伊周。(〈水調歌頭〉)

> 詩書事業，青氈猶在，頭上貂蟬會見。(〈鵲橋仙‧和范先之送祐之弟……〉)

他認爲，男兒立身行道，無非要依憑胸中「詩書萬卷」來建立不朽之功業；如古代賢哲伊尹、周公般，貢獻治國良猷，輔佐君王安邦定國。可貴的是，稼軒劍及履及地把這樣的人生價值觀具體落實在日常生活中，得志則與民由之，在仕宦期中體察民生疾苦，爲之興利除害〔註5〕；即使在不得志的落寞期間，他也不以獨善其身爲滿足，仍以同樣的理想期勉官場上的友人，如送鄭厚卿赴衡州任，稼軒賦詞送之，詞云：

> 文字起騷雅，刀劍化耕蠶。看使君，於此事，定不凡。奮髯抵几堂上，尊俎自高談。莫信君門萬里，但使民歌〈五褲〉，歸詔鳳凰啣。（〈水調歌頭〉）

他希望友人效法古之良吏，發展文化，關心農桑；嚴於吏治，興利除弊，作一個萬民稱頌的好官。可見詞人心繫黎民之情操不因居官、去位而稍有改變。且這樣的酬贈內涵，使得他的酬贈詞意境遠高出一般應酬之作。在他鄉居時期，不少詞篇也適度反映他對農民生活的關切，如〈浣溪紗〉：

> 父老爭言雨水勻，眉頭不似去年顰。殷勤謝卻甑中塵。

欣慰之情溢於言表，稼軒的慈眉善目，亦於詞中彰顯無遺。詞人這種憂國憂民的情操可說是時刻縈之於懷，縱使在歌舞喧嘩的熱鬧氣氛中，亦無時或已，如〈定風波·再用韻，時國華置酒，歌舞甚盛〉云：

> 莫望中州嘆黍離，元和聖德要君詩。

詞用韓愈〈元和聖德詩〉之典〔註6〕，意謂有志之士不要只是消極地感嘆「黍離之悲」，而當效法唐憲宗元和年間之中興精神，以完成抗金北伐之時代使命；一旦歷史任務達成，還應舉起如椽大筆來謳歌宋朝的「中興大業」，在詞壇上「斬將更搴旗」，善盡鼓舞民心之責，這

〔註 5〕如《宋史·稼軒本傳》：「出知滁州，州罹兵燼，棄疾寬徵薄賦，招流散，教民兵，議屯田。」

〔註 6〕唐元和年間，在賢相裴度的主持下，出兵鎮壓地方割據勢力，削平幾處叛鎮；朝綱大振，國家一度出現中興局面。當時韓愈曾作〈元和聖德詩〉加以歌頌讚揚。

才是「文章事業」的真正意義所在。比起「一飯未嘗忘君」之杜甫，稼軒無時或已的「致用」情操似乎可與之並列。

此外，他也主張用文學補察時政，匡救君主之失：

> 袖手高山流水，聽群蛙，鼓吹荒池。文章手，直須補袞，
> 藻火粲宗彝。(〈滿庭芳·和洪丞相景伯韻〉)

古代帝王服袞龍之衣，「補袞」意謂補救規諫帝王施政之失。杜牧有「平生五色線，願補舜衣裳」(〈郡齋獨酌〉)之句，辛詞即取法杜詩之意，主張文學要具備「裨補時缺」之規箴功用，才能為宋室之復興大業增添燦爛光輝。

辛棄疾主張文學應反映現實，關心民瘼等觀念雖非首創，但把「洩導人情」與「歌生民病」的主張帶入被視為「小道」的詞體中，並自覺地積極實踐這些主張，辛氏實為詞史上的第一人。相較之下，南宋初年的愛國詞人雖已在詞中納入感慨時事之大題材，但尚未提出相關的理論，到了辛棄疾才正式將帶有寫實色彩的詩歌創作主張引入詞的領域，使得詞也可以具備沉摯之思，厚重之氣，足攀《騷》、《雅》之境。

劉熙載《藝概》評東坡推尊詞體，開拓詞境，已臻「無意不可入，無事不可言」之境地。然而，真正作到心到手來，將一切事、一切意驅使筆下，熔議論、敘事、抒情於一爐，且取得相當藝術成就的，則非稼軒而莫屬。這是因為稼軒並不僅止於把文學視為「載道」的工具，而是內容與形式並重，透過匠心獨運的藝術技巧來寄寓自己包孕廣泛的政治理想；或直抒胸臆，或寄託深婉，無不達到「興觀群怨」的文學功效，這便見出他對傳統儒家詩學觀有所去取，不僅善因，亦且善創的一流手眼所在。

三、詩在慘澹經營

稼軒身處南宋時代，當時文壇的創作思想，自然對他有某種程度的影響。王水照《宋代文體通論·文體篇》便指出：宋代文壇一方面

極力強調「尊體」，提倡嚴守各文體的體制、特性來寫作；一方面又大幅度地進行「破體爲文」的種種嘗試，因而影響了宋代文壇的整體面貌。這兩種發展傾向似乎勢均力敵；而「破體爲文」的風氣，可謂日益熾盛，文人以文爲詩、以賦爲詩、以文爲詞、以文爲賦等嘗試，層出不窮；甚至主張尊體如王安石者，也在創作過程中，出現自我矛盾現象，他的〈遊褒禪山記〉，正是通過遊記而說理的一篇治學之論。在宋人勇於向前人成就挑戰的精神引導下〔註7〕，「文章最忌隨人後」便成爲一代文士共同追求的創作目標。

　　詞，爲宋代最具代表性的文體，自然也籠罩在這股勇於鼎新革故的文學風氣之中，清代沈祥龍《論詞隨筆》便點出詞體有足以和其他文類相互挹注的空間：

　　　　詞於古文、詩、賦，體制各異。然不明古文法度，體格不
　　　　大；不具詩人旨趣，吐屬不雅；不備賦家才華，文采不富。

他開門見山地舉出「體制各異」的前提，但也很清楚各體之間有其文理相通之處，因而表現出吸納萬匯，以兼通爲善的藝術觀點。稼軒以詞爲陶寫之具的另一涵義，就是將詩歌的創作態度運用在詞體上，這和范開〈稼軒詞序〉中所云，實有所出入：

　　　　公之於詞亦然，苟不得之於嬉笑，則得之於行樂；不得之
　　　　於行樂，則得之於醉墨淋漓之際。揮毫未竟而客爭藏去。
　　　　或閒中書石，興來寫地，亦或微吟而不錄，漫錄而焚稿，
　　　　以故多散佚。是亦未嘗有作之之意……。

這段話形象鮮明地寫出其師辛稼軒浪漫的創作態度和過人的天份。宋末的張炎則秉持傳統婉約詞風的審美標準，評論稼軒之詞「非雅詞也，於文章餘暇，戲弄筆墨爲長短句之詩耳！」（《詞源》卷下）雖則

〔註 7〕王水照《宋代文學通論・文體篇》：「唐詩的燦爛輝煌反而激活了宋
　　　　人自成一家的創新意識。宋祁說：『文章必自名一家，然後可以傳不
　　　　朽。』蘇軾說：『凡造語，貴成就，成就則方能自名一家。』對唐詩
　　　　權威都表現出一種挑戰姿態，表達出開宗立派的自覺要求。」（高雄：
　　　　復文書局，民國 89 年），頁 77。

范、張二人褒貶之出發點不同，但「戲弄筆墨」之用語則如出一轍。然而，就詞論詞，稼軒詞決非只是一時信手拈來之「遊戲筆墨」而已，而是在「尊體」與「破體」同時並進的宋代學術思潮影響下，具有時代意義的實踐創作。

辛詞中不乏有關創作態度的「夫子自道」，足以證明詞人從事創作時，絕非只憑天才與靈感而已。在豐富的創作經驗中，他體認到文章之妙，不僅關乎性情，更來自鍛鍊之功：

> 苦無妙手畫於菟，人間雕刻眞成鵠。(〈歸朝歡‧靈山齊菴菖蒲港……〉)
>
> 最喜陽春妙句，被西風吹墮，金玉鏗如。(〈漢宮春‧答李兼善提舉和章〉)
>
> 妙手都無斧鑿瘢 (〈浣溪沙〉)
>
> 詩在慘澹經營中 (〈鷓鴣天〉)

他欣賞追求的是眞實自然的「陽春妙句」，反對有刻鏤之痕的「斧鑿瘢」；然而超妙自然的「妙句」並非天馬行空，憑空設想可得，而是由「追琢」中來，否則便易流於率易無味 [註8]，甚至招致畫虎不成反類犬之譏誚。所以他期盼能有一雙「妙手」來刻畫形容。換言之，稼軒所嚮往的「妙手」，並非出於天成，而是「慘澹經營」的結果；唯有透過藝術鍛鍊之功，在新巧中創造自然平易，方能達到的「大巧若拙」的上乘境界。若因表達不善，而無法形神兼備的反映生活內涵，傳遞自我情感，便淪爲充滿匠氣的「雕刻」之作；所以稼軒強調自己的創作經驗是：

> 覓句如東野 (〈賀新郎‧和前韻〉)
>
> 但覺平生湖海，除了醉吟風月，此外百無功。(〈水調歌頭‧淳熙丁酉……〉)

「除了醉吟風月，此外百無功」便是化用東坡「我除覓句百無功」(〈秀州報本禪院鄉僧文長老方丈詩〉) 句意，在自謙的背後，其實點出稼

〔註 8〕王又華《古今詞論》云：「自然不從追琢中來，便率易無味。」

軒從事創作時，並非都如范開〈稼軒集序〉中所述，純賴天機獨至，信筆揮灑；而是他經常像「苦吟神鬼愁」（孟郊〈夜感自遣〉）的孟郊一樣，傾心於藝術技巧的鑽研，苦心搜求奇境妙句，慘澹經營，以期達到「文字戲天巧」（〈水調歌頭・提幹李君索余賦〈秀野〉、〈綠遠〉二詩……〉）之境。

此外，稼軒喜用「裁」字，亦足以說明他的「金石之聲」，是來自剪裁鍛鍊之功，如：

> 正要千鍾角酒，五字裁詩。（〈婆羅門引・用韻答趙晉臣敷文〉）
>
> 新詞誰解裁冰雪，筆墨生寒。（〈西江月〉）
>
> 鏤玉裁冰著句，高山流水知音。（〈西江月〉）

姑不論稼軒苦吟的程度是否真如孟郊一般，然而可以確定的是，辛氏雖然才高辭富，在運用長短句作為陶寫之具時，固然是得心應手，無施不可；然而為了能夠創作出符合自己文學審美觀的優秀作品，他的創作態度是嚴肅而認真的。

「慘澹經營」的另一涵義就是廣泛學習，博採眾長。歷史上凡能獨闢蹊徑，自樹一幟的一流文學家，他們不凡的手眼往往是由取法前賢入門，在博大精深的基礎上，博采眾長，融古鑄今，方能使自己的作品獨具精神風貌，所謂「後出轉精」意即在此，除蘇軾外，對稼軒影響較著者，當推杜甫、韓愈，和宋代理學家邵雍。就詩而言，稼軒嘗自言喜愛邵雍的詩風：

> 飲酒已輸陶靖節，作詩猶愛邵堯夫。（〈讀邵堯夫詩〉）

邵康節有詩千餘首，有直接闡述哲理的，也有少量譏評時事的，然絕大多數是描述自己樂天安命，悠遊閒適的生活。朱熹說：「康節之學，其骨髓在《皇極經世書》，其花草便是詩。」（《朱子語類》卷一〇〇）邵雍的詩歌論點，主要從體認天理的觀念出發，強調詩歌寫作無非是「因閒觀時，因靜照物」（《伊川擊壤集・自序》），透過詩歌的涵詠來體察萬物。他的創作態度是：

> 何故謂之詩，詩者言其志。既用言成章，遂道心中事。不

止鍊其辭，抑亦鍊其意。鍊辭得奇句，鍊意得餘味。(〈論
詩吟〉)

堯夫非是愛吟詩，詩是堯夫有激時。留在胸中防作恨，發
於詞上恐成疵。(〈首尾吟〉第一三三首)

以上二詩說明他寫詩純是有激而動，不平則鳴；但康節也不反對透過
鍊辭、鍊意的錘鍊之功來捕捉「奇句」、「餘味」，唯有如此，「心中事」
方能化爲成章之美。稼軒在賞愛之餘，進而有仿效之舉，亦屬自然，
如他有一首七律便註明是「效康節體」〔註9〕。對於捕捉「奇句」，稼
軒在詞中也有相應的說法：

君詩好處，似鄒魯儒家，還有奇節。下筆如神彊押韻，遺
恨都無毫髮。(〈念奴嬌·用韻答傅先之〉)

這是推崇傅先之的詩不僅來自「下筆如神彊押韻」的鍛鍊之功，還有
鄒魯儒家之「奇節」：爲詩老成至此，當屬「毫髮無遺憾」(杜甫〈贈
鄭諫議詩〉) 了。

　　稼軒豪放詞能做到豪放而不流於粗獷叫囂，「胸有萬卷，筆無點
塵」(彭孫遹《金粟詞話》) 的境地，主要是他把詩學的錘鍊之功移入
詞中；尤其他的豪放詞多半屬於別有寄託的「怒蛙聲自咽」(〈謁金
門〉)；是「被西風吹墮，金玉鏗如」的金石之音；這種「質實」之作，
自然須得力於「飽參」、「仿效」的學習功夫。從稼軒詞集中，可看出
他努力實踐杜甫「轉益多師是汝詩」(〈戲爲六絕句〉之六) 的學習精
神，凡具代表性的詞人風格與體裁，都是他取徑學習的對象：如〈玉
樓春〉(少年才把笙歌盞) 及〈醜奴兒近·博山道中〉，分別標明是「效
白樂天體」,「效李易安體」；前者語言曉暢明白，含不盡之意於通俗
平易之中；後者則是取法易安「用淺俗之語，發清新之思」；至於〈念

〔註 9〕稼軒七律〈有以事來請者，效康節體作詩以答之〉:「未能立得自家
　　　　身，何暇將身更爲人。惜始有求能盡與，也知方笑已生嗔。器才滿
　　　　後須招損，鏡太明時易受塵。終日閉門無客至，近來魚鳥卻相親。」
　　　　此即效法康節用「魚鳥相親」的閒適語來表達自己樂天知命的人生
　　　　哲理。

奴嬌‧賦雨岩〉則有意模效朱希眞「天資曠遠」的「神仙風致」；另有〈唐河傳〉（春水）、〈河瀆神‧女城祠〉明言「效花間體」，寫來亦清新婉約，疏淡有致。其他尙有「效介庵體」的〈歸朝歡‧靈山齊庵菖蒲港，皆長松茂林……〉，「效趙昌父體」的〈驀山溪‧趙父賦一丘一壑……〉等，說明他透過多方的學習，嘗試各種風格，以期能汲古生新，建立屬於自己的體式風格。

　　再者，「慘澹經營」的意義，除了創作天份和取法前賢外，學問知識的積累尤爲重要。葉瑛《文史通義校注》有云：

　　　無論詩文，皆須學問，空言性情，畢竟小家。〔註10〕

宋人「以學問爲詩」的風氣甚盛，所以標舉學問功夫的杜甫、韓愈在宋代特別受到文人的推崇，杜甫有言：「讀書破萬卷，下筆如有神」（〈奉贈韋左丞丈二十二韻〉），韓愈則曰：「沉浸醲郁，含英咀華，作爲文章，其書滿家。」（〈進學解〉）。他們共同主張在萬卷羅胸的基礎上，去其糟粕，取其精華，方能自鑄偉詞。稼軒身爲宋人，不免也受到這種創作風氣的影響。他認爲文章要有神氣韻味，須建立在飽讀詩書的基礎上：

　　　書萬卷，筆如神（〈鴻鴣天〉）

　　　絕編能自苦，下筆定成章。（〈聞詔科，勉諸子〉）

　　　還自笑、君詩頓覺，胸中萬卷藏書。（〈漢宮春‧答吳子似總幹
　　　和章〉）

他主張由前人所留下豐富的語言材料中取材學習，汲取養分：在學習傳統，博採眾長的基礎上努力創新，唯有如此，方能自出機杼，學古而不爲古所用。這和江西詩派所標舉的「點鐵成金」、「無一字無來處」（〈答洪駒父書〉）、「奪胎換骨」（見惠洪《冷齋夜話》卷一）的觀點如出一轍。所以他除了「擬向詩人求幼婦」（〈賀新郎〉）外，並強調自己讀書的癖好：

〔註10〕章學誠著，葉瑛校注《文史通義校注》（臺北：里仁書局，民國73年），
　　　頁569。

> 一生不負溪山債，百藥難醫書史淫。（〈鷓鴣天‧不寐〉）

而韓愈的學問和藝術成就，更是他心摹手追的對象：

> 平生插架昌黎句，不似拾柴東野苦。（〈玉樓春‧寄題文山鄭元
> 英巢經樓〉）

他以昌黎、東野並舉，主要是強調，與其學東野苦思覓句，不如先
從飽讀昌黎詩文作起，也就是「詞意高勝，要從學問中來」（黃庭堅
〈論作詩文〉）。陸游便以「千篇昌谷詩滿囊，萬卷鄴侯書插架」（〈送
辛幼安殿撰造朝〉）譬喻推崇之，足見他藏書之富，創作之勤，清人
李調元便從學問的角度出發，說明「稼軒風」的形成，實與「腹有
詩書，足以運之」（《雨村詞話》卷三）有關。由於稼軒眼界開闊，
長期浸淫在歷代前賢的智慧結晶之中，形成「眞積力久則入」（荀子
〈勸學篇〉）的涵養之效，這對稼軒詞「筆力之峭」的氣格神韻頗有
推波助瀾之功。

辛稼軒雖然廣泛運用經史百家資料，融古今於一爐；但他卻能力
避江西末流徒以堆垛爲能事之積習。他對江西詩法是選擇性的繼承發
揮，如他主張「活法」的運用，以求「新工」〔註11〕之效：

> 卻怪青山能巧，政爾橫看成嶺，轉面已成峰。詩句得活法，
> 日月有新工。（〈水調歌頭‧賦松菊堂〉）

稼軒用「橫看成嶺側成峰」爲喻，來說明文章變化運用之妙用無窮，
就是主張善用「活法」。所謂「活法」，倡自南北宋之交的江西詩人呂
本中，他在〈夏均父集序〉中說：

> 學詩當識活法，所謂活法，規矩備具，而能出規矩之外；
> 變化不測，而亦不背於規矩也。是道也，蓋有定法而無定
> 法，無定法而有定法。知是者，則可以語活法矣。

稼軒繼承呂氏的觀點，認爲雖然前人篇籍俱在，法度粲然，然而不能
盲目的陳陳相因，亦步亦趨；必須善加變化，在前人的藝術規律中自

〔註11〕「新工」一詞，出自黃庭堅詩〈寄杜家父二首〉之二：「風塵點污青
面看，自汲寒泉洗醉紅。遶欲題詩嫌浪許，杜郎覓句有新工。」

出新意，戛戛獨造，如此方能達到如杜甫一般的「新工」之境。也因爲這樣的理論主張和具體實踐的結果，不但使得他自己的詞在陶寫性靈之餘，兼具多樣的藝術風貌，妙趣橫生；更爲後世學者指引無數法門，沾漑詞林甚廣。稼軒在「尊體」與「破體」的嘗試上，終於取得了最大的成就，這也是另一層次「活法」運用的成功。

第二節　稼軒詞學觀之審美好尚

　　任何藝術形式的抉擇，往往是出自創作主體的感性直覺，帶有強烈的主觀色彩，「最漂亮的藝術意蘊，一定是以一種強烈的氣貌浮現於外。」〔註12〕稼軒之所以選擇詞體這種藝術形式作爲他心靈抒發的「陶寫之具」，並形成一股特有的「強烈的氣貌」，最主要的因素當出於主觀的才性偏好，也就是他能理直氣壯地正視和尊重自己的藝術直覺。他在青年時期便顯現出詞勝於詩的創作天份〔註13〕；明白詞體最足以彰顯他獨特的精神氣貌，所以因才擇體，進而即體成勢；得乎心，應乎手，遂形成具有「獨得之妙」的審美趣味。

一、以氣入詞

　　自曹丕《典論·論文》率先提出「文以氣爲主」的概念，及南朝畫論家謝赫提出「氣韻生動」作爲繪畫六法之首後，「尚氣」觀點，成爲詩文與書畫藝術普遍追求的高度境界之美。中唐韓愈有「氣，水也；言，浮物也。水大而物之浮者大小畢浮。氣之與言猶是也。氣盛則言之短長與聲之高下者皆宜。」（〈答李翊書〉）之譬喻，強調氣載筆而行，爲文當以氣勢爲優先。晚唐司空圖於《詩品》「勁健」、「豪

〔註12〕余秋雨《藝術創造工程》第三章〈形式的凝鑄〉（臺北：允晨，民國79年），頁194。
〔註13〕陳模《懷古錄》卷中：「蔡光工於詞，靖康間陷於虜中，辛幼安嘗以詩詞參請之，蔡曰：『子之詩則未也，他當日以詞名家。』故稼軒歸本朝，晚年詞筆尤高。」

放」二格中，對「氣」有形象生動的描繪：「行神如空，行氣如虹，巫峽千尋，走雲連風」、「天風浪浪，海山蒼蒼，眞力彌滿，萬象在旁」，如虹如風如浪，亦健亦雄亦狂，這是對文學作品氣勢美的眞切感受和形象描繪。而古文家尤其注重文章之氣勢美：「詩文者，生氣也」、「行文要緊健，有氣勢，鋒刃快利，忌軟弱寬緩。」（方東樹《昭昧詹言》）一切詩文，總而持之，條而貫之的，莫非一「氣」。它是形而上的，也是浩瀚蓬勃、出而不窮的有機質素；既根植於宇宙的元氣，也存在於作家的生命本體中。傳世不朽的文藝作品往往因傳遞了作家浩蕩元氣，所以才能有奪人心魂，搖蕩性情之藝術感染力。

「燕趙古稱多慷慨悲歌之士」（韓愈〈送董邵南序〉），稼軒身爲「中州雋人」（洪邁〈稼軒記〉），先天上便有一種伉爽之氣，再加上他那宏闊的抱負，才兼文武的勃發英姿，自然由內而外形成一種調度高放之豪情氣概，如陸游便有「君看幼安氣如虎」（〈寄趙昌甫詩〉）之讚語。稼軒率眾南歸後，南宋小朝廷一片苟安氣氛，與他「補天西北」的豪情壯志委實扞格不入。這位才兼文武的英豪因而迫切的感受到，要驅逐金人，收復失地，首要之務便是張大民族精神，喚醒南方「夷甫諸流」沉埋已久的凜凜生氣。他除了在上給朝廷的策論中極力鼓吹「養氣」之必要外〔註14〕；更把這種「主氣」的觀點一併帶入文藝創作之中，因而「氣足神完」的藝術精神便成爲《稼軒長短句》的主要藝術特質，也是歷來詞評家所讚賞不置的成就，范開〈稼軒詞序〉最先拈出此一審美特質：

> 故其詞之爲體，如張樂洞庭之野，無首無尾，不主故常；又如春雲浮空，卷舒起滅，隨所變態，無非可觀。無他，意不在於作詞，而其氣之所充，蓄之所發，詞自不能不爾

〔註14〕如〈美芹十論・自治第四〉云：「蓋古之英雄撥亂之君，必先內有以作三軍之氣，外有以破敵人之心，故曰『未戰養其氣』，又曰：『先人有奪人之心』。」而在〈九議・其二〉中，則開宗明義地指出「論天下之事者主乎氣」的觀點。以上分別見鄧廣銘輯校《辛稼軒詩文鈔存》（臺北：華正，民國 68 年），頁 10，頁 32。

也。

范氏強調稼軒之詞風格多變，不主故常，實源自詞人「磅礴之氣」的自然呈現。日後宋末張炎逕以「豪氣詞」為稼軒詞之代稱。清代謝章鋌、陳廷焯等詞評家亦強調稼軒詞中這項不容忽視的重要質素：

> 學稼軒者，胸中須先具一段真氣、奇氣。否則雖紙上奔騰，其中俄空焉，亦蕭蕭索索，如牖下風耳。（《賭棋山莊詞話》卷一）

> 東坡詞全是王道，稼軒則兼有霸氣，然猶不悖於王也。（《白雨齋詞話》卷八）

大凡人之精神氣度，文字中再掩不住；稼軒詞中流露的不論是「真氣」、「奇氣」或「霸氣」，都成為決定稼軒豪放詞風不可或缺的主要質素。

稼軒「以氣入詞」，不僅是他「出處無愧，氣乃不撓」〔註15〕的人格自然顯現，也是刻意為之的審美追求，這一部份，又可約略窺出韓愈對他的影響。他曾當仁不讓地宣揚道：

> 鬚作蝟毛磔，劍作筆鋒長。（〈水調歌頭・席上為葉仲洽賦〉）

這十個字，可視為稼軒以創作「盛氣」之詞，來鼓盪時代風潮的一種自我宣告，「鬚作蝟毛磔」一語，原是以外貌之慓悍雄壯，來形容大丈夫雄偉之氣，也是詞人的自我形象描繪。「劍作筆鋒長」則是以戰鬥武器——長劍，來比喻文學創作之筆，這種比喻在詞的領域中是前所未有的。合而觀之，就透露出這樣的一個創作意識：一個叱吒風雲的鬚眉男子，當在提筆作詞時，就如同置身沙場，摧陷廓清一樣；必須讓手中的如椽大筆，也能發揮像長劍一般的功效，成為鼓舞民心士氣的有力武器。這種說法是源自唐代李漢以武事為喻，來推崇韓愈對當時文壇的貢獻〔註16〕；稼軒不僅形式上借用李漢之說，而實際上他

〔註15〕陸游〈傅給事外制集序〉，《渭南文集》卷十五。
〔註16〕李漢〈韓昌黎集序〉：「先生之於文，摧陷廓清之功，比於武事，可謂雄偉不常者矣。」

「以氣入詞」的文學觀，實不乏韓愈的影響。

韓愈以為，「文氣」是來自仁義道德所產生的浩然之氣。韓氏推崇孟子，這種說法顯然是受孟子「養氣」說的影響。他在〈答李翊書〉中，說明浩然之氣可藉修養而得，而修養之道在於：

> 行之乎仁義之途，游之乎詩書之源，無迷其途，無絕其源，
> 終吾身而已矣。

他又進一步說明，氣的作用好比水，語言文字有如浮物；水大，則任何巨細物體都能浮起。氣盛，則「言之長短，與聲之高下」，無不適宜。韓愈把文、氣、仁義、詩書四者聯成一體，而不強調天賦才性，是他論「文氣」的獨到之見。稼軒則用具體創作實踐來呼應。他把「尚氣」觀念，始終一貫的運用在事功的建立和文章事業上，（對稼軒而言，兩者有異曲同工的作用）。如在〈美芹十論〉中，提出抗金大業成功的要訣：

> 必先內有以作三軍之氣，外有以破敵人之心，故曰：「未戰
> 養其氣」。

在他看來，作戰要克敵制勝，首要振奮三軍士氣。至於張浚符離之役，「雖未有大捷，亦未到大敗」，主要原因便在於「符離之師粗有生氣」，「計其所喪，方諸既和之後，投閒蹂躪，猶未若是之酷」，所以，「氣」之有無，才是決定國家興衰的關鍵因素。

稼軒更把平日胸中所蓄之「藹然仁義」，化為「英雄之語」，帶入詞作之中；一股「剛大之氣」則透過犀利的劍筆，奔騰紙上，精力彌滿；正如深廣江海，浩浩湯湯，無物不浮。此外，他在詞章中也引用韓愈「文字飲」〔註17〕的典故，來說明自己的詞學觀：

> 我輩從來文字飲，怕壯懷激烈須歌者。〈賀新郎〉

依照傳統，文士在酒筵歌席間，往往以「文字」助興，以資羽蓋之歡，才子佳人，相得益彰，頗有風流儒雅之興味，此謂之「文字飲」。在

〔註17〕「文字飲」語出韓愈〈醉贈張秘書〉：「長安眾富兒，盤饌羅羶葷。不解文字飲，唯能醉紅裙。」

稼軒看來，文人雅士，胸中蓄積的一切情感，即便是「壯懷激烈」，也同樣可以注入詞中，透過歌者傾洩其不平之鳴；只是，若人生至此，亦可慮可嘆！在這樣的詞學觀影響之下，稼軒乃毫不保留地在詞中忠實呈現出自我的「坦易之懷」和「伉爽之氣」。他不僅自云「少年橫槊氣憑凌」（〈念奴嬌·雙陸和陳仁和韻〉）正面描繪自我形象；前賢的人格典型，如「元龍（陳登）豪氣」，淵明的「凜然生氣」〔註18〕，在在令他嚮慕不已，並引為異代知己。對於相知的朋輩，他則以「逸氣軒眉宇」（〈賀新郎〉）推崇之。中年以後，雖然仕途多舛，依然頑強地持守這股奪人之氣，自謂欲「橫空直把曹吞劉攫」（〈賀新郎·韓仲止判院山中見訪〉）。甚至在他晚年鎮守京口時，仍遙望中原而高唱「氣吞萬里如虎」（〈永遇樂·京口北固亭懷古〉）。由此可見，「尚氣」的審美觀已經成為他終身致力追求的審美境界，不僅自勉，也用以勉人。

稼軒也把「尚氣」的藝術心靈投注到自然景物上，藉著移情作用，再造一個「青山意氣崢嶸」（〈沁園春·再到期思卜築〉）的「第二自然」〔註19〕，所以，他筆下的山水景物，也自然染上一層「逸懷浩氣」；或是「看爽氣，朝來三數峰」（〈沁園春·靈山齊菴賦〉），或是「清溪奔快」（〈清平樂·題上盧橋〉），「千丈晴虹」（〈沁園春·再到期思卜築〉）無不生意盎然，另有一番「風流標格」（〈鵲橋仙·贈人〉）正因如此，稼軒眼中筆下的自然山水，都饒富情味，可親可喜。而使人渾然達到「我見青山多嫵媚，料青山，見我應如是」（〈賀新郎·邑中園亭，僕皆為賦此詞……〉）的物我交融之境。

總之，稼軒恣肆地運用詞體呈現個人的人格特質及胸襟氣度，不

〔註18〕最早以「豪」字推譽淵明者，當屬北宋黃庭堅，其〈宿舊彭澤懷陶令〉云：「彭澤當此時，沉冥一世豪」。稼軒則以「凜然生氣」形容之：「須信此翁未死，到如今，凜然生氣」。（〈水龍吟〉）

〔註19〕余秋雨《藝術創造工程·形式的凝鑄》：「（藝術家）為心靈的體現和傳達，創造了『第二自然』。『第二自然』是對『第一自然』的『模仿』。」（臺北：允晨，民國79年），頁209。

論是謳歌金戈鐵馬、凌雲壯志；或描繪千巖萬壑、滔滔江河，都有一股「剛大之氣」灌注其中，「以『十指黃鐘挾大呂』的壯美旋律，在自己的作品中奏出『高山流水』的新曲子。」（鄧廣銘《辛稼軒詩文鈔存》）。也因為「稼軒出，始用氣」（謝章鋌〈葉辰溪我聞室詞序〉），詞才真正成為無施不可的抒情言志之具，「大聲鏜鞳」的「豪放」精神才得以成為詞體的另一審美特質，與「婉約」詞風並列而毫不遜色。

二、怨字是詞心，真字是詞骨

　　大致說來，「文」是以理服人，「詩」則是以情感人。司馬遷的《史記》由於「其文直，其事核；不虛美，不隱惡」，理實而情真，因而被班固譽之為「實錄」（《漢書・司馬遷傳》）。杜甫之所以為「千古詩人」，主要因素之一，便因「其詩隨所遇之人、之境、之事、之物，無處不發其思君王、憂禍亂、悲時日、念友朋、弔古人、懷遠道，凡歡愉幽愁離合今昔之感，一一觸類而起，因遇得題，因題達情，因情敷句。」（（葉燮《原詩》內篇上）一片真氣流盪之故，於此可知，不論敘事說理、抒情言志，皆以「情真」為尚。詩、文如此，即詞，又何獨不然？詞以言情為主，然情又有真偽之別，晚唐以來，詞壇上充斥一些「規模物類，依託歌舞，哀樂不衷其性，慮嘆不與乎情」（金應珪〈詞選後序〉）的「游詞」之作，故詞評家判別詞之高下，其主要依據便在於「真情」之有無：

> 古無無性情之詩詞，亦無捨性情之外，別有可為詩詞者……凡詞，無非言情，即輕艷悲壯，各成其是，總不離吾之性情所在耳。（徐釚《詞苑叢談》卷四）
> 真字是詞骨（況周頤《蕙風詞話》卷一）
> 無論詩、古文、詞，推到極處，總以一誠為主。（陳廷焯《白雨齋詞話》卷八）

所謂「至誠」，也就是「莫逆於心」的性情流露。一流大家唯因具備此一條件，方能達到「文如其人」的上乘藝境。

　　正因稼軒填詞是攄其性情襟抱，也正因他抱持始終一貫的志節，所以他寄情倚聲，往往是藉長歌以騁情，以收「幽居靡悶，窮賤易安」（鍾嶸〈詩品序〉）之效，換言之，《稼軒長短句》實以「眞」字爲詞骨，「怨」字爲詞心：

　　　　長恨復長恨，裁作短歌行。（〈水調歌頭・壬子三山被召，陳端仁給事飲餞席上作〉）

　　　　我醉狂吟，君作新聲，倚歌和之。（〈沁園春・答楊世長〉）

　　　　中年懷抱管絃聲。（〈小重山・席上和人韻送李子永提幹〉）

他的哀樂中年「懷抱」，皆在「管絃」聲中傳遞無遺，足見稼軒填詞，是出於「僕本恨人」（江淹〈恨賦〉）之心靈抒發。這種「發憤以著書」的文學創作觀，可謂其來有自；但是他在繼承實踐「詩可以怨」的傳統之餘，並不恪守儒家「溫柔敦厚」的中和之美，而是把滿腔坎壈怨怒，一股腦兒傾洩灌注其中；但求浩歌騁懷，適心愜意。尤其在他落職閒居期間，更是感慨沈至，形諸筆墨，往往是一片天風海濤，氣象萬千。換言之，稼軒詞以「怨」爲詞心，正是他「以詞爲陶寫之具」創作意識的自然呈現。也因其慷慨高歌，皆出於憂思鬱怫，別存懷抱，故「即性靈，即寄託」的境界也就如水到渠成般自然達到了。

　　透過稼軒的詞作，亦可窺知他「求眞」的藝術好尚與「抒怨」的創作動機是一體之兩面，如〈醜奴兒・書博山道中壁〉云：

　　　　少年不識愁滋味，愛上層樓，愛上層樓，爲賦新詞強說愁。

這段詞語的主旨雖然不是表達創作主張，但在有意無意間透露出，作者是反對爲文造情的無病呻吟，也是對自己年少無知，「爲賦新詞強說愁」的創作態度感到遺憾。他另有一首作於晚期的〈好事近・和城中諸友韻〉，可與此相參證：

　　　　老無情味到篇章，詩債怕人索。卻笑近來林下，有許多詞客。

這顯然是嘲諷當時詞壇上一些自鳴清高之徒，以虛矯的感情來沽名釣譽。間接說明，自己寧可積欠詩債，也不會以缺乏「情味」之作來濫

竽充數，也充分反映出他堅持「忠於眞情實感」的創作態度。此外，他在慶元四年（1198）作於瓢泉的〈周氏敬榮堂詩〉有云：「我詩聊復再，語拙意則眞」。「語拙」是謙詞，「意眞」才是詞人對自己大半生詞作的總評。

　　稼軒不僅以「情眞」作爲創作依據，也循此標準從事審美鑑賞，如他欣賞陶淵明的文化人格，而對淵明「文如其人」的詩歌造詣也同樣嘆賞不置：

　　　　千載後，百篇有，更無一字不淸眞。（〈鷓鴣天‧讀淵明詩不能
　　　　去手，戲作小詞以送之〉）

他自云對淵明詩愛不能捨，主要原因是其詩具有純樸眞摯的「淸眞」之味。尤其邁入老境之後，更是深刻感受「情眞」之親切可喜：

　　　　歲晚情親，老語彌眞。（〈行香子‧博山戲呈趙昌甫、韓仲止〉）

不可否認，在稼軒詞中有少數酬贈之詞是「爲文而造情」，然而多數都是他直抒胸臆，「爲情造文」的心聲實錄；否則，他那磅礴的英雄豪氣，失路的悲憤鬱悶之情，不會如此激昂排宕，力透紙背，這也是他把詞作爲「陶寫之具」的有力佐證。可以說，稼軒詞中，蘊含了「情之所鍾，正在我輩」的情感質素，其中又滲透了儒家的人文關懷和身世之感；有其事，有其情，故讀之令人神魂飛越，心旌搖蕩，感激奮發不已。

三、有心雄泰、華，無意巧玲瓏

　　正因稼軒以詞爲陶寫之具，所以他充分運用這一文體來抒寫胸臆、反映現實，描摹景物。然而，不論主題爲何，稼軒總是或有意、或無意的表現出他對雄奇剛健之美的情有獨鍾。如他晚年居瓢泉時，開山徑偶得一石壁，嶙峋突兀；詞人賞愛不已，因以「蒼壁」爲名，並作詞〈千年調〉、〈臨江仙〉兩首以記之，其中〈臨江仙〉有云：

　　　　莫笑吾家蒼壁小，稜層勢欲摩空。相知惟有主人翁。有心
　　　　雄泰、華，無意巧玲瓏。

此處「泰、華」指泰山、華山;「玲瓏」指其友人何異所居山莊中之玲瓏山。「有心雄泰、華,無意巧玲瓏」固然是描繪蒼壁的說法,但亦彰顯出詞人雄奇闊大審美心胸。瓢泉居第另有一座「鶴鳴亭」,稼軒有〈書鶴鳴亭壁〉詩云:

> 翠竹裁成占一丘,清溪映帶極風流。山翁一向貪奇趣,更
> 引飛泉在上頭。

「山翁一向貪奇趣」說明稼軒對「雄奇」之美的賞愛,是出於自然而然,也就是審美主體先有豪邁宏闊的審美心胸,然後才能見出「雄奇」之美;由於胸懷灑落,所以觸目所見,心懷所念,皆出以宏觀的視野,是不慮而得的自然結果。如陳匪石所說:

> 仇述盦問詞境如何能佳?愚答以「高處立,寬處行」六字。
> 能高能寬,則涵蓋一切,包容一切,不受束縛。生天然之
> 觀感,得真切之體會。(《聲執》卷上)

這段話適足以說明稼軒「涵蓋一切,包容一切」的審美胸襟。他那有如廣角鏡般的「心眼」,最善於捕捉大氣磅礡的畫面,格局之大,甚至可以縱橫上下古今,包孕一切。如同樣是當塗縣采石風景,唐朝張志和〈漁父詞〉和稼軒捕捉的畫面就截然不同:

> 西塞山前白鷺飛,桃花流水鱖魚肥。青箬笠,綠簑衣,斜
> 風細雨不須歸。

> 千丈懸崖削翠,一川落日鎔金。白鷗來往本無心,選甚風
> 波一任。　　　別浦魚肥堪膾,前村美酒重斟。千年往事已
> 沉沉,閒管興亡則甚?(〈西江月·江行采石岸,戲作漁父詞〉)

前者是漁歌小唱,後者則是雄詞高唱。稼軒眼中所見是「千丈懸崖削翠」,心中所想是「千年往事」,而詞人自身已跳出畫面之外,從一個冷靜的審美的距離觀賞宇宙自然及歷史興亡,大氣包舉,浩盪不已。人物縮小而背景放大後,人的一切行為在全景的烘托下,才更能彰顯出整體的意義。人是景中人,景是眼中景,尺幅千里,物我交融,渾茫之境於焉形成;稼軒之「霸氣」在此收攝萬有中彰顯;稼軒之「王

道」亦在此千年之嘆中呈現！

除了欣賞雄奇之山水景物外，稼軒也循此標準品鑑詩歌文章，如他盛稱劉過〈送王簡卿詩〉：「偉甚！真所謂『橫空盤硬語，妥帖力排戛』者也。健羨！健羨！」〔註20〕「健羨」代表對一種剛健昂揚的力度美的推崇。稼軒也把這種反映時代審美風潮的觀點帶入詞中。如稱讚他人之詞：

> 天與文章，看萬斛龍文筆力。(〈滿江紅·席間和洪景盧舍人……〉)
> 被公驚倒瓢泉，倒流三峽詞源瀉。(〈水龍吟·用瓢泉韻戲陳仁和……〉)
> 問東湖帶得幾多春，且看凌雲健筆。(〈鵲橋仙·席上和趙晉臣敷文〉)
> 萬壑千岩歸健筆，掃盡平山風月。(〈念奴嬌·贈夏成玉〉)

這些詞句多是推許他人的詞作，由此可看出稼軒對「凌雲健筆」有強烈的審美好尚。

稼軒在創作時，對材料的取擇，明顯表現出他有意為之的審美追求，如表達懷古傷今之類的情感時，筆下出現的往往是功業彪炳的英雄人物：不論是老當益壯的廉頗，勇武過人的飛將軍李廣；或是在亂世中開創局面的魏武帝曹操、蜀帝劉備、吳主孫權；抑或是劉琨、祖逖的英風節概、南朝宋武帝劉裕金戈鐵馬的威勢：……，都是他念茲在茲，津津樂道的，這些無一不是他「有心雄泰、華，無意巧玲瓏」的審美趣味投射。

第三節　稼軒豪放詞之藝術淵源

一、遠承蘇軾　近師吳、蔡

辛棄疾的豪放詞深受蘇軾的影響，是極為顯明的。不論是詞學審

〔註20〕〈與劉改之書〉，見（宋）魏慶之《詩人玉屑》卷十九「龍洲道人」條引柳溪。（上海：古籍出版社，1978年）

美觀或是藝術技法、藝術風格等，稼軒都繼承步趨蘇軾的開創實驗精神，並加以發揚光大。然而，對自幼生長在北方淪陷區的稼軒而言，除了遠承蘇軾外，更貼近的直接影響當來自於同樣在北方生活的樂府大家蔡松年與吳激；而吳、蔡二人又因蘇學北行而使得其詞頗得蘇軾之「風聲氣息」。

蘇軾是元祐學術的代表人物，也是一代文章宗師，對當時及日後之文壇影響甚鉅。當元祐學術因為受到政爭的影響而遭到朝廷禁止，「三蘇集及蘇門學士黃庭堅、張耒、晁補之、秦觀及馬涓文集」等，皆被徽宗下詔「悉行焚毀」〔註21〕。然而，愈是禁燬，民間傳播愈是昌盛，據載：「崇寧、人觀間，（蘇軾）海外詩盛行。……是時，朝廷雖嘗禁止，賞錢增至八十萬，禁愈嚴而其傳愈多，往往以多相夸。士大夫不能誦坡詩者，便覺氣索，而人或謂之不韻。」（朱弁《風月堂詩話》）可見蘇軾作品對北宋末年士林影響之大。

宋室南渡後，蘇學依然盛行於北方金國。對此，元人虞集〈廬陵劉桂隱存稿序〉有云：

> 宋之末年，說理者鄙薄文辭之喪志，而經學、文藝判為專門，士風頹弊於科舉之業，豈無豪傑之出，其能不浸淫汩沒於其間，而馳騁凌厲以自表者，已為難得，而宋遂亡矣。中州隔絕，困於戎馬，風聲氣息，多有得於蘇氏之遺，其為文亦曼衍而浩博矣。

由於宋、金政權南北對峙，加上地域的隔絕，文化的差異等，形成「程學盛南蘇學北」的現象（翁方綱〈書元遺山集後〉）。而蘇學對金代文壇的影響主要表現在「行於所當行，止於所不可不止」的活潑寬容創作態度上〔註22〕；以及追求「曼衍而浩博」之文章風格。明王世貞則

〔註21〕（宋）楊仲良《續資治通鑑長編紀事本末》卷12。

〔註22〕顧易生、蔣凡、劉明今《宋金元文學批評史》第四編〈金代詩文批評〉：「金代的重要文學批評家，如趙秉文論文主『達意』，李純甫主『各言其意』，王若虛主『辭達理順』，元好問主『學至於無學』等，均與之（蘇軾）有一定的關係。特別是表現於整個文壇的文風，都比

進一步指出：「金人如宇文太學虛中、蔡丞相松年、蔡太常珪、党成
旨懷英……其大旨不出蘇、黃之外。」（《藝苑卮言》卷四）歸納上述
可知金初文壇領袖大多受到蘇學的沾漑。

再就稼軒詞學審美觀的養成過程來說，龍楡生認爲：「稼軒詞格
之養成，必於居金國時早植根柢。」（《龍楡生詞學論文集・兩宋詞風
轉變論》）這當是合理的推論。在稼軒詞學審美尙初步定型的過程
中，金初的樂府大家吳激（1090～1142）、蔡松年（1107～1159）等〔註
23〕，想必對他有某種程度的影響。

據辛啓泰編《稼軒年譜》云：「先生十歲，師於蔡伯堅，與党懷
英同學，號辛、党。」鄧廣銘於所編《辛稼軒年譜》中，對辛啓泰
敍述有關稼軒師事蔡伯堅（松年）之說抱持懷疑的態度；他認爲稼
軒與党懷英爲同學，此事當屬可信；至於稼軒師承蔡伯堅一事則深
表懷疑，至多只相信稼軒早年從事於樂府歌詞寫作時，或曾受蔡伯
堅之指點〔註 24〕。然不論是正式師承或偶一爲之的指點，以蔡氏在
金初文壇的成就地位，稼軒對這位文壇耆老在敬仰之餘，進而有所
仿效亦屬合理。

較自由，各好其所好，……要之，金代文學比較多地接受了蘇學的
寬容精神，雖上承北宋，然不受北宋的侷限。」（上海：古籍出版社，
1996 年），頁 840。

〔註 23〕 元遺山《中州集・蔡氏小傳》云：「百年以來，樂府推伯堅（蔡松年）
與吳彥高（吳激），號『吳蔡體』」。

〔註 24〕 鄧廣銘《辛稼軒年譜》宋紹興十九年（一一四九）稼軒十歲。按云：
「蔡氏自降金以後，即忙於仕途，至海陵篡弒前後，位益高，事益
繁，絕無暇兼爲童子師。且海陵之遷都燕京，事在貞元元年（紹興
二十三年）春季，在此之前，蔡氏皆居官會寧，而稼軒又從未北至
其地……稼軒莫得而爲之徒也。此難合者一。稼軒……自謂曾兩隨
計吏抵燕山，是絕未久居燕山，則其受學亦絕不在燕山，即使蔡氏
之教讀事在移都之後，稼軒亦絕無受學機緣也，此難合者二。稼軒
與党懷英爲同舍生。……《中州集・党氏小傳》謂：『父純睦自馮翊
來，以從仕郎爲泰安軍錄事參軍，辛官，妻子不能歸，遂爲奉符人。』
據知党氏少年絕無力遊學於燕京，其與稼軒共學之地，自非在亳州
與齊、魯之間不可，此難合著三。」，頁 18。

　　蔡、吳二人皆是由宋入金的詞人，二人身處憂患，情志拂鬱，遂多悲抑之聲。蔡伯堅更官至右丞相。然而，他也因爲這種特殊而敏感的身分地位而時常處在矛盾痛苦之中；進亦不樂，退亦不能的孤危憂懼感始終揮之不去。蔡氏今存詞八十餘首，名爲《蕭閒老人明秀集》，內容大多抒寫進退失據的痛苦和亟思解脫的欲求。這種「身寵神已辱」（〈庚申閏月從師還自潁上，對新月獨酌〉）的矛盾情感便成爲他詩詞中重要的主題。同樣生活在淪陷區，且具有強烈民族意識的稼軒，對蔡氏悲抑之聲想必有較旁人更深刻的體會才是。

　　今人鞏本棟《辛棄疾評傳》認爲，吳、蔡之詞是蘇軾與辛棄疾之間的中介或橋樑；吳、蔡二人深受蘇軾影響，進而過渡到稼軒身上，由以下幾方面便可看出其間一脈相傳的關係：

　　一、詞外加寫小序，以補充詞的義涵。蘇軾將詞的題材擴充之後，不得不於詞前加題目或小序，以交代緣起，補充詞意之不足。如〈江城子〉「夢中了了醉中醒」，〈西江月〉「照野彌彌淺浪」等，詞序皆可視爲一篇省淨之抒情小品〔註25〕，美不勝收。而蔡松年八十餘首作品中，絕大部分都有題序，如有一首〈水龍吟〉，詞序甚至長達五百多字，直爲一篇散文，就內容而言，詞與序之間已主客易位。而稼軒詞序也多有佳作。如〈滿江紅〉「莫折荼蘼」一詞的題目，四卷本《稼軒詞》甲集作：「稼軒居士花下與鄭使君惜別，醉賦。侍者飛卿奉命書。」顧隨先生評曰：「花下傷離，醉中得句，侍兒代書，此是何等情致。」（《稼軒詞說》卷上）鄧廣銘先生也曾將此題與十二卷本詞題「餞鄭衡州厚卿席上再賦」作一比較，而稱讚四卷本之題序「著語未多，風流盡得。」此外如〈八聲甘州〉「故將軍飲罷夜歸來」，〈賀新郎〉「把酒長亭說」等題序，語達而不率，韻味絕佳，亦頗能見出詞人獨特的思想個性。

〔註25〕蘇軾〈西江月〉題序曰：「頃在黃州，春夜行蘄水中。過酒家，飲酒醉。乘月至一溪橋上，解鞍，曲肱醉臥少休。及覺已曉，亂山攢擁，流水鏗然，疑非塵世也。書此語橋柱上。」

　　二、以議論入詞。蘇軾以詩為詞的嘗試，表現在詞中就是把宋詩的「議論化」、「理趣化」帶入詞中。如〈沁園春‧赴密州早行，馬上寄子由〉以「致君堯舜，此事何難」抒發理想抱負；〈浣溪沙‧贈朝雲〉「白髮蒼顏，正是維摩境界」，〈念奴嬌‧赤壁懷古〉之「人生如夢」，皆以詞語來表達人生之期許或感悟。蔡松年則以議論方式抒發一己之憂悶和對人世的批判。如：「市朝聲利場裡，誰肯略忘機。庾老南樓佳興，陶令東籬高詠，千古賞音稀。」（〈水調歌頭‧閏八月望夕有作〉）「人間世，爭觸蠻。萬事付，金荷釀。老生涯、猶欠謝公絲竹。」（〈滿江紅‧安樂岩夜酌有懷恆陽家山〉）至於稼軒詞，後世更有「詞論」〔註26〕之稱，惟其出以奇志逸氣，故不覺枯索乏味，反而博得「萬古一清風」之美譽。〔註27〕

　　三、典故的運用。蘇軾以前，詞中較少使事用典；徐度《卻掃篇》說：「（柳永）詞雖極工致，然多雜以鄙語，故流俗人尤喜之。其後歐、蘇諸公繼出，文格一變，至為歌詞，體制高雅。」詞體從柳詞的「流俗」轉變為蘇詞的「高雅」，除了和內容的開拓有關外，蘇軾於詞中使事用典，以前人詩句事典翻出新意的作法也有相當關聯，如〈念奴嬌‧中秋〉：「我醉拍手狂歌，舉杯邀月，對影成三客。起舞徘徊風露下，今夕不知何夕。」便套用李白〈月下獨酌〉詩及《詩經‧唐風‧綢繆》詩句而成。愈至後世，詞中用典之風愈盛。蔡、吳皆喜使事用典，尤其吳激更是明顯，如〈春從天上來‧會寧遇老姬，善鼓瑟，自言梨園舊籍，因感而賦此〉一詞，元好問云：「曾見王防禦公玉說彥高此詞，句句用琵琶故實，引據甚明。」辛稼軒也有〈賀新郎‧賦琵琶〉一首，亦是通首疊用琵琶故實，手法或是由此啟發而來。〔註28〕

〔註26〕毛晉〈稼軒詞跋〉：「宋人以東坡為詞詩，稼軒為詞論，善評也。」
〔註27〕沈雄《古今詞話》：「近日詞，惟周美成、姜堯章，而以東坡為詞詩，稼軒為詞論，此說固當。然詞曲以委曲為體，徒狃於風情宛孌，則亦易厭。回視蘇、辛所作，豈非萬古一清風哉。」
〔註28〕以上三點歸納，部分參考鞏本棟《辛棄疾評傳》第七章〈詞學蘇軾

所以，由蘇軾而蔡伯堅而稼軒，是有其傳承的軌跡可循。以下舉
數例說明：

　　蔡：但得白衣青眼，不要問囚推按，此外百無憂。(〈水調歌
　　頭‧鎮陽北潭追和老坡韻〉)

　　辛：但覺平生湖海，除了醉吟風月，此外百無功。(〈水調歌
　　頭〉)

　　蔡：藥籠功名，酒壚身世，不得文章力。(〈念奴嬌〉)

　　辛：藥籠功名，酒壚身世，可惜蒙頭雪。(〈念奴嬌‧瓢泉酒酣，
　　和東坡韻〉)

　　蔡：手捻清香笑，今古閒身少。(〈千秋歲‧起晉對菊小酌，有
　　懷西山酒隱〉)

　　辛：手捻黃花無意緒，等閒行盡迴廊。(〈臨江仙〉)

其中「藥籠功名」與「酒壚身世」是二人共用同樣的典故〔註29〕；然
二典連用，排列次序相同，則可見稼軒取法前賢之跡。此外如「老子」、
「西山爽氣」等詞語，雖非蔡、辛詞中所獨有，卻同是二人慣用之詞。
由此，亦可見蔡伯堅對稼軒詞風之樹立的確有某種程度的影響。

二、近《騷》不近《莊》的浪漫精神

　　所謂「浪漫」(romantic)，在西方文學的眼光來看，是與「古典」
(classic)相對的概念。十八世紀末，由於受到法國大革命及自由、
平等、博愛等新觀念的影響，文壇上興起一種要求感情洋溢的文學，
「浪漫主義」(romanticism)於是應時興起。在此之前，「古典主義」
(classicism)者主張在規則的形式中表現美，作者必須嚴守藝術的法

　　與轉益多師〉(南京：南京大學出版社，1998年)，頁320～334。
〔註29〕「藥籠功名」見《舊唐書‧元行衝傳》，元行衝勸當權的狄仁傑留意
　　儲備人才，並自請為「藥物之末」，仁傑笑而謂人曰：「此吾藥籠中
　　物，何可一日無也。」「酒壚身世」見《世說新語‧傷逝》：「王濬沖
　　為尚書令，著公服，乘軺車，經黃公酒壚下過，顧謂後車客：『吾昔
　　語嵇叔夜、阮嗣宗共酣飲於此壚，竹林之游，亦預其末。自嵇生天，
　　阮公亡以來，便為時所羈紲，今日視此雖近，邈若山河。』」

則與規範；「古典」之美是由和諧、節制、平衡、沉靜等質素所組成。
而「浪漫主義」者則主張在性靈和詩意中見出美。一個藝術創作者應
不顧現實的重重阻礙，勇於追求理想，展現自我，一切以個人主觀審
美好尚爲依歸；所以「浪漫藝術」便是完全或主要依賴感情、直覺、
衝動、熱情和信仰的藝術，也是依賴想像力的藝術。對浪漫派藝術家
而言，「內容」比「形式」重要；表現「什麼」比「如何」表現更爲
重要。他們認爲藝術乃是起於現實的離棄；更具體的說法是：浪漫主
義便是逃脫現實，奔向理想、夢幻之境。〔註30〕

　　以此標準來看中國傳統文學，莊子和屈原可說是是中國文學史上
浪漫主義詩人的先驅，《莊子》、《離騷》便是中國浪漫主義文學的代
表作。他們都擁有熾熱的情感，勇於用荒誕不經的審美趣味向經常之
道挑戰；也都擅長用幻奇誇誕的想像，以譬喻象徵的藝術表現手法，
來構築心目中的理想境地、夢幻之國。然而二人的文藝思想和創作手
法仍有所差異。張少康《中國古代文學創作論》便指出：由於莊、屈
所追求的「道」不同，連帶影響到他們對於現實的態度；屈原是抱著
積極入世，九死不悔的精神處世。莊子則採取一種棄絕超越，虛己遊
世的態度。在藝術表現手法方面，莊子傾向於運用現實的形象或寓言
故事來象徵超現實的理想〔註31〕，以追求「天人合一」的境界。屈原
則往往藉助超現實的神話傳說來抒寫自己的政治理想，以及對現實美
醜的愛憎態度；雖心遊天外，仍立足現實〔註32〕。就思想內涵而言，
莊子是「剽剝儒墨」，棄儒從道，「洸洋自恣以適己」（《史記·老莊申
韓列傳》）。屈原則在「晦明變化，風雨迷離」，「抑揚開闔」之筆觸中，
蘊含的是「志士仁人」特立獨行的「不變」節操〔註33〕。他們各自以

〔註30〕參見《西洋六大美學理念史》第五章〈美：範疇史〉，頁215～237。
〔註31〕如庖丁解牛、輪扁斫輪、梓慶削木爲鐻、呂梁丈夫蹈水、津人操舟
　　　等。
〔註32〕詳見張少康《中國古代文學創作論》，頁163～164。
〔註33〕見劉熙載《藝概·賦概》：「屈子之文，取諸六氣，故有晦明變化，
　　　風雨迷離之意。……《離騷》東一句，西一句，天上一句，地下一

不同的思想及藝術審美追求影響霑溉後世學者。而稼軒對於這些同而不同的藝術手法均有所汲取涵攝。

清代田同之《西圃詞說》評稼軒詞曰：

> 稼軒雄深雅健，自是本色，俱從《南華》、《沖虛》得來。

田氏認為稼軒雄深雅健詞風的藝術淵源來自《莊子》、《列子》。張德瀛《詞徵》也說：

> 稼軒詞，趣昭事博，深得漆園遺意。故篇首以〈秋水觀〉（〈哨遍〉）冠之。其〈題張提舉「玉峰樓」詞〉，借莊叟自喻，意已可知。它如〈蘭陵王〉引夢蝶事，〈水調歌頭〉引嚇鼠鯤鵬事，此類不一而足。其事凌高屬空，殆夸而有節者矣。

今人李卓藩《稼軒詞探賾》一書也有類似的說法：「《莊子》和楚《騷》是稼軒詞重要的藝術淵源之一。」〔註34〕李氏並歸納稼軒融《莊子》的思想、意象入詞，大致以兩個方面著手，其一，整首詞都滲透《莊子》思想。並舉〈哨遍〉為例：「他賦寫〈哨遍〉二詞時，已屆晚年……。經過長時期的人生探索，詞人有了深邃的認識和理性的領悟，因此，他以莊子自喻，借〈秋水〉、〈齊物〉諸篇以見意，表述了同小大、壽夭、貴賤、美惡的思想和齊萬物的觀點，抒寫『忘機更忘己』的超曠達觀的人生態度。」其二，以《莊子》文意作為詞的部分意象，融入整首詞中，「如〈水調歌頭·題張晉英提舉玉峰樓〉詞，詞意及表現手段與〈哨遍〉不同。詞人檃括《莊子·知北遊》篇文意，擴寫自己哀樂未能忘懷的情思。」

此外，李氏又舉沈祥龍《論詞隨筆》：「詞又須得《莊子》之超曠空靈」，「蓋《莊子》之文純是寄言，詞能寄言，則如鏡中花，如水中月，有神無跡，色相俱空，此惟在妙悟而已。」之說，以為「沈氏雖然是泛論詞得《莊子》意趣的妙處，但我們細讀稼軒詞，感到沈氏之

句，極開闔抑揚之變，而其中自有不變者存。……讀屈、賈辭。不問而知其為志士仁人之作。」

〔註34〕李卓藩《稼軒詞探賾》（臺北：天工書局，民國88年），頁278。

論說完全適用於『深得漆園遺意』的稼軒詞。」

　　個人對於上述的說法持保留態度。稼軒自云喜讀《莊子》,「案上數編書,非《莊》即《老》」(〈感皇恩〉)可證。尤其在諳知人生況味後尤然。他以〈秋水〉爲家中堂名;六十歲時所作〈哨遍〉二首冠於詞集之卷首(元大德本);稼軒詞中,他以《莊》語入詞多達八十九條〔註35〕,《莊子》三十三篇,稼軒便引用了其中二十五篇,他對《莊子》的喜好是不容置疑的。然而藝術審美境界的學習,不僅來自技巧的熟練,詞語的借用而已;更要建立在謦咳相通、形神兼備的基礎上,才是上乘的手眼。《莊子》超曠的審美意境,不僅在於汪洋恣肆的藝術形式,也包含深刻的哲理思維在內。在筆者看來,稼軒學《莊》,畢竟只是作到「形似」的階段,未見渾然「用意」的精神興味;不若東坡學《莊子》而深得箇中三昧〔註36〕,具有「神仙出世之姿」(《藝概・詞曲概》)。稼軒模仿《莊子》的作品並不都是詞集中的精金美玉,如他的〈哨遍〉二首,說理意味太濃,有如「正題實說」,缺乏感人的藝術效果〔註37〕。因爲這一部份作品只是詞人在失意時引莊語作爲暫時的自我開解;吾人「聽其言」之餘還要「觀其行」才能見出眞章。「肝腸激烈」(李調元《雨村詞話》卷三)如稼軒者,畢竟做不到如他自己所說「才不才間過此生」(〈鷓鴣天・博山寺作〉)般瀟灑,也終究做不到莊子所謂「託不得已以養中」(〈人間世〉)的冲虛之境。莊子超妙境界對稼軒而言,是不爲也,非不能也。二人在近似的浪漫藝術風貌下,卻有極不相同的審美心靈,這是由於生命氣性及人生究竟目的不同所致。近人王鵬運有言:「詞家蘇、辛並稱,其實辛猶人

〔註35〕據陳淑美《稼軒詞用典分類研究》的記載,稼軒詞引《莊子》共 89 條。《莊子》33 篇,稼軒引用了其中 25 篇。

〔註36〕劉熙載《藝概・詩概》:「詩以出於《騷》者爲正,以出於《莊》者爲變。……東坡則出於《莊》者十之八九。」

〔註37〕方東樹《昭昧詹言》卷十二(評東坡〈百步洪〉二首之一):「余喜說理,談至道,然必於此等閒題出之,乃見入妙。若正題實說,乃爲學究傖氣俗子也。」

境也，蘇其殆仙乎！」(《半塘老人遺稿》) 莊、辛之別，亦由此可知。

　　個人以為，就稼軒豪放詞而言，其中所灌注的精神志意和表現的恢奇瑰麗的神話色彩，毋寧是近《騷》而不近《莊》的，茲舉二首稼軒以《莊》、《騷》語入詞之作，以見二者間神理韻味之別：

　　　一以我為牛，一以我為馬。人與之名受不辭，善學莊周者。
　　　江海任虛舟，風雨從飄瓦。醉者乘車墜不傷，全得於天也。
　　　(〈卜算子‧用莊語〉)
　　　九畹芳菲蘭佩好。空谷無人，自怨蛾眉巧。寶瑟泠泠千古
　　　調，朱絲絃斷知音少。　　　冉冉年華吾自老。水滿汀洲，
　　　何處尋芳草？喚起湘纍歌未了。石龍舞罷松風曉。(〈蝶戀花‧
　　　月下醉書雨巖石浪〉)

稼軒以《莊》語正面說理，畢竟仍停留在「言詮」的階段，以《騷》語曲折抒情，反而較有餘韻，深婉之中仍有疏快之致。劉熙載說：「蘇、辛詞似魏玄成之嫵媚」(《藝概‧詞曲概》)，當指這類意味雋永，富有屈騷精神之詞而言。

三、「浮夸中自有謹嚴意在」之楚《騷》精神

　　屈原的時代，是中原文化與楚文化交融的時代，他同時接受南北兩種文化的薰陶，表現在作品中，便是將「典誥之體、規諷之旨、比興之意、忠怨之辭，與詭異之辭、譎怪之談、狷狹之志、荒淫之意」(摘自《文心雕龍‧辨騷》) 加以適度調合；也就是「將北方人之感情與南方人之想像合而為一。」(王國維《文學小言》) 這兩種文化交融的結果，使得他的作品既有《風》、《雅》的傳統精神，又有「奇文鬱起」的浪漫想像，盡美盡善，屈原乃成為中國文學史上一位偉大的詩人。屈、莊最主要的不同也在於此；屈原的一切幻奇誇誕的想像，都寓涵「人情物理」之深意，這便是屈原式的浪漫。正因他的浪漫是立足於現實的基礎上，才不致飄蕩奔逸，虛而不實。他筆下一切譎怪之想像內容，也終究是為那守正不阿之志意所驅遣服務。所以劉勰總結《楚辭》的創作特色是：

　　酌奇而不失其真，玩華而不墜其實。（《文心雕龍·辨騷》）
意即《楚辭》的內容雖充滿虛幻想像之色彩，但是又能相當深刻的揭
示現實的「人情」、「世態」，故雖屬「奇文」，仍給予「取鎔經意」、「自
鑄偉詞」的評價。同樣的，淮南王劉安《離騷傳》有云：

　　　　《國風》好色而不淫，《小雅》怨悱而不亂，若《離騷》者，
　　　　可謂兼之矣。

而劉熙載《藝概·賦概》亦云：

　　　　余謂《楚》取於經，深微周浹，無跡可尋。

他們共同體會出《離騷》「奇」中有「正」，「幻」中有「真」；在虛實
相參中，仍然使人覺得入情入理，具有感發人心的藝術效果，這便是
《離騷》浪漫精神的深刻意義所在。蘇軾有云：「熟讀《毛詩》、《國
風》與《離騷》，曲折盡在是矣」（許顗《彥周詩話》引），而稼軒豪
放詞之所以不是一味雄放，而具有千姿百態的風貌，充滿浪漫色彩，
正是得力於《離騷》奇正相生的手法及曲折無盡的深婉意旨。

　　南宋張炎《詞源》最早指出稼軒詞與《離騷》的關係：「辛稼軒
〈祝英台近〉……，皆景中帶情，而存《騷》、《雅》。」這段話約略
觸及到稼軒詞的藝術淵源。其實，稼軒和屈原這位異代知己聲氣互通
之處實不止此。就語言形式方面而言，稼軒善於使事用典、以騷體入
詞；就筆法而言，他善用比興之體，寄託深旨；甚至於他那擺去拘束，
充滿恢奇瑰麗、誇張浪漫情調的藝術風格，無一不是由楚《騷》脫胎
變化而來。細味屈、辛二人「剛拙自信，不爲眾人所容」的生命氣性
及際遇，便不難理解「斯人而有斯文」之理。誠如余集〈聊齋誌異序〉
中所說：

　　　　昔者三閭被放，徬徨山澤，經歷陵廟，呵壁問天，神靈怪
　　　　物，琦瑋僑佹，以洩憤懣，抒寫愁思。……然則是書之恍
　　　　惚幻妄，光怪陸離，皆其微旨所存，殆以三閭侘傺之思，
　　　　寓化人解脫之意歟？

秦漢以降，大凡具有浪漫色彩而又存有微意的古典詩歌，作者的創作

動機及手法，和屈原「浮夸中自有謹嚴意在」(《藝概‧賦概》) 的精
神往往是秘響相通的。

第六章　稼軒豪放詞風格之美

第一節　稼軒豪放詞風之審美特質

一、以悲爲美

在分析稼軒豪放詞風格內涵之前，先對豪放詞之審美心理略作說明。今人楊海明於《唐宋詞美學》中指出唐宋詞的審美心理是「以悲爲美」。他認爲唐宋詞中所表現出的深濃的憂患情緒和傷感色彩，可視爲是傳統「詩可以怨」的觀念繼承和發揚。詞體好比一種特異的「光譜分濾器」，它只「分濾」和「反射」出特種的光譜和顏色，也就是以「悲哀」爲主色澤。清人趙慶熹序《花簾詞》云：

> 無歲而無落花也，無處而無芳草也，無日而無夕陽明月也。然而古今之能言落花芳草者幾人？古今之能言夕陽明月者幾人？則甚矣，寫愁之難也！花簾主人工愁者也，詞則善寫愁者。

這和陳廷焯所說：「後人之感，感於文不若感於詩，感於詩不若感於詞。」（〈白雨齋詞話自序〉）觀點是一致的。詞既然是「善愁者」，所以各式各樣的詞境，大體可分爲兩類：一類是悲傷的、悲咽的、悲苦的；另一類則是悲憤的、悲慨的、悲涼的。「婉約詞」中多充滿「兒

女淚」、「婦人淚」；而「豪放詞」則多藏有「英雄淚」、「壯士淚」。〔註1〕稼軒豪放詞正是以「紅巾翠袖」、「搵英雄淚」（〈水龍吟〉）的美感呈現，也是「英雄感愴，有在常情之外」（劉辰翁〈辛稼軒詞序〉）的壯士悲歌。稼軒卒後三十五年，謝枋得祭於稼軒墓祠，升堂鑒像，有疾聲大呼於堂上，若鳴其不平。（見謝枋得〈祭辛稼軒墓記〉）「然則其長短句之作，固莫非假之鳴者哉？」（劉熙載《藝概·詞曲概》）明乎此，方能眞切掌握稼軒豪放詞風之精神內涵。

二、以氣馭之

稼軒「揮淚」的方式並不是一味聲嘶力竭地訴窮道苦；或握拳透爪，作金剛怒目狀，而是「以浩氣行之」（楊希閔《詞軌》卷六）。他以氣勢動人，而非以吶喊驚人。如同李白詩風豪放飄逸，主要得之於他那浩瀁淋漓之元氣〔註2〕。就詞而言，不論陽剛或陰柔，其實通而貫之者，均爲一「氣」之運轉。陳匪石《聲執》卷上云：

> 故勁氣直達，大開大闔，氣之舒也。潛氣內轉，千回百折，氣之斂也。舒斂皆氣之用，絕無與於本體。如以本體論，則孟子固云至大至剛矣。然而婉約之與豪放，溫厚之與蒼涼，貌乃相反，從而別之曰陽剛、曰陰柔。周濟且準諸風雅，分爲正、變，則就表著於外者言之，而仍只舒斂之別爾。蘇、辛集中，固有被稱爲摧剛爲柔者。……忠愛纏綿，同源異委。沉鬱頓挫，殊途同歸。……東坡、稼軒音響雖殊，本原則一。倘能合參，益明運用。隨地而見舒斂，一身而備剛柔。

陳氏認爲詞風剛柔之別，取決於創作主體「氣之舒斂」的程度。只要

〔註1〕本小節內容，參見楊海明《唐宋詞史·餘論》（高雄：麗文文化公司，民國85年），頁666～669。

〔註2〕葉燮《原詩》外篇：「李白天才，自然出類拔萃，然千古與杜甫齊名，則猶有間。蓋白之得此者，非以才得之，乃以氣得之也。……觀白揮灑萬乘之前，無異長安市上醉眠時，此何如，氣也。……歷觀千古詩人，舍白之外，孰能有是氣者乎？」

具備「至大至剛」之浩氣，則運筆自然無不如志。而氣之充沛與否又取決於是否具備忠愛之忱。稼軒豪放詞多表現爲雄放剛健之風貌，但也不乏潛氣內轉，摧剛爲柔的別樣風格；而其內涵要皆「出於溫柔敦厚者」（《藝概‧詞曲概》）。所以稼軒「豪放詞風」的審美意義，實來自忠愛纏綿之情志，旨正則氣盛，氣盛則格正，形諸文字，或縱或斂，乃無施不宜。

　　要言之，稼軒之豪放詞風，建立在「以悲爲美」的審美心理基礎上，並且以「溫柔敦厚」爲內涵，以與時代精神相呼應之浩氣馭之，或馳驟，或收斂，形成各種不同的「豪放」審美風格。以下列舉各詞評家對稼軒豪放詞風的不同解讀：

> 蓋曲者曲也，固當以委曲爲體；然徒狃於風情婉孌，則亦不足以啓人意。回視稼軒所作，豈非萬古一清風也哉！（陳模〈論稼軒詞〉）

> 及稼軒橫豎爛熳，乃如禪宗棒喝，頭頭皆是；又如悲笳萬鼓，平生不如意事并厄酒，但覺賓主醻暢，談不暇顧。詞至此亦足矣。（劉辰翁〈辛稼軒詞序〉）

> 詞家爭鬥穠纖，而稼軒率多撫時感事之作，磊落英多，絕不作妮子態。（楊希閔《詞軌》卷六）

> 稼軒詞，胸有萬卷，筆無點塵，激昂排宕，不可一世。（鄒祇謨《遠志齋詞衷》）

> 稼軒斂雄心，抗高調，變溫婉，成悲涼。（周濟〈宋四家詞選序論〉）

> 學稼軒，要於豪邁中見精微。近人學稼軒，只學得莽字、粗字，無怪闖入打油惡道。（謝章鋌《賭棋山莊詞話》）

> 稼軒蒼涼悲壯之音，權奇倜儻之氣，亦非白石所能。（陳匪石《聲執》卷下）

> 稼軒之詞，才思橫溢，悲壯蒼涼（如〈永遇樂〉諸詞），例之古詩，遠法太沖，近師太白，此縱橫家之詞也。（劉師培《論文雜記》）

> 青兕詞壇一老兵，偶能側媚亦移情。好風只在朱欄角，自
> 有千門萬戶聲。(夏承燾《論詞絕句》)

儘管諸家論述角度不一，但不外以「豪」之審美範疇品題稼軒之詞；
他們都看出稼軒這位詞壇「豪傑」，以「雄心」為本，以凌雲健筆作
「磊落英多」、「激昂排宕」之「高調」；只是，他們更精確的點出稼
軒之「豪」，還蘊含著「清新」、「精微」、「悲涼」、「權奇」的成分；
各種不同的風貌差異，有如大塊噫氣吹出「天籟」般的「千門萬戶聲」，
一切是那樣自然而然，動人而多姿。這種「萬變而不離其宗」的風格
特色，乃是他以大半生經歷為「經」，以個人審美情趣及嚴肅的創作
態度為「緯」，縱橫交織出的主體藝術風格。

第二節　稼軒豪放詞風格之美

一、風骨駿爽

(一)「風骨」之審美意蘊

　　「風骨」一詞，本指人的精神體貌，如沈約《宋書・武帝紀》:「劉
裕風骨不恆，蓋人傑也。」郭紹虞的解釋為:「風謂風采，骨謂骨相。
一虛一實，組合成詞。」〔註3〕其後乃被運用為文學批評理論的專門
術語，泛指「文章風格」而言，如《魏書・祖瑩傳》:「文章須自出機
杼，成一家風骨。」六朝以後，「風骨」乃成為中國古典文學中極為
重要的一個審美標準，後世相沿襲用不已。劉勰在《文心雕龍》中，
別立「風骨」一篇，專門闡述「風骨」的意義及重要性，是一篇極具
代表性的文章風格論:

> 詩總六義，風冠其首，斯乃感化之源，志氣之符契也。是
> 以怊悵述情，必始乎風；沉吟鋪辭，莫先於骨。故辭之待
> 骨，如體之樹骸；情之含風，猶形之包氣。結言端直，則

〔註 3〕郭紹虞主編《中國歷代文學論著精選》上冊（臺北：華正書局，民
　　　國 80 年），頁 200。

　　　　文骨成焉；意氣駿爽，則文風清焉。……故練於骨者，析
　　　　辭必精；深乎風者，述情必顯。……若能確乎正式，使文
　　　　明以健，則風清骨峻，篇體光華。

關於劉勰「風骨」觀念的解讀，後世論之者甚眾，較具代表性的是黃
侃之「風即文意，骨即文辭」的說法：

　　　　風骨，二者皆假物以爲喻；文之有意，所以宣達思理，綱
　　　　維全篇，譬之於物，則猶風也。文之有辭，所以擄寫中懷，
　　　　顯明條貫，譬之於物，則猶骨也。必知風即文意，骨即文
　　　　辭，然後不蹈虛空之弊。〔註4〕

而郭紹虞則據此進一步說明：

　　　　風能動物，猶文章之有感染力。沒有成熟的思想和蘊結於
　　　　中的眞實的生活感受，是不可能有風的。故曰：「怊悵述情，
　　　　必始乎風。」……骨是形體方面的東西，體待骨而樹立，
　　　　肉附骨而成體，故曰：「沉吟鋪辭，莫先於骨。」而「練於
　　　　骨者，析辭必精。」……「風」和「骨」是構成一個完整
　　　　概念的兩個方面，劉勰從不同的角度反覆闡明兩者之間虛
　　　　實和主次的關係以及相輔相成的作用。〔註5〕

由此可知，「風骨」乃是指文章必須具備眞實的思想感情，從而透過
「端直」的言詞表達，進而形成一種感人的力量。

　　劉勰在《文心雕龍·風骨》篇也不斷強調「風」和「氣」的密切
關聯。如「氣猛」與「風遒」、「骨勁」之間可說是表裡相宜的關係。
「駿爽」之氣形之於「風」，是「清駿」之風；「氣」盛則「風」生，
「風」生則意豁情顯。以氣運辭，故語言勁健挺拔，「捶字堅而不移」；
以氣負聲，故音調頓挫低昂，「結響凝而不滯」。文章達到這樣的境地，
才是「剛健既實，光輝乃新」；才能激動人心，堅強有力。正因「風
骨」的表現在於「力」，所以又可說成「風力」。

　　要言之，「風骨」代表一種明朗健爽，遒勁有力的文風；這種文

―――――――――――

〔註4〕黃侃《文心雕龍札記》（臺北：文史哲出版社，民國 62 年），頁 101。
〔註5〕同註2。

風必須建立在形式與內容的和諧一致上，也是思想性與藝術性的統一體；具有流動活潑的精神和強烈的藝術感染力。而且「風骨是一個完整的美學概念，而不是風和骨兩個概念相加的混合物」〔註6〕。

從美學與倫理學的關係來說，「美」的最終目的是為了「善」，「善」是「美」的歸宿；「善」與「美」間不僅是主從的關係，也具有相互促進的作用。儒家的審美觀便強調「美」與「善」的融合，認為藝術要包含道德內容，也就是要做到「形式」與「內容」的統一；如孔子提出「文質彬彬」的命題，便是一例。這對中國傳統詩歌美學影響很大；杜甫之所以為杜甫，不僅在於他「盡得古今之體勢，而兼人人之所獨專。」〔註7〕的卓絕藝術造詣，更來自於那「胸次隘宇宙」的民胞物與情操，和莊嚴的歷史使命感（陸游〈讀杜詩〉）。

這種「美」與「善」統一的詩歌審美觀，同樣也適用於以抒情為主的詞體。況周頤《蕙風詞話》便指出「南渡諸賢不可及處」主要在於他們的詞具備了「重、拙、大」的要素。〔註8〕所謂「南渡諸賢」之詞，便是王士禎〈倚聲集序〉中所謂的「英雄之詞」〔註9〕因為他們的詞，都是以重筆書寫沉摯深刻的家國之情，因而體現出明朗剛健的雄傑氣格。讀稼軒豪放詞每使人感激奮發，神魂飛越，就因他的詞情能與時代精神相呼應，加上他本身肝膽激烈，氣盛情深，足以駕馭如椽大筆，因而形成一種氣勢磅礴，「充實而有光輝」之大美。

（二）風骨駿爽之作

劉克莊〈辛稼軒集序〉云：

〔註6〕見張少康《中國古代文學創作論》第四章〈論藝術表現的辯證法〉（臺北：文史哲出版社，民國80年），頁320。

〔註7〕元稹〈唐故工部員外郎杜君墓誌銘〉，《元稹集》卷五十六（臺北：漢京，民國72年），頁601。

〔註8〕況周頤《蕙風詞話》卷一：「作詞有三要，曰重、拙、大。南渡諸賢不可及處在是。」

〔註9〕王士禎〈倚聲集序〉：「有文人之詞，唐、蜀、五代諸人是也；有詞人之詞，柳永、康與之之屬是也；有英雄之詞，蘇、陸、辛、劉是也。」

> 公所作大聲鏜鞳，小聲鏗鋐，橫絕六合，掃空萬古，自有
> 蒼生以來所無。

所謂「大聲鏜鞳」，主要來自他的英雄詞所承載的內容「率多撫時感
事之作」（毛晉〈稼軒詞跋〉）。故前人評其詞：「是有大本領、大作用
人語」（《白雨齋詞話》卷一）。稼軒這類擄寫理想抱負的豪壯作品，
多表現在贈別或祝壽的作品中，即使是應酬往來的作品，他都把「平
戎萬里」的大願始終如一的貫注其中；如早年居官江陵時，送王姓友
人赴他地任官時所作〈滿江紅〉：

> 漢水東流，都洗盡，髭胡膏血。人盡說，君家飛將，舊時英烈。
> 破敵金城雷過耳，談兵玉帳冰生頰。想王郎，結髮賦從戎，傳
> 遺業。　　腰間劍，聊彈鋏。尊中酒，堪為別。況故人新擁，
> 漢壇旌節。馬革裹屍當自誓，蛾眉伐性休重說。但從今，記取
> 楚樓風，裴臺月。

此為贈別勉友之作。詞中一開頭便以「都洗盡，髭胡膏血」為綱領，
起筆慷慨，先聲奪人。接著臚列李廣、馮諼、馬援等歷史人物的英偉
事蹟為例，期勉現實中的「飛將」為國建功立業，而這也正是詞人念
茲在茲的職志所在。「馬革裹屍當自誓」，直是鐵血之詞，擲地有聲，
勉友亦是自勉。而馮諼為孟嘗君設立三窟，無纖芥之禍，亦詞人心志
所期。全詞聲情並茂，「龍騰虎擲」（劉熙載《藝概》），生氣勃發，不
同於一般贈別詞的感慨落寞。

　　稼軒的英雄豪氣，來自他那熾烈的忠愛精誠，和以天下為己任的
廣闊胸襟。他在追憶年少往事時，自云：

> 渡江天馬南來，幾人真是經綸手？長安父老，新亭風景，
> 可憐依舊。夷甫諸人，神州陸沉，幾曾回首！算平戎萬里，
> 功名本是，真儒事，公知否。……待他年整頓，乾坤事了，
> 為先生壽。（〈水龍吟，為韓南澗尚書壽，甲辰歲〉）

這是另一首別開生面而言之有物的祝壽詞。孝宗淳熙八年（1181），
辛棄疾被劾落職，退居上饒之帶湖。曾任吏部尚書的韓元吉致仕後亦
卜居此地，由於他們都有抗金雪恥的強烈願望，所以過從甚密，彼此

時有唱和。三年後，歲次甲辰，逢韓生日，乃有此詞之作。雖是壽詞，南澗原唱與稼軒和韻均落落不凡〔註10〕。足見兩人愛國情操一致，聲氣相投。起句「渡江天馬南來」破空而來，氣勢不凡，「幾人眞是經綸手」，嚴峻一問，更直接點出朝廷上「夷甫諸流」的安逸自適，借古諷今，語極深痛。相較之下，詞人以「整頓乾坤了」、「平戎萬里」爲職志，以「經綸手」自勉勉人，並再次宣告：「功名本是，眞儒事」，不因身居林泉而對國事灰心喪志，更顯得英偉磊落。當年「少年橫槊，氣憑陵」（〈念奴嬌・雙陸，和陳仁和韻〉）顧盼自雄的英姿壯概實未嘗稍減，與韓尚書的宰甫氣象亦足以相呼應。此詞有感嘆，有期許；而一以貫之的是一股貞定的報國志節，筆挾風霜，頗有「不可一世之概」（劉克莊〈辛稼軒集序〉）。

　　稼軒另有一首〈鷓鴣天〉也是撫今追昔之作，上片極寫年少英偉雄壯之事蹟：

　　　壯歲旌旗擁萬夫，錦襜突騎渡江初，燕兵夜娖銀胡䩮，漢
　　　劍朝飛金僕姑。〈鷓鴣天・有客慨然談功名，因追少年時事，戲作。〉

這首追憶之作，「壯歲」、「萬夫」、「錦襜」形象鮮明的寫出當年率眾南渡時，義軍軍容之盛，及南奔時的緊急戰鬥情況；大筆揮灑，寫來有聲有色，飽滿有力，境界壯闊；滿腔忠愛赤忱，隨著浩然盛氣流盪在字裏行間，形成「器大者聲必閎」（范開〈稼軒詞序〉）的動人藝術效果。

　　稼軒一世豪傑，吐屬自無妮子態，其豪放詞風的形成，不僅在志意之崇高，也在於語言的勁健挺拔，氣勢充沛。他的英雄語不僅建立在「撫時感事」的內容上，也在於他「以重筆、大筆直接抒寫」（施

〔註10〕韓元吉〈水龍吟・壽辛侍郎〉：「南風五月江波，使君莫袖平戎手。燕然未勒，渡瀘聲在，宸衷懷舊。臥占湖山，樓橫百尺，詩成千首。正菖蒲葉老，芙蕖香嫩，高門瑞，人知否？　　涼夜光躔牛斗，夢初回，長庚如晝。明年看取，蠹旗南下，六蠃西走。功成凌煙，萬釘寶帶，百壺清酒。便留下，滕馥蟠桃分我，作歸來壽。」（見《南澗詩餘》）

議對〈論稼軒體〉)的千鈞筆力上。在論及自己的理想抱負時，往往是直抒胸臆，慷慨淋漓；尤其南渡之初，更是豪氣干雲，頗有「少年心事當挐雲」(李賀〈致酒行〉)之雄心壯志，試看：

> 要挽銀河仙浪，西北洗胡沙。回首日邊去，雲裏認飛車。(〈水調歌頭・壽趙漕介菴〉)

> 鵬翼垂空，笑人世，蒼然無物。……袖裏珍奇光五色，他年要補天西北。(〈滿江紅・建康史帥致道席上賦〉)

> 從容帷幄去，整頓乾坤了。(〈千秋歲・金陵壽史帥致道〉)

這些雖然都是祝壽之詞，但稼軒在推崇期許之餘，亦是自表心跡的肺腑之言：「整頓乾坤了」，乃詞人平日胸中所蓄積的抱負理想；這和他以「大鵬」自許的口吻是一致的，鵬翼足以垂空，相較之下，「人世」追逐個人功利的卑下境界，便屬鄙陋可笑；「蒼然無物」，更凸顯出詞人的高傲，「袖裏珍奇光五色」、「要挽銀河仙浪」、「要補天西北」，二「要」字語氣堅定而自信，配合有如天外飛來的誇飾筆法，英雄躊躇滿志，不可一世的神態，宛然可見。陳子昂所標舉的：「骨氣端翔，音情頓挫，光英練朗，有金石聲」(〈與東方左史虯修竹篇序〉)的「風骨」之美，盡在其中。

　　稼軒心堅志剛，格局開闊之「英雄氣概」，尤其在「造次顛沛」的際遇中彰顯無遺。面對「南共北，正分裂」的時局，雖感失意，然終究不致失志，以家國為念的「終身之憂」，遂化為沉沉的怒吼，盤旋紆迴不已：

> 夜半狂風悲歌起，聽錚錚、陣馬簷間鐵。南共北，正分裂。
>
> (〈賀新郎・用前韻送杜叔高〉)

英雄即便失意，亦不作窮愁之言，露寒傖之態；在他眼中，「軒冕何物」(〈念奴嬌〉)？他所孜孜以求的是抗金復國的宏偉大業，詞人因憂時傷國而夜不能寐，耳邊只聞飆風終朝，鐵馬錚錚，這未嘗不是他滿腔熱血的投射；狂風、鐵馬、英雄的意象相互輝映，使人宛然置身於萬里疆場；唯聞一片金戈鐵馬之聲，豪情壯懷，直欲噴薄而出；讀

之使人激昂奮發，神魂飛越。劉熙載云：「英雄出語多本色，辛稼軒詞，於是可尚。」（《藝概·詞曲概》）誠屬的評。

二、沉鬱頓挫

（一）「沉鬱」之審美意蘊

在中國古典詩歌鑑賞中，「沉鬱」作爲審美範疇之一格，可謂其來有自。漢代揚雄作《方言》，劉歆作書譽之曰：「非子雲淡雅之材，沉鬱之思，不能經年銳積，以成此書。」〔註11〕，《漢書·揚雄傳》也說他：「默而好深湛之思」，可見「沉鬱之思」亦即「深湛之思」。其後鍾嶸在〈詩品序〉中稱讚梁武帝「體沉鬱之幽思，文麗日月，賞究天人」，以「沉鬱」形容其詩思想內涵深遠有致。唐代杜甫在〈進雕賦表〉中，用「沉鬱頓挫」準確地概括形容自己辭賦的風格；嚴羽《滄浪詩話·詩評》始標「沉鬱」爲杜詩的基本藝術特徵：「子美不能爲太白之飄逸，太白不能爲子美之沉鬱」，頗能概括二家詩作之神韻。至於清代詞評家陳廷焯的《白雨齋詞話》則進一步以「沉鬱」說作爲他詞學審美觀的理論核心：

> 撰詞話十卷，本諸《風》、《騷》，正其情性，溫厚以爲體，
> 沉鬱以爲用。（《白雨齋詞話序》）

所謂「性情之正」，就是「溫厚和平」之情。他認爲「溫厚和平」不僅是「詩教之正，亦詞之根本」。而「沉鬱」的風格亦來自忠誠純厚的思想情感；「十三國變風，二十五篇楚辭，忠厚之至，亦沉鬱之至。」（《白雨齋詞話》卷一）因此陳廷焯對南宋詞家感時傷事之作評價特別高。

陳氏認爲「沉鬱」是詩詞的最高境界。然則，如何在詞的創作中達到「沉鬱」之高境？

> 所謂沉鬱者，意在筆先，神餘言外。寫怨夫思婦之懷，寓
> 孤臣孽子之感。凡交情之冷淡，身世之飄零，皆可於一草

〔註11〕劉歆〈與揚雄書〉，《全漢文》卷四十。

　　一木發之。而發之又必若隱若現，欲露不露，反覆纏綿，
　　終不許一語道破。匪獨體格之高，亦見性情之厚。(《白雨齋
　　詞話》卷一)

由於詞體篇章短小，不宜說盡道破，故需用「比興」之體，出以含蓄
手法，以創造「仁者見之謂仁，智者見之謂智」(卷六)的模糊多義
的審美特徵；且言近旨遠者，其味益厚。此外，他還主張運用「頓挫」
之筆配合「沉鬱」之思。「沉鬱之中，運以頓挫，方是詞中最上乘」
(卷七)。所謂「頓挫」包括情感的千迴百折，節奏的徐疾相間，音
調的抑揚抗墜等。「沉鬱」與「頓挫」二者是有機的結合，相得益彰
的關係，「頓挫則有姿態，沉鬱則極深厚。既有姿態，又極深厚，詞
中三昧，亦盡於此矣。」(卷一)

　　陳廷焯利用「沉鬱」說作為詞體審美價值觀，已是把詩、詞作等
量齊觀。歸納起來，此說具有以下特質：其一，思想本源上必須根柢
《風》、《騷》，有意繼承屈原等詩人抑鬱、發憤的創作精神。其二，
以儒家「溫柔敦厚」詩教觀為審美標準，要有比興寄託，「用意用筆，
怨而不怒」(方東樹《昭昧詹言》評杜詩語)，以和平端雅之調，寓憤
鬱深痛之思。

　　「沉鬱」與「剛健」俱是用力，只是「沉鬱」力道渾厚內斂，「剛
健」則醒豁呈露。具備「沉鬱」風格的作品往往能使讀者在閱讀的再
創造審美投射中，形成「虛實相生」的藝術效果，最是耐人尋味。

（二）沉鬱頓挫之作

　　稼軒填詞，實「蓋自怨生」(《史記‧屈原賈生列傳》)。因此，《稼
軒長短句》除了記載他積極入世的理想志意外，更忠實紀錄了一位失
路英雄滿腔怨憤；就因其中融入了家國身世的深沉感嘆，別有寄託，
而不是一味的粗豪叫囂，雄放恣肆；所以，沉鬱悲涼的情調，便成為
稼軒豪放詞的主旋律，在字裏行間迴盪不已，並成為辛詞的主導風
格，他的豪放詞也因而取得更高的藝術評價。

　　辛稼軒，詞中之龍也。氣魄極雄大，意境卻極沉鬱。(《白雨

齋詞話》卷一）

> 詞至南宋，如稼軒、同甫之慷慨悲涼，碧山、玉田之微婉
> 頓挫，皆傷時感事，上與《風》、《騷》同旨，可薄爲小技
> 乎？（沈祥龍《論詞隨筆》）

他們一致認爲辛稼軒以其熱烈的情感，與纏綿忠愛的倫理觀相結合，
從而深化爲博大凝鍊的憂國之情；無奈機會不來，壯志難酬，人生的
「頓挫」至此乃轉移爲詞風之「頓挫」，形成「豪雄」中有「悲鬱」
的藝術審美情調；時而激昂，時而沉鬱，相互包蘊而又相生相成，意
味深長雋永。如〈永遇樂・京口北固亭懷古〉：

> 千古江山，英雄無覓，孫仲謀處。舞樹歌臺，風流總被，
> 雨打風吹去。斜陽草樹，尋常巷陌，人道寄奴曾住。想當
> 年，金戈鐵馬，氣吞萬里如虎。　　　元嘉草草，封狼居胥，
> 贏得倉皇北顧。四十三年，望中猶記，烽火揚州路。可堪
> 回首，佛狸祠下，一片神鴉社鼓。憑誰問，廉頗老矣，尚
> 能飯否。

開禧元年（1205）春天，辛棄疾受命知鎮江府。此時朝廷籠罩在一片
緊鑼密鼓的北伐聲中，稼軒也再度振奮起恢復中原的豪情壯志；但對
於韓侂冑輕敵冒進，急功近利的作法也深感不安，這種既憂且喜的情
感盡在這首詞中表露無遺，尺幅之中承載著老成謀國與戒愼恐懼的情
懷，因而使得每一個字句都飽蘸深厚的情感。

　　詞中，他採用借古喻今的筆法，以一連串歷史典故來暗示或深化
主題。面對雄偉的「千古江山」，不禁緬懷起歷史英雄的豐功偉業：
孫權以區區江東之地，拓宇開疆，與曹魏相抗，形成鼎足三分之局。
劉裕則以京口爲基地，削平內亂，取代東晉政權。尤其他曾兩度揮戈
北伐，收復黃河以南大片土地，更是氣勢如虹。而今，浪花淘盡英雄，
歷史舞台上的豪傑已隨「舞樹歌臺」的風流繁華，一起被「雨打風吹
去」，空留千載後的失路英雄獨自在「斜陽草樹，尋常巷陌」憑弔追
念不已。作者在思古幽情中，寄寓的是現實的感慨。沉鬱幽憤之中，
時見忠厚之旨，使得詞情婉曲盤旋，詞風沉雄，無怪乎楊愼《詞品》

許之爲辛詞壓卷之作〔註12〕。

稼軒這種「終身之憂」可謂無時或已，尤其在面對「話頭多合」〔註13〕的知己陳同甫（亮）時，更是把這種「情之所鍾，正在我輩」而又無可如何的悲鬱之情，透過「壯詞」，表現得慷慨淋漓。陳氏是南宋著名的思想家，與辛棄疾皆力主抗金北伐，持論相同，氣概相若。他嘗自述塡詞的動機是爲略陳「經濟之懷」〔註14〕；塡詞態度則是不惜「搏搦義理，劫剝經傳，而卒歸之於曲學之律。」（〈與鄭景元提幹〉）所以，《龍川詞》以抒發愛國憤世之情，譏論時政爲主，詞風雄放恣肆，與《稼軒長短句》同爲南宋豪放詞風的代表作品。

最足以驗證辛、陳心氣相投，詞風相近的作品，便屬二人往來唱和的五首〈賀新郎〉〔註15〕。宋孝宗淳熙十五年（1188）冬，陳亮至上饒訪辛棄疾，二人「憩鵝湖之清陰，酌瓢泉而共飲，長歌相答，極論世事。」（辛棄疾〈祭陳同甫文〉），別後，意猶未盡，乃又以〈賀新郎〉互相唱和〔註16〕，表達對國事之憂慮及對好友之思念與期勉。

〔註12〕楊愼《詞品》：「辛詞當以〈京口北固懷古・永遇樂〉爲第一。」
〔註13〕陳同甫〈賀新郎・寄辛幼安和見懷韻〉有句云：「只使君從來與我，話頭多合。」
〔註14〕葉適〈書龍川集後〉：「（同甫）有長短句四卷，每一章就，輒自嘆曰：『平生經濟之懷，略已陳矣！』」
〔註15〕依楊湜《古今詞話》言，〈賀新郎〉本名〈賀新涼〉，當是以唐代邊地涼州爲名的大曲，於天寶年間傳入。從〈賀新郎〉詞作的變遷來看，當是發端於東坡（乳燕飛華屋），成熟於辛棄疾。此調至辛氏手中，廓廡驟寬，情韻大變；其音律特質和表現力度得以充分發揮。南宋以來詞人多用此調抒發慷慨激昂與悲壯滄涼的情感，尚保存唐代〈涼州〉之遺意。稼軒個人對〈賀新郎〉此一詞牌，頗有偏好，如他晚年閒居瓢泉期間，所構築的園亭，皆賦〈賀新郎〉詞以詩之。他的詞集中，〈賀新郎〉凡二十二首，集中反映了辛棄疾南渡後報國無門的滿腔忠憤，和壯志難酬的抑鬱情懷。
〔註16〕詞前小序云：「陳同甫自東陽來過余，留十日，與之同游鵝湖，且會朱晦庵於紫溪。不至，飄然東歸。既別之明日，余意中殊戀戀，復欲追路，至鷺鷥林，則雪滑泥深，不得前矣。獨飲方村，悵然久之，頗恨挽留之不遂也。夜半投宿吳氏泉湖四望樓，聞鄰笛甚悲，爲賦〈乳燕飛〉以見意。又五日，同甫來索詞，心所同然者如此，可發

老大那堪説。似而今，元龍臭味，孟公瓜葛。我病君來高歌飲，驚散樓頭飛雪。笑富貴，千鈞如髮。硬語盤空誰來聽？記當時，只有西窗月。重進酒，換鳴瑟。　事無兩樣人心別。問渠儂，神州畢竟，幾番離合？汗血鹽車無人顧，千里空收駿骨。正目斷、關河路絕。我最憐君中宵舞，道「男兒到死心如鐵」。看試手，補天裂。

稼軒把個人的悲喜與憂國憂民之情操相縐合，用凌雲健筆抒寫慷慨激越之情，發揚蹈厲；然因報國無門，勃發之英概乃內斂為沉鬱悲涼之氣。此詞上片即不落俗套，採用即事敍景的筆法〔註17〕，追憶「鵝湖之會」高歌豪飲之樂，尤其當二人極論世事時，「硬語盤空」的豪情壯語，擲地有聲，以致驚墮積雪，使孤月窺窗，足見天地亦為其英風壯概所驚。著一「驚」字，力透紙背。下片則直指朝廷的苟安求合，使得志士埋沒不遇，神州陸沉。或用直筆、或用曲筆，凜然正氣伴隨著切齒憤恨從筆端傾瀉而出，然不見握拳透爪之賁張。

　　稼軒以「經綸手」自居，要「試手補天裂」；陳亮之豪情壯懷亦不遑多讓，在和韻中自明心跡：「斬新換出旗麾別。把當時、一樁大義，拆開收合。據地一呼吾往矣，萬里搖肢動股。」（〈賀新郎‧酬幼安再用韻見寄〉）錚錚之音，鏗然作金石聲；二人同樣是報國之心已達「白熱化」的「痴絕狂者」，以「非常之人」自許，欲立「非常之功」（陳亮〈上孝宗皇帝書〉），由此「兩公之氣誼懷抱俱可知矣」（《藝概‧詞曲概》）！

　　劉熙載曾以「高、大、深」推崇杜詩：「吐棄到人所不能吐棄，為高；涵茹到人所不能涵茹，為大；曲折到人所不能曲折，為深。」（《藝概‧詩概》）男兒若無充分自信，如何能有這般「吞吐八荒」之概！若無操持堅定之志節，又何來如此千回百折之韌性！所以稼軒沉鬱頓挫的風格，實來自於他涵容萬有的情操，也來自他善於曲折往復

千里一笑。」

〔註17〕周濟《介存齋論詞雜著》云：「北宋詞多就景敍情，……至稼軒、白石一變而為即事敍景。」

的筆法。

　　稼軒另有一首〈破陣子・為陳同甫賦壯詞以寄之〉〔註18〕當與辛、陳唱和之〈賀新郎〉參看：

　　　　醉裏挑燈看劍，夢回吹角連營。八百里分麾下炙，五十弦翻塞外聲。沙場秋點兵。　　馬作的盧飛快，弓如霹靂弦驚。了卻君王天下事，贏得生前身後名。可憐白髮生。

梁啓超《藝蘅館詞選》評曰：「無限感慨，哀同父，亦自哀也。」此詞構思佈局自成一體，卓然創格。起句「挑燈看劍」，形象鮮明生動，閒置的長劍只能在燈下賞玩摩挲，突兀中已含悲涼意味，亦為結語「可憐白髮生」預作伏筆。「夢回」以下，倒敘夢境，從「八百里分麾下炙」的軍旅生活到「沙場秋點兵」的閱兵待發，進而寫到騎馬彎弓的陣前激戰，極有層次地抒寫「了卻君王天下事」的具體內涵。有聲有色，意象鮮明。然而，凱歌入雲的歡聲尚未停歇，詞人已由夢中醒來，「可憐白髮生」，一聲浩歎，使得詞境陡然跌落到現實的淒涼處境。鏡中白髮冷然推翻一切；一個大跌宕，前九句所醞釀的豪情盛氣，全為末句一筆勾銷，無限窮愁感憤，盡在此頓挫中，令人驚愕嘆惋不已！若非才氣橫軼之大家，豈能有如此膽識與筆力！〔註19〕

　　至於稼軒另一首〈摸魚兒・淳熙己亥，自湖北漕移湖南，同官王正之置酒小山亭，為賦〉，則是透過比興手法，把「感士不遇」之悲慨表現得迴腸盪氣：

　　　　更能消，幾番風雨，匆匆春又歸去。惜春常怕花開早，何況落紅無數。春且住，見說道，天涯芳草無歸路。怨春不語，算只有殷勤，畫簷蛛網，盡日惹飛絮。　　長門事，

〔註18〕據王奕清《歷代詞話》卷八記載：「陳亮過稼軒，縱談天下事，亮夜思幼安素嚴重，恐為所忌，竊乘其廄馬以去，幼安賦〈破陣子〉詞寄之。」其事當在淳熙十五年（1189）左右。此說或可存疑。

〔註19〕李白〈越中覽古〉：「越王勾踐破吳歸，戰士還家盡錦衣。宮女如花滿春殿，只今唯有鷓鴣飛。」沈德潛《唐詩別裁》評：「三句說盛，一句說衰，其格獨創。」一詩一詞，立意迥異，而謀篇佈局，如出一轍。

　　準擬佳期又誤。蛾眉曾有人妒。千金縱買相如賦，脈脈此
　　情誰訴？君莫舞，君不見，玉環飛燕皆塵土！閒愁最苦，
　　休去倚危欄，斜陽正在，煙柳斷腸處。

此詞貌似宮女傷春，實則上承《離騷》美人香草比興之手法，將身世
之感和憂國之情一併融入詞中。詞以暮春景色起興，以下惜春、留春、
怨春、層層推進，步步深入。起句破空而至，總攝題旨；明寫風雨傷
春，實傷國事飄搖。蛛網惹絮，已屬無奈，「殷勤」二字，更是傳神
之筆；其中頗有暗示作者一番耿耿報國之心，終將流於枉然，然而此
心依舊知其不可而為之。下片以陳皇后、趙飛燕、楊貴妃等歷史人物
為喻，進一步抒發作者「蛾眉見妒」的感慨。結拍以煙柳斜陽之景語
作結，怨怒而不動聲色，可見淒婉之至，也與上片之春意闌珊呼應綰
合〔註20〕。陳廷焯評曰：

　　「更能消幾番風雨」一章，詞意殊怨，然姿態飛動，極沉
　　鬱頓挫之致。起處「更能消」三字，是從千回萬轉後倒折
　　出來，真是有力如虎。（《白雨齋詞話》卷一）

此詞詞情和〈八聲甘州・夜讀李廣傳，不能寐……〉所表達的沉沉憤
慨是一致的：

　　故將軍飲罷夜歸來，長亭解雕鞍。恨灞陵醉尉，匆匆未識，
　　桃李無言。射虎山橫一騎，裂石響驚弦。落魄封侯事，歲
　　晚田園。　　誰向桑麻杜曲，要短衣匹馬，移住南山。看
　　風流慷慨，譚笑過殘年。漢開邊、功名萬里，甚當時，健
　　者也曾閒？紗窗外，斜風細雨，一陣輕寒。

〈摸魚兒〉以寄勁於婉的藝術手法表達，盤旋紆曲，豪而不放。此詞
則是借古人酒杯，澆自己胸中塊壘。二者同屬「空中傳恨」之作。稼
軒以李廣自喻，二人的豪情壯志與報國無門的坎坷遭遇如出一轍；古
今英雄的「封侯」之事，往往同以「恨」字收場。「甚當時，健者也

〔註20〕據《鶴林玉露・辛幼安詞》記載，稼軒此詞煙柳斜陽之結語，「使在
　　　漢唐時，寧不買種豆種桃之禍哉。余聞壽皇見此詞頗不悅，然終不
　　　加罪，可謂盛德也矣。」

曾閒？」是千古一問，以古諷今，可謂力道萬鈞！結語將滿腔悲憤之氣及時煞住，鏡頭轉向眼前無邊風雨輕寒，摧剛為柔，以「不言言之」，深得含蓄蘊藉之致。

　　稼軒詞中，不乏這類「潛氣內轉」而思力沉厚之作品，即便是小令，亦能承載千鈞之重，如〈菩薩蠻，書江西造口壁〉：

> 鬱孤臺下清江水，中間多少行人淚，西北望長安，可憐無數山。　　青山遮不住，畢竟東流去。江晚正愁余，山深聞鷓鴣。

周濟《宋四家詞選》指出此詞之創作特色為「借水怨山」。稼軒在面對「千古江山」時，自然把他在現實在活中的缺憾痛苦投射到山水景物上，透過與自然對晤，以澄清胸中積鬱之情。起句寫水，由水而淚，從而引出四十年前的傷心史實 [註21]，次二句寫山，暗用唐李勉「望闕」之典，拳拳之忠愛至誠，深深可感。結語兩句詞情詞境又是一大頓挫，江晚山深，蒼茫暮色，自遠而近，籠照而下，不僅暗中呼應起筆「鬱孤臺」之意象，亦是詞人鬱孤心境之寫照。景色極清麗，出語極和厚，然情感卻極沉鬱，如「美人和淚試嚴妝」，靜穆嚴整中以無聲之淚映現心濤翻騰。梁啓超《藝蘅館詞選》評曰：「〈菩薩蠻〉如此大聲鏜鞳，未曾有也。」稼軒創作之「大本領」，由此可證。詞情詞風類似的作品尚有：

> 楚天千里清秋，水隨天去秋無際。遙岑遠目，獻愁供恨，玉簪螺髻。落日樓頭，斷鴻聲裏，江南遊子。把吳鉤看了，欄杆拍遍，無人會，登臨意。……可惜流年，樹猶如此，倩何人，喚取紅巾翠袖，搵英雄淚。(《水龍吟‧登建康賞心亭》)
>
> 我來弔古，上危樓、贏得閒愁千斛。虎踞龍蟠何處是？只

〔註21〕據羅大經《鶴林玉露》記載：「南渡之初（建炎三年），虜人追隆祐太后御舟至造口，不及而返，幼安由此起興。」此說與史傳（《三朝北盟會編》十一月二十三日）所載隆祐太后逃亡路線不盡相符；而金兵在追擊隆祐的過程中，大肆騷擾贛西一帶，則為事實，文人觸景生情，自可有其靈活性。

> 有興亡滿目。柳外斜陽，水邊歸鳥，隴上吹喬木。片帆西
> 去，一聲誰噴霜竹？（《念奴嬌‧登建康賞心亭》）
> 繞床飢鼠，蝙蝠翻燈舞。……平生塞北江南，歸來華
> 髮蒼顏，布被秋宵夢覺，眼前萬里江山。（《清平樂‧獨宿博山
> 王氏庵》）

這些作品往往是藉景抒情，融情入景，透過詞人的傷心慘目所捕捉的畫面，可謂無不蕭瑟淒涼：極目遠眺，只見「斜風細雨」、「柳外斜陽」、「落日樓頭」、「片帆」孤影，無一不是心念所繫的「萬里江山」的縮影，「興亡滿目」的象徵。與此相應的則是身邊飢鼠繞床、蝙蝠翻燈的衰敗景象。面對龍蟠虎踞的江山，百無一用的詞人只能登樓弔古，撫劍拍欄，卻只落得「閒愁萬斛」，登臨之意無人可會；秋宵夢覺，只換來「一陣清寒」相隨。只是，詞人報國之夢，豈真有「覺醒」之日？否則何以字字悲咽？耳邊只聞「霜竹」之聲？「平生塞北江南」的英雄，只徘徊在酒筵歌席間，枉對「紅巾翠袖」搵淚！他那強自吞咽的憤激之情，欲說還休，頗有「少陵野老吞聲哭」之意境，可謂寄慨遙深，寓悲壯於閒適。辛棄疾用「迷離其言以出之」（沈祥龍《論詞隨筆》）的手法，成功塑造了「壯士拂劍，浩然彌哀」（司空圖《詩品‧悲慨品》）的藝術形象，在聲噴霜竹的烘托下，一片熱腸鬱思，直欲襲奪人心，使人味之泫然！

　　美學家李澤厚在《華夏美學》書中，引述錢鍾書《管錐編》的一段話：

> 吾國古人言音樂以悲哀為主。……使人危涕墜心，匪止好
> 音悅耳也，佳景悅目，亦復有之。……或云『讀詩至美妙
> 處，真淚方流』。……故知隕涕為貴，不獨聆音。

所以李氏以為：「由音樂而自然景物而詩，審美和藝術常以激發人的悲哀為特徵和極致。」〔註22〕稼軒詞沉鬱雄渾的主體風格，也正具備

〔註22〕見《華夏美學》第四章〈美在深情〉（臺北：三民書局，民國85年），頁141。

這種「激發人的悲哀」的審美特質，才能使千載之後的讀者流下共鳴之「眞淚」！

三、雄深雅健

（一）「雄深雅健」之審美意義

如果說「沉鬱悲涼」最足以彰顯稼軒生命主體的氣質風貌，那麼「雄深雅健」就是稼軒馳騁展現其藝術功力的主要風貌。清代田同之《西圃詞說》便指出：「稼軒雄深雅健，自是本色」。在他看來「雄深雅健」爲稼軒詞之主體藝術風格。

「雄深雅健」〔註 23〕一詞涵義甚爲豐富，原是韓愈對柳宗元文章的稱譽之詞，並認爲這種文風源出於司馬子長。韓、柳兩人的思想、學術及文風，可說同中有異。他們的創作觀和司馬遷「發憤著書」的精神一脈相承；韓愈主張「不平則鳴」（〈送孟東野序〉），柳宗元則認爲文章當出於「感激憤悱」，以「奮其志略」〔註 24〕；所以「怨憤」便是司馬遷、韓、柳等人聲氣互通的「文心」所在。要探究「雄深雅健」的風格內涵，自當由司馬子長之文風探本溯源。參看歷來文評家對子長的評語，方能勾勒出一個概貌：

> 仲尼多愛，愛義也；子長多愛，愛奇也。（揚雄《法言·君子》）
> 參之太史公，以著其潔。（柳宗元〈答韋中立論師道書〉）
> 太史公……其文疏蕩，頗有奇氣。（蘇轍〈上樞密韓太尉書〉）
> 史記體本蒼質，而司馬才大，故運之以輕靈。（章學誠《文史通義·文理》）
> 子長精思逸韻俱勝孟堅。（劉熙載《藝概·文概》）

〔註23〕見《新唐書·柳宗元傳》：「宗元少時嗜進，謂功業可就，既作廢，遂不振。然其才實高，名蓋一時，韓愈評其文曰：『雄深雅健，似司馬子長，崔（瑗）、蔡（邕）不足多也。』」

〔註24〕柳宗元〈婁二十四秀才花下對酒唱和詩序〉：「君子遭世之理，則呻乎踴躍以求知於世，而遁隱之志以息焉。於是感激憤悱，思奮其志略以效於當世，以形於文字，伸於歌詠，是有其具而未得行其道者之爲之也。」

文之有左、馬，猶書之有羲、獻。張懷瓘《論書》云：「若逸氣縱橫，則羲謝於獻」。（同上）

太史公文，兼括六藝百家之旨。第論其惻怛之情，抑揚之致，則得於《詩》三百篇及《離騷》居多。（同上）

以上各家用語雖不同，但大致可以歸納出其中共同或相近的看法。李長之《司馬遷之人格與風格》一書指出，「韓愈所謂的『雄健』，就是章學誠所謂『蒼質』；韓愈所謂『雅』，……也就是柳宗元所謂『潔』；蘇轍所謂『疏蕩有奇氣』，就是劉熙載所謂『逸氣縱橫』。」且李氏更進一步闡發太史公「逸」的特質爲：一、不柔弱；二、不枯燥；三、不單調；四、不粗疏。所以「逸」是由雕琢磨鍊，苦心經營的「精思」而來。「逸」的精神就是史遷在風格上所表現的「浪漫性」。如他在遣詞用字上勇於打破有限的拘束，在精神上有所衝決，有所追求，有所馳騁，這就是司馬遷風格的本質特徵（註25）。元代郝經則以爲漢太史遷之文「所以奇，所以深，所以雄雅健絕，超麗疏越者」，主要是來自於「持心後氣，明正精一」，如此方能「因吾之心，見天地鬼神之心；因吾之遊，見天地鬼神之遊」，進而「升正大之堂，入高明之域」（註26）。所以，史遷之「奇氣」除了江山之助外，充沛的正氣也是必備的條件之一。

此外，從後人對柳宗元的詩文評讚中，也有助於對「雄深雅健」內涵的認識，如清人姚瑩說：

《史》潔《騷》幽並有神，柳州高詠絕嶙峋。（〈論詩絕句〉）

他們點出柳詩有《史記》的簡潔筆法，有《離騷》的幽深寄託。至於柳宗元的散文風格，曾國藩〈聖哲畫像記〉有如下評論：

西漢文章，如子雲、相如之雄偉，此天地遒勁之氣，得於陽與剛之美者也。……韓、柳有作，盡取揚、馬之雄奇萬

〔註25〕參見李長之《司馬遷之人格與風格》（臺灣：開明書局，民國84年），頁342。

〔註26〕見郝經〈內遊〉，收於郭紹虞主編《中國歷代文學論著精選》（臺北：華正書局，民國80年），頁85。

變，而内之於薄物小篇之中，豈不詭哉？

今人羅宗強於《隋唐五代文學思想史》中說：

> 柳宗元是一位有獨特風格的作家。他的寓言和雜文，不少
> 有著《莊子》影響的痕跡，……也有《騷》的影響。就其
> 情思而言，頗多怨憝，而這種怨憝之情，卻常表現爲峻峭，
> 不像《騷》之壯大瑰麗。他的山水遊記無疑受到《水經注》
> 的影響，但是在精細準確的景物描寫之中，又寄寓著他的
> 濃烈情思，帶著他的特有情感，景物全都打上了他個人心
> 緒的烙印。〔註27〕

可見柳宗元的詩歌散文不論是峻峭雄奇，或是寫景精細，都有《史
記》、《離騷》的印記。換言之，《史》、《騷》、韓、柳之變化無方的浪
漫精神是異代相通的。〔註28〕。

綜合上述，便可得知「雄深雅健」的風格，當是指透過簡潔而多
變的筆法，在清新脫俗的文字中，寓涵寫實的內容，進而傳達作者「吾
道不行」的鬱腸憂思，以形成剛健中含婀娜，疏蕩中富饒韻致的峻峭
雄麗風格，而且是自成一家的獨詣風味。

近人夏承燾在〈談辛棄疾的〈摸魚兒〉——紀念辛棄疾逝世七百
五十週年〉〔註29〕文中，將辛棄疾的整體詞風概括爲「肝腸如火，色
笑如花」八字。他認爲「豪放」是稼軒人的本色，「婉約」則是詞的
本色；合此二者，便成爲辛詞剛柔相濟的獨特風格。陳廷焯說：

> 稼軒詞，於雄莽中別饒雋味。（《白雨齋詞話》卷六）

所謂「雄莽中別饒雋味」當與「雄深雅健」旨趣相近。就稼軒的豪放

〔註27〕羅宗強《隋唐五代文學思想史》（上海：古籍出版社，1986 年），頁
　　　　267～268。

〔註28〕見《司馬遷之人格與風格·司馬遷及其時代精神》：「楚人的文化實
　　　　在是漢人精神的骨子……周文化是古典的，楚文化是浪漫的。就是
　　　　這種浪漫的文化征服了漢代，而司馬遷是其中的一個代表人物。」，
　　　　頁 5。

〔註29〕見《浙江日報》1957 年 10 月 13 日，轉引自劉揚忠編著《宋詞研究
　　　　之路》（天津：教育出版社，1989 年），頁 87。

詞而言，他時而把「雄渾」與「雋永」作一適度的調合，前者以氣勢磅礡取勝，後者以含蓄雋永爲主；這兩種不同的風格，看似迥異其趣，實則相反而相成。劉熙載說：「文之雋者每不雄，雄者每不雋，《國策》乃雄而雋」（《藝概·文概》）。其實，「雄而雋」者豈獨《國策》而已！正如大自然也是陽剛與陰柔之美並存，相映成趣。明清之交的毛奇齡有一段極爲形象的譬喻說明：

> 曾遊泰山，見奇風怪崿，拔地倚天，然山澗中杜鵑紅豔，春蘭幽香，未嘗無倡條冶葉，動人春思，此泰山之所以爲大也。大家之詩何以異此？〔註30〕

具有浪漫精神的大家如史遷、稼軒的作品都具有此一調和的審美特質：既有「雄、直、怪、麗」的陽剛之美，也有「茹、遠、潔、適」的陰柔之美（曾國藩《求闕齋日記》）；換言之，在稼軒豪放詞中，既有清新俊逸之「英分」，也有雄渾頓挫之「雄分」〔註31〕兩種情調，相摩相蕩，錯落有致，予人一種自然清新之感，也同時喚起讀者「崇高」與「優美」的審美快感，最能彰顯稼軒和一般豪放詞人同而不同的藝術風貌。

（二）雄深雅健之作

　　辛棄疾對於「雄深雅健」的審美意境有一種自覺的好尚追求。稼軒豪放詞中，這類風格的作品，多數是透過描寫山水景物表現出來。在面對山水自然時，詞人往往把情感志意投射其間；透過各種微妙細緻的比譬聯想，以傳神的筆墨營造出煙霞山水的「象外之象，景外之景」（司空圖《詩品》），形成一種「峻潔幽深」的風格，而詞人「心

〔註30〕見于源《燈窗瑣話》，轉引自李元洛《詩美學》第八章〈白馬秋風塞上，杏花春雨江南〉（臺北：東大，民國79年），頁454。

〔註31〕賀貽孫《詩筏》以爲詩可大別爲「英分」與「雄分」，前者輕而後者重。輕即無厚，無厚非薄之謂，如太白之清新俊逸是也；重即沉壯堅老，即是厚，如少陵之雄渾悲壯。不論「英分」或「雄分」，皆須歸之於變化，否則終屬不全。參見龔師顯宗《詩筏研究》（高雄：復文圖書，民國82），頁63。

跡雙寂寞」（謝靈運〈齋中讀書詩〉）的孤峭形象便與山水翕然相合，令人味之無極。如〈沁園春・靈山齊菴賦。時築偃湖未成〉：

> 疊嶂西馳，萬馬迴旋，眾山欲東。正驚湍直下，跳珠倒濺；小橋橫截，缺月初弓。老合投閒；天叫多事，檢校長身十萬松。吾廬小，在龍蛇影外，風雨聲中。　　爭先見面重重。看爽氣朝來三數峰。似謝家子弟，衣冠磊落；相如庭戶，車騎雍容。我覺其間，雄深雅健，如對文章太史公書。新堤路，問偃湖何日，煙水濛濛？

這首〈沁園春〉是一篇描摹山水的名篇，也是他「雄深雅健」詞風之代表作。詞人在面對山水時，由於凝神觀照，因而進入「神與物游」的審美境界。在他眼中，山水是可親、可感的知己，具有聲氣相通的默契與情感。透過擬人法的運用，靈山的重巖疊嶂，好似萬馬迴旋，動盪不已，生氣盎然。上片由山而水，由長松而茅廬，上下遠近，動靜交織，次序井然，儼然一幅絕妙的山水松濤畫；除了飛泉奔瀉與月橋臥水外，長松茂林更是這幅山水圖卷的景物重點〔註32〕所在。透過詞人「檢校長松十萬身」的可笑之舉，在自我解嘲的詼諧幽默中，一股悲涼之情亦隱然傳遞；接著一筆蕩開，透過「吾廬小，在龍蛇影外，風雨聲中」之景語，渲染出詞人讒謗交集，落拓不平之落寞際遇；不言之言，更使人感慨不已。

　　下片以虛筆寫靈山，迭用故實，而益見新意。他以謝家子弟的衣冠風神、司馬相如的車騎雍容，來形容靈山的儀態萬千，富貴高雅；又用太史公雄深雅健的文章風格，來描繪此山深邃宏偉，錯落有致的不凡氣象，比譬奇特，可謂出神入化，無理而妙，所以明人楊慎評此詞曰：

> 說松而及謝家、相如、太史公，自非脫落故常者，未易闖其堂奧。（《詞品》卷四）

〔註32〕稼軒有〈歸朝歡〉一首，詞序云：「靈山齊菴，菖蒲港，皆長松茂林」可證。

稼軒這種傳山水之神的寫意筆法，不僅在藝術上戛戛獨造，亦間接顯露出作者不凡的胸襟、氣度。

　　朱光潛說：「景，是各人性格和情趣的返照，物的意蘊深淺與人的性分情趣深淺成正比例。」(《詩論・詩的境界》) 正如稼軒〈賀新郎〉：「我見青山多嫵媚，料青山見我應如是。情與貌，略相似。」之句，詞人在「移情作用」〔註33〕的影響下。山水景物也就是詞人自我形象的感性顯現。如〈水龍吟・過南劍雙溪樓〉：

> 舉頭西北浮雲，倚天萬里須長劍。人言此地，夜深常見，
> 斗牛光焰。我覺山高，潭空水冷，月明星淡。待燃犀下看，
> 憑欄卻怕，風雷怒，魚龍慘。　　　峽束蒼江對起，過危樓，
> 欲飛還斂。元龍老矣！不妨高臥，冰壺涼簟。千古興亡，
> 百年悲笑，一時登覽。問何人又卸，片帆沙岸，繫斜陽纜？

這首詞以比喻、象徵的手法，描繪出一個似幻似真，光怪陸離的藝術世界；將神話傳說與景物描繪、現實感受與登覽之意揉合一處，以抒發詞人無法一展抱負的心靈苦悶。宋代南劍州地屬今福建，雙溪樓正當劍溪、樵川二水匯流處，以風景奇峭著稱。此詞以南劍、雙溪樓起興，展開奇思妙喻：「西北浮雲」暗喻中原淪陷：「須長劍」意欲掃蕩強敵：「山高水冷」則喻指時勢險峻；風雷龍魚，更隱含有姦邪之輩阻撓取劍之意。下片以實筆寫登覽之景與登臨之感。詞人之形象，寄寓於「蒼江」之中，「欲飛還斂」寫其不得奮飛之處境；詞人再以三國「元龍」自喻，明言欲高蹈遠舉，實為自嘲失意之隱

〔註33〕朱光潛的《文藝心理學》，對「移情作用」有如下說明：「移情作用在德文中原為 Einfühlung，最初採用它的是德國美學家費孝 (R.Vischer)。美國心理學家惕慶納 (Tichener) 把它譯為 Empathy。意為『感到裏面去』，這就說『把我的感情移注到物裏去分享物的生命』。黑格爾說過：『藝術對於人的目的，在讓他在外物界尋回自我。』朱氏並認為：「詩人、藝術家和狂熱的宗教信徒，大半都憑移情作用替宇宙造出一個靈魂，把人和自然的隔閡打破，把人和神的距離縮小。」見本書第三章〈美感經驗的分析〉(三) 物我同一 (移情作用)。(臺灣：開明書局，民國61年)，頁37～39。

喻。尤其以「斜陽」之景爲襯，以反問句作結，更有無盡之憂憤迴盪於蒼茫暮色之中，意味深長。整首詞寫景清奇雄麗，景中含情，詞筆婉曲頓挫，實非一逕豪放之格所可比擬。

再如〈清平樂〉：

> 清泉奔快，不管青山礙。十里盤盤平世界，更著溪山襟帶。
> 古今陵谷茫茫，市朝往往耕桑。此地居然形勝，似曾小小
> 興亡。

乍看之下，這是一首寫景的小令，節奏輕快，筆觸簡潔，實則融抒情寫景說理於一爐。「清泉」是詞人形象的暗喻，清泉「不管青山礙」地一路歡暢奔流，寫出詞人不畏一切困難險阻，「雖千萬人，吾往矣」的堅韌剛毅個性。下片即景明理，由自然美景興發對宇宙自然、人世窮通變化的感嘆。「陵谷茫茫」包括上下古今，「居然形勝」言一時一地；「興亡」明明爲大事，偏以「小小」形容；也就是以南宋的「興亡」與歷史長河之「興亡」作一對照，暗諷歷史的演變往往如此，亦不足爲奇。「小」中可以喻「大」；然而在看似「頓悟」的平和語氣中，詞人果眞能因了悟而放下？整首詞以大小映襯、古今對比的筆法寫萬古興亡，不言哀樂，而自然引發讀者無限想像與慨嘆，譚獻云：「作者之用心未必然，讀者之用心何必不然」（〈復堂詞錄敍〉），此詞正可作如是觀。

同樣以擬人手法，寫清麗之景，以短篇小令寄託深婉之意的尚有〈生查子〉：

> 青山招不來，偃蹇誰憐汝。歲晚太寒生，喚我溪邊住。
> 山頭明月來，本在天高處。夜夜入清溪，聽讀《離騷》
> 去。

「夜讀《離騷》」是詞中的主體形象；屈原藉《離騷》抒發了「信而見疑，忠而見謗」的鬱憤不平之情，稼軒「夜讀《離騷》」的寓意便不言可喻，青山高傲，明月純潔，在在是詞人高潔人品的象徵，也隱含詞人孤芳自賞，自憐幽獨之情。夜夜月入清溪，聽詞人細讀《離騷》，

想像尤爲神奇佳妙，詞人把「我」移情於「物」上；再以「物」來親「我」、即「我」；一而爲二，二而爲一，了不知何者爲「物」，何者爲「我」，素月清輝中，一片渾然交融之境。全詞爲表達鬱勃之情，但表現手法含蓄蘊藉，語言簡潔，別有一種舒緩從容的情調，詞人「一片冰心在玉壺」的自信、孤傲亦彰顯無遺。

又如〈木蘭花慢・滁州送范倅〉：

> 老來情味減，對別酒，怯流年。況屈指中秋，十分好月，不照人圓。無情水都不管，共西風只管送船歸。秋晚蓴鱸江上，夜深兒女燈前。　　征衫便好去朝天。玉殿正思賢。想夜半承明，留教視草，卻遣籌邊。長安故人問我，道愁腸殢酒只依然。目斷秋霄落雁，醉來時響空弦。

送別詞要不落俗套，始見功力。此詞寫來情眞意切，含意深遠；既依依惜別，又不忘勗勉；既勗勉友人，又黯然自傷，詞情跌宕有致。上片起筆即怨：一怨老來情味減，二怨月圓人分，三怨流水西風無情；然後筆勢陡然一轉，再以范倅別後盡享家鄉風味和天倫之樂作反面映襯，詞人哀怨纏綿之離情，可謂酣暢淋漓的盡相形容。「秋晚蓴鱸江上，夜深兒女燈前」之句，把不同時空，不同的兩組形象銜接一起，既使文思跳宕，又一氣流貫。朱德才以爲「此種詩法恐得力於黃庭堅〈寄黃幾復〉：『桃李春風一杯酒，江湖夜雨十年燈』」。（《辛棄疾詞選》）推論當屬合理。

下片又換一副筆墨，以健筆、重筆抒發詞人不平之鳴。尤其托爲問答一段，語淡而愁濃，以范倅之文才將略、英爽風流，和自己滯留荒僻、遭人冷落之境遇作一對比；在看似瀟灑的期勉中，亦有自傷見妒的隱曲之情相伴而生。

此外，稼軒有一首〈鵲橋仙・贈人〉，上片云：

> 風流標格，惺鬆言語，眞箇十分奇絕。三分蘭菊十分梅，鬥合就一枝風月。

這段話，或可視爲稼軒「雄深雅健」風格的「夫子自道」。「十分奇

絕」也是稼軒「雄深雅健」詞風的內涵之一。「雄奇」的風格，不僅具有雄壯意味，同時還具有奇特、奇險、怪誕、突兀的特質。自然界中，層巒疊嶂，滾滾江海，在雄偉之中同時包含著令人動心駭目的奇險成分。西方文藝理論家認爲，浪漫主義是出於對森羅萬象的模仿（imitation of nature）；而自然界總是千差萬殊，漫無定準；歸依自然可使藝術免於標準化〔註34〕。所以，以浪漫創作精神爲主的「豪放」風格作品，亦往往包涵雄奇恢詭的一面。

　　「雄奇」詞風尤能彰顯稼軒「壯浪縱恣，擺去拘束」（元稹〈唐故工部員外郎杜君墓誌銘〉）的浪漫創作態度。「奇」包涵「突兀」、「不合常態」的審美趣味，其實也就是一種與「平典滑熟」相對的「清峭險怪」之美，這和「審醜」的心理是相通的，劉熙載說：

　　　　怪石以醜爲美，醜到極處，便是美到極處。（《藝概‧書概》）

怪石所以「以醜爲美」，成爲「陋劣之中有至好」（鄭板橋〈題畫〉），正因藝術中的「醜」不僅不低於「美」，而且比「美」更能表現生命的力量，凸顯人生的艱難，及作者胸中鬱勃不可磨滅之生氣。所以，雄奇的精神不僅來自造化，也來自詩人靈敏善於捕捉、感發的心靈，更來自於他狂飆突進的生命力。

　　稼軒雄奇的作品，絕非如元好問所說「鬼畫符」〔註35〕般憑空設想，暗中摸索而已；而是立足現實，經過細密觀察體悟而來；是既有所入，又有所出，韻趣高奇的寄託之作。如〈山鬼謠‧雨巖有石，狀怪甚，取《離騷‧九歌》，名曰「山鬼」，因賦〈摸魚兒〉，改今名〉。

　　　　問何年此山來此？西風落日無語。看君似是羲皇上，直作太初名汝。溪上路，算只有紅塵不到今猶古。一杯誰舉？笑我醉呼君，崔嵬未起，山鳥覆杯去。　　須記取：昨夜龍湫風雨，門前石浪掀舞。四更山鬼吹燈嘯，驚倒世間兒

〔註34〕引自《西洋六大美學理念史》第五章〈美：範疇史〉，頁231。
〔註35〕元好問〈論詩絕句其十三〉：「萬古文章有坦途，縱橫誰似玉川盧，眞書不入今人眼，兒輩從教鬼畫符。」

女。依約處，還問我：清游杖屨公良苦。神交心許，待萬
里攜君，鞭笞鸞鳳，誦我〈遠游〉賦。(石浪，庵外巨石也，
長三十餘丈)

稼軒的浪漫精神直可包括宇宙，與天地萬物相往來。通篇用擬人手
法，視怪石爲寂寞生活中的知音。起句一問，便上溯遠古，氣勢不凡。
怪石既來自上古，所以能超然於紅塵之上，古風不泯。其次讚歎其超
凡潛力：風雨之夜騰飛起舞，吹滅燈火，足以驚倒世間兒女。而怪石
亦以深情回應詞人之濃情，殷勤詢問清游良苦否。「苦」字一語雙關，
既指登山涉水之苦，也暗指心神之苦。人與石「神交心許」的結果，
便擬結伴遨遊蒼穹；頗有效法屈原「路漫漫其修遠兮，吾將上下而求
索」(《離騷》)追求理想之精神，屈騷瑰詭之風庶幾得之。

另有一首〈水龍吟·題雨岩。岩類今所畫觀音補陀。岩中有泉飛
出，如風雨聲〉，也是此類風格之傑出作品之一：

補陀大士虛空，翠岩誰記飛來處？蜂房萬點，似穿如礙，
玲瓏窗戶。石髓千年，已垂未落，嶙峋冰柱。有怒濤聲遠，
落花香在，人疑是、桃源路。　　又説春雷鼻息，是臥龍、
彎環如許。不然應是：洞庭張樂，湘靈來去。我意長松，
倒生陰壑，細吟風雨。竟茫茫未曉，只應白髮，是開山祖。

此爲寫景之作。通篇以飛動的筆勢，豐富的想像，描繪出一種瑰麗、
神奇、幽祕的境界。篇中妙筆最是寫雨岩飛泉的音響之美，筆法虛實
相生；或臥龍鼻息，或洞庭仙樂，或松吟風雨，使人耳不暇給，美不
勝聽。不僅如此，詞人更冠以「應是」、「我意」等一系列表懸測的字
眼，反映環境的幽祕氣氛引發作者的驚疑心理。稼軒最後以「開山祖」
自居，自得之中，也寄寓柳宗元發現「愚溪」般且喜且悲的心情，「竟
茫茫未曉」既是詞人的驚疑未得解答，也是世人對此清峭幽絕之風景
之茫茫未曉，頗有「同是天涯淪落人」之慨！再一次證明稼軒「對山
林皋壤，哀樂未忘懷」(〈水調歌頭·題張晉英提舉玉峰樓〉)之痴絕。
元人劉敏中有一首〈沁園春·號太初石爲蒼然〉，依約是模仿稼軒此

詞而來〔註36〕。

四、滑稽詼諧
（一）「滑稽」之審美意涵

在西方美學理論看來，「滑稽」（comic）是與「悲壯」（tragic）相對立的範疇。所謂「滑稽」，「乃是指此類藝術品可以使吾人愉悅，使吾人發笑，或者說可以使吾人產生一種滑稽感。」〔註37〕在中國先秦時代，「滑稽」一詞本指「言詞便捷」。如屈原〈卜居〉：「將突梯滑稽，如脂如韋。」「滑稽」又作「俳諧」〔註38〕，劉勰《文心雕龍・諧讔》解釋「諧」字說：「諧之言皆也；詞遣會俗，皆悅笑也」。指語言之俳諧、便捷與通俗，可發人一笑者。朱光潛說：「諧就是說笑話」（《詩論・詩與諧讔》）。從心理學觀點而言，「諧趣」（the sense of humour）是一種最原始的普遍的美感生活。所以，「諧趣」也最富於社會性和傳染情感的功能，它不僅不傷害人，且有一種同情的性質。

在中國「俳諧」的語言往往都近於「諷刺」的語言。「諧」的動機都是從道德或實用的觀點出發，詩人看出人事物態的不圓滿，因而表示驚嘆或告誡；如古代宮廷中的俳優便往往以「諧詞」來勸諫帝王，以達到「寓教於樂」的功效，如漢朝的淳于髡、東方朔等便是〔註39〕。

〔註36〕劉敏中〈沁園春・號太初石為蒼然〉：「石汝來前！號汝蒼然，名之太初問太初而上，還能記否？蒼然於此，為復何如？偃蹇難親，昂藏不語，無乃於予太簡乎？須臾便、喚一庭風雨，萬竅號呼。依稀似道：狂夫！在一氣何分我與渠？但君才見我，奇形怪狀；我先知子，冷淡清處。撐住黃壚，莊嚴繡水，攘斥紅塵力有餘。今何夕，倚長風三叫，對此魁梧。」

〔註37〕姚一葦《美的範疇論・論滑稽》（臺北：臺灣開明書店，民國81年），頁228。

〔註38〕姚察云：「滑稽，猶俳諧也。……以言諧語滑利，其知計疾出，故云滑稽也。」轉引自姚一葦《美的範疇論》，頁228。

〔註39〕《世說新語・規箴第十》：「漢武帝乳母嘗於外犯事，帝欲申憲，乳母求教東方朔。朔曰：『此非唇舌所爭，爾必望濟者，將去時但當屢顧帝，慎勿言。此或可萬一濟耳。』乳母既至，朔亦侍側，因謂曰：『汝痴耳，帝豈復憶汝乳哺時恩耶！』帝雖才雄心忍，亦深有情戀，乃

朱光潛〈詩與諧隱〉〔註40〕一文為「諧趣」下的定義是：

> 以遊戲態度，把人事和物態的醜拙和乖訛當作一種有趣的
> 意象去欣賞。

「諧」的功能是「在醜中見出美，在失意中見出安慰，在哀怨中見出歡欣」（同上），同時朱氏還引述西方學者伊斯特曼（M.Eastman）《詼諧意識》中的說法作為引證：

> 「詼諧」像穆罕默德走去就山，他的生存是對於命運開玩
> 笑。

當苦難來臨時，悲觀者便選擇遁逃，往往流於輕薄玩世，尖酸譏刺〔註41〕；豁達者則在無可如何的悲劇中，參透人生世相，以「一笑置之」的態度應付人生的缺陷，「對命運開玩笑」；他的詼諧是出於至情至性，以及對社會群體的悲憫。在不輕易放棄理想的前提下，以嘲笑取樂而行針砭之實。

胡適在《白話文學史》裏指出：

> 陶潛與杜甫都是有詼諧風趣的人，訴窮說苦，都不肯拋棄
> 這一點風趣。因為他們有這一點說笑話、作打油詩的風趣，
> 故雖在窮餓之中不至於發狂，也不至於墮落。

這是一段直探「諧」趣的審美核心，極有見地的看法。朱光潛補充說明道：

> 陶潛、杜甫都是傷心人而有豁達風度，表面上雖詼諧，骨子
> 裡卻極沉痛嚴肅。如果把〈責子〉、〈輓歌辭〉之類作品完全
> 看做打油詩，就未免失去上品詩的諧趣之精采了。（同上）

惻然愍之，即敕免罪。」

〔註40〕〈詩與諧隱〉，《詩論》（臺北：國文天地，民國79年），頁32。

〔註41〕朱光潛舉〈孔雀東南飛〉為例，說明譏刺輕薄之諧。當劉蘭芝與焦仲卿夫妻離別時，女曰：「君當作磐石，妾當作蒲葦；蒲葦韌如絲，磐石無轉移。」後來焦仲卿聽到妻子被迫改嫁的消息，便以從前的誓約來諷刺蘭芝：「府君謂新婦：賀君得高遷！磐石方且厚，可以卒千年；蒲葦一時韌，便作旦夕間。」焦仲卿乃深於情者，對至愛之妻子出語相譏如此，令人遺憾。

　　能諧所以能在醜中見出美，在失意中見出安慰，在哀怨中
　　見出歡欣；諧是人類拿來輕鬆緊張情境和解脫悲哀與困難
　　的一種清涼劑。(同上)

所以「諧趣」之作不僅有其藝術價值，也最能彰顯一個崇高的靈魂如
何在窒礙的困境中，以無厚入有間，恢恢乎遊刃而有餘。一流大詩人
「愷悌慈祥」、「悠游不迫」的人格風采也因此而益發彰顯。

（二）滑稽詼諧之作

　　就「諧趣詞」而言，詞家所列「諧謔」一類，稼軒實為開風氣之
先者，並且也取得相當高的藝術成就。稼軒的諧趣詞中，或揭露官場
黑暗，嘲罵士林群醜；或斥責衰世末俗，刻畫世儈嘴臉；或寄託牢騷
不平之氣，表現山林隱逸之樂。然其傲世、嘲世、諷世，莫不是以「悲
憫」為內涵，以「熱心為之」〔註42〕；在談笑中顯露至理，在戲謔中
表現生活，而達到「諧趣」與「理趣」、「奇趣」合一的藝術境界。

　　稼軒這位「傷心人」的豁達風度，比起陶、杜來，可謂不遑多讓。
有一些詞，於題序中便明言是「戲作」，如〈西江月‧江行采石岸，
戲作漁父詞〉、〈玉樓春‧隱湖戲作〉、〈水調歌頭‧將遷新居不成，有
感，戲作〉、〈玉樓春‧戲賦雲山〉、〈鷓鴣天、尋菊花無有，戲作〉、〈一
枝花‧醉中戲作〉等，俱是以嘻笑諧謔的方式開自己玩笑，「自歌自
舞自開懷」一番，以換取心靈的暫時安頓。有些詞雖未明言是「戲作」，
但從一些生活瑣事取材，以小見大，骨子裡仍有作者嚴肅的寓意，如
〈卜算子‧齒落〉，便是以「齒落」寄託「剛者不牢堅，柔底難摧挫」
之人生體悟，頗有《莊子》「厄言」的意味；讀者亦可從中得到「無
物不然，無物不可」（《莊子‧寓言》）的領會。辛棄疾有一〈千年調〉，
題云：「葂菴小閣名曰『厄言』，作此詞以嘲之」足可證明，他作這些
嘲諧詞的動機和目的，和莊子並無二致。稼軒諧趣詞較富藝術性的作

〔註42〕王國維《人間詞話刪稿》：「詩人視一切外物，皆遊戲之材料也。然
　　　　其遊戲，則以熱心為之。故詼諧與嚴重二性質，亦缺一不可。」（臺
　　　　北：里仁書局，民國76年），頁122。

品如下：

> 烈日秋霜，忠肝義膽，千載家譜。得姓何年？細參辛字，
> 一笑聽君取。艱辛做就，悲辛滋味，總是辛酸辛苦。更十
> 分、向人辛辣，搗殘椒桂堪吐。　　世間應有，芳甘濃美，
> 不到吾家門戶。比著兒曹，纍纍卻有，金印光垂組。付君
> 此事，從今直上，休憶對床風雨。但贏得、靴紋皺面，記
> 余戲語。（〈永遇樂‧戲賦辛字，送茂嘉十二弟赴調〉）

此詞以「戲賦辛字」達意，身世之感益發明顯。先從「辛」姓下筆，
追述辛氏家族不同流俗的忠義家風和艱辛歷程，並以此貫穿全篇勉弟
之意。繼而表明辛氏子弟對國家有一份熾熱火辣的熱情，和耿介絕
俗，不向惡勢力低頭的個性。「細參辛字」以下，專就「辛」字的內
涵和外延巧爲文章。稼軒以「辛辣」自明，難怪世俗怯懦麻木之輩視
其爲「椒桂」，避之唯恐不及。下片則從反面立論，謂「辛辣」與「芳
甘濃美」無緣，然這也正是詞人引爲自豪之處，寧可固窮守節，也不
攀附權貴以交換纍纍金印！最後留下一段伏筆，待茂嘉族弟日後細細
品味「辛苦、辛酸、辛辣」之味，可謂含不盡之意於言外！這和稼軒
「不妨舊事從頭記，要寫行藏入笑林」（〈鷓鴣天‧不寐〉）之句，同
樣是笑中有淚，情韻深長。就詞而言，這種手法自屬「出格」之作，
但是無論從思想內容或表現手法而言，都是頗有特色之佳作。因爲在
輕鬆自嘲的口吻中，我們看到了美與醜的映襯，以及「辛辣」人格的
眞義；稼軒的「辛辣」使人辣出眼淚，也是千古回味不已的甘美滋味。
　　稼軒的嘲弄筆觸，更多時候是透過「醉言醉語」的方式來表達；
其實，這未嘗不是一種「醉中醒，夢中覺」（〈六么令〉）的曲筆告白。
如〈沁園春‧將止酒，戒酒杯使勿近〉，便是一首充滿諧趣的「清涼
劑」：

> 杯汝來前，老子今朝，點檢形骸。甚長年抱渴，咽如焦釜；
> 於今喜睡，氣似奔雷。汝說：「劉伶，古今達者，醉後何妨
> 死便埋。」渾如此，歎汝於知己，眞少恩哉！　　更憑歌
> 舞爲媒。算合作、人間鴆毒猜。況怨無大小，生於所愛；

物無美惡，過則爲災。與汝成言：「勿留亟退，吾力猶能肆
汝杯。」杯再拜，道：「揮之即去，招亦須來。」

這是首別開生面的戒酒詞。文人與酒，自有不可解之宿緣：「要他詩句
好，須是酒杯深」（〈臨江仙〉）這當是文人的共同心聲。然而酒之爲物，
飲之足以致病，無之亦足以致病；這首詞就把文人與酒之間愛恨交織
的微妙情感表露無遺。全詞採用主客對話體，尤其主人以嚴峻的口吻，
疾言厲色地訓斥小小「酒杯」，大小尊卑之對比，就予人趣味橫生之感；
設想之妙，使人聯想到天才與瘋狂往往有接壤之處。然而在看似天外
飛來之妙筆中，隱然有悲豪交加之情寄寓其中；表面上是主人喝令酒
杯「勿留亟退」；實則正顯出他對於杯中之物深愛難捨，否則酒杯不會
有「揮之即去，招亦須來」的自信與狡獪；詞人與酒杯之間的糾纏與
矛盾，深刻反映了「人間路窄酒杯寬」（〈鷓鴣天・吳子似過秋水〉）的
絃外之音。堂堂鬚眉丈夫，只落得投閒置散，平章風月，鎮日與酒杯
爲伍；看似風流自賞，卻少了唐人「酒後競風采，三杯弄寶刀」（李白
〈白馬篇〉）的豪俠尚武的精神；在闌珊酒氣中，詞人「欲放不下」的，
又豈只是「酒杯」而已！劉熙載云：「大抵文善醒，詩善醉；醉中語亦
有醒時道不到者」（《藝概・詩概》），的確是善解「醉語」之知言。

清人劉體仁《七頌堂詞繹》認爲：「稼軒詞『杯汝來前』，〈毛穎
傳〉也，……非倚聲家本色。」說明這種「奇筆」，乃是詞中變格，
是上承韓愈變化唐詩杜句的精神而來﹝註43﹞。這便是稼軒規模前賢又
能自出新意之高明處。

同樣是運用擬人手法，而與物對話的諧趣詞還有〈西江月・遣
興〉：

醉裏且貪歡笑，要愁那得功夫。近來始覺古人書，信著全
無是處。　　昨夜松邊醉倒，問松「我醉何如」。只疑松動
要來扶，以手推松曰「去」。

﹝註43﹞〈毛穎傳〉乃韓愈爲毛筆傳神寫照，文辭俳諧；貌似嬉笑遊戲，實
則意在譏諷執政者少恩，並抒發胸中鬱積。

醉後與山松對話，是無理有致的解頤妙筆，頗有「我意憐卿卿憐我」的相知相惜之意。全詞圍繞一「醉」字著筆，端爲抒發不平之鳴而醉。「近來」二句用孟子的話警醒世人，貌似醉後狂言，實爲感嘆「讀聖賢書，所學何事？」的反面憤激之語。

　　松邊醉倒，更顯出詞人之「風流標格」〔註44〕，不同於花邊醉倒之頹靡貪歡；問松、推松、斥松，寫酒醉神態，活靈活現；醉之愈深，其情愈苦，神智愈清明；誠如稼軒自己所說：「寧作我，一杯酒」（〈賀新郎〉），醉酒方能葆眞，其憂悶痛苦可想而知。結語推松之喝斥，尤見詞人之倔強傲骨，頹放中有自負之意；自己跌倒，自己承擔，無須施捨同情，又是何等莊嚴！這和南宋小朝廷中，一味苟且偷安者的怯懦之態，又呈一鮮明對比。

　　縱觀稼軒這種嘲諷之筆，妙在無一字雄豪，無一語險怪，筆下卻有無限蕭索奔騰不已，足見「嘻笑怒罵」的諧趣詞的最高境界亦由「性情氣骨」而來，也是一種「眞色」。李漁說：「我本無心說笑話，誰知笑話逼人來」、「於嘻笑諧謔處包含絕大文章」（《閒情偶記·詞曲部·科諢》）。在此，借用佛印評蘇軾和朱熹評陶淵明的兩段話來形容稼軒：

> 陶淵明詩，人皆說他平淡，據某看他自豪放，但豪放來不覺爾。（《朱子語類》卷一百三十六）
>
> 子瞻胸中有萬卷書，筆下無一點塵。到此地位，不知性命何在？一生聰明，要做什麼？佛只是一個有血性漢子！〔註45〕

稼軒酒氣闌珊的「濁醪妙理」，正是這類「豪放來不覺爾」的作品；善聽善解者，自會在稼軒的輕鬆自嘲中，貼近那熾熱的胸膛，感受到這位「血性漢子」跳蕩不已的脈動！

〔註44〕此詞精神源出處當是陶淵明〈飲酒之八〉：「青松在東園，眾草沒其姿。凝霜殄異類，卓然見高枝。連林人不覺。，獨樹眾乃奇。提壺掛寒柯，遠望時復爲。吾生夢幻間，何事紲羈塵。」

〔註45〕轉引自王水照、崔銘著《蘇軾傳》（天津：人民出版社，1999年），頁594。

第七章　稼軒豪放詞之語言藝術

　　文學作品的內容與形式是不可分割的。一般而言，作品的內容決定形式；然而形式不是消極因素，畢竟在未獲得確定形式之前，內容只是一堆材料而已。換言之，作品題材在得到文學形式的有力安排改造、表現之後，才轉化爲眞正的內容。而語言就是決定詩歌形式的主要因素之一。二十世紀初俄國形式主義者提出「文學性」不存在於作品的思想內容中，而存在於文學作品語言中的觀點。他們認爲文學語言不同於實用語言；文學語言的目的就是要重新喚起讀者新鮮、獨特、靈妙的體驗；它的特徵就是拒絕「簡化」，藝術的手段是要使事物「陌生」起來，使形式上具有「阻抗性」，以便消除閱讀時的習慣性，延長和加強感知的過程〔註1〕。

　　其實，從魏晉以來，文人在從事創作時，早已在自我摸索過程中自覺或不自覺地朝此方向發展，陸機〈文賦〉首先提出「謝朝華於已披，啓夕秀於未振」的文詞創新觀點。其後杜甫則有「語不驚人死不休」（〈江上值水如海勢聊短述〉）之名言，韓愈也有「惟陳言之務去」（〈答劉正夫書〉）的相應說法。可見，語言的創新是中國古代詩學極爲重要的命題。稼軒豪放詞的藝術特色，不僅在於題材意境的雄奇闊

〔註1〕參見童慶炳《文學理論要略》第四章〈文學作品的形式〉（北京：人民文學出版社，1995年），頁139～146。

大，也和他戞戞獨造的語言藝術有關。他才學富贍，胸羅萬卷，出則「搜羅萬象」，入則「馳騁百家」（劉宰〈賀辛待制棄疾知鎮江啓〉）〔註2〕，充分運用古今典籍及其語言的特色，在集大成的基礎上，神明變化不已。他一方面能勇於突破常規，大量使事用典、以文入詞、以騷體入詞；另一方面又能以故爲新，信手拈來，觸處生春，這種語言特色正是他那雄奇豪放之詞，不致流於粗率平易，含蓄曲折中又能產生適度「陌生美」的主要原因所在。

第一節　稼軒詞之使事用典

一、用典的意義及由來

　　「用典」是我國古典詩歌常用的藝術手法之一〔註3〕。由於詩歌是一種最精練的語言形式，必須要有「以少總多」的語言效果，所以詩歌便須講究字句的鍛鍊，也就是要講求語言的「密度」；語言的密度愈高，就愈能包蘊稠密豐富的內涵。而「典故」的運用，正是一種言簡意賅的語言「濃縮」手法。一旦讀者在典故的象徵與暗示下，透過聯想的方式「稀釋」後，又會聯類無窮，引發無限延伸擴展的空間，供人領會取用不盡。審美過程延長了，審美空間也因而擴大了。一般說來，「典故」分成「語典」和「事典」兩大類，即所謂「引用成辭」和「引用故實」。此一手法可追溯到《莊子·寓言》：

〔註 2〕轉引自鄧廣銘《辛稼軒年譜》，頁 147。

〔註 3〕在修辭學的著作中，「引用」和「用典」的定義與範圍常混淆不清，有以「引用」包含「用典」者，如黃慶萱《修辭學》；有以「用典」包含「引用」者，如黃永武《字句鍛鍊法》：有以「用典」代表「用事」，「引用」代表「引用成句」者，如董季棠《重校增訂修辭析論》。本文之論述乃採用第二種說法，即以「用典」涵蓋「引用」，凡古籍中之前言往行被引用者，皆屬「用典」之範圍。而近來從事比較文學研究的作品，也多以「用典」或「典故」之詞代替「引用」。詳見段致平《稼軒詞用典研究》，台灣師大國研所碩士論文，民國88年6月，頁11～13。

　　重言十七，所以已言也，是爲耆艾。

黃錦鋐《新譯莊子讀本》認爲：「重言」就是在言語論辯時，藉年高德劭者之言爲佐證，以加強自己言語的可信度與說服力，來杜絕天下之爭辯〔註4〕。而黃慶萱《修辭學》則認爲「重言」是：「重復地位重要者之言論，以期受人重視之意」〔註5〕。使用「重言」，乃是出於一種「訴諸權威」的心理。其後魏晉南北朝靡麗之風盛行，修辭技巧因而受到更多的重視與研究。《文心雕龍・事類》首先對「用典」有較爲系統的闡釋，劉勰把「事類」定義爲：

　　　　事類者，蓋文章之外，據事以類義，援古以證今者也。……
　　　　然則明理引乎成辭，徵義舉乎人事，乃聖賢之宏謨，經籍
　　　　之通矩也。

劉勰把「事類」分成「引乎成辭」與「舉乎人事」兩大類。並提出「綜學在博，取事貴約，校練務精・捃理須核，眾美輻輳，表裡發揮」之說，認爲「用事」可收「以簡馭繁」之效；以後宋人又以「水中著鹽」〔註6〕的譬喻來說明使事用典的原則，當以自然妥貼爲尚，也就是劉勰所謂「用舊合機，不啻自其口出」（《文心雕龍・事類》），如此詩歌方能有無盡之意見於言外，使人回味不已。劉永濟《文心雕龍校釋・麗辭》云：

　　　　文家用古事以達今義，後世謂之用典，實乃修辭之法。所
　　　　以使言簡而意賅也。故用典所貴，在於切意，切意之典，
　　　　約有三美：一則意婉而盡，二則藻麗而富，三則氣暢而凝。

〔註4〕參見黃錦鋐《新譯莊子讀本》（臺北：三民書局，民國83年），頁321。

〔註5〕黃慶萱《修辭學》解釋「重言」爲：「所謂『重言』，是一個多義性的詞彙，包含著三層意思。就其內容，爲『尊貴者之言』；就其方式，爲『重複他人之言』；就其效果，是『受人重視之言』。」（臺北：三民書局，民國72年）。

〔註6〕北宋蔡絛《西清詩話》：「杜少陵云：『作詩用事，要如禪家語；水中著鹽，飲水乃知鹽味。』此說詩家秘密藏也。如『五更鼓角聲悲壯，三峽星河影動搖』，人徒見凌轢造化之功，不知乃用事也。『禰衡傳』：『撾〈漁陽操〉，聲悲壯。』《漢武故事》：『星辰動搖，東方朔謂民勞之應。』善用事者，如繫風捕影，豈有跡邪？」

可知，「用典」是使文章增色的重要修辭技巧，既可爲己之情感或思想尋求依據，又能裨益辭氣之通暢，以簡馭繁，形成形式典麗，內容豐贍之效。

然而，典故的運用有如一刀兩刃，若能恰如其分的「用典」，可收畫龍點睛之效，並無妨於詩歌「自然英旨」的呈現；如明王世懋《藝圃擷餘》云：「杜子美出而百家稗官，都作雅音；馬浡牛溲，咸成鬱致，於是詩之變極矣。」杜甫能把「百家稗官」、「馬浡牛溲」融合運用，反而情態滋生，充分展現出他駕馭文字之功力。反之，若運用不當，一味拘攣補衲，堆砌故實，則易流於知識的炫耀，殆同書抄，甚至晦澀難解，有如詩謎；如晚唐李商隱好積故實，因事見義，但也形成百代之下，難以測度的現象〔註7〕。清代袁枚則犀利地嘲諷愛用「僻典」的作法：「用僻典如請生客入座，必須問名探姓，令人生厭。」（《隨園詩話》）可見用典一事，運用得妙，滿室生風；運用不當，舉座不歡，不可不慎。

宋初西崑詩風盛行，楊億、劉筠、錢惟演等西崑詩人主張歷覽遺編，研味前作；汲取前人的「芳潤之辭」（楊億〈西崑酬唱集序〉）以從事「雕章麗句」之創作。「西崑體」的創作特色就是多用前人如李商隱等詩歌之「語典」入詩。其後王安石、蘇軾亦喜用典；及至黃庭堅一出，主張詩歌「詞意高勝，要從學問中來爾」（〈論作詩文〉），並提出「奪胎換骨」法〔註8〕，因而把詩歌用典之風推向極致。這股向古人借句借意的用典風潮，不光只在詩壇蔓衍，詞壇亦不能免。詞壇大家如蘇軾、周邦彥、陸游、辛棄疾、姜夔等，都是此中能手。可以

〔註 7〕梁建業〈〈錦瑟〉試釋〉一文說：「李商隱的詩大都不易解，而他的〈錦瑟〉一詩，更可謂是文壇上的千古疑案。李商隱的詩之所以難解，典故的運用是主要的原因之一。」（《中國文化月刊》，216 期，87 年 3 月 ），頁 92。

〔註 8〕惠洪《冷齋夜話》卷一：「山谷曰：『詩意無窮，而人之才有限；以有限之才追無窮之意，雖淵明、少陵不得工也。然不易其意而造其語，謂之換骨法；窺入（一作規模）其意而形容之，謂之奪胎法。』」

說「宋代詞人，不論豪放、婉約，皆慣用使事用典。」〔註9〕明乎此，
便知稼軒詞多用典故，是其來有自的。

二、辛詞用典之內涵及特色

　　清吳衡照《蓮子居詞話》卷一中，對稼軒筆下所驅遣的典籍史料
有如下說明：

　　　　稼軒別開天地，橫絕古今，《論》、《孟》、《詩小序》、《左氏
　　　　春秋》、《南華》、《離騷》、《史》、《漢》、《世說》、選學、李、
　　　　杜詩，拉雜運用，彌見其筆力之峭。

吳氏指出稼軒筆下涵蓋的典籍宏富，經、史、子、集，任其驅遣使用；
然而吳氏之說，尚未能盡窺稼軒詞用典之全豹，茲依陳淑美《稼軒詞
用典分類研究》之分類統計結果，就稼軒所引用之古書語句，依經、
史、子、集之序列舉於下，並略作說明：

壹、用經語

易經	四條
尚書	十條
尚書大傳	一條
詩經	四四條
大小序	三條
韓詩外傳	一條
禮記	六條
周禮	一條
左傳	九條
國語	一條
公羊傳	二條
論語	三四條
孟子	一七條

〔註9〕見王偉勇〈宋人序跋中之詞論〉，收於《宋代文學與思想》（臺北：
　　　　學生書局，民國78年），頁455。

爾雅　　　　　　　　一條
計　　　　　　　　　一四四條

貳、用史語

戰國策　　　　　　　一二條
史記　　　　　　　　一一〇條
漢書　　　　　　　　六二條
後漢書　　　　　　　二四條
三國志　　　　　　　三〇條
晉書　　　　　　　　六四條
宋書　　　　　　　　一二條
南齊書　　　　　　　四條
南史　　　　　　　　二六條
隋書　　　　　　　　二條
新、舊唐書　　　　　四五條
通鑑　　　　　　　　二條
計　　　　　　　　　四一三條

參、用子語

老子　　　　　　　　四條
列子　　　　　　　　二五條
莊子　　　　　　　　八九條
淮南子　　　　　　　九條
孔叢子　　　　　　　二條
荀子　　　　　　　　一條
韓非子　　　　　　　一條
尸子　　　　　　　　一條
抱朴子　　　　　　　一條
揚子　法言　　　　　七條
　反離騷　　　　　　二條
　酒賦　　　　　　　三條

漢書本傳	七條
計	一五三條

肆、用集語

楚辭	七一條
（附宋玉大言賦）	二條
文選	八八條
陶淵明	七六條
魏晉南北朝詩文	三三條
樂府及古詩	一四條
王勃	一一條
王維	九條
李白	二四條
杜甫	一四三條
韓愈	五五條
白居易	二三條
（附元稹）	五條
杜牧	一一條
（附李商隱）	二條
劉禹錫	一一條
隋唐詩文	四五條
蘇軾	一○一條
黃庭堅	一六條
宋人詩文	三○條
唐宋詞	五二條
計	八二二條

伍、雜書

世說新語	一二四條
佛教經典	二○條

計　　　　　　　　一四四條〔註10〕

由上述統計資料顯示，在六百二十九首稼軒詞中，共使用一千六百多條典故，平均每一首詞就有二至三個典故，根據他用典的內容分析，我們可大略描繪稼軒「書史淫」之內涵：

（一）稼軒用典範圍涵蓋經、史、子、集；體裁則詩歌、辭賦、敘事散文，無體不備，可見稼軒審美趣味之廣泛。而且這些典籍文采粲然，長久浸淫的結果，自然胸懷多方，兼善眾體；形之於文，便揮斥無極，無施不可。詞人「以詩爲詞」和「以文爲詞」、「以賦爲詞」便屬自然。

（二）集部作品中，稼軒引用最多的是杜詩和蘇軾詩，史部以《史記》爲多，子部則以《莊子》和《世說》爲主。這又可分成兩方面來解讀：

1. 就作者而言

除了藝術技巧的借鑑外，這些作品的背後，都有一個藝術個性分明的創作主體。莊子之任眞自得，瀟灑出塵頗具浪漫色彩。《世說》內容多記風流俊賞之人物言行；《史記》更是以記載各類傑出人物及其行事風格見長。可見稼軒最感興趣的還是在於「人」──一種有「風流標格」的藝術個體；莊子、杜甫、蘇軾同樣具有悲天憫人的「熱情」，都有一種追求理想的「浪漫」本質；只是表現於外的「文采」不同，他們是同質而異貌，同道而不同調。如蘇東坡便看出「莊子蓋助孔子者」（〈莊子祠堂記〉），他並點出莊子對孔子是「實予而文不予，陽擠而陰助之」〔註11〕。劉熙載則以「性情之正」爲審美標準，把《莊》、

〔註10〕《四庫全書》將《世說新語》置於子部小說類。

〔註11〕自韓愈倡莊子之學出於田子方以來，以莊子之旨合於儒學的說法相當普遍。王安石便認爲：「莊子用其心，亦二聖人之徒矣。」（《臨川先生文集》卷六八〈莊周〉）。明楊慎《莊子闕誤》亦云：「莊子，憤世嫉俗之論也。人皆謂其非堯舜，罪湯武，毀孔子，不知莊子矣。」（《少室山房叢書》卷二十七）。然而，也有持不同看法者，如司馬光稱莊子爲「佞人」（《迂書》），二程斥莊子「游方之外」的說法是

《騷》列爲中國古典詩歌之兩大源頭，「少陵純乎《騷》」，「東坡則出於《莊》者十之八九」（《藝概‧詩概》）。不論「正」或「變」，這些大家作品都是出於「文心」之正，這一點是不容置疑的。

而就中辛棄疾資取最多，用力最深者，當屬杜甫。詞集中與杜詩有關者多達一百四十餘條，比起引用陶詩的部分還多出一倍。王世貞評杜詩曰：

> 子美以意爲主，以獨造爲宗，以奇拔沉雄爲貴。……詠之使人慷慨激烈唏噓欲絕者，子美也。（《藝苑卮言》卷四）

王世貞所評之杜詩「以意爲主，以獨造爲宗」的審美特質，恰好都是稼軒極力追求的審美境界。杜老造次必於是，顛沛必於是的仁者操守，稼軒在「惺惺相惜」之餘也起而仿效地把「少陵意」注入詞體中。此外，他更極力以杜甫涵融古今的藝術造詣爲法乳，並提出「詩在慘澹經營中」的創作主張，以繼承杜甫「語不驚人死不休」（〈江上値水如海勢聊短述〉）的創作精神。不論是意象的創造，字句的錘鍊，風格的沉鬱悲壯，在在都有杜甫的影響。而這兩位「前賢」與「後生」各自在當代文壇獨領風騷的藝術成就也幾乎是一致的。稼軒在藝術技法上師杜的痕跡比精神上學陶的痕跡更爲明顯。這是因爲陶淵明多半是辛棄疾在失意閒居時，尋求精神寄託的對象。而杜老「齒落未是無心人，舌存恥作窮途哭」（〈暮秋枉裴道州手札〉）的悲壯性格及「轉益多師」的審美追求則似乎更能貼近稼軒的審美心靈。

2. 就時代背景言

東晉和南宋都是抱殘守缺，困守半壁江山的局勢，而士大夫面對世局的態度也大同小異。東晉「夷甫之流」不思北伐，或「轉向」到山水田園間，悠遊卒歲；或談玄說道，遁入個人的桃花源裏。而南宋當權者面對入侵之異族則一味苟安求和；知識份子或吟風弄月或參禪

荒唐之論，「豈有此理」。以上諸說轉引自錢奕華《宣穎南華經解之研究》，第五章〈南華經解特色之一〉（臺北：萬卷樓圖書公司，民國89年），頁139～145。

學道，以規避應有的現實責任。這種一味追求個人身心安頓的「自了漢」心態，古今並無二致。稼軒迭引《世說》中或正面或反面的人物言行，正是有以古諷今之深刻寓意。

稼軒自云「百藥難治書史淫」（〈鷓鴣天‧不寐〉），他經常摩挲親近這些古人古籍，想必可以從中得到一種「古道照顏色」的審美愉悅及「吾道不孤」的精神滿足感。

三、辛詞用典評價

大量使事用典，是稼軒詞的主要藝術特色；這一點不僅同代之詞人無法比擬，在詞史上亦屬罕見。然而對稼軒而言，「知我、罪我」也往往取決於這一特點。劉辰翁〈辛稼軒詞序〉有云：

> 詞至東坡、傾蕩磊落，如詩如文，如天地奇觀，豈與群兒雌聲學語較工拙；然猶未至用經用史，牽《雅》、《頌》入《鄭》、《衛》也。自辛稼軒前，用一語如此者必且掩口。
> 及稼軒橫豎爛熳，乃如禪宗棒喝，頭頭皆是；又如悲笳萬鼓，平生不平事并卮酒，但覺賓主酣暢，談不暇顧。詞至此亦足矣。

劉氏于詞序中特別標舉稼軒用語的特色，為「用經用史，牽《雅》、《頌》入《鄭》、《衛》」，並以為這是辛氏繼承東坡而又別開生面的獨到之詣。稼軒詞之所以能「如春雲浮空，卷舒起滅，隨所變態，無非可觀」（范開〈稼軒詞序〉），和他善於「使事用典」有很大的關聯。對此一藝術特色，歷來賞析、研究稼軒詞者，也多所肯定，如：

> 稼軒驅使《莊》、《騷》、經、史，無一點斧鑿痕，筆力甚峭。
> （《詞林紀事》卷十一引樓敬思語）
> 詞至稼軒，經子百家，行間筆下，驅斥如意。（鄒祗謨《遠齋詞衷》）
> 稼軒詞龍騰虎擲，任古書中理語、廋語，一經運用，便得風流，天姿是何夐異！（劉熙載《藝概‧詞曲概》）
> 用成語，貴渾成脫化，如出諸己，……稼軒能合經、史、

子而用之，自其才力絕人處，他人不宜輕效。(沈祥龍《論詞隨筆》)

他寫前人不曾運用的題材，狀前人不曾描寫的事物，創造出前人不曾表達過的意境，從而更加擴大了詞的內容和範圍，而這又與他的用典不無關係。他尤其善於運用歷史故事和警策妙語，大量使用散文化的句子，準確、生動、自然地抒情或發議論，形成用典的獨自特色，其成就超過他的所有前人。〔註12〕(謝鈞祥〈試論稼軒詞的用典特色〉)

而高寬〈稼軒詞的用典藝術〉一文，則從辛棄疾的用典迥然別於其他大家的特色著墨：

他既不同於莊子的專以荒誕離奇的「三言」來闡發深邃的哲理；也不同於李商隱的醉心於「好對切事」，過於含蓄，使人有霧中看花、隔帘望人之感。至於周邦彥只在融化唐人詩句上下氣力，黃庭堅的崇尚「點鐵成金」，與稼軒相比，則只是錘字煉句的功夫。稼軒的用典，是以其浩大的氣力，多樣的方法，隨心如意地驅策安排，而絲毫不顯斧鑿之痕。

由上述諸評來看，用典已經成為「稼軒體」的主要藝術特色之一，這不僅在於他胸羅萬卷，更在於他才大如海，足以驅遣自如有以致之；絕非炫博矜奇、賣弄學問之流所能望其項背。

然而，對於稼軒詞中大量用典，前人也有一些負面的評價，最早提出質疑的是南宋劉克莊：

放翁、稼軒一掃鮮豔，不事斧鑿，高則高矣，但時時掉書袋，要是一癖。(《後村詩話》)

此語一出，再加上《桯史》記載岳珂評稼軒〈永遇樂・京口北固亭懷古〉曰：「新作微覺用事多耳」〔註13〕一事的催化，「掉書袋」幾已成

〔註12〕收錄於《中國古代、近代文學研究》，1981年，16期，頁35。
〔註13〕岳珂《桯史》「稼軒論詞」條記載：「(稼軒) 每燕，必命侍姬歌其所作。特好〈賀新郎〉一詞。自誦其警句曰：『我見青山多嫵媚，料青山見我應如是』又曰：『不恨古人吾不見，恨古人不見吾狂耳』每至

爲稼軒詞之定評，如譚獻《復堂詞話》便呼應岳珂之見而有「使事太多，宜爲岳氏所譏」之評。

在前人瑕瑜互見的評語中，陳廷焯則挺身而出，大力駁斥劉克莊之謬誤，並指出：

> 稼軒詞非不運典，然運典雖多，而其氣不掩，非放翁所及。劉氏並譏辛、陸，謬矣！（《白雨齋詞話》卷七）
>
> 辛稼軒詞運用唐人詩句，如淮陰將兵，不以數限，可謂神勇。（同上）

陳氏強調稼軒以神氣運典，「淮陰將兵」之喻，尤爲傳神，稼軒用典之不同凡響處亦在此。

沈祥龍說：「詞不能堆垛書卷，以誇典博，然須有書卷之氣味。胸無書卷，襟懷必不高妙，意趣必不古雅」（《論詞隨筆》）。稼軒之所以爲稼軒，不僅在於不避堆垛書卷之嫌，而出以大踏步向前的浪漫創作精神；也在於他「恰如其分」的含英咀華，推陳出新。由於稼軒平日餐經饋史，涉獵廣博，加上他博聞強記，爛熟於胸，故能在對景感物，曠然有會之際，信手拈來，融化無痕，咳唾皆成珠璣。再從時代

此，輒撫髀自笑，顧問座客何如，皆歡譽如出一口。既而又作一〈永遇樂〉，序北府事。首章曰：『千古江山，英雄無覓，孫仲謀處』，又曰：『尋常巷陌，人道寄奴曾住』，其寓感慨者則曰：『可堪回首，佛狸祠下，一片神鴉社鼓。憑誰問：廉頗老矣，尚能飯否？』特置酒，召數客，使妓迭歌，益自擊節。遍問客，必使摘其疵，遜謝不可。客或措一二辭，不契其意，又弗答，然揮羽四視不止。余時年少，勇於言。偶作於席側，稼軒因誦啓語，顧問再四，余率然對曰：『待制詞句，脫去古今軫轍，……童子何知，而敢有議？然必欲如范文正以千金求〈嚴陵祠記〉一字之易，則晚進尚竊有疑也。』稼軒喜，促膝使畢其說。余曰：『前篇豪視一世，獨首尾二腔警語差相似。新作微覺用事多耳。』於是大喜，酌酒而謂座中曰『夫君實中余癎』！乃味改其語，日數十易，累月猶未竟，其刻意如此。」按：鄧廣銘於《稼軒詞編年箋注》增訂本後記中，對此說表示懷疑。因今所見各版稼軒詞〈永遇樂〉與岳氏所記實未改一字；加上岳珂有過編造不實紀錄以諛美其祖岳飛之記錄，鄧氏準此而推論岳珂「爲了炫示自身如何受到辛稼軒的重視，而特地寫此一段扯謊文字。」

整體來看，稼軒把宋人「以學問爲詩」的精神，發揮得淋漓盡致；他透過典故來婉轉寄託深刻的內涵，更加深了詞體的廣度和深度，開拓了詞語的模糊多義性審美空間，詞境也因而提昇。只是在他的作品中，容或有些「繁用典故」之作，如梁啓超評其〈賀新郎・賦琵琶〉「殆如一團野草」(《藝衡館詞選》)；但整體來說，仍是大醇小疵，瑕不掩瑜，實不能與一般以堆垛爲能事的「獺祭」之作相提並論。

第二節　稼軒「以詩爲詞」之特色

宋儒多能詩，亦多熟讀唐詩，蓄積既深，興之所至，下筆往往引用唐人的詩句語言；手法工拙之別，就在於運用是否渾化無痕，如自家口吻。對詞家而言，「以詩爲詞」更具有革新詞體的時代意義。自蘇軾首倡此風後，把詩的語言、材料引入詞中之風氣漸開，如賀鑄「小令喜用前人成句，其造句亦恆類晚唐人詩。慢詞命辭遣意，多自唐賢詩篇得來。」(夏敬觀《手批東山詞》)，周邦彥「採唐詩融化如自己者」(張炎《詞源》)〔註14〕，同樣是融唐人詩語入詞，然二家詞趣各異，這便是由「借色」轉爲「眞色」的「活法」運用結果。

稼軒用典之功力可謂凌駕前人之上，而範圍更見開闊。其中有信手拈來，偶然觸著之處；也有著意模仿之作。以下分從一、字面；二、句子；三、整首作品；三方面舉例說明：

一、字面的運用

張炎《詞源》認爲：「詞中一個生硬字用不得。須是深加鍛鍊，字字敲打得響，歌誦妥溜，方爲本色語。……字面亦詞中之起眼處，不可不留意也。」沈義父《樂府指迷》則指出：「要求字面，當看溫飛卿、李長吉、李商隱及唐人諸家詩句中字面好而不俗者，採摘用之。」

〔註14〕陳振孫《直齋書錄解題・歌詞類》評《清眞詞》亦云：「多用唐人詩語檃括入律，渾然天成。」

稼軒身處沈氏之前，早已在詞中身體力行之。他鍊字精采的部分，往往都在動詞部分，如：

> 卻笑春風從此，便薰梅染柳，更沒些閒。(〈漢宮春・立春〉)

「薰」、「染」的字面來自李賀〈瑤華樂〉：「薰梅染柳將贈君」。然稼軒於此只用字面而賦以新意。李賀之「薰」、「染」爲形容詞，稼軒改爲動詞，以擬人化之手筆，形容東風「薰梅染柳」之忙碌。詞性一轉，全篇欲活，這是稼軒「死處參以活語」(沈祥龍《論詞隨筆》)之例」。再如：

> 酒兵昨夜壓愁城。太狂生，轉關情。(〈江神子・和人韻〉)

「壓」字用得極妙，出自李賀〈雁門太守行〉：「黑雲壓城城欲摧」。同樣是擬人手法；李賀以「壓」字形容具體可見之自然現象，稼軒則用來形容切身可感之「酒力」，更具藝術想像空間。稼軒深加鍛鍊，襲而愈工之功力於此可見。

> 逸氣軒眉宇。似王良，輕車熟路，驊騮欲舞。(〈賀新郎・和徐思遠下第……〉)

「軒」字極爲傳神有力，出自黃庭堅〈新息渡淮〉詩：「京塵無處可軒眉」。「軒眉」作「揚眉」解。「軒」字本爲名詞，或作車輛，或指車前高起的部分，或作軒窗、長廊等解。黃庭堅把詞性加以轉換，便把「軒」字昂揚的意義具體而形象的表現出來；稼軒比黃庭堅更進一步以「逸氣」做主語，「眉宇」作賓語，意象更爲完足，彷彿可見「逸氣」騰上眉宇間之神采，更添視覺效果。

二、句子的運用

稼軒以前人詩句入詞，大多採用「暗引」的手法，不明言出處，遂將前人佳句與自創句子相融相間。以下依用法之別分類說明：

（一）搬　用

「搬用」是挪用前人成句，且意義不變。

> 一飲動連宵，一醉長三日。……萬札千書只恁休，且進杯

　　　　中物。(〈卜算子・飲酒不寫書〉)

出自陶淵明〈責子詩〉:「天運苟如此,且進杯中物。」

　　　　揮羽扇,整綸巾。少年鞍馬塵。如今憔悴賦〈招魂〉,**儒冠
　　　　多誤身**。(〈阮郎歸・未陽道中為張處父推官賦〉)

出自杜甫〈贈韋左丞丈〉:「紈褲不餓死,儒冠多誤身。」

　　　　此身長健,還卻功名願。**枉讀平生三萬卷**,滿酌金杯聽勸。

出自陳後山〈寄送定州蘇尚書〉:「枉讀平生三萬卷,貂蟬當復自兜牟。」
〔註15〕

　　　以上幾首詞其實主旨相同,用稼軒自己的話說,即是「近來始覺
古人書,信著全無是處」(〈西江月・遣興〉);只是他避開一味正面直
說,而借用淵明、杜甫、陳後山的牢騷語來為自己開解,無形也把自
己和這些「與時多忤」的古人引為同道;古今同悲,總算是失意中的
一種慰藉。

(二)套　用

　　　所謂「套用」,是套取前人詩歌名句而稍加更改;或是增損字句,
或是顛倒移置,由於仍保留主要的字面及意義,故兩相比較,便知後
者由前者套用而來。也是一種「間接暗引」。〔註16〕由於套用形式多
變,頗能見出作者推陳出新之巧思。

　　　　余既滋蘭九畹,又樹蕙之百畝,秋菊更餐英。

此合《離騷》:「余既滋蘭之九畹兮,又樹蕙之百畝。」及「朝飲木蘭
之墜露兮,夕餐秋菊之落英。」之二句而為一句。在「既」、「又」之

〔註15〕後山此句亦是用典。冒廣生《後山詩注補箋》引任淵注《南史》:「周
　　　　蟠龍為散騎常侍。齊武帝戲之曰:『貂蟬何如兜牟?』對曰:『貂蟬
　　　　出於兜牟』。」補箋引《苕溪漁隱叢話》:「〈寄定州蘇尚書〉云:『枉
　　　　讀平生三萬卷,貂蟬當復自兜鍪』齊武帝戲周蟠龍語。履常反用此
　　　　事意,言蘇公之才,不當臨邊。」
〔註16〕楊春霖、劉帆主編《漢語修辭藝術大辭典》「間接暗引」:「不注明出
　　　　處或作者,只引用原文大意,引文已和作者的話語融為一體的引用。」
　　　　(陝西:人民出版社,1996年),頁317。

外，加一「更」字，連續不斷，形成「層遞」推展之效果，亦不見斧鑿之痕。

> 把酒問姮娥：「被白髮、欺人奈何！」(〈太常引‧建康中秋夜
> 為呂叔潛賦〉)

套用薛能〈春日使府寓懷詩〉：「青春背我堂堂去，白髮欺人故故生」之句。並用之與長生不老的嫦娥作對比映襯，較薛能原作藝術形象更為鮮明。

> 四座且勿語，聽我醉中吟。(〈水調歌頭‧醉吟〉)

此套用古詩：「四座且莫喧，願聽歌一言。」此外鮑照有〈代堂上歌行〉：「四座且莫喧，聽我堂上歌。」第二句則原句搬用杜荀鶴〈與友人對酒吟〉：「憑君滿酌酒，聽我醉中吟」而來。二句信手拈來，渾化如己出。

> 一笑出門去，千里落花風。(〈水調歌頭‧淳熙丁酉，自江陵移帥
> 隆興……〉)

套用李白〈南陵別兒童入京〉：「仰天大笑出門去，我輩豈是蓬蒿人」；亦可視為由黃庭堅〈王充道送水仙花〉：「出門一笑大江橫」而來。李白與黃庭堅之句都不如稼軒此句意境之優美灑落，而詞人之性情及審美趣味亦由此顯現。

（三）綴　集

「綴集」是把兩句成句綴集濃縮成一個完整句意，是屬於以少總多之減字法。

> 舉頭西北浮雲，倚天萬里須長劍。(〈水龍吟‧過南劍雙溪樓〉)

截取《古詩十九首》：「西北有高樓，上與浮雲齊」而成。濃縮後的意義側重點與原句稍有不同，「浮雲」的意象更為豐富。在熟悉的詞彙中又寓以新意，可謂合而能離，信是妙手。

> 炙手炎來，掉頭冷去，無限長安客。(〈念奴嬌‧用韻答傅先之〉)

綴集杜甫〈麗人行〉：「炙手可熱勢絕倫，慎莫近前丞相嗔。」及〈送孔巢父謝病歸遊江東兼呈李白〉：「巢父掉頭不肯住，東將入海隨煙

霧。」之句而來。以上這類用典是採壓縮手法，詞的密度極大，尤其多用實字，少用虛字，形成「語不接而意接」的現象，如同百鍊精鋼，最能有凝鍊剛健之效。而「炙手炎來」與「掉頭冷去」更是屬對精工，可見稼軒搜句之妙。

（四）反　用

反用原意，又作「翻疊」，即「將前人的舊事舊語反過來用，在前人的舊事舊語之上翻疊一層正意。」〔註17〕

蝴蝶不傳千里夢，子規叫斷三更月。（〈滿江紅〉）

反用崔塗〈春夕旅懷〉：「蝴蝶夢中家千里，杜鵑枝上月三更。」句意。反用之後，上下句語意更為熨合傳神；正因歸鄉之夢難成，其畔杜鵑「不如歸去」之悲啼才益發淒切擾人；無奈之餘，只有歸咎蝴蝶欺人。由此可見「詞之興觀群怨，豈下於詩哉？」（劉熙載《藝概·詞曲概》）

誰道雪天寒？翠袖闌干暖。（〈生查子·和趙晉臣敷文春雪〉）

反用杜甫〈佳人詩〉：「天寒翠袖薄，日暮倚修竹。」句意，並出以激問的語氣，更增添詩句的強度。雪天本屬寒冷節候，倚欄之「翠袖」單薄，可想而知；詞人偏說「翠袖闌干暖」；乍看之下，「出人意外」，細味之卻又「入人意中」，詞人心中之憤激難平，亦不言可喻。陸時雍說：「善言情者，吞吐深淺，愈露還藏，便覺此衷無限。」（《詩鏡總論》）誠哉斯言。

三、通篇檃括

「檃括」詞，屬於宋人雜體詞之一種，在蘇軾以前詞集中未見，蘇軾首開「檃括」一體，並以「檃括」二字明確標示〔註18〕。《荀子·性惡》：「故枸木必將檃括丞矯然後直」。《易·說卦》：「坎為矯揉」疏：「使曲者直為矯，使直者曲為揉」。所以「檃括」原是工匠製作

〔註17〕見黃永武《中國詩學·設計篇·談詩的密度》（臺北：巨流，民國81年），頁102。

〔註18〕見唐玲玲《東坡樂府研究》（四川：巴蜀書社，1993年），頁169。

加工的一種手段，後乃喻文章之一體，指作家在前人作品的基礎上進行剪裁和改造的一種再造功夫。如蘇軾便有〈哨遍〉一首，全詞櫽括陶淵明的〈歸去來辭〉以使合於詞調音律〔註19〕。其後，許多作家起而仿效，如《宋史‧賀鑄傳》曰：「（賀鑄）尤長於度曲，掇拾人所棄遺，少加櫽括，皆為新奇。」稼軒有〈聲聲慢〉一首，全詞乃「櫽括」淵明〈停雲〉詩而成：

> 停雲靄靄，八表同昏，盡日時雨濛濛。搔首良朋，門前平路成江。春醪湛湛獨撫，恨彌襟、閒飲東窗。空延佇，恨舟車南北，欲往何從。嘆息東園佳樹，列初榮枝葉，再競春風。日月于征，安得促席從容。翩翩何處飛鳥，息我庭柯、好語和同。當年事，問幾人、親友似翁。〔註20〕

〈停雲〉原為四言古詩，稼軒或用其成句，或增衍字數，櫽括成新句，以符合〈聲聲慢〉詞調的要求，和淵明原作自有情調趣味之不同。吳則虞《辛棄疾選集》對此詞有如下之解讀：

> 此蓋稼軒思舊日部曲之作。舟車南北，義尤顯然。……此中有不便明言者。南宋時張、韓、岳飛之舊部，北人為多，宋人平話中常能見到南人對北方軍旅隔閡之情。渡江時率領義軍部屬，星散殆盡，稼軒等北人南歸者深受擠排，故託言思親友以興袍澤同仇之思。山東義軍舊屬，其中亦不免墮節仕金者，尤盼其歸宋，故詞意極隱晦。

〔註19〕《東坡樂府》卷二〈哨遍〉題序：「陶淵明賦歸去來，有其詞而無其聲。余既治東坡，築雪堂於上，人俱笑其陋，獨鄱陽董毅夫過而悅之，有卜鄰之意。乃取歸去來詞，稍加櫽括，使就聲律，以遺毅夫。使家僮歌之，時相從於東坡，釋來而和之，扣牛角而為之節，不亦樂乎。」

〔註20〕淵明〈停雲詩序〉云：「停雲，思親友也。樽湛新醪，園列初榮，願言不從，嘆息彌襟。」詩云：「靄靄停雲，濛濛時雨，八表同昏，平路伊阻。靜寄東軒，春醪獨撫。良朋悠邈，搔首延佇。停雲靄靄，時雨濛濛。八表同昏，平陸成江。有酒有酒，閒飲東窗。願言懷人，舟車靡從。東園之樹，枝條載榮。競用新好，以招余情。人亦有言，日月于征。安得促席，說彼平生。翩翩飛鳥，息我庭柯。斂翮閒止，好聲相和。豈無他人，念子實多。願言不獲，抱恨如何。」

吳則虞對稼軒這首檃括詞的解讀近情近理，且更深化詞中的寄託之意。詞評家對「檃括」體評價多不高，認爲是將詞體「墮入惡趣」（賀裳《皺水軒詞筌》），甚至有「檃括體不可作」之說（劉體仁《七頌堂詞繹》）。然而，稼軒這首「檃括」之作，實爲別有寄託之作，未可一概以逞才炫奇之遊戲筆墨視之。

鄒祇謨《遠志齋詞衷》云：「詩語入詞，詞語入詩，善用之即是出處，襲而愈工。」這段話恰可作爲稼軒以詩語入詞之總評。

第三節　稼軒「以文爲詞」之特色

前人有「東坡爲詞詩，稼軒爲詞論」（陳模《懷古錄》卷中引）之評，便是強調稼軒「以文爲詞」的藝術特色。「以文爲詞」是以散文的內容、筆法入詞。在宋人「詞別是一家」的傳統觀念看來，「以文入詞」畢竟非詞家「本色」，自屬「不工」。然而，唐五代的詞本來就具有散文藝術的特點，如參差不齊的形式及口語化等特徵，試看無名氏〈憶江南〉：

> 莫攀我。攀我太心偏，我是曲江臨池柳，者人折了那人攀，
> 恩愛一時間。

可見詞本就是同時具有詩、文兩種印記的一種特殊文體，是「帶有『純詩』因素的『非純詩』」〔註21〕。所以「以文爲詞」能同時兼有兩種文體之審美特色，形成一種相反相成的互補美感。「以文爲詩」或「以文爲詞」，都是一種「復古的創新」。

再者，宋代是一個散文的黃金時代，「散文的體式逼著一般作家接受；詩不得不散文化，散文化的詩才有愛學愛讀的人」（朱自清〈論「以文爲詩」〉）；稼軒在時代學術風潮的影響下，加上他志大才高，勇於把「以文爲詩」的手法轉移到詞中，並且用典廣泛，經、史、

〔註21〕木齋《蘇東坡研究》第六章〈蘇軾以文爲詩論〉（廣西：廣西師大出版社，1998 年），頁 148。

子部之書，無不驅遣自如。古文特有的詞彙、語法、文氣因而摻入詞中；從此詞的意境愈加深閎、聲情愈見變化跌宕，形成新鮮而陌生的超常性藝術美感。至此，豪放詞才真正擁有「牢籠百態」（柳宗元〈愚溪詩序〉）的審美空間，也終於從宋人所框定的「字字娉娉嫋嫋」（毛晉〈小山詞跋〉）的狹小審美格局中掙脫出來。

　　稼軒「以文為詞」的表現方式，有時只插入一句散語，有時則以一段表現，更有通篇都以議論為主的。而章法的安排上，稼軒於起結處，較多運用散句。此外，他對虛字的驅遣也頗見用心。以下分別舉例說明之：

一、韻散相間之句式

　　詞韻、詞的平仄和詞的對仗，都是從律詩的基礎上變化而來。詞的對仗，有固定的，有一般用對仗的，有自由的。明代俞彥《爰園詞話》便強調「詞中對句，須是難處，莫認為襯句。」如〈西江月〉前後闋頭兩句便屬於固定的對仗。但此類固定的對仗較為少見〔註22〕。稼軒「以文為詞」，主要就是在需要對仗部分運用散體句式取代對仗形式，穿插詞中，形成駢散相間的形式。本應對而不對，尤見生新之巧，如：

> 桃李漫山過眼空，也曾惱損杜陵翁。若將玉骨冰姿比，李
> 蔡為人在下中。（〈鷓鴣天〉）

此調上闋完全是七絕形式。三、四句多用對偶句。如晏幾道之「年年陌上生春草，日日樓中到夕陽」，黃庭堅之「風前橫笛斜吹雨，醉裏簪花倒著冠」，秦觀之「一春魚雁無消息，千里關山勞夢魂」等都用對句。稼軒此調則三、四句不對，以散體行之。且以梅花之玉骨冰姿與李蔡下中之資質縮合比較，一花一人兩相對比，可謂無理而妙。一、二句為起興，主要藉第三、四句以抒發懷才不遇之幽憤，

〔註22〕參見王力《詩詞格律》第三章〈詞律〉（北京：中華書局，1997年），頁112～115。

並嘲諷溷濁不清之世道。稼軒以古諷今，憤世之意卻出以韻散交錯的形式，跌宕有致，不迫不促。

稼軒晚年另有一首〈卜算子〉亦是以李廣、李蔡際遇之高下有別，以嘲諷世人之賢愚不分：

> 千古李將軍，奪得胡兒馬。李蔡爲人在下中，卻是封侯者。
> 芸草去陳根，筧竹添新瓦。萬一朝家舉力田，舍我其誰也。

同樣是寫「黃鍾毀棄，瓦釜雷鳴」的憤世之作，相較之下，此詞詞意較爲顯豁呈露，幾乎以議論盡篇；只是中間仍穿插「芸草去陳根，筧竹添新瓦」一對偶句，才不致流於一味說理之枯澀板滯。再如：

> 楚天千里清秋，水隨天去秋無際。遙岑遠目，獻愁供恨，
> 玉簪羅髻。　　　落日樓頭，斷鴻聲裏，江南遊子。把吳鉤
> 看了，欄干拍遍，無人會，登臨意。（〈水龍吟·登建康賞心亭〉）

「落日樓頭，斷鴻聲裏，江南遊子。把吳鉤看了，欄干拍遍，無人會，登臨意。」﹝註23﹞這一組散文句式緊承上韻而下，不僅有奇偶相生之趣，而語言因爲用典之故而不致過於滑熟。稼軒另有〈鷓鴣天〉「情知已被雲遮斷，頻倚闌干不自由」，意義與此相同；只是「拍遍」之動作較「頻倚」爲傳神，尤其用在「把吳鉤看了」之後，更爲警策有力。所以，詞中適度穿插散語句式，反而比純用韻語更具清新之致，亦可看出稼軒絕去文、詞筆墨畦徑之創新精神。

又如〈滿江紅〉一調，前後片各有兩七字句，一般要求對偶工整，

﹝註23﹞「吳鉤」出自《吳越春秋·闔閭內傳》：「闔閭命於國中座金鉤，令曰：『能爲善鉤者賞之百金。』有人殺其二子，以血釁金，成二鉤。獻於闔閭。……王曰：『何以異於眾夫子之鉤乎？』鉤師向鉤而呼二子名：『吳鴻、扈稽，我在於此，王不知汝之神也。』聲絕於口，兩鉤俱飛，著父之胸。吳王大驚，乃賞百金。遂服而不離身。」「闌干拍遍」出自王闢之《澠水燕談錄》卷四：「劉孟節先生概，青州壽光人。少師种放，篤古好學，酷嗜山水，而天姿絕俗，與世相齟齬，故久不仕。……少時多居龍興僧舍之西軒，往往憑欄靜立，懷想世事，唏噓獨語，或以手拍欄杆。嘗有詩曰：『讀書誤我四十年，幾回醉把闌杆拍。』」

前人亦多循此體；如張先的「過雨小桃紅未透，舞煙新柳青猶弱」，
蘇軾的「衣上舊痕餘苦淚，眉間喜氣添黃色」，周邦彥的「芳草連天
迷遠望，寶香薰被成孤宿」，岳飛的「三十功名塵與土，八千里路雲
和月」等〔註24〕。後段過片有四個三字句多為兩兩相對，或一組相對。
如張元幹之「寒猶在，衾偏薄。腸欲斷，愁難著」兩組皆對。文天祥
之「彩雲散，香塵滅。銅駝恨，那堪說」是一、二句相對，三、四句
不對。而稼軒填此調則或出或入，無不自得。在該對偶之處，有時則
以散句行之。以下以稼軒兩首〈滿江紅〉對照參看：

> 老子平生，原自有、金盤華屋。還又要、萬間寒士，眼前
> 突兀。一舸歸來輕似葉，兩翁相對清如鵠。道如今、吾亦
> 愛吾廬，多松菊。　　人道是，荒年穀；還又似，豐年玉。
> 甚等閒、卻為鱸魚歸速。野鶴溪邊留杖屨，行人牆外聽絲
> 竹。問近來、風月幾篇詩？三千軸。（〈滿江紅‧呈趙晉臣敷文〉）
> 絕代佳人，曾一笑、傾城傾國。慘更歡、舊時青鏡，而今
> 華髮。明日伏波堂上客，老當益壯翁應說。恨苦遭、鄧禹
> 笑人來，長寂寂。　　詩酒社，江山筆；松菊徑，雲煙屐。
> 怕一觴一詠，風流絃絕。我夢橫江孤鶴去，覺來卻與君相
> 別。記功名、萬里要吾身，佳眠食。（〈滿江紅‧送徐撫幹衡仲
> 之官三山，……〉）

由此對照可清楚看出，若該詞七字句稼軒用合律之對偶句，則過片兩
組三字句便不對仗。反之亦然。可見稼軒填詞並非不諳格律，不能協
律；只是他下筆以意為帥，滿心而發，一揮而就，不以聲律害意；但
又不致如天馬行空，一味逞放；而是行於所當行，止於所不可不止。
整齊中富於變化，凝鍊中又有搖曳靈動之感，因而即便是「出格」之
作，依然是胸有成竹，從容不迫，在「沈著痛快」中，依然「有轍可
尋」。（周濟〈宋四家詞選目錄序論〉）

　　再如〈八聲甘州〉，此調見於宋詞者，以柳永「對瀟瀟暮雨灑江

〔註24〕也有少數不對之例，如柳永之「游宦區區成底事，平生況有雲泉約」。

天」爲最早。首句如七言詩加一領字，不起韻，次句始起韻。次韻以一領字領三個四字句，三句全對仗，爲「鼎足對」。如柳永之「漸霜風淒緊，關河冷落，殘照當樓。」吳文英之「幻蒼崖雲樹，名娃金屋，殘霸宮城。」皆爲鼎足對之寫法。而稼軒集中兩首〈八聲甘州〉則皆以散句行之，如「恨灞陵醉尉，匆匆未識，桃李無言。」「想今年燕子，依然認得，王謝風流。」再者，結韻第二句柳永原作「倚闌干處」，吳文英作「上琴臺去」，皆爲１－２－１句式；稼軒則兩首都作２－２句式：「紗窗外、斜風細雨，一陣輕寒。」「公知否：邦人香火，夜半纔收。」對此結拍句法之改變，或可從今人羅忠族的解釋中找到答案：

> 用「紗窗外、斜風細雨，一陣輕寒。」之景作結，隱喻此輩（邪曲之人）之陰險卑劣，並以點明題語所云「夜讀」情事。此語蓋用柳宗元〈登柳州城樓寄漳汀封連四州刺史〉：「驚風亂颭芙蓉水，密雨斜侵薜荔牆」詩意。但換「驚風」爲「斜風」，以示讒毀之邪惡；易「密雨」爲「細雨」，以示讒毀之瑣屑；又益以「輕寒」一事，以示其讒毀之虛弱。〔註25〕

於此，可知稼軒此調之結拍爲了避免直言批判，過於刻露，並配合典故使用，所以避熟就生，逸出常格；而且他將典故渾化於散文句式之中，以故爲新，「亦流宕、亦沉切」，眞乃一片化工，此亦稼軒之不可及處。

二、首重起結之章法

　　音樂首重起結，起調的旋律往往決定整首樂曲的節奏、旋律和情感的基調。而結拍則關係到整首樂曲精神是否完足，能否具有餘音繞樑，令人回味無窮的藝術效果。填詞本屬「聲音之道」，所以特別注重起結。元陸輔之謂：「對句好可得，起句好難得。收拾全藉出

〔註25〕見《唐宋詞鑑賞辭典》（上海：辭書出版社，1988 年），頁 1559。

場。」(《詞旨》卷上) 馮金伯則認爲：「詞起結最難，而結尤難於起，蓋不欲轉入別調也。」(《詞苑萃編》卷二) 稼軒于起結處皆十分用力，常以散文句式起筆或作結；加上他善用不同之虛詞及語氣，以不整爲整，形成一種氣勢不凡的雄奇剛健之風，由此可見其深刻安排之用心。

辛詞起筆多用重筆，一上場便直奔主題，「大踏步出來」(譚獻評〈念奴嬌・書東流村壁〉) 起句，俊快不已：

老子平生，笑盡人間，兒女怨恩。(〈沁園春・戊申歲，奏邸忽騰報……〉)

吾衰矣。須富貴何時。(〈最高樓・吾擬乞歸，犬子以田產未置，止我。賦此罵之〉)

聽取：尺布尚堪縫，斗粟也堪舂。(〈最高樓・聞前岡周氏旌表有期〉)

何人半夜推山去？四面浮雲猜是汝。(〈玉樓春・戲賦雲山〉)

由於稼軒多用散文句法，措語白話自然，加上各種語氣的運用，或設問，或感歎，或肯定、或嘲謔，形成一種質勝於文的樸質疏宕之感，一出場便聲勢奪人；稼軒狂放中兼有霸氣之精神特質，也躍然紙上，無怪乎前人有「起筆愈直愈妙」之說〔註26〕。而在平白如話的語言中，卻又字字有來處，或是韓詩，或是《論語》，或是《史記》、《莊子》，信手拈來，均如自家胸臆流出。

早在清代詞評家悟出「首尾實是詞家法門」(先著、程洪《詞潔輯評》) 之說以前，稼軒已經在作品中身體力行之。其結拍多作散文句法，實非泛拈而來：

誰伴揚雄作〈解嘲〉，烏有先生也。(〈卜算子〉)

倩何人與問：「雷鳴瓦釜，甚黃鐘啞？」(〈水龍吟・用瓢泉韻戲陳仁和〉)

憑誰問：廉頗老矣，尚能飯否？(〈永遇樂・京口北固亭懷古〉)

〔註26〕吳則虞《辛棄疾選集注評》〈念奴嬌・書東流村壁〉引陳亦峰語。

卻笑將軍三羽箭，何日去，定天山？（〈江神子・和陳仁和韻〉）

若是短調則多以肯定句、感嘆句作結，加上「也」字的運用，使得詞意不浮，感慨沉至；長調則多用激問語句作結，更增加語言的強度，使詞情浪騰翻湧不已。不論情語或景語作結，都能氣脈迴旋，疏密相蕩，形成雄奇剛健而又不失含蓄深婉的藝術功效。楊慎曰：「能喚回結煞，非千鈞筆力未易到此。」（《詞品》卷四）其中典故的涵義一望可知，但又出以陌生的「形式」包裝，形成新奇而又熟悉的矛盾感，這便是稼軒既使人賞心，又令人斂手之藝術功力所在。

稼軒還有通篇以問答方式寫成，韻散相間，頗見鋪陳之功：

> 晨來問疾，有鶴止庭隅。吾語汝：「只三事，太愁余：病難扶，手種青松樹，礙梅塢，妨花逕，纔數尺，如人立，卻須鋤。（其一）秋水堂前，曲沼明於鏡，可燭眉鬚。被山頭急雨，耕壟灌泥塗。誰使吾廬，映污渠？（其二）歎青山好，簷外竹，遮欲盡，有還無。刪竹去，吾乍可，餐無魚；愛扶疏，又欲為山計。千百慮，累吾軀。（其三）凡病此，吾過矣，子奚如？」口不能言臆對：「雖盧扁藥石難除。有要言妙道，往問北山愚，庶有瘳乎。」（〈六州歌頭・屬得疾，暴甚，醫者莫曉其狀。……〉）

此詞由問疾、告疾、治疾三段組成。並藉鶴語曲傳詞人憂國之意及不甘寂寞之志。詞中「吾語汝」出自《論話・陽貨》：「子曰：『由也！汝聞六言六蔽矣乎？』對曰：『未也。』『居，吾語汝。』」「吾過矣」出自《禮記・檀弓》：「子夏投其杖而拜曰：『吾過矣，吾過矣。吾離群而索居亦久矣！』」運典渾化無痕，亦印證「稼軒喜用四書語」（李調元《雨村詞話》卷三）之言。不論是主賓問答方式或是駢散兼用的詞語句法，均可明顯看出稼軒是刻意用「以文為詞」的不尋常筆法來表達詞人「有在常情之外」的苦悶，以求形式與內容之相應。「一詞之中，如具問答，抑之沉，揚之浮，……不能形容其妙。」（先著、程洪《詞潔輯評》），驗諸此詞，可謂的言。

三、虛字之運用

劉大櫆《論文偶記》中說：「文必虛字備而後神態出，何可節損。」可知虛字用得恰當，不但可以使氣脈流轉，瀅洄盡致；而敘事抒情，尤可借助虛字以傳神寫照。虛字之運用，其機甚微，其效甚鉅；不獨詩文如此，於詞又何獨不然。南宋張炎對詞中虛字的重要性極重視：

> 詞與詩不同，詞之句語，有二字、三字、四字，至六、七、
> 八字者，合用虛字呼喚。單字如正、但、任、甚之類，兩
> 字如莫是、還又、那堪之類，三字如更能消、最無端、卻
> 又是之類，此等虛字，卻要用之得其所。若能盡用虛字，
> 句語自活，必不質實，觀者無掩卷之誚。（張炎《詞源》卷下）

稼軒「以文入詞」，自然不會忽略虛字的妙用。以下便舉稼軒「用之得其所」的例子加以說明：

> 長門事，準擬佳期又誤。蛾眉曾有人妒。千金縱買相如賦，
> 脈脈此情誰訴？（〈摸魚兒·淳熙己亥……〉）

句中「準」、「又」、「縱」字用得妙，使詞意愈轉愈深。此乃翻用〈長門賦序〉中陳皇后失寵故事。「準」字代表原先美好的預期，「又」字說明美好期望再次落空，「縱使」能以千金買得相如之〈長門賦〉，然而終究不能喚回帝王之青睞，佳期渺茫，脈脈此情又要向誰訴說？詞情轉折起伏而氣脈暢通，姿態飛動，稼軒善用虛字斡旋穿插，功不可沒。

> 白髮寧有種？一一醒時栽。（〈水調歌頭·湯朝美司諫見和……〉）

此化用黃庭堅〈次韻裴仲謀同年〉詩：「白髮齊生如有種。」此詞作於稼軒四十二歲時，因被監察御史王藺所劾，削職回帶湖閒居。稼軒正值春秋鼎盛，遭此際遇，自然悲憤莫名；結拍「白髮寧有種？一一醒時栽。」將滿腔悲憤推向極致。以「白髮」寫愁，本無新意，用「寧」字反問，胸中無窮悲抑盡在此清醒一問中噴薄而出，較諸黃詩原句更爲賁張有力。

> 明日落花寒食，得且住，爲佳耳。（〈霜天曉角·旅興〉）

此化用晉〈無名氏帖〉語〔註27〕，卓人月《古今詞統》評此句曰：「之乎者也，出稼軒口便有聲色，不許村學究效顰。」

> 世事從頭減，秋懷澈底清。夜深猶送枕邊聲，試問清溪底
> 事未能平？　　月到愁邊白，雞先遠處鳴。是中無有利和
> 名，因甚山前未曉有人行？（〈南歌子・山中夜坐〉）

此詞寫稼軒暮年心境，頗有萬事銷沉之慨。「從頭」、「澈底」似乎已達通透之境。然枕邊溪聲擾擾，卻明知故問：「底事未能平？」既是「清溪」，又何來未平之事？清溪而擾擾之矛盾，正是澈悟之詞人此心未平之矛盾寫照。下闋「因甚」再設一問，無窮感慨不平，皆在此一問再問之中婉轉達意。

> 聽我尊前醉後歌，人生無奈別離何！但使情親千里近。須
> 信，無緣對面是山河。　　寄語石頭城下水，居士，而今
> 渾不怕風波。借使未成鷗鷺伴，經慣。也應學得老漁簑。（〈定
> 風波・席上送范廓之游建康〉）

此調自五代以來即有，格律固定。稼軒十一首皆按律填詞。〈定風波〉一詞虛字尤多，「無奈」、「但使」、「須信」、「渾不」、「借使」、「也應」層次極分明，風格近於民謠。沈祥龍《論詞隨筆》云：「詞中虛字，猶曲中襯字，前呼後應，仰承俯注，全賴虛字靈活，其詞始妥溜而不板實。」確是的言。再如：

> 寧作我，豈其卿。人間走遍卻歸耕。（〈鷓鴣天・博山寺作〉）

「寧作我，豈其卿。」語出《世說新語・品藻》：「桓公少與殷侯齊名，常有競心。桓問殷：『卿何如我？』殷云：『我與我周旋久，寧作我。』」稼軒於此，把肯定句改為反問句，更為警醒有力。尤其連用「寧」、「豈」兩個反問詞，有相乘的效果，氣勢軒軒。然「人間走遍卻歸耕」有如空際轉身，一筆推翻一切，一個「卻」字，飽涵多少驚愕、無奈，虛

〔註27〕楊慎《詞品》卷一：「『天氣殊未佳，汝定成行否？寒食近，且住為佳爾。』此晉〈無名氏帖〉中語也。辛稼軒融化作〈霜天曉角〉。晉人語本妙，而入詞又融化之如此可謂珠璧相照矣。」

字傳神處實妙不可言。

四、議論之運用

　　前人有「稼軒爲詞論」之評。稼軒「以議論爲詞」固然是受到宋人「以議論爲詩」的影響；一方面亦是稼軒博覽群籍，涵詠既久，再經過生活的歷練催化，自然醞釀出一套安身立命的處世哲學。反映在詞中，信筆所至，理趣亦隨之汨汨而出；吳則虞《辛棄疾選集》有段極爲精闢之說明，適可作爲稼軒「以議論爲詞」的最好註解：

> 稼軒之學往往爲詞所掩，而詞名又往往爲豪放所限，豈眞知稼軒者哉。稼軒不講學、不著書，然其論議深得濂、洛之意，於禪宗亦多勘破。朱子勉以「克己復禮」，知其進德不已也。

稼軒詞論的內容多以抒發人生感悟爲主，尤其喜以《莊子》語自我寬解；然雖是「進德不已」，畢竟仍帶有一些牢騷怨抑之氣。

> 不向長安路上行，卻叫山寺厭逢迎。味無味處求吾樂，材不材間過此生。　　寧作我，豈其卿。人間走遍卻歸耕。一松一竹眞朋友，山鳥山花好弟兄。(〈鷓鴣天‧博山寺作〉)

此篇猶如稼軒標舉自我人生觀的一紙宣言。「長安」和「山寺」借代兩種截然不同的人生價值追求；他爲了保全獨立完整的「自我」，而選擇厭棄官場，回歸山林，與松竹花鳥爲伍，過著老莊一般逍遙自適的生活。然「寧作我，豈其卿。人間走遍卻歸耕」還是透露出詞人不平之氣及桀驁不馴的性格。從藝術表現來看，這是一首典型「詞論」之作；從精神內涵而言，詞人在獨善其身之際，仍不免援道入儒，企圖以「齊物」觀點來化解「我執」。類似以老莊思想自我安頓的詞還有：

> 近來何處、有吾愁，何處還知吾樂。一點淒涼千古意，獨倚西風寥廓，并竹尋泉，和雲種樹，喚作眞閒客。此心閒處，未應長藉丘壑。　　休說往事皆非，而今云是，且把清尊酌。醉裡不知誰是我，非月非雲非鶴。露冷松梢，風

高桂子，醉了還醒卻。北窗高臥，莫教啼鳥驚著。(〈念奴嬌‧賦雨岩‧效朱希真體〉)

黃昇《花庵詞選》謂朱希真（敦儒）詞有「神仙風致」〔註28〕，稼軒則以老莊之語取代「仙氣」。在極力鋪陳的悠閒言語中，詞人努力想要搆著道家「物我兩忘」之境，還不忘加上一句說理意味甚濃的「此心閒處，未應長藉丘壑」，「醉裏不知誰是我，非月非雲非鶴」近於朱希真的「搖首出紅塵，醉醒更無時節」(〈好事近〉)。然而「一點淒涼千古意，獨倚西風寥廓」的寂寞身影還是洩露了詞人不能忘情世事的矛盾。「北窗高臥，莫教啼鳥驚著」，說明詞人身閒而心不閒，否則「啼鳥」何能驚之？他嘗云：「心似傷弓塞雁，身如喘月吳牛」(〈雨中花慢〉)反倒比較接近事實。稼軒詞中類似以閒適語、超脫語來抒發議論的可謂所在多有，如：

日月如磨蟻，萬事且浮休。君看簷外江水，滾滾自東流。(〈水調歌頭‧送楊民瞻〉)

鏡鼎山林都是夢，人間寵辱休驚。只消閒處過平生。(〈臨江仙‧再用韻送佑之弟歸浮梁〉)

若要足時今足矣，以爲未足何時足？(〈滿江紅‧山居即事〉)

人生行樂耳，身後虛名，何似生前一杯酒。(〈洞仙歌‧訪泉於奇師村……〉)

會說忘言始知道；萬言千句，不自能忘堪笑。(〈感皇恩‧聞朱晦菴即世〉)

無窮天地今古，人在四之中。臭府神奇俱盡，貴賤賢愚等耳，造物也兒童。(〈水調歌頭‧元日投宿博山寺，見者驚歎其老。〉)

以上多表達道家淡泊虛靜，萬有平等，順應自然等超脫思想。還有以禪理入詞之作：

何人半夜推山去？四面浮雲猜是汝。常時相對兩三峰，走遍溪頭無覓處。　　西風瞥起雲橫度。忽見東南天一柱。老僧拍手笑相夸，且喜青山依舊在。(〈玉樓春‧戲賦雲山〉)

〔註28〕黃昇《花庵詞選》：「希真，東都名士，天資曠遠，有神仙風致。」

此詞即景說理，用語平白如話，然「一氣呵成，無窮轉折」（卓人月《古今詞統》），富涵禪宗機關理趣，和「著意尋春不肯香，香在無尋處」（〈卜算子・尋春作〉）意境相似，在稼軒詞中別屬一格〔註29〕。

　　稼軒的思想內涵極為豐富，本於儒而又不囿於儒，參釋老而不為釋老所溺。老莊的寧靜淡泊思想往往只是理性的體悟；當他與同道知友酬贈往來，勉人以言時，才是他露出熱情本相的時候。他常以儒家積極入世的「男兒事業」期勉對方：「欲學周公」是勉人，亦是自勉；「泛泛不作水中鳧」、「不飲吾寧渴」，很清楚的表明稼軒「天下有道則見，無道則可卷而懷之」的狷介操守，這正是他生命情調及價值觀的真實呈現：

> 待說與窮達，不須疑著。古來賢者，進亦樂，退亦樂。（〈蘭陵王・賦一丘一壑〉）
>
> 吾儕心事，古今長在，高山流水。富貴他年，直饒未免，也應無味。（〈水龍吟〉）
>
> 高處掛吾瓢，不飲吾寧渴。（〈生查子・簡吳子似縣尉〉）
>
> 我亦卜居者，歲晚望三閭。昂昂千里，泛泛不做水中鳧。（〈水調歌頭・將遷新居不成……〉）
>
> 君看當日仲尼窮，從人賢子貢，自欲學周公。（〈臨江仙・蒼壁初開……〉）
>
> 最好五十學易，三百篇詩。男兒事業，看一日，須有致君時。端的了，休更尋思。（〈婆羅門引・用韻答傅先之……〉）
>
> 萬鍾於我何有，不負古人書。……耕也餒，學也祿，孔之徒。青衫畢竟升斗，此意政關渠。（〈水調歌頭・題吳子似縣尉真山經德堂〉

綜合上述片段，稼軒的「吾儕心事」實已昭然若揭。如慶元四年，

〔註29〕稼軒也有一些詩作寫參禪悟道之心得，如〈醉書其（福州清涼禪寺）壁二首〉：「頗覺參禪近有功，因空成色色成空。色空靜處如何說，且坐清涼境界中。」又〈重午日戲書〉：「青山吞吐古今月，綠樹低昂朝暮風。萬事有為應有盡，此身無我自無窮。」

辛棄疾復職奉祠，近花甲之年的他發出這樣的感嘆：「扶病腳，洗衰顏，快從老病借衣冠。此身忘世渾容易，使世相忘卻自難。」（〈鷓鴣天·戊午拜復職奉祠之命〉）在意外和感嘆中，仍不免摻雜有一份欣喜；世未相忘，詞人又何嘗真正忘世？縱使他筆下的哲理有前後矛盾之處；然而愈矛盾，愈顯出他「進亦憂、退亦憂」的一片熱腸鬱思，「人品既高，詞理亦勝」（《白雨齋詞話》卷六），何須斤斤以小諒小信繩之。

　　此外，他更有通篇都是議論的詞作，如喜以〈哨遍〉詞牌說理〔註30〕，並寄寓一己之孤憤：

> 一壑自專，五柳笑人，晚乃歸田里。問誰知：「幾者動之微？」望飛鴻，冥冥天際。論妙理，濁醪正堪長醉，從今自釀躬耕米。歎美惡難齊，盈虛如代，天耶何必人知！試回頭五十九年非，似夢裏歡娛覺來悲。夔乃憐蚿，穀亦亡羊，算來何異！　　嘻！物諱窮時，豐狐文豹罪因皮。富貴非吾願，遑遑乎欲何之？正萬籟都沉，月明中夜，心彌萬里清如水。卻自覺神遊歸來，坐對依稀，淮岸江涘。看一時魚鳥忘情喜。會我已忘機更忘己。又何曾、物我相視？非魚濠上遺意，要是吾非子。但教河伯，休慚海若，大小均為水耳。世間喜慍更何其？笑先生、三仕三已。（〈哨遍·用前韻〉）

稼軒有兩首〈哨遍〉皆為題「秋水觀」而作，此為第二篇。由句中「試回頭五十九年非」可知作於慶元五年，時年六十。詞從「秋水」立意，既是寫景，亦取《莊子·秋水》「察乎盈虛，故得而不喜，失而不憂。」之意。二篇皆假莊生之意以自遣，細按之，實多憤懣之情。吳則虞評注此詞以為：「『三仕三已』正指當年帥贛、帥湘、帥閩三仕，卻為王藺、黃艾、何澹所彈劾而三次落職。故今日歸而怡情山水，本無喜慍，乃此詞之主旨。其言無慍，正所以有慍，內心鬱結，反逼而出。稼軒

〔註30〕辛棄疾共有三闋〈哨遍〉，〈蝸角鬥爭〉、〈一壑自專〉、〈池上主人〉，皆託《莊子》之意立論。

詞大半皆有本事，而喜以恣肆恢恍之言推開說去，筆不黏滯，而意轉層深。」(《辛棄疾選集》)

辛棄疾詞抒發議論時，往往帶有極強烈的情感色彩，如〈蘭陵王‧己未八月二十日夜……〉是寫「怨結中腸」之情，起拍便引述《莊子》書中「萇弘化碧」之典，張口便是「恨之極，恨極消磨不得。」滿腔怨怒鋪天蓋地而來。通首以「恨」、「怨」、「忿」三字分布上、中、下三片。詞情激昂，頗有洞穿七札之勢。而〈水龍吟‧題瓢泉〉則以「一瓢自樂」為主旨，藉顏子之樂以明己幽居之樂。全詞情調悠閒，清意盎然。由此亦可看出，即便在抒發議論之時，而「人之性情氣節，文字中再掩不住。」(江順詒《詞學集成》引蔣心餘言)，詞品之高下，當由此分際。

稼軒還有集句詞〔註31〕，整首詞都是集經語而成，以經語抒發敏議論……

> 進退存亡，行藏用舍。小人請學樊須稼。衡門之下可棲遲，日之夕矣牛羊下。　　去衛靈公，遭桓司馬。東西南北之人也。長沮桀溺耦而耕，丘何為是栖栖者)。(〈踏莎行‧賦稼軒，集經句〉)

這首集句詞所集經句依序是：「進退存亡」：出自《周易‧乾‧文言》。「行藏用舍」出自《論語‧述而》。「小人請學樊須稼」出自《論語‧子路》。「衡門之下可棲遲」出自《詩經‧陳風‧衡門》。「日之夕矣牛羊下」出自《詩經‧王風‧君子于役》。「去衛靈公，遭桓司馬」出自《論語‧衛靈公》、《孟子‧萬章》。「東西南北之人也」出自《禮記‧檀弓》。「長沮桀溺耦而耕，丘何為是栖栖者」出自《論語‧微子》、《論語‧憲問》。大致上多為引用成句，少數句子加以變化而已。

〔註31〕集句詞源於集句詩。據楊慎《升庵詩話》云：「傅咸作〈七經詩〉，此乃集句詩之始。」此體盛行於兩宋，石曼卿、王安石、孔平仲皆有集句詩。蘇軾則是宋人中較早寫集句詞之人。如他有〈南鄉子〉三首，皆為集句詞。

　　辛氏此詞題爲「賦稼軒」，雖句句經語，卻句句稼軒自道，自明心跡。全詞以效法樊遲「學稼」立意，可說反用孔子「小人哉，樊須也」原意。稼軒天衣無縫地以經語入詞，無一筆呆滯。沈雄《古今詞話・詞品上》評此詞曰：「稼軒俱集經語，尤爲不易。」而李調元《雨村詞話》卷三則曰：「辛稼軒詞肝膽激烈，有奇氣，腹有詩書，足以運之，故喜用四書成語，如自己出。」正因稼軒把這些經語縮合起來，打成一片，因而形成一種完全不同的新奇審美趣味；同樣是〈踏莎行〉，試以晏殊所作「細草愁煙」〔註 32〕相比較，便可發現稼軒以此詞牌嘗試集句詞之膽識魄力，絕非只是文人一時狡獪之慧筆而已；因爲稍有不愼，便招致百補破衲之譏〔註 33〕，前人有「（集句詞）不必多作」（鄒祇謨《遠志齋詞衷》）之說，正因要兼顧神理韻味，且能以故爲新實非易事；然而大家手眼往往就能在因循與樹立間，找到最佳的平衡點。

　　在談到稼軒藝術風格時，曾有「滑稽詼諧」一格，如〈千年調〉「厄酒向人時」，〈永遇樂〉「烈日秋霜，忠肝義膽」等這類俳諧之作，其實也是另一種「議論」之作，只是他用「正話反說」的方式表達而已。誠如顧隨所說：「『俳體』，談笑而談眞理，使讀者聽了有趣，可是內容是嚴肅的。別人作俳體易成起鬨、拆爛污、發鬆，便因其無力。……稼軒不然，他是有力有誠，絕不致叫人看不起。而且教人佩服得五體投地，這便是因其裡面有一種力量，爲別人所無。」〔註 34〕「有力有誠」的藝術精神，當是稼軒「以文爲詞」而又能頭頭皆是的主要原因所在。

〔註 32〕晏殊〈踏莎行〉：「細草愁煙，幽花怯露，憑欄總是銷魂處。日高深院靜無人，時時海燕雙飛去。　　帶緩羅衣，香殘蕙炷，天長不禁迢迢路。垂楊只解惹春風，何曾繫得行人住。」

〔註 33〕鄒祇謨《遠志齋詞衷》引黃裳語：「生平不喜集句詩，以佳則僅一斑斕衣，不佳且百補破衲也。」

〔註 34〕《駝庵詩話・分論》之十四，見《顧隨文集》附錄。

第四節　稼軒「以賦爲詞」之用典特色

一、「漢賦」之緣起與特點

「賦」的起源可從兩方面來看：

其一，班固《漢書・藝文志》引詩傳說：「不歌而誦」謂之賦。可見「賦」體的產生和《左傳》中的「賦詩」有淵源關係，亦即它是由春秋時代朗誦詩歌轉化成爲以朗讀爲目的的新體詩。

其二，「賦詩言志」是春秋時代諸侯大夫表達思想感情的方式，也是這一文化階層所形成的特殊文學活動。所謂「登高能賦，可以爲大夫」，可見當時把「賦詩言志」作爲文人士大夫必須具備的基本能力。「賦詩」的目的是「言志」，「言志」的手段是「賦詩」。

大體而言，賦體的起源乃是由春秋時代諸侯大夫「賦詩言志」的文學活動逐漸演化而來。其後，在賦體的演化過程中，荀卿、屈原、宋玉先後作出了卓越的貢獻。荀子把自己的作品〈禮〉、〈知〉、〈雲〉、〈蠶〉、〈針〉等篇冠之以「賦」名。這五篇小賦雖以詠物爲主，但是已有寄託之寓意，並設爲問答。句式整齊，駢散間出，讀來順口。屈原的《離騷》、《九章》等，幾乎都在上句末尾加一「兮」字，形成上下兩句在語氣上似連非連；且偶句押韻的形式特別整齊，增加了誦讀時的節奏韻律美。宋玉除了其《九辯》直接繼承屈原《離騷》、《九章》體式外，他的〈風賦〉、〈高唐賦〉、〈神女賦〉等，既有荀卿韻散間出、設爲問答、諷諭說理之意味和形式，又有騷體的句式和抒情的特點，這對漢賦的形成有很大的影響〔註35〕。

文學是時代的產物，文運的昌盛與國運的昌盛有密切的關聯，

〔註35〕趙敏俐《漢代詩歌史論》認爲：漢賦可分「騷體賦」與「散體大賦」兩大類。「騷體賦」是漢代文人的抒情詩，是面向個體，面向自我的藝術創作；「散體大賦」是面向社會，面向群體的創作。「騷體賦」源自屈原《離騷》、宋玉《九辯》等。本小節論點多參考趙敏俐《漢代詩歌史論》第三章〈漢賦總論〉（吉林：教育出版社，1995 年），頁 78～125。

「漢賦」之所以成爲一代文學主流，乃是因應漢朝這個繁榮強盛的朝代而生。漢武帝時代是一個文治武功並盛的時代，帝王大興文化事業固然是出於個人的好尚，但其中也包涵「潤色鴻業」的性質；即在位者利用「賦」來頌揚國威。由於帝王的提倡，朝廷自然形成一批「言語侍從之臣」（班固〈兩都賦序〉），如司馬相如、東方朔、枚皋、王褒、揚雄等。他們「或以抒下情而通諷諭，或以宣上德而盡忠孝」（同上），無不以熱情的筆觸來讚頌國土的遼闊、物產的豐饒、都市的繁榮、宮殿的富麗、天子狩獵場面的壯觀、飲食歌舞的奢華等等；氣象宏闊，大漢天威，讀之彷彿可見可感。漢賦由司馬相如「大賦」的出現而進入鼎盛期，後來的賦家無不追隨模仿之。司馬相如說：

> 賦家之心，苞括宇宙，總攬人物，斯乃得之乎內，不可得
> 而傳。（《西京雜記》卷二）

賦家這種雄偉壯闊之審美心靈，一方面來自時代氣象之孕育激盪；另一方面也爲盛世氣象作了相應的回饋與潤飾。正因爲賦家多來自文人階層，所以在以歌功頌德爲主的漢賦中，作者莫不極盡逞才炫博之能事，表現出來的藝術特色便是：用詞華麗，鋪張誇飾，體製宏偉，篇末再以一小段「諷諭」作結，如此則美善兼顧。由此看來，「賦」既是藝術的，也是道德的；只是美善兩者之間往往難以取得平衡。賦的手法主要是鋪陳，可以極盡描繪之能事，且沒有篇幅的限制，爲博學多才的作家提供了一個可以任情發揮的創作天地；然而過分雕琢的辭藻，往往掩蓋了道德的勸說功用，「義在託諷」的「諷諭」色彩便因而相對式微。這也就是揚雄何以要提出「詩人之賦麗以則，詞人之賦麗以淫」（《法言‧吾子》）的鑑賞標準；在他累積了相當的創作經驗後，終究體認到，教化作用與「靡麗多誇」的形式很難掌握得恰如其分，因而有了「辭賦小道」，「壯夫不爲」的觀念，以致輟不復爲。

　　章學誠《校讎通義‧漢志詩賦第十五》則從探討漢賦的源流來指出其藝術特質：

> 古之賦家者流，原本《詩》、《騷》，出於戰國諸子。假設問
> 對，《莊》、《列》預言之遺也；恢廓聲勢，蘇、張縱橫之體
> 也；排比諧隱，韓非〈儲說〉之屬也；徵才據事，《呂覽》
> 類輯之義也。

這段文字扼要說明了漢賦乃融會先秦各類文體而來，源頭多樣而充沛，使得賦體成為一種包容性極大的文體，因而能在不同時代「觸類旁通」，發展出各具特色的「變體」〔註36〕；也因為賦這種「亦詩亦文」的特色，可以巧妙自由的融合於詩文之間，而為「別具隻眼」的文學大家所驅遣使用，或以賦為詩、以賦為文、以賦為詞、以賦入小說戲曲等，可說百變而日新，相得而益彰；賦的藝術生命也因「窮則變，變則通」而綿延不已。

二、稼軒「以賦為詞」之特色

「以賦為詞」是指借用賦體的句式語言和表現技巧，運用於詞體之中，以突破詞體本身的制約與侷限。這也是宋代文人「破體為文」的表現方式之一。

（一）假設問對，虛構人物

劉熙載《藝概·賦概》云：「賦之妙用，莫過於『設』字訣。」所謂「設字訣」乃指「假設問對，虛構人物」而言。此一技巧在《孟子》、《莊子》等先秦諸子散文中早已運用，而這一技巧在漢賦作家手中更是發揮得淋漓盡致，「漢代大賦作家，正是運用了這種設字訣，因而把作品寫得更波瀾壯闊，氣勢磅礴。」〔註37〕

稼軒詞中，採問對體的作品不在少數，而對答之人物，自屬虛構。只是稼軒虛設之對象往往出人意外，如前所舉〈沁園春·將止酒，借酒杯使勿近〉乃藉人與酒杯之問答方式，以嘲諧之語寄託詞

〔註36〕如六朝以抒情詠物為主的「駢賦」（俳賦），唐朝以應制為主的「律賦」，宋代的「散文賦」等。

〔註37〕劉樹清〈略論漢代大賦的諷諫藝術——兼談揚雄的欲諷反勸說〉《廣西師院學報》1992年11月。

人投老空山之哀感。再如〈六州歌頭・屬得疾，暴甚，醫者莫曉奇狀。小愈，困臥無聊，戲作以自釋〉則是人與鶴鳥對答，人鳥之間，一來一往，層疊鋪敘，韻散結合；在充滿諧趣的微言中寓有不甘寂寞之深意。類似這些無理而妙的設問表象下，皆是作者別有寄託的「要言妙道」，「以賦為詞」，正是以故為新的「活法」運用。

稼軒也藉問答形式來談禪說理：

> 水縱橫，山遠近，拄杖占千頃。老眼羞明，水底看山影。試教水動山搖，吾生堪笑，似此箇、青山無定。　一瓢飲。人問：「翁愛飛泉，來尋箇中靜；繞屋聲喧，怎做靜中境？」「我眠君且歸休，維摩方丈，待天女、散花時問。」
>
> （〈祝英台近・與客飲瓢泉，客以泉聲喧靜為問，余醉，未及答，或者以「蟬噪林逾靜」代對，意甚美矣，翌日為賦此詞以褒之。〉）

此詞乃藉禪理以言個人之遭際。上片寫盡瓢泉怡人之山光水色，「老眼羞明」更添景致之奇絕。緊接著由「試教水動山搖」轉悟吾生正如水中青山之動搖無定。下片則藉客之問而引出「蟬噪林逾靜」〔註38〕之體悟，亦暗藏「喧靜兩皆禪」（韋應物〈贈琮公〉）之禪理，這種藉主客對答以判別悟道層次高下的手法，或可視為取法蘇軾〈前赤壁賦〉而來。

另有一種虛設之問答方式，情境應是二人（或一人一物），然只見一人或一物自言自語，對方則以「不言言之」的方式回應，而這類「獨白式」對話意味更加悠長，如：

> 溪邊白鷺，來吾告汝：「溪裏魚兒堪數。主人憐汝汝憐魚，要物我欣然一處。　白沙遠浦，青泥別渚，剩有蝦跳鰍舞。聽君飛去飽時來，看頭上風吹一縷。」（〈鵲橋仙・贈鷺鷥〉）
> 珠玉作泥沙，山谷量牛馬。試上纍纍丘壟看，誰是強梁者？水浸淺淺岩，山壓高低瓦。山水朝來笑問人：「翁早歸來也？」（〈卜算子〉）

〔註38〕王籍〈若耶詩〉有：「蟬噪林逾靜，鳥鳴山更幽。」之句。

稼軒筆下的「萬物」都是活潑潑地，生機暢旺，充滿情意，無一不是稼軒人格涵養投射；透過移情式的擬人化描寫，天地萬物莫不「來即我謀」；「物我欣然一處」之境，正與儒家「贊天地之化育」同一境界。而不論是「詞人」或「山水」的殷切垂詢，都是對回歸自然的無盡嚮往，對方以「不違如愚」的方式回應，正是一種無言的認同。

（二）鋪陳其事，善用比興

賦，本為詩經「六藝」之一，是一種「鋪陳其事」的作法。《周禮‧春官‧大師》：「教六詩：曰風、曰賦、曰比、曰興、曰雅、曰頌。」鄭玄注：「賦之言鋪，直鋪陳今之政教善惡。」到漢代司馬相如論賦的創作曰：「合纂組以成文，列錦繡以為質。一經一緯，一宮一商，此賦之跡也。」（《西京雜記》卷二）司馬相如以織錦為例，說明「賦」是組織美麗的文采而成；所以，漢代的「賦」已不僅是「鋪陳其事」的作法而已，還包括向上下四方拓展的意義，如同錦繡紋路是由經線、緯線縱橫交織而成。劉熙載說：「賦兼敘列二法：列者，一左一右，橫義也；敘者，一先一後，豎義也。」（《藝概‧賦概》）引申來說，「賦」法也就是一種涵蓋時間與空間的藝術手法：在體物寫貌時，務要搜羅宏富，層層描繪，才能表現出雕繡滿眼的富麗景象。

鋪陳雖是賦體的主要表現技巧，然而為了充分發揮「體物寫志」的功能，單憑直接鋪陳是無法達到「窮形盡相」的最佳藝術功效。於是賦家便在鋪陳的過程中，大量運用「比譬引類」（《毛詩正義‧周南‧關雎》「詩有六藝」孔疏）的「比興」〔註39〕手法，來暗喻作者所要

〔註39〕關於「比」、「興」之義，約可歸納為兩種說法：其一，「比」、「興」為詩之作法。如晉摯虞《文章流別論》云：「比者，喻類之言也；興者，有感之詞也。」朱熹《詩集傳》則云：「興者，先言他物，以引起所詠之辭也。」又云：「比者，以彼物比此物也」。其二，「比」、「興」不僅是詩之作法，而且兼有美刺之意者，如《周禮‧春官‧大師》鄭注云：「比，見今之失，不敢斥言，取比類以言之；興，見今之美，嫌於媚諛，取善事以勸諭之。」（參見葉嘉瑩《中國詩歌評論集‧常

寄託的意思，並達到「感發志意」的藝術效果。或是大量排比事典，反覆形容；如此，則描繪的對象，抒寫的內容不僅止於寫物圖貌而已，更可以極力抒寫詩人內心豐富微妙之情感世界，以達到「意內言外」的境界；六朝的抒情小賦便多運用排比典故的手法，呈現出有別於漢賦的風貌情調。如江淹的〈恨賦〉便羅列古今各種不同的事典，以曲盡形容「自古皆有死，莫不飲恨而吞聲」的主題。

再者，自從北宋柳永在「汴京繁庶」的時代背景下，大量創制慢詞，最早將「鋪敍展衍」、「形容盡致」的賦體手法引進詞中後，便開創了與時代新氣象相呼應的詞體審美空間。其後周邦彥更把精於勾勒及思索安排的辭賦筆法融入詞中，因而使得詞體在形式、內容、手法、意境、風格等各方面都產生了某種程度的「質變」，甚至影響到南宋詞壇，成爲「結北開南」的關鍵性人物〔註40〕，詞的發展也由「詩化之詞」進入「賦化之詞」的階段〔註41〕。稼軒便是在這樣的基礎上，充分利用前人比興手法和以賦爲詞的經驗，神明變化不已，終於發展出另一種足與時代精神呼應的詞體「當行本色」。

稼軒以賦爲詞的特色除了虛構人物，假設問對外，較常用的就是鋪陳詞意，尤其詞體長調更需要運用賦體鋪陳的手法。他往往有意運用比興手法，以寄託其感憤之情；所以他的豪放詞能寄勁於婉，豪而不放；滿腔怨怒卻又不失忠愛赤忱；沉痛無比，卻又悱惻無極。尤其他不惜打破北宋以來，詞調上下片常是上景下情、上古下今，或是上泛寫，下專敍等章法，他寧可以形式遷就內容，大量運用賦體鋪排的

州詞派比興寄託說的新檢討》，頁 187）唐宋以後，「比興」連用，就往往指「托物寓情」的共同藝術表現方法。

〔註40〕葉嘉瑩《靈谿詞說・論周邦彥詞》（臺北：正中，民國 82 年），頁 289～290。

〔註41〕葉嘉瑩《中國詞學的現代觀・從中國詞學之傳統看詞之特質》一文指出，中國詞的遞變發展過程大致可歸納爲詞「歌辭之詞」、「詩化之詞」、「賦化之詞」三階段。此處乃借用其說法（臺北：大安，民國 78 年），頁 5～19。

手法來變化成規，隨意馳騁，以求情感之充分渲染。如劉永濟云：「辛詞如〈感皇恩〉上片讀《莊子》的感想，下片聞朱晦庵即世的感慨；〈六州歌頭〉上片告鶴三事，上片述二事，下片述一事；〈賀新郎〉上片述離別三事，下片述二事；又一闋〈琵琶賦〉，則將琵琶故實分別在上下片吟詠；都打破了前後兩片成規。」（鄧廣銘《稼軒詞編年箋注‧增訂三版題記》引）以下就以兩首〈賀新郎〉爲例說明：

> 綠樹聽鵜鴃，更那堪，鷓鴣聲住，杜鵑聲切！啼到春歸無尋處，苦恨芳菲都歇。算未抵，人間離別。馬上琵琶關塞黑，更長門，翠輦辭金闕。看燕燕，送歸妾。　　將軍百戰身名裂，向河梁，回首萬里，故人長絕。易水蕭蕭西風冷，滿座衣冠似雪。正壯士，悲歌未徹，啼鳥還知如許恨，料不啼清淚長啼血。誰共我，醉明月？（〈賀新郎‧別茂嘉十二弟〉）

鄧廣銘《稼軒詞編年箋注》繫此詞於晚年閒居鉛山時期。辛茂嘉是作者的族弟，因事貶官桂林，故有此送別之作。稼軒有二十三首〈賀新郎〉，這首詞作法較爲特別，前人多認爲稼軒似有意模仿江淹〈恨賦〉；劉永濟則以爲此詞手法當本之唐人每用於贈別的「賦得」體〔註42〕；他並認爲：「稼軒此詞列舉別恨數事，打破前人前後闋成規」，類似李商隱七律〈詠淚〉〔註43〕；「李商隱詠〈淚〉之七律詩中列舉古人揮淚六事，句各一事，不相連續，至結二句方表送別之意，打破前人律詩起承轉合成規。」（〈讀辛稼軒送茂嘉十二弟之〈賀新郎〉詞書後〉）稼軒此詞亦然，內容完全拋開個人的離情，以「別恨」爲主軸，羅列

〔註42〕劉永濟云：「唐人集中有一種『賦得體』，後代沿爲應制詩定例，得某字五言八韻，即五言排律。如韋應物〈賦得暮雨送李冑〉詩云：『楚江微雨裏，建業暮鐘時。漠漠帆來重，冥冥鳥去遲。海門深不見，浦樹遠涵滋。相送情無限，沾襟比散絲。』前六句均賦雨，於結句中方表贈別之意。」（〈讀辛稼軒送茂嘉十二弟之〈賀新郎〉詞書後〉）

〔註43〕李商隱詠〈淚〉：「永巷長年怨綺羅，離情終日思風波。湘江竹上痕無限，峴首碑前灑幾多？人去紫臺秋入塞，兵殘楚帳夜聞歌。朝來灞水橋邊過，未抵青袍送玉珂。」

歷來「別恨」的史事，每一個故實就是一個淒美的意象，透過意象的累積，從不同角度、層次來烘托「離情別恨」，層層鋪展；形式上並打破上下片分段的成規，一氣貫之。

　　詞人先以三種鳥啼（鵙鴃、鷓鴣、杜鵑）興起送別之情，然後以歷史典故極力鋪陳人間的別事。上片寫三件婦女離別之事（漢代王昭君遠嫁匈奴、陳皇后被黜辭君、春秋莊姜送妾（戴嬀）歸陳）。下片寫兩件男性離別之事（李陵戰敗降敵、荊軻離燕刺秦），以歷史上主要離別事例貫串首尾，凝聚出強烈的離情別恨，恰如春江之水，一波接續一波，一浪高似一浪。再加上入聲的韻腳，更形成聲如裂帛的聲情效果。通篇事不關己，惟在節拍一句「誰共我，醉明月」凝聚所有「別恨」於一身，縱而能收，一氣包舉，詞人報國無門之無限感慨，亦隨古人陳跡挾帶而至，無怪乎王國維推許爲「能品而幾於神者」（《人間詞話》），陳廷焯亦推許曰：

　　　　稼軒詞自以〈賀新郎〉爲冠；沉鬱蒼涼，跳躍動盪，古今
　　　　無此筆力。（《白雨齋詞話》卷一）

稼軒把詩、詞、賦體的寫作特色融於一爐的「創格」手筆，雖奠基於老成的創作經歷，然其中「天趣獨到」處，「慷慨縱橫」處，亦是後學難以望其項背處。

　　至於另一首〈賀新郎‧賦琵琶〉則是以鋪陳典故見長：

　　　　鳳尾龍香撥。自開元、霓裳曲罷，幾番風月？最苦潯陽江
　　　　頭客，畫舸亭亭待發。記出塞、黃雲堆雪。馬上離愁三萬
　　　　里，望昭陽宮殿孤鴻沒。絃解語，恨難說。　　　遼陽驛使
　　　　音塵絕。瑣窗寒、輕攏慢撚，淚珠盈睫。推手含情還卻手，
　　　　一抹梁州哀徹。千古事、雲飛煙滅。賀老定場無消息，想
　　　　沉香亭北繫華歆。彈到此，爲嗚咽。

沈祥龍認爲：「不備賦家才華，文采不富」（《論詞隨筆》），而「賦家才華」對慢詞的創作尤爲重要；因爲在鋪張藻麗之餘，還要一氣呵成，才能兼具體格氣象，不致流於詞藻的堆砌而已。這首〈賀新郎〉連續

排比有關琵琶之故事，詞是以詠物爲名，然重點還是放在彈奏琵琶者的遭遇上。不論是楊貴妃、白居易，王昭君、琵琶高手賀懷智，他們的都經歷了昔熇今涼的身世遭際，同是淪落天涯的不堪之人；此中悲涼，千言萬語，難以道盡，一切憂憤只有透過琵琶的「嗚咽聲」傳遞。劉熙載云：「昔人詠古詠物，隱然只是詠懷，蓋其中有我在也。」（《藝概‧詞概》）所以，稼軒此詞是借他人「琵琶」，彈撥自己隱而未顯的傷心懷抱。陳廷焯謂：「極疏極冷，極平極正之中，自有一片熱腸，纏綿往復。」此詞疏冷未必，措語卻是「極平極正」，失意而不失風度，無聲之淚更令人動容，無怪乎陳廷焯評此詞曰：「運典雖多，卻一片感慨，故不嫌堆垛。心中有淚，故筆下無一字不嗚咽。」（《白雨齋詞話》卷一）然今人朱德才則持不同看法：「但感慨者何？淚灑哪邊？不易捉摸。」並舉梁啓超「殆如一團野草」（《藝蘅館詞選》）之評語以爲旁證。可是他也不否認此詞「以『《霓裳》曲罷』起，以『沉香亭北繁華歇』收，似有借『唐』喻『宋』之深意。」其實，對詠物詞的審美特質而言，本就在提供一個「作者之用心未必然，讀者之用心何必不然」（譚獻〈復堂詞錄敘〉）的多義審美空間來供讀者品味；然也不然，可與不可，無非各是其是，各從其類愛之而已；詠物詞本具「不粘不脫」（吳衡照《蓮子居詞話》）亦即「不即不離」之妙，極活極虛處正是「比興」之體精神樹義所在，不必強論得失。

前曾述及，漢賦可分「騷體賦」與「散體大賦」兩大類。「騷體賦」是漢代人文人的抒情詩，源自屈原《離騷》、宋玉《九辯》等。所以，稼軒「以賦爲詞」的另一涵義就是以「楚騷體」來抒發個人情志。而「楚騷體」的最大特色就是用比喻和象徵形式出現的美醜對照的意象系統。王逸《離騷經章句》有如下的歸納：

> 《離騷》之文，依《詩》取興，引類譬喻，故善鳥芳草，
> 以配忠貞；惡禽臭物，以比讒佞；靈脩美人，以媲於君；
> 虙妃佚女，以媲賢臣；虯龍鸞鳳，以托君子；飄風雲霓，
> 以爲小人。

所以，屈原的美學理想乃是用「善鳥」與「惡禽」、「芳草」與「臭物」、「內美」與「外修」等相對概念來表達美醜、善惡的對立衝突。而且《楚辭》裏隨處可見對美的頌揚和對醜的貶斥，這和《莊子‧齊物論》「舉莛與楹，厲與西施，恢詭憰怪，道通為一」的一元審美觀是截然不同的。

　　屈賦在美學和文學史上的一大貢獻便是體現出「個人的自覺」，乃至追求「個性的自由」；而《離騷》中詩人悲劇的形象則來自於那「太高貴，高貴得似乎倨傲；太潔淨，潔淨得似有潔癖；太清醒，清醒得近於過敏。」〔註44〕的人格特質。這樣的人格特質必然與主流價值扞格不入；所以，「憂鬱」的詩人氣質和浪漫的「遠遊」精神便成為《離騷》神話世界中的兩大「主題」。在稼軒仿騷體的詞作中，也往往具備上述兩種審美特質，如〈蝶戀花‧月下醉書雨巖石浪〉：

　　　　九畹芳菲蘭佩好。空谷無人，自怨蛾眉巧。寶瑟泠泠千古
　　　　調，朱絲絃斷知音少。　　　冉冉年華吾自老。水滿汀洲。
　　　　何處尋芳草？喚起湘纍歌未了，石龍舞罷松風曉。

前曾引稼軒〈摸魚兒〉詞，題為「雨巖有石，狀甚怪，取《離騷‧九歌》名曰山鬼。」其結句下自注云：「石浪，庵外巨石也，長三十丈餘。」即此詞所書之雨巖石浪。整首詞均襲用《離騷》香草美人的筆法和語彙，以芳菲蘭佩比喻詩人志行之高潔；以美人幽居空谷，比喻己之才華遭群小猜忌；以瑟音泠泠卻知音絕少，比喻曲高和寡；然而詩人寧可「朱絲弦斷」，也不願作媚俗之音，其剛正不阿及不受世俗羈絆的浪漫性格由此可見。只是年華冉冉，美人遲暮，與「蘭佩」同類的「芳草」卻遍尋不著，唯有跨越時空，向上求索，喚起千古知己屈原同聲一歌，方能一吐胸中抑鬱忠憤之氣。悲歌聲中，天地亦為之震動，「石龍」掀舞，「山鬼」悲嘯，更添幽森恢詭之感。整首詞詞情沉鬱怨怒，特以多香草美人之優美字面，故不易察覺耳。這也是「騷

〔註44〕蕭兵《楚辭與美學》，第一章〈《楚辭》與楚文化〉（臺北：文津，民國89年），頁49。

體」特有的「藉花卉以發騷人墨客之豪，託閨怨以寓放臣逐子之感」
（劉克莊《題劉叔安感秋詞》），以小見大，婉而能諷的表現手法。

再如〈水調歌頭・趙昌父七月望日用東坡韻，敘太白、東坡事見
寄，過相襃借，且有秋水之約。八月十四日，余臥病博山寺中，因用
韻爲謝，兼寄吳子似〉：

> 我志在寥闊，疇昔夢登天。摩挲素月，人世俯仰已千年。
> 有客驂鸞并鳳，雲遇青山、赤壁，相約上高寒。酌酒援北
> 斗，我亦虱其間。　　少歌曰：「神甚放，形則眠。鴻鵠一
> 再高舉，天地睹方圓。」卻重歌兮夢覺，推枕惘然獨念：
> 人事底虧全？有美人可語，秋水隔嬋娟。

這闋詞乃和東坡〈水詞歌頭〉中秋詞韻而作，情韻也頗近似。充滿楚
騷體上下求索的「遠遊」色彩，及瑰麗出奇的想像。詞以「志在寥闊」
總領全詞，以下從「夢登天」到天地方圓，皆爲虛幻之夢境、仙境。
在幻境、夢境中，所有人間世的不可能，皆化爲可能。詞人則超越塵
俗，飄然遨遊；或攬素月或跨鸞鳳，何其逍遙！甚而邀太白，偕東坡
直上高寒，援北斗而飲。敞懷而歌，神放而形眠，此樂何極？然而「夢
覺」之後，「奮飛」之夢陡然一落，徒留一片惘然；至此方悟「人事
底虧全」？語雖曠達，直以醒時與夢時對照而已。結語「秋水隔嬋娟」，
仍屬有虧。東坡〈謝蘇自之惠酒〉云：「醉者墜車莊生言，全酒未若
全於天。達人本是不虧缺，何暇更求全處全。」然稼軒終究是清醒的
現實中人，眞正企慕的是可相晤語的「美人」知己，東坡所謂「達人
不虧缺」之境，只有夢中庶幾可得。此詞有意學步眉山，然詞人在承
太白、東坡遺風之餘，並賦以騷體的浪漫色彩，可謂不黏不脫，又別
有新意，稼軒善因且善創之才華由此可見。

至於稼軒以《楚辭》意象入詞之例，更是俯拾皆是。如他常喜
用《離騷》「眾女嫉予之蛾眉兮，謠諑謂予以善淫」之意象來象徵一
幫妒賢嫉能之輩對他這位忠直之士的迫害〔註45〕。並以「秋菊堪

〔註45〕如〈摸魚兒〉：「蛾眉曾有人妒」，〈滿庭芳・和洪丞相景伯韻〉：「傾

餐」、「春蘭可佩」（〈沁園春・帶湖新居將成〉）象徵自我人品之高潔〔註46〕。此外，「湛湛千里之江，上有楓」（〈醉翁操〉），則檃括《楚辭・招魂》：「湛湛江水兮上有楓，目極千里兮傷春心」之句。而〈水調歌頭・將遷新居不成，有感，戲作〉更是直截了當地宣告：「我亦卜居者，歲晚望三閭」，表明詞人和屈原不僅平生遭遇相似，而固窮守節之心志亦相彷彿。凡此種種，頗見《離騷》遺風，亦是稼軒對屈原心馳神往，心摹手追的結果。夏承燾說：「南宋詞家真能繼承屈原精神的，第一要數到辛棄疾。」（《楚辭與宋詞》）確是的評。

國無媒，入宮見妒」，〈蝶戀花・月下醉書雨岩石浪〉：「自怨蛾眉巧」等。
〔註46〕語出《離騷》：「夕餐秋菊之落英」及《九歌・禮魂》：「春蘭兮秋菊，長無絕兮終古」。

第八章　稼軒豪放詞意象之美

第一節　「意象」的審美意義

　　「意象」是中國傳統抒情文學的重要審美範疇。中國文學批評雖然沒有完整的關於「意象」的理論；但是創作者都知道，詩歌之可貴在於能創造出具體可感之「意象」；也就是詩歌不能脫離「意象」的文藝特質。今人錢鍾書說：「詩也者，有象之言，依象以成言；捨象忘言，是無詩矣。」〔註1〕這和西方的美學家托馬斯・芒羅《走向科學的美學》中所說：「詩的價值並不在於表現抽象觀念的詩行或散文詩中，而是在於透過意象的美妙編織，能喚起情緒和沉思。」〔註2〕的觀念是不謀而合的。

　　「意象」的界說首見於《周易・繫辭》：「子曰：『書不盡言，言不盡意，然則聖人之意，其不可見乎？子曰：『聖人立象以盡意』。』」「象」是具體的，外在的；「意」是抽象的，主觀的；「立象」的目的是爲了「盡意」。《周易》以天地物象抽繹出符號化的卦象，說明古人早已重視直觀象徵、具體表現的原則〔註3〕

〔註 1〕錢鍾書《管錐編》（臺北：中華書局，1979年），頁12。
〔註 2〕轉引自王立《心靈的圖景・緒言》（上海：學林。1999年），頁23。
〔註 3〕第一個把「意象」二字連用的，是漢代王充，其《論衡・亂龍》云：

　　從文學創作上而言，魏晉以降，文學眞正取得獨立的地位與價值後，「意象」的表現便受到較多的重視，進而成爲文學家自覺地審美追求。如劉勰體認到「意翻空而易奇，言徵實而難巧」（《文心雕龍・神思》）；有限的「象」往往不足以統攝變化多端的「意」，語言的徵實性與審美體驗的豐富性之間確實存在一段距離；爲了突破創作過程中「言不盡意」的困境，因而提出「獨照之匠，窺意象而運斤」（同上）的創作構思；語言有其侷限，不能盡一切之意，但人們可以避開這種侷限，寄意於言外。只要將抽象的情意概念化爲具體可感的意象，便可喚起讀者的感覺、想像及其他心理機制，而收「含不盡之意見於言外」的藝術功效，進而形成「仁者見仁，智者見智」的模糊多義性的審美空間，這也是中國古典文學喜用的「隱」筆、「曲」筆的原因所在。

　　聞一多〈說魚〉中說：「《易》中的象，與《詩》中的興，……本是一回事，所以後世批評家也稱《詩》中的象爲『興象』。西洋人所謂意象、象徵，都是同類的東西，而用中國術語來說，實在都是『隱』。」〔註4〕「意象」是詩人將眼前的「禽魚草木，人物名數」等具體物象運用比喻、象徵的筆法所營造出的「藝術形象」，其中既有主觀的「意」，又有客觀的「象」，它是主客觀的交融，情與景的契合，虛與實的統一。美好的藝術足以使人唱嘆不已，味之無極，原因就在於有「意象」。

　　詩人筆下的「象徵世界」，大多是透過外在景物來傳遞；如以「楊柳」、「灞橋」、「長亭」、「隋隄」象徵「離別」；以「竹」象徵清高、隱逸；以「孤雁」代表自身之落寞孤寂或遊子懷鄉之思等。此外，詩人有時也會把自我人格投射在歷史的「典型人物」的身上，如屈原、

　　「夫畫布爲雄麋之象，名布爲侯，禮貴意象，示義取名也。」這裡的「意象」是指以「雄麋之象」來象徵侯爵之威嚴，目的是「示義取名」，這是象徵的意義。
〔註4〕轉引自王立《心靈的圖景・緒言》，頁1。

陶潛、李白、杜甫等具有典型意義的人格特質，經過歷史文化的累積，已經凝定爲一種文學意象符號，並重複出現在後世文人的筆下；如淵明象徵「清高」，李白象徵「灑落不群」，屈原、杜甫則同屬「忠愛」的表徵；唯二者又分別代表浪漫與寫實的不同藝術精神等。所以，「意象」的範疇，實可分爲「自然物象」與「人物形象」兩大類。

　　就詞而言，詞中意象大多以景物爲主，如「楊柳」、「流水」、「明月」、「花」、「鳥」等，這和《詩經》、《楚辭》的比興傳統自有密不可分的關係。然而，蘇、辛等豪放詞人則更在花鳥香草之傳統意象外，另創一種「狂者」的藝術形象，別開生面，爲詞體注入一股陽剛之氣，自揭鬚眉肺腑，詞才眞正脫離「男子而作閨音」的「代言體」階段，建立起有「獨立個性」的一家風味。

第二節　人物形象

　　陳鵬翔《主題學研究與中國文學》在論及「意象」時指出：「當一個『意象』不斷出現時，它才可能被賦與『象徵』的意義。」〔註5〕也就是當一位作家有意重複使用某種「意象」時，其中必有作者刻意安排的象徵意義於其中。稼軒詞中經常出現「狂者」的人物形象，「他」是詞人經過現實生活的洗禮，「痛定思痛」後所創造出來的藝術人物；「他」來自現實，又不等同於現實，是經過「藝術化」處理後的詩人「本色」呈現。自從東坡把「眞我」精神帶入詞中，把略事「粉墨」的「自我」由幕後正式推向台前；於是，堂皇登場的有「聊發少年狂」、「左牽黃、右擎蒼」（〈江城子・密州出獵〉）的出獵老夫；有不畏風雨，「吟嘯徐行」、「一蓑煙雨任平生」（〈定風波・三月三日沙湖道中遇雨……〉）的從容智者；更有「揀盡寒枝不肯棲」（〈卜算子・黃州定惠院寓居作〉）的孤傲之士；形貌姿態各異，然而，一以貫之的是，他們各從不同的角度流露出詩人昂揚超曠的精神。

〔註5〕引自王立《心靈的圖景》，頁23。

詞史上有「東坡之後，便到稼軒」（元好問《遺山樂府引》）之說，所代表的涵義之一便是；稼軒繼承東坡以「眞我」入詞的精神，把滿腔愛國赤忱，濟世的宏願，一股腦兒傾注詞中，塑造出詞壇上獨一無二的英雄豪傑形象：不論是一心要「整頓乾坤事了」（〈水龍吟〉）的飛揚跋扈；或是「獨倚西風寥闊」（〈念奴嬌〉）的孤高兀傲；「把吳鉤看了，闌干拍遍」（〈水龍吟〉）的落寞無奈；又或是「新涼燈火」下，「一編《太史公書》」（〈漢宮春〉）憂憤怨抑，都是這位英雄豪傑不同側面的剪影。

謝章鋌《賭棋山莊詞話》說：

> 讀蘇、辛詞，知詞中有人，詞中有品，不敢自爲菲薄。

正因蘇、辛以至情至性入詞，「詞中有人」，詞的體格乃由柔弱而剛健，位格因而提昇；蘇、辛之後，詞人不必，也不敢「自爲菲薄」，此乃提昇詞體之一大關鍵。

一、「狂者」形象

（一）「狂」的美學意涵

「狂」的本意爲何？當從《論語・子路》中探求：

> 子曰：「狂者進取，狷者有所不爲。」孔安國注：「狂者，志極高而行不掩。」

由此可知，「狂者」的生命特質便是一種積極「進取」的精神；然而，就因爲進取心過於強烈，所以處世態度往往「過激」，爲求「矯枉」而不惜「過正」。「狂」與溫柔敦厚、無過與不及的中庸人格是有段距離的，也是一種讓當權在位者所無法認同的「異端人格」。狂者的剛強好勝，固然有失當之處，但畢竟還是以熱切救世爲出發點，因而可以被諒解。甚至在他們與世多忤、剛正不阿的言行中，頗有令人感佩之處；正如孔子「知其不可而爲之」的堅持心態，在「進取心」這一點上，與狂者的人格特質是相通的。

從審美的角度來看，「狂者」的另一心理特質是眞誠而不作假，

和「以順為正者」的「妾婦之道」（《孟子・滕文公下》）是絕不相容的。余英時〈中國知識份子的古代傳統〉一文指出：

> 中國史上特別有「狂士」一群的人物，大抵都和說老實話有關係。

在大多數場合中，狂者往往是挺直了脊樑，敢說真話，才顯得「十分莊嚴」；從審美的角度來看，狂者因「才有英氣，便有圭角」（《二程遺書》卷十八）的「異端」審美人格的確立，也就是豪傑之士在自我超越意識的驅使下，所形成的心靈昇華，和追求自由情態的結果。他們寧可寂寞自甘，也不願意屈己媚俗，與流俗和其光同其塵。誠如藝術評論家蔣勳所說：

> 生命中最美的東西，常常是跟自己對話的，不是表演的。因為只要有對象，藝術就會有趨附性、會做作。中國知識份子的美學修養，其實最大的一個部分是講個人內在孤獨時刻的狀態，因為只有在面對自己的時刻，是個審美的我、美學意義的我、真正的我。（〈知識份子的美學修養〉）〔註6〕

在文學史上諸多璀璨的蚌珠中，訴諸主體強烈情感的「狂者形象」，是別有一番令人驚嘆佩服的光華流轉。這種藝術精神之美，不可能來自「允執厥中」的中庸人格，而往往來自不護細行，逸出常格的浪漫與執著。

（二）莊嚴的正面形象

　　王國維《人間詞話》云：「蘇、辛，詞中之狂者。」一語指出稼軒的藝術人格特質所在，只是稼軒比起東坡而言，更多了一份「弓刀游俠」（譚獻《復堂詞話》）的「霸氣」（陳廷焯《白雨齋詞話》卷八）。由於稼軒以「真精神入詞」，讀其詞，便有「其中有人，呼之欲出」之感，而且是一個行誼懷抱、神理韻味俱足的鮮活形象。稼軒生平亦常以「狂者」自許，在〈論盜賊箚子〉中自述道：「生平則剛拙自信，年來不為眾人所容。」而他在上孝宗皇帝的〈美芹十論〉中，亦自稱

〔註6〕收錄於《知識份子十二講》（臺北：立緒出版社，民國88年），頁20。

是「狂僭」上書，末云：「如臣之論，焉知不有謂臣爲『狂者』乎？」足見他是一位極清醒而頗有自知之明的「狂者」；他以「狂」的性格和人品入詞，自然產生與此相應的藝術面貌。

> 不恨古人吾不見，恨古人不見吾狂耳！知我者，二三子。（〈賀新郎〉）

前文曾引述岳珂《桯史》卷三之記載，明稼軒生平特喜此「警句」，常於酒筵間自誦之，「每（吟）至此，輒拊髀自笑。」詞人自得之狀，於此可見。「不恨」兩句原出《南史‧張融傳》：「張常嘆云：『不恨我不見古人，所恨古人不見我。』」辛氏引用時，著意加了一個「狂」字，則精神氣韻全出。這「狂」字是稼軒在「廉頗老矣」之後，爲自己大半生的經歷所拈出的最佳「註腳」，也是此老生命氣性中的「精光」所在。換言之，稼軒筆下所創造的狂者形象，是天地霄壤間一個「大寫的人」，頂天立地，高大超邁，充滿豪情壯志，神足氣旺，所煥發出的進取精神，足以鼓舞撼動千古人心。

他的「狂」，從正面來說，是表現爲對遠大理想的追尋與奮鬥。稼軒筆下經常出現大禹、顏淵等聖賢人物和曹操、劉備、孫權、諸葛亮等三國風流人物。或是叱吒風雲，立下彪炳戰功的英雄豪傑如李廣、劉裕、薛仁貴等，這些歷史人物都是他心嚮往之的理想表徵。

1. 儒家聖賢

中國自古講究用人之道，舜所以能把國家治理得好，就因爲他善用人才以敷治天下。而其中「惟禹之功爲大，披九山，通九澤，決九河，定九州。」（《史記‧五帝本紀》）因此大禹成爲儒家所標榜取法的「先王」之一。由於他的治水之功，使萬物得以各從其類，各得其所，人得平土而居之，誠可謂「民到於今受其賜」。一心要爲君王「整頓乾坤事了」的稼軒，自然對這位三代之聖王欽佩不已：

> 悠悠萬事功，砣砣當年苦。魚自入深淵，人自居平土。　　紅日又西沉，白浪長東去。不是望金山，我自思量禹。（〈生查子‧題京口郡治塵表亭〉）

詞人對大禹大濟蒼生之功極力頌揚，「我自思量禹」有雙重涵義：就正面意義而言，可謂點出詞人「有爲者，亦若是」之雄心壯志。而另一層諷諫之意，則暗指南宋之世，不乏如禹般之人才，惟欠明主如舜者。誠如陳亮所云：「何世不生才，何才不資世！天下雄偉英豪之士，未嘗不延頸待用，而每視人主之心爲如何。使人主虛心以待之，推誠以用之，雖不必高爵重祿而可使之死，況於其中之計謀乎！……天下固有雄偉英豪之士，懼陛下誠心之不至而未來也。」〔註7〕然而當世「慷慨果敢」、「明白洞達」（同上）之君，何處可得？陳亮這番言論，當是稼軒「我自思量禹」之最佳註腳。「紅日又西沉，白浪長東去」，以景寓情，詞人心包宇宙，目極萬有，頗有思接千載，天地悠悠之慨。

　　儒家思想之價值觀就在於用行舍藏，出處有節。如果大禹是「用之則行」的典範，則顏淵便是「舍之則藏」的代表人物。辛棄疾於四十二歲盛壯之年退居帶湖後，便常以儒家窮則獨善，簞瓢自樂的觀念來自我寬解。他在〈偶作〉詩中曾自得地說：「我識簞瓢眞樂處」；然而所謂「簞瓢樂處」絕不在於「但只熙熙閒過日」（〈即事〉），萬事不掛心而已；其中更有「萬里雲霄送君去，不妨風雨破吾廬」（〈送別湖南部曲〉）的積極意義；顏回「其心三月不違仁」的內涵與杜甫「一飯未嘗忘君」的精神是聲息相通的，他們同樣不因賦閒而喪志，始終處於用世的準備狀態中。北宋周敦頤就將顏回視爲能潔身自好、持盈保泰的賢者，他在窮約之境依然以「道德」爲「至大」、「至富」、「至貴」〔註8〕。自宋代以後，「孔顏樂處」便成爲中國士人「等待用世」的一種積極的理想人格。

　　稼軒閒居帶湖期間，訪得奇師村周氏泉（後改名期思）〔註9〕，乃命名爲「瓢泉」有，〈水龍吟・題瓢泉〉曰：

〔註7〕《陳亮集》卷之二〈論開誠之道〉，四部備要本（臺北：漢京文化，民國72年），頁26。
〔註8〕見《周子通書・顏子》，《四部備要》本。
〔註9〕據稼軒〈沁園春〉「有美人兮」題序所云。

> 稼軒何必長貧，放泉簷外瓊珠瀉。樂天知命，古來誰會，
> 行藏用舍？人不堪憂，一瓢自樂，賢哉回也。料當年曾問：
> 「飯蔬飲水，何爲是，栖栖者？　　且對浮雲山上，莫匆
> 匆去流山下。蒼顏照影，故應零落，輕裘肥馬。繞齒冰霜，
> 滿懷芳乳，先生飲罷，笑挂瓢風樹，一鳴渠碎，問何如啞。

詞以「稼軒何必長貧」起筆，以顏淵自比之意甚明，也充分表現出「君子居易以俟命」的達觀；「一瓢自樂」爲全詞精神命意所在。「賢哉回也」是對古人的頌讚，其實也是對自我的肯定。蟄伏，是爲復出作準備，顏淵「三月不違仁」之心懷，是不會因爲簞食瓢飲而改變的〔註10〕。「蒼顏照景……繞齒冰霜，滿懷芳乳」，猶如〈瑞鶴仙・賦梅〉中「溪奩照梳掠。想含香弄粉，艷妝難學。」的梅花一般，不藉春工之力，自有動搖意態；此等風流標格，「問阿誰堪比」？（〈念奴嬌・題梅〉）詞人胸懷磊落，孤芳自賞的自信，也盡在此人泉相映的意象中表露無遺。結拍刻畫許由「笑挂瓢風樹」〔註11〕之瀟灑風姿，是有心把用世與出世的意象融合一身，而不是涇清渭濁式的壁壘分明；「不違如愚」的顏淵也自有其灑落的一面；這樣的藝術形象，比較貼近眞實生活中的稼軒。

2. 英雄豪傑

從戎殺敵，整頓乾坤，是稼軒寤寐不忘的宿志，然而詞人一心嚮

〔註10〕稼軒退居上饒帶湖置地建房，本有避禍的意味：既是暫時避禍，當然有復出之念。王水照〈蘇、辛退居時期的心態平議〉一文指出辛棄疾此舉，實「含有待時而沽的東山之志」。洪邁在〈稼軒記〉中說到上饒地理位置的優越時有云：「國家行在武林，廣信最密邇畿輔。東舟西車，蜂午錯出，勢處便近。」或許正由於此一原因，此地乃爲當時「士大夫樂寄焉」之地。而葉適也說：「初渡江時，上饒號稱賢俊所聚，義理之宅，如漢許下、晉會稽焉。」劉克莊也曾謂：「上饒郡爲過江文獻所聚」（《後村先生大全集》）。既有地利之便，又是賢俊所聚，辛棄疾選擇上饒寓居，其不甘寂寞，再起東山的用心，自可以想見。

〔註11〕《逸士傳》：「許由手捧水飲，人遺一瓢，飲訖，挂木上，風吹有響，由以爲煩，去之。」轉引自鄧廣銘《稼軒詞編年箋注》，頁218。

往的「沙場秋點兵」（〈破陣子〉）畫面，只能在夢境中出現，所以他對歷史上豪氣縱橫、威稜四射的英雄人物及其英雄事業別有一份歆羨之情；尤其是戰場上出生入死、為國死命的將領如漢朝飛將李廣、西晉劉裕、唐朝薛仁貴等，都是他推崇不已的人物：

> 千古李將軍，奪得胡兒馬。（〈卜算子〉）
>
> 斜陽草樹，尋常巷陌，人道寄奴曾住。想當年：金戈鐵馬，氣吞萬里如虎。（〈永遇樂·京口北固亭懷古〉）
>
> 卻笑將軍三羽箭，何日去，定天山。（〈江神子·和陳仁和韻〉）

這是歌頌漢朝飛將李廣雖一時戰敗，但憑著他過人的膽識，伺機而動，終能「奪得胡兒馬」，因而反敗為勝的英勇事蹟。而南朝宋武帝劉裕嘗有舉兵澄清中原之壯舉，駸駸乎有恢復中原之氣象。至於薛仁貴則是在以寡敵眾的劣勢中，「發三矢輒殺三人，於是虜氣懾，皆降。」（《新唐書·薛仁貴傳》）足見其武藝超群，勇氣懾人。李、薛二人智勇雙全，均為朝廷立下赫赫戰功，正是稼軒這位南宋英豪一心要追求的人生目標。像這類追慕英雄豪傑的「壯詞」，也最能見出稼軒的英雄本色。只是若無聖君重用，空有一身文韜武略，也只能徒呼負負！「三羽箭」在身，「何日去，定天山」？一種時光催逼的焦灼感也隱含在這深長一問中！

　　歷史上的英雄已被「雨打風吹去」，而現實中的英雄卻是機會不來；在等待的過程中，詞人不免懷想往日的壯聲英概。他在詞中一再追憶「渡江天馬南來」的英偉事蹟，「少年英雄」成了辛棄疾創作中一個充滿藝術魅力的形象，如追念少年時事所作的〈鷓鴣天〉，詞云：

> 壯歲旌旗擁萬夫，錦襜突騎渡江初。燕兵夜娖銀胡䩮，漢箭朝飛金僕姑。

這一段追憶少年率眾起義，渡江南歸的戰爭場面，是稼軒平生最雄壯、最難忘、最刻骨銘心的一段英勇事蹟。不僅形象生動，境界壯闊，而且意氣風發，令人振奮；戰場上的刀光劍影，衝鋒嘶喊之聲彷彿可

見可聞。

　　除此之外，他也透過各種手法來描繪「季子年少」的美好形象：

　　揮羽扇，整綸巾。少年鞍馬塵。(〈阮郎歸‧耒陽道中為張處父
　　推官賦〉)

　　記少年駿馬走韓盧，掀東郭。(〈滿江紅‧和廓之雪……〉)

　　少年橫槊，氣憑陵，酒聖詩豪餘事。(〈念奴嬌‧雙陸，和陳仁
　　和韻〉)

　　追念景物無窮。歎年少胸襟，忒煞英雄。把黃英紅萼，甚
　　物堪同。(〈金菊對芙蓉‧重陽〉)

　　功名君自許，少日聞雞舞。(〈菩薩蠻‧和盧國華提刑〉)

　　少日春懷似酒濃，插花走馬醉千鍾。(〈定風波‧暮春漫興〉)

以上諸句，或寫實，或譬喻，綜合描繪出一個意氣駿發，神采飛揚的
少年身影；在走馬千鍾、落拓輕狂的生活中，仍不忘以功名自許；「橫
槊憑陵」、「聞雞而舞」是以不同的場景、姿態點出少年的忠勇氣概及
報國之志。這樣的藝術形象是以現實生活為藍本，也是詞人對自己年
少時光的無限緬懷。程千帆在論及辛棄疾這類作品時，曾指出：「(辛
棄疾) 不只是對早年那種戰鬥生活表示無限的追懷，願意永遠保持著
對於它的鮮明記憶，而且還往往以想像來補充它，豐富它。」〔註12〕
稼軒的英雄本色透過適當文字的潤飾，及藝術形象的描繪，他那「甚
物堪同」的意氣自得之「真色」反而益發凸顯。

　　稼軒不僅以「英雄」自許，而且也以「英雄」許人，如他曾推許
友人趙茂嘉：

　　看長身玉立，鶴般風度；方頤鬚磔，虎樣精神。(〈沁園春‧
　　壽趙茂嘉郎中……〉)

實際上，這也正是詞人的自畫像。陳亮曾說他：「眼光有稜，足以映
照一世之豪。背胛有負，足以荷載四國之重。」並喻之為「真虎」。(《陳

〔註12〕轉引自鞏本棟《辛棄疾評傳》第四章〈「斜陽煙柳」：辛詞的憂患感
　　　　與責任感〉(南京：南京大學出版社，1998 年)，頁 173～176。

亮集・辛稼軒畫像贊》）兩相對照，便知其中寓意。

3. 三國英豪

　　三國時代，天下分崩離析，各路英雄好漢先後崛起，逐鹿中原。形成一個既紛亂又精采的歷史時代。所謂「時勢造英雄」，在這動盪的時代，發生了許多壯烈的戰役，激盪出許多精采的智慧和各式風流人物，如「曹操以權術相馭，劉備以性情相契，孫氏兄弟以意氣相投」（趙翼《二十二史箚記》卷七）；每一位英雄豪傑都有他獨一無二的氣性風貌，各自寫下熠耀千古的輝煌事蹟。千載之後，在類似的政治背景下，稼軒也亟思在屬於他自己的歷史舞台上有一番轟轟烈烈的演出。他每於登山臨水之際，目睹眼前萬里江山，往往興思古之幽情，透過對歷史人物的憑弔追念，也暗中把自我精神志意傳遞其中。稼軒詠史懷古，無非是在作史者不到處，別生耳目：

> 千古江山，英雄無覓，孫仲謀處。舞榭歌臺，風流總被，
> 雨打風吹去。（〈永遇樂・京口北固亭懷古〉）
> 年少萬兜鍪，坐斷東南戰未休。天下英雄誰敵手？曹劉。
> 生子當如孫仲謀。（〈南鄉子・登京口北固亭有懷〉）
> 吳楚地，東南坼。英雄事，曹劉敵。（〈滿江紅・江行和楊濟翁〉）
> 求田問舍，怕應羞見，劉郎才氣。（〈水龍吟・登建康賞心亭〉）
> 更想隆中，臥龍千尺，高吟罷罷。（〈水龍吟・用瓢泉韻……〉）

稼軒畢生積恨，就在不能率兵抗敵，一戰而勝；而此恢復中原的夙志，可謂至老不衰。暮年登臨京口北固亭時，對獨霸江東，稱雄一方，力抗曹操的孫仲謀緬懷嚮慕不已〔註13〕。「北固樓」始建於晉，南朝梁曾更名「北顧」，南宋乾道五年（1169），守臣陳天麟重修此樓，並作〈重建北固樓記〉，有云：「茲地控楚負吳，襟山帶江，登

〔註13〕胡雲翼《宋詞選》評曰：「……作者對孫權在歷史上的地位評價並不過高（參看《美芹十論・自治第四》），這裡把他作爲傑出的英雄來歌頌，主要是認爲他和不戰而屈的劉琮不同，能抵抗並戰勝進犯者，含有極其明顯的借古諷今之意。」（上海：古籍出版社，1995 年），頁 46。

高北望，使人有焚龍庭、空漠北之志。神州陸沉殆五十年，豈無忠義之士奮然自拔，爲朝廷快宿憤，報不共戴天之仇，而乃甘心恃江爲固乎？則予是亭之復，不特爲登覽也！」〔註 14〕辛棄疾南渡之初即寓居京口，四十年後，復出守此地。登亭北望，心中所想，無非是陳天麟文中銳意恢復之意。他何嘗不希望能像孫仲謀般「奮然自拔」，重取中原？稼軒老當益壯，故不僅以年少英雄、北拒強敵之孫仲謀自況，更以長驅入洛之劉寄奴自居。英姿偉概，鬥志昂揚，最能彰顯稼軒這位「詞壇青兕」「氣吞萬里如虎」的眞精神。然而南宋朝廷卻是等閒荒廢英雄，「夷甫諸人，神州陸沉，幾曾回首？」(〈水龍吟〉) 這才是稼軒登臨弔古，緬懷英雄之際，心中沉沉的吶喊。

三國時與孫權鼎足三分之曹操、劉備皆爲亂世中獨當一面之英雄人物，故曹操有「天下英雄唯使君（劉備）與操耳」之自負語〔註 15〕。稼軒於此等旗鼓相當之英雄豪傑，頗有惺惺相惜之感。尤其對劉備有知人之明的慧眼更是傾服不已〔註 16〕。劉備從許汜轉述中得知陳登看似無禮的待客之道後，便知此人胸懷天下大志，乃對許汜作如下說明：「君（許汜）有國士之名，今天下大亂，帝王失所，望君憂國忘家，有救世之意；而君求田問舍，言無可采，是元龍所諱也，何緣當與君語！如小人：欲臥百尺樓上，臥君於地，何但上下床之間耶！」陳元龍不落俗套之舉，正是大丈夫不屑與世俗匹夫並列的英豪本色。劉備這種知人之明才是「劉郎才氣」的主要意義所在，也正是他能與曹操並稱英雄人物的原因所在。稼軒這位湖海之士，一心期盼能有當

〔註 14〕轉引自鞏本棟《辛棄疾評傳》第四章〈「斜陽煙柳」：辛詞的憂患感與責任感〉，頁 181。見清代楊繁纂《京口山水志》卷一〈丹徒諸山〉，宣統辛亥刊本

〔註 15〕《三國志·蜀書·先主傳》：「是時曹公從容謂先主曰：『今天下英雄，唯使君與操耳，本初之徒，不足數也。』」

〔註 16〕《三國志·魏書·陳登傳》：「許汜與劉備共在荊州牧劉表坐，表與備共論天下人，汜曰：『陳元龍湖海之士，豪氣不除。』備問汜：『君言豪，寧有事耶？』汜曰：『昔遭亂，過下邳，見元龍，元龍無客主之意：久不相與語，自上大床臥，使客臥下床。』」

世「劉郎」賞識重用，同時也深怕自己如許汜般求田問舍，不問世事
而為世人所譏。

　　然而真正形成「曹劉敵」的均勢，其關鍵人物還在於劉備身後的
高人……「臥龍諸葛」。孔明身處紛亂的世局中，在南陽過著躬耕自
給的生活；他同時以知識份子的清明，保持觀棋者的身分，以待謀定
後動的時機。他是胸懷大志的狂者，有著登車攬轡，澄清天下之志；
由他每愛自比為管仲、樂毅可知。只是在「潛龍勿用」的階段，他必
須忍受寂寞。以待明主的出現，自號「臥龍」原是虛幌一招，掩人耳
目，這一點，稼軒知之甚詳：

　　　臥龍暫而。算天上、有人知。……男兒事業，看一月、須
　　　有致君時。（〈婆羅門引〉）

這是期勉友人，未嘗不是自我慰勉。而諸葛亮所以能為後世追思景慕
不已，最主要在於他能以沉雄明快的政治魄力，堅貞不二地致力於先
主託付的使命，一心興漢反曹，鞠躬盡瘁，死而後已。大義凜然，孤
忠耿耿；千百年後，依然令人佩服不已：

　　　東北看驚諸葛表，西南更草相如檄。（〈滿江紅‧送李正之提刑
　　　入蜀〉）
　　　笳鼓歸來，舉鞭問、何如諸葛？人道是、匆匆五月，渡瀘深
　　　入。白羽風生貔虎譟，清溪路斷鼪鼯泣。早紅塵、一騎落
　　　平岡，捷書急。（〈滿江紅‧賀王帥宣子平湖南寇〉）

辛棄疾對諸葛亮〈出師表〉中所流露「漢賊不兩立」的堅定政治立場
感到驚嘆不已；而他幾度出師，深入西南蠻荒，更是良相佐國的最佳
行為表率；諸葛亮充分表現出一流政治家有為有守的魄力和操守。稼
軒與諸葛相比，除了南宋的「先主」求之不可得外，其餘條件二人似
乎是「情與貌，略相似」，故稼軒雖是以諸葛喻友人，實則皆為自我
寫照。

　　綜觀上述群賢譜，或是在劣勢中奮戰不已，反敗為勝；或是在渾
沌世局中，撥亂反正，安邦定國。這些「英才」與「雄才」，惟賴明

主重用，方能大展鴻圖。稼軒的股肱之心，報國之志，盡在此等描繪中流露無遺。只是聖君賢相遇合有時，非人力所能左右。在他的懷古詞中，多的是對英雄形象的正面描繪；然而心是熱的，卻出以冷色調的厚重筆觸，充滿濃厚的興廢存亡之感；有如奮力高舉的浪頭，忽又重重跌落，使人動心駭目之餘，徒留一陣蕭索。

　　稼軒筆下，狂者的另一人格特質就是對理想始終不渝，固窮守約；此乃豪傑高妙過人處，亦是其寂寞傷心處：

　　　　吾老矣，探禹穴，欠東遊。(〈水調歌頭·提幹李君……〉)
　　　　吹不斷、斜陽依舊，茫茫禹跡都無。(〈漢宮春·會稽秋風亭觀雨〉)

稼軒終其一生，一心要以「千丈擎天手」(〈一枝花·醉中戲作〉)來「整頓乾坤事了」(〈水龍吟〉)，要「看試手，補天裂」(〈賀新郎〉)；即便「老去行藏與願違」(〈瑞鷓鴣·京口病中……〉)，仍不放棄希望，依然期盼能有「識人青眼」(〈念奴嬌·贈夏成玉〉)相憐，以使「神京再復」(〈水調歌頭·鞏采若壽〉)。「探禹穴，欠東遊」、「茫茫禹跡都無」，充分反映出「稼軒心事」的深層內涵。最具有代表性的，當屬〈八聲甘州·夜讀《李廣傳》，不能寐；因念晁楚老、楊民瞻約同居山間；戲用李廣事，賦以寄之〉：

　　　　故將軍飲罷夜歸來，長亭解雕鞍。恨灞陵醉尉，匆匆未識，桃李無言。射虎山橫一騎，裂石響驚弦。落魄封侯事，歲晚田園。　　誰向桑麻杜曲，要短衣匹馬，移住南山。看風流慷慨，談笑過殘年。漢開邊、功名萬里，甚當時、健者也曾閒。紗窗外、斜風細雨，一陣輕寒。

詞序所言甚為含蓄，「晁楚老、楊民瞻約同居山間」之說辭，不過故為閃爍之詞耳。「故將軍」與「健者曾閒」才是詞旨所在。蓋李廣之豪情壯志與坎坷遭遇，與稼軒極為相似，故借古人酒杯，澆自己胸中塊壘。全詞雖有譏刺現實之意，但透過「甚當時、健者也曾閒」的深深一問，詞人不甘放下、不願放下的報國使命感也隱隱流出。在「斜

風細雨，一陣輕寒」的背景中，襯托出一位失意落寞卻依然挺直脊梁
的孤傲身影。稼軒此詞作於哀樂中年，直到暮年復出任浙東安撫使
時，有〈漢宮春・會稽秋風亭懷古〉之作，其結拍云：「誰念我、新
涼燈火，一編《太史公書》。」可見詞人對於報國宿志未得一償的憾
恨始終縈懷不去，不因居位、去位而改易。太史公於《史記・李將軍
列傳》後評曰：「余睹李將軍，悛悛如鄙人，口不能道辭；及死之日，
天下知與不知，皆爲盡哀，彼其忠實心誠，信於士大夫也。諺曰：『桃
李不言，下自成蹊。』此言雖小，可以喻大。」李廣短衣匹馬終其殘
年，然而他的「忠實心誠」終究在史遷一番體己的話語中得到最大的
伸張慰藉。稼軒畢生追求、等待的，應當也只是這份「信於士大大」
的知遇之感吧！

　　稼軒的自信及傲骨，偶爾也以大聲疾呼的方式自我宣示，令人凜
然生敬：

> 喚起一天明月，照我滿懷冰雪，浩蕩百川流。鯨飲未吞海，
> 劍氣已橫秋。（〈水調歌頭〉）
> 不念英雄江左老，用之可以尊中國。嘆詩書、萬卷致君人，
> 翻沉陸。（〈滿江紅〉）

即便「鯨飲未吞海，劍氣已橫秋」，詞人依然以「明月照冰雪」自況，
「明月」與「冰雪」的瑩澈意象相疊相乘，益發高潔動人。「不念英
雄江左老，用之可以尊中國」直抒胸臆，大聲鏜鎝，一種「狂夫老更
狂」（蘇軾〈十拍子〉）的氣勢亦直撲人面，淋漓痛快。

　　楊希閔《詞軌》卷六有云：

> 辛有一段耿耿不忘恢復之思，較放翁、石湖，反覺熱騰騰
> 地。其見於詞者，不可沒也。

這段話直探稼軒豪放詞的藝術本質，那「熱騰騰」的溫度，是以耿耿
的「恢復之思」爲燃料；至今，熱度依然不減，稼軒詞的狂者形象乃
得以歷久彌新。後人以粗豪學稼軒，正是不解「狂者」之內涵本質之
故。

（三）放逸的側面形象

志大進取者，往往傲然自得，任性不羈，因而不見容於世俗，「讒擯銷沮」的際遇，似乎成爲古今「狂者」如出一轍的命運。弔詭的是，狂者生命中崚嶒不馴、慷慨豪壯的審美心靈往往也因此給激發出來；「狂者」這種說「老實話」的「老實人」，不懂得如何「委曲周旋儀」（阮籍《詠懷詩》第五十五首）地與時俱變；更不知要換上一身「妍皮痴骨」（陳亮〈賀新郎〉寄辛幼安語）以奉承阿諛；他們身段太僵硬，姿態太兀傲，讓人覺得礙眼；相對的，他們也散發出一種懾人的氣勢，使人不得不欽服敬畏。「老實人」的「痴絕愚頑」處，也正是他們的品格高潔處。只是歷史上並非每一位「狂者」都能像孟子一般，時時表現出「不召之臣」（《孟子・公孫丑下》）的正面傲岸形象。「狂者」經常一個轉身，便成爲披髮佯狂的「楚狂」；他們或以表面之「逸」來掩飾失意之「恨」；或以誇張的痛飲狂歌、放浪形骸來嘲諷世俗價值的偏離或淪喪；「逃於酒」是狂者暫時的心靈安頓方式；也是他們固窮守節的最佳保護色，「有恥且格」才是他們由「莊嚴」而「放逸」的最終目標。當孔子發出「道不行，乘桴浮於海」（《論語・公冶長》）的感嘆時，「逸」的思想也不免浮現在這位「不與鳥獸同群」的狂者身上。所以，中國傳統知識份子的人格中，常是「狂」與「逸」兩種審美特質交融激盪。

稼軒這位一心要擔荷天下之重，「背胛有負」的狂士，由於時運不濟，在個人與社會的衝突中，不甘屈從的主體意識反而愈挫愈勇；他的肝膽熱腸在現實的挫辱下乃化爲「萇弘碧血」；一個轉向，治水的大禹便成爲「荷簣擊磬」而過孔子的「楚狂」；一張口，便噴薄出「回首叫，雲飛風起」（〈賀新郎〉）的狂放之氣，飛揚跋扈的「霸道」取代了雍容和穆的「王道」；一種「悲笳萬鼓」（劉辰翁〈辛稼軒詞序〉）式的激越高調進而成爲他的生命基調。稼軒在「審美自由」中涵泳個人的「道德價值」；「我與我，周旋久」（〈賀新郎〉），是道德層次的「超我」與現實世界中的「本我」相濡以沫，結果一個「孤憤絕人」的「楚

狂」藝術形象因而確立。在他記錄心聲的詞中，常明白地以「楚狂」
自許：

> 長恨復長恨，裁作短歌行。何人爲我楚舞，聽我楚狂聲。(〈水
> 調歌頭．壬子三山被召，陳端仁給事飲餞，席上作〉)
>
> 恨兒曹抵死，謂我心憂。況有溪山杖屨，阮籍輩須我來游。
> (〈滿庭芳．和章泉趙昌父〉)
>
> 半夜一聲長嘯，悲天地，爲余窄。(〈霜天曉角．赤壁〉)

他以「恨事」爲填詞之內容，然所恨爲何？從他吟誦曹公之〈短歌行〉
便知；此詩涵蓋的無非是統一天下的抱負，以及一心要完成未竟事業
之雄心壯志。然而，詞人卻以志業未竟之「恨事」裁成〈短歌行〉，
比起曹公當年的躊躇滿志，又是何其荒謬可笑！

「楚舞」與「楚狂聲」，結合了《論語．微子》：「楚狂接輿歌而
過孔子曰：『鳳兮！鳳兮！何德之衰！』和《史記．留侯世家》，漢高
祖對戚夫人語曰：「爲我楚舞，吾爲若楚歌。」二典。其後，李白巧
妙地把這兩個典故融合，以「我本楚狂人，狂歌笑孔丘」(〈古風〉)，
「予爲楚狂士，不是魯諸生」(〈淮陰書懷寄王宗成〉)自我標榜；一
心要衝破傳統儒家的藩籬；「爾爲我楚舞，吾爲爾楚歌」(〈留別于十
一兄逖裴十三游塞垣〉)更是充滿慷慨縱之氣。「楚狂」陣容因爲有
了李白的加入，聲勢乃更浩大，他那豪邁不群，撫劍行遊的劍俠精神
也爲此形象注入了更鮮活的熱情與野性。在他的妙筆刻畫下，「楚狂」
乃成爲一個有血有肉，愛憎分明而又強烈的藝術形象。

稼軒於此化用李白之句。隱然帶出歷史上另一位心神相契的「楚
狂」知己。此中寄寓的是當理想與現實衝突時，詞人不得已退而求其
次以疏離放逸的態度來保全自我；當「恨之極，恨極銷磨不得。」(〈蘭
陵王．己未八月二十日夜……〉)時，或以「仰天長嘯」的方式來抒
發積壓已久的苦悶，與「窮途當哭」的阮籍爲友；然而再怎麼佯裝，
詞人的「憂心」仍是欲蓋彌彰，自欺欺人。聯繫以上這些典故，便可
發現，當稼軒以「楚狂」自許時，其中隱含著多少慷慨激昂的豪情壯

志，和理想幻滅之後的無盡悲涼。誠如劉辰翁〈辛稼軒詞序〉中所說：
「爲我楚舞，吾爲若楚歌，英雄感愴，有在常情之外。」然而，愈是
到此地步，詞人的「審美人格」愈是汨汨流出。

「楚狂」的另一涵義，便是以「痛飲狂歌」的方式解鬱抒懷；在
酒精的催發下，詩人那既有反抗性而又昂揚不已的浪漫精神也不斷湧
生：時而悲豪交加，時而憤懣難過，時而樂觀自信，時而蕭索落寞。
然而在豪邁縱恣之中，依然不失詩人應有的靈敏氣性和追求眞理的浪
漫氣質。李白「三杯拂劍舞秋月」（〈玉壺吟〉）把「狂者」與「酒」
作了最美的融合。對稼軒而言，「酒」是他寂寞生涯中藉以銷憂的「萬
金藥」（〈賀新郎・用韻題趙晉臣……〉），不可或缺的精神伴侶，他是
寧要「清酒」而不要「濁名」的：

> 我醉狂吟，君作新聲，倚歌和之。（〈沁園春・答揚世長〉）
> 我輩從來文字飲，怕壯懷激烈須歌者。（〈賀新郎〉）
> 說劍論詩餘事，醉舞狂歌欲倒，老子頗堪哀。（〈水調歌頭〉）
> 狂歌擊碎村醪醆，欲舞還憐衫袖短。（〈玉樓春・用韻答葉仲洽〉）
> 萬事一杯酒，長歎復長歌。（〈水調歌頭・即席和金華杜仲高韻
> ……〉）
> 夜來豪飲太狂些，到如今都齊醒卻。只依舊無奈愁何。（〈玉
> 蝴蝶・追別杜叔高〉）
> 酒是短橈歌是槳。和情放，醉鄉穩到無風浪。（〈漁家傲・湖
> 州幕官……〉）

他以「壯懷激烈」形容自己胸中所蓄之志業，但是若始終停留在「論
說」層次，則實屬悲哀。「草檄破賊」之大計未能付諸實踐，壯志難
伸，滿腔憤激只能寄諸「狂歌醉舞」；「鯨飲未吞海」的結果是耽溺浮
沉在杯酒之中；多少悲憤，盡在「和情放，醉鄉穩到無風浪」的平淡
語氣中。人說陶潛之詩篇篇有酒，稼軒詞中的醺然酒氣，比起淵明亦
不遑多讓：「痛飲從來別有腸」，其中實有「寄酒爲跡」（蕭統〈陶淵
明集序〉）之深意。飲酒，是不願向現實妥協讓步，想在舉世渾濁中

保持最後一點清醒，畢竟壺中天地比人間世路要順坦寬敞得多，也真實得多。

除了用酒氣薰走人間腐臭滋味外，對「平生不下淚」（李白〈江夏別宋之悌〉），不做兒女態的「楚狂」而言，往往也用「一笑置之」的瀟灑態度來嘲弄無理的天道及人世：

> 仰天大笑冠簪落，待說與窮達，不須疑著。（〈蘭陵王・賦一丘一壑〉）
>
> 一笑出門去，千里落花風。（〈水調歌頭・淳熙丁酉……〉）
>
> 誰與老兵供一笑，落帽參軍華髮。（〈念奴嬌・重九席上……〉）
>
> 臨風一笑，請翁同醉今夕。（同上）
>
> 笑人間、江翻平路，水雲高下。（〈賀新郎〉）
>
> 世上無人供笑傲，門前有客休迎肅。（〈滿江紅・游清風峽〉）

雖同屬一笑，但涵義豐富：或嘲世、或自嘲；有淒涼、有瀟灑；笑盡人間跳梁小丑，笑「八表同昏，平路成江」的昏暗世局．笑窮達有命，至今方悟；笑知音從來難尋。世人既以「蟬翼為重，千鈞為輕」（〈卜居〉），則「冠簪」何足惜？儘可一笑抖落。大笑出門去，天地以寬闊相迎；清風搖蕩，落花千里相惜，灝氣與我同聲相應！不亦快哉！物我齊一，何其悠哉！「笑」，是狂者桀傲不馴的人格的提昇，也是一種「不以哭泣為哭泣」的自我解嘲。劉鶚〈老殘遊記自序〉云：

> 《離騷》為屈大夫之哭泣，《莊子》為蒙叟之哭泣，《史記》為太史公之哭泣，《草堂詩集》為杜工部之哭泣。

這些作品都是作者經過回憶、沉思、再度體驗後，把錐心的痛楚轉換為種種意象的呈現。當作品完成時，作者也從中得到最大的情感快適度。同樣的，稼軒詞中的「楚狂」，也是詞人從胸臆流出的另一種哭泣。

二、「狷者」形象

「狷」猶言「介」，《漢書傳贊》嚴師古注「狂狷」云：「狷，介

也。」可見「狷」意近於「耿介」。《離騷》:「彼堯舜之耿介兮,既遵道而得路。」王注:「耿,先也;介,大也。」所以「耿介」也就是光明正大,不爲不潔之意。「狂者」的深層審美人格特質就是「有所不爲」的「狷者」操守;自負的狂者,通常也是道德上的孤芳自賞者。英雄豪傑往往具有「狷」與「狂」的雙重人格;沒有「有所不爲」的操持堅定,「狂」就只是空疏的放浪形骸而已;沒有「志大進取」的「狂」的動力,「狷」就成爲沒有立場的畫地自限。「狷」的人格近似柔性之「狂」。爲了保持高潔的人格,追求心靈的自由,「狷者」不會採取正面衝突的手段以凸顯自我主張,也不會以近乎頹放的行爲自苦,更不會「逸」入山林與鳥獸同群。「狷者」是以「立定」的方式來表現他的「狂」,以「孤標」的情操自我認同欣賞。本質上,「狷者」是以一種「柔性訴求」的方式來自我標榜。表面上他們是退隱江湖,回歸田園;實際上是不願同流合污。在「風花雪月詩酒茶」的表象下:那分憂國憂民的熱切之心始終跳盪不已。章學誠《文史通義‧質性》(內篇四)〔註17〕對「狂狷」的人格特質有極爲扼要的說明:

> 孔子曰:「不得中行而與之,必也狂狷乎?狂者進取,狷者有所不爲。」莊周、屈原其著述之狂狷乎?屈原不能以身之察察,受物之汶汶,不屑不潔之狷也;莊周獨與天地精神相往來,而不傲倪於萬物,進取之狂也。

章氏也指出,不論狂、狷,皆屬「哀樂過人」,「情之奇至」(同上)者,正因他們的生命意識與個性十分強烈,所以情感常常壓倒理智,「理想」重於「現實」,反映在創作上,自然不受儒家「中和美學」所拘限,而成爲富浪漫色彩的文學。所以不論「狂」、「狷」都是一種浪漫的詩人氣性;不同者在於「狂」者外顯,「狷」者內斂。文學史上屈原與陶潛便是斂「狂」爲「狷」的典型人物。屈、陶之別,一個是激烈,一個是平和,「屈子辭,雷塡風飆之音;陶公辭,木榮泉流

〔註17〕清章學誠著,葉瑛校注《文史通義校注》(臺北:里仁書局,民國73年),頁 418。

之趣」，然而，「其爲獨來獨往則一也。」（劉熙載《藝概‧賦概》）這一「獨」字，是用最大的力氣掙出塵網所換取來的！

（一）屈　原

屈原身爲楚人，比起一般「好使性氣，好走極端，在行事作風上總不免帶幾分狂態」〔註18〕的「楚狂」（如接輿、伍子胥、項羽等）而言，更是別具一格，而又高人一等。他的「哲人之狂」，來自於他能把滿腔的忠君愛國熱情轉化爲冷靜而清醒的自我觀照；並用具體「捨生取義」的行動，確實踐履了「有恥且格」的儒家生命價值觀。當他奉爲圭臬的價值觀與現實牴觸時，爲自保清白，便選擇「怨懟沉江」的激烈方式以自清，當他走向「狷」的一路時，同時也是選擇「向上提昇」。《史記‧屈原傳》云：

> 屈平正道直行，竭忠盡智以事其君，讒人間之，可謂窮矣。
> 信而見疑，忠而被謗，能無怨乎？……濯淖污泥之中，蟬
> 蛻於濁穢，以浮游塵埃之外，不獲世之滋垢，皭然泥而不
> 滓者也。推此志也，雖與日月爭光可也。

司馬遷強化了屈原「事君」、「遭讒」、「被疏」、「生怨」的「忠君」模式。自此，「屈原」的人物形象在中國文化中，便有了「露才揚己」、「忠而見謗」的象徵意義；從審美的角度而言，屈原的生命因爲「效彭咸之遺則」而譜出一段悲壯悽愴的動人樂章，他的人格從此被「詩化」，後世之失意文人，乃從屈原身上找到認同的依歸。

稼軒詞中，「屈原」的意象不斷出現，詞人以「屈原」自況的用意甚爲明顯。

> 九畹芳菲蘭佩好。空谷無人，自願蛾眉巧。寶瑟泠泠千古
> 調，朱絲絃斷知音少。　　冉冉年華吾自老。水滿汀州，
> 何處尋芳草？喚起湘纍歌未了。石龍舞罷松風曉。（〈蝶戀花〉）
> 山中友，試高吟《楚些》，重與招魂。（〈沁園春〉）

〔註18〕潘嘯龍〈論屈辭之狂放和奇驗〉，《楚文藝論集》（湖北：美術出版社，
　　　1991 年），頁 551。

> 夜夜入清溪，聽讀《離騷》去。(〈生查子〉)
>
> 昂昂千里，泛泛不作水中鳧。(〈水調歌頭〉)
>
> 手把《離騷》讀遍，自掃落英餐罷，杖屨曉霜濃。(〈水調歌頭・賦松菊堂〉)
>
> 千古《離騷》文字，芳至今猶未歇。(〈喜遷鶯〉)
>
> 胸中不受一塵侵，卻怕靈均獨醒。(〈西江月〉)

第一首〈蝶戀花〉「九畹芳菲蘭佩好」前已論及，通篇多用《騷》語，表達的情感也就是《離騷》中「遭憂」、「見謗」的主題。此外，詞人或以「千里之駒」的意象自我描繪，說明自己不願如水中鳧般隨波逐流；或以「自掃落英餐罷」表明潔身自好的原則，以維持「胸中不受一塵侵」的高潔形象。並多次用「夜讀《離騷》」的意象來表明思接千載，尚友古人之意；他寧可忍受「靈均獨醒」之孤寂，也不願與世浮沉，同流合污。

屈原之狂，沒有窮途之哭；他那熱情和怨憤交織的複雜情感，都在道德的昇華中得到滿足。稼軒透過「屈原形象」所要寄託的，無非是「吁嗟默默兮，誰知吾之廉貞！」(〈卜居〉)之「孤芳自賞」意：

> 是我常與我周旋久。寧作我，一杯酒。(〈賀新郎〉)
>
> 高處掛吾瓢，不飲吾寧渴。(〈生查子・簡吾子似縣尉〉)
>
> 喚起一天明月，照我滿懷冰雪。(〈水調歌頭・和馬叔度游月波樓〉)

以上種種，都是稼軒一身倔強傲骨的最佳詮釋。現實中的失意人物，造就了詞中一個足以「壓倒古人」的悲壯「狷者」形象。劉改之寄辛詞有云：「古豈無人，可以似我，稼軒者誰。」(沈雄《古今詞話・詞評上卷》)時人推服如此，稼軒之胸懷氣概可知矣。

（二）陶淵明

陶淵明是一位生於晉宋之際，有著獨特思想品格的大詩人。在政治上，他不滿東晉以來社會動亂，世風日下的政局，不肯違心降志以逢迎世俗，亦不屈仕於代晉而立的劉宋政權。思想上，他受儒門家風

的濡染和魏晉以來玄學思想的影響；融合儒道，委運任化，不喜不懼。早期他也有過「精衛銜微木，將以填滄海」（〈讀山海經〉其十）的雄心壯志，並曾有幾次短暫出仕的經歷，但最後爲了「不降其志，不辱其身」（《論語・微子》），乃毅然挂冠求去，回歸自然；由「猛志逸四海，騫翮思遠翥」（〈雜詩〉十二首其五）的狂士，退爲「開荒南野際，守拙歸園田」（〈歸園田居〉五首其一）的狷者。在後人心目中，淵明便同時具有雄豪狂放和平淡靜穆的雙重品格。

顏延之是陶淵明之至友，淵明死後，他撰寫〈陶徵士誄〉，對陶公思想和創作第一個作出最有權威而又切中肯綮的評論。其文曰：「弱不好弄，長實素心，學非稱師，文取旨達。……賦詩歸來，高蹈獨善，亦既超曠，無適非心。」指出淵明詩品人品高度融合諧調的特色；性之所至，詩亦隨之，所以淵明之道德文章，皆足爲後世之表率。經過〈陶徵士誄〉的頌揚，陶公的高潔形象和他的詩文造詣乃垂範百代，使後人企仰不已。清人沈德潛說：「陶詩胸次浩然，其中有一段淵深樸茂不可到處。」（《說詩晬語》），陶公之詩品出於人品，而宋人對其人品之「淵深樸茂」處致意尤深；或探究其思想淵源及內涵，或討論其忠晉問題，或分析其出處之節等；異中有同的是，他們普遍對陶公「欲仕則仕，不以求之爲嫌，欲隱則隱，不以去之爲高。」（蘇軾〈書李簡夫詩集後〉）的「性情之眞」推崇感佩不已。而這種「縱浪大化，不喜不懼」的泰然委順的處世哲學，也就成爲陶公「高風亮節」的精髓所在。

後世另有一些靈敏文人，對陶公看似沖淡的隱居不仕有精微深刻的解讀。如宋人包恢便從以詩逆志的角度來看陶公：「陶之沖澹閒靜，自謂是羲皇上人，此其志也。〈種豆南山〉之詩，其用志深矣。〈羲皇去我久〉一篇，又直歎孔子之學不傳，而竊有志焉。」（〈答曾子華論詩〉）這和唐代司空圖「不疑陶令是狂生」（〈白菊〉三首其一）的說法桴鼓相應。如此一來，陶潛「性頗耽酒」（王維〈偶然作〉）便有了更深廣的解讀空間。詩人何以要獨厚於酒？乍看之下，酒能

銷憂解愁，酒中有眞趣，酒可合歡取樂。然而，從來「醉翁之意不在酒」，誠如前人所說：「醇酒豈是英雄志，所惜人謀不臧天道乖，無復青山可埋骨。」（《無盡庵遺集・雪中偕內子飲酒歌》）〔註19〕志士仁人，由於「人謀不臧天道乖」，因而所志不遂；但又不願降格以求，屈己從世，爲了自保廉眞，唯有以酒自遣；淵明便是把他的「男兒方寸心」（李白〈贈崔侍御〉）寄託於「揮觴暢飲」之中：既「不能俛隨世路」，乃以飲酒「自壯自恃」；又「未能追仰古聖」，復以飲酒「自遣自恕」（黃文煥《陶元亮詩析義》），此中實有「冰炭滿懷抱」（陶淵明〈雜詩〉其二）之深意。而立定站穩，比起一味前行，實在需要更大的定力與意志。所幸後世達人往往能解，所以「陶公飲酒」、「採菊東籬」，便成爲文學史上富涵象徵意義的「狷者」藝術形象。

稼軒對陶淵明的喜好和景仰可說形於詞色，毫不掩飾。他除了以「停雲」爲堂名外，還檃括淵明〈停雲〉詩，又於〈鷓鴣天〉詞序中明言：「讀淵明詩不能去手」，詞中亦多處出現陶令、南山、東籬、黃菊、飲酒等意象。尤其對於淵明出處有節的人格操守，尤致推崇：

歲月何須溪上記，千古黃花，自有淵明比。（〈蝶戀花〉）

穆先生，陶縣令，是吾師。（〈最高樓〉）

更風雨東籬依舊。陡頓南山高如許，是先生拄杖歸來後。

山不記，何年有。（〈賀新郎・題傅巖叟悠然閣〉）

我愧淵明久矣，猶藉此翁湔洗素壁寫歸來。（〈水調歌頭・再用韻答李子永提幹〉）

這是對淵明「絕意仕進」，自甘守貧的風骨表達景仰之意。古往今來，用行舍藏之高調人人會唱，但眞能依此標準立身行道，表裡如一者，唯有陶公。稼軒志切報國，卻始終在「炙手炎來，掉頭冷去，無限長安客」（〈念奴嬌〉）的宦海中浮沉，而無法如陶公一般毅然決然放下。

〔註19〕轉引自袁以涵〈陶淵明和酒和李白〉，收於《李太白研究》（臺北：里仁，民國74年），頁75。

當他被劾落職閒居期間，心神上更與淵明相親相近，這時，「陶令宅」、「淵明趣」，便是他極力追求仿效的審美意境：

> 便此地結吾廬，待學淵明，更手種門前五柳。（〈洞仙歌·訪泉於奇師村〉）
>
> 喜草堂經歲，重來杜老；斜川好景，不負淵明。（〈沁園春·再到期思……〉）
>
> 一尊遐想，剩有淵明趣。山上有停雲，看山下濛濛細雨。（〈驀山溪·停雲竹徑初成〉）
>
> 一自東籬搖落，問淵明歲晚，心賞何如？（〈漢宮春·即事〉）
>
> 傾白酒，繞東籬，止於陶令有心期。（〈鷓鴣天·重酒席上作〉）

稼軒筆下「陶公」所象徵的涵義，當然不只有「素壁寫歸來」，或手栽五柳、東籬賞菊的淺層意義而已。尤其當他對家國天下「欲放不下」時，陶公「冰炭滿懷」之矛盾痛苦，更是感受深切：

> 今日復何日，黃菊爲誰開。淵明謾愛重九，胸次正崔嵬。酒亦關人何事，政自不能不爾，誰遣白衣來。（〈水調歌頭·九日遊雲洞……〉）
>
> 此會明年誰健，後日猶今視昔，歌舞只空臺。愛酒陶元亮，無酒正徘徊。（〈水調歌頭·再用韻，呈南澗〉）
>
> 須信采菊東籬，高情千載，只有陶彭澤。愛說琴中如得趣，絃上何勞聲切。試把空杯，翁還肯道：何必杯中物。臨風一笑，請翁同醉今夕。（〈念奴嬌·重九席上〉）
>
> 一尊搔首東窗裏，想淵明、〈停雲〉詩就，此時風味。江左沉酣求名者，豈識濁醪妙理。（〈賀新郎·邑中園亭，僕皆爲賦此詞……〉）

英豪如稼軒者，對陶元亮看似退隱，實則堅持的千載高情，自有比一般人更深切的認同。東窗閒飲，「春醪獨撫」之際，陶、辛二人的心懷意念是靈犀相通的，所謂「〈停雲〉詩就，此時風味」，也只有「情與貌，略相似」（〈賀新郎〉）之稼軒最能體貼入微〔註20〕。他以「愛

〔註20〕郭紹虞《陶集考辨》説：「余嘗謂自來解〈停雲〉詩者，惟辛稼軒〈賀

酒陶元亮」自況，以別於一般「江左沉酣求名者」；然面對「濛濛細
雨」的時局，胸中塊壘亦未能全平。只是淵明尚有白衣王弘送酒，而
落寞之詞人，只落得無酒徘徊。然而，縱使無酒又何妨？苟得知音如
淵明，攜手臨風一笑，靈犀相通之悅樂，儘足以同銷萬古之愁！

　　在稼軒落職家居期間，也同樣過著詩酒自娛的生活；然而口說：
「醉鄉穩到無風浪」（〈漁家傲・湖州幕官作舫室〉），「眼中三兩蝶」
（〈念奴嬌〉）；看似豁達閒適，偶爾還是有些激昂不平的火苗竄出，
「老我傷懷登臨際，問何方・可以平哀樂？唯是酒，萬金藥。」（〈賀
新郎〉）「恨兒曹抵死，謂我心憂」（〈滿庭芳〉）這才是他酒後所吐之
眞言，陶公和稼軒都是打著醉酒旗號，一吐不便明抒之懷。所以淵
明隱藏之「豪情」，惟有辛稼軒最能貼近，而文學史上，第一個用「臥
龍」精神來比喻淵明「風流」的，也是稼軒；因爲他們同屬儒家中
人，才能有如此聲氣相應之共鳴：

　　把酒長亭說。看淵明風流酷似，臥龍諸葛。（〈賀新郎・陳同
　　父……〉）

　　歲晚淒其無諸葛，惟有黃花入手。（〈賀新郎・題傳巖叟悠然閣〉）
　　老來曾識淵明，夢中一見參差是。覺來幽恨，停觴不御，
　　欲歌還止。白髮西風，折腰五斗，不應堪此。問北窗高臥，
　　東籬自醉，應別有，歸來意。　　須信此翁未死，到如今
　　凜然生氣。吾儕心事，古今長在，高山流水。富貴他年，
　　眞饒未免，也應無味。甚東山何事，當時也道，爲蒼生起。
　　（〈水龍吟〉）

「諸葛」與「黃花」，一是狂者，一是狷者；同樣身處亂世，「諸葛」

新郎〉詞，最爲恰到好處。辛詞云：『甚矣吾衰矣，恨平生、交游零
落，只今餘幾。……一尊濁酒東窗裏（按：「濁酒」當作「搔首」）。』
想淵明、停雲詩就，此時風味。江左沉酣求名者，豈識濁醪妙理。
回首叫、雲飛風起。不恨古人吾不見，恨古人、不見吾狂耳。知我
者，二三子。』此數語正得淵明意趣。所謂『抱恨如何』，所謂『搔
首延佇』者，均可於此『春醪獨撫』之際，窺其上下古今獨立蒼茫
之感。」

知其不可而為之，淵明則知其不可為而不為，不屑不潔。然而稼軒卻把二人相提並論，二人所同者何?在於「君臣之義」而已。吳澄〈詹若麟淵明集補注序〉云:「予嘗謂楚之屈大夫，韓之張司徒，漢之諸葛丞相，晉之陶徵士，是四君子者，其制行也不同，其遭時也不同，而其心一也。一者何？明君臣之義而已。」〔註21〕他指出屈原、張良、諸葛亮、陶淵明生不同時，遭際、行事更不相同；然忠君愛國之思卻是聲息相通，前後輝映。而朱熹、龔定庵也有相同的看法:

> 淵明詩，人皆說平淡。據某看他自豪放，但豪放得來不覺耳。其露出本相者，是〈詠荊軻〉一篇，平淡底人如何說得這樣言語出來。(《朱子語錄》卷一三六)
>
> 陶潛酷似臥龍豪，萬古潯陽松菊高。莫信詩人竟平澹，二分梁甫一分騷。(龔定庵〈舟中讀陶詩〉)

他們都看出淵明在沖澹的外表下，裏藏的是直欲追蹤古人的忠義慷慨。龔定庵更明白指出淵明同時兼具屈原和諸葛亮的狂狷生命特質。清人施山說:「淵明為平淡之極品，然其言曰:『吾少性剛才拙，與物多忤』；又曰:『刑天舞干戚，猛志固常在』，有此剛性猛志，萬錘萬鍊，而後能入平淡。」(《望雲詩話》)淵明之平淡出於豪放，這便是「看淵明風流酷似，臥龍諸葛」的最好註解。若非有近似的生命氣性，及千古相同的忠肝義膽，又如何能熨貼領悟到此地步！「使君元是此中人」(蘇軾〈浣溪沙〉)當是最好的解釋。

　　淵明人格之「豪」，也來自他那桀傲不馴，不屈己從人的性格。胡仔《苕溪漁隱叢話》評其〈飲酒〉詩云:

> 坐止於樹陰之下，則廣廈華居吾何羨焉；步止於蓽門之裏，則朝市聲利我何趨焉；好味止於噉園葵，則五鼎方丈我何欲焉；大歡止於戲稚子，則燕歌趙舞我何樂焉？

胡氏稱讚淵明將權貴富豪競奔追逐之物視如糞土，「富貴不能淫」之大丈夫形象憬然在目，蘇軾則對陶公「違己豈非迷」，「吾駕不可回」

〔註21〕轉引自鐘優民《陶學史話》(臺北：允晨出版社，民國80年)，頁81。

（〈飲酒〉之九）的操持堅定，勇毅決斷崇仰不已（註22）；淵明這種不以「逆人」爲慮，一往直前的大無畏氣概，對氣味相投的稼軒而言，可謂體認尤深，故有「須信此翁未死，到如今凜然生氣」之悟語。兩者相較之下，詞人自然興起「我愧淵明久矣」之嘆。所以他筆下經常出現淵明的藝術形象，未嘗不是出於一種「雖不能至，然心嚮往之」的補償心理。

第三節　自然意象

　　當孔子提出「風沂舞雩詠而歸」的人生理想時，不僅勾勒出人與自然和諧共處的關係，同時把人世間情味滲入自然。對長期浸淫儒家思想的古代文人而言，自然，不只是觀賞愉悅的對象，更是可以生活於其間的安頓之所；自然與人的生活總是相關聯，相親近的。所以當文人在觀山觀海時，往往會情不自禁地把「人情」投射爲「物理」，如明人唐志契《繪事微言》云：「或問山水何性情之有？不知山性即止，而情態則面面生動。水性雖流，而情狀則浪浪具形。……豈獨山水，雖一草一木亦莫不有性情；若含蕊舒葉，若披枝行幹；雖一花而或含笑，或大放，或背面，或將謝，或未謝，但有生化之意。畫寫意者，正在此著精神。」（註23）爲自然賦以「生化」之意，這也正是中國詩人努力「著意」之處。「寫意」之詩，自然少不了「意象」的藝術符號。

　　某些意象符號由於代代相傳，因而產生歷時性的原型效應，也爲中國古人在進行藝術構思時，提供了許多便利的條件。憑藉著「意象」典型，古人建立了一個龐大的符號系統，以種種特定的「關係存在」

〔註22〕蘇軾〈錄陶淵明詩〉云：「此詩（〈飲酒〉之九）叔弼愛之，予亦愛之。予嘗有云：『言發於心而沖於口，吐之則逆人，茹之則逆予。以謂寧逆人也，故卒吐之。』」

〔註23〕轉引自蕭馳《中國詩歌美學》（北京：北京大學出版社，1986年），頁222～223。

來規範中國古典美學的心物關係，使得現實中的實體或景物，因而有了更生動真實的規定性意趣。尤其如清人鄒弢《三借廬筆談》卷三提到：「梅令人高，蘭令人幽，菊令人野，蓮令人淡，海棠令人豔，牡丹令人豪，蕉竹令人韻，秋海棠令人媚，松令人逸，桐令人清，柳令人感，……。」這種長期積累的意象原型，若能善加利用，往往能以少總多，形成「義生文外，秘響旁通」（《文心雕龍‧隱秀》）的效果，而避開直說無餘之淺露。因此長期以來，這類意象原型便綿延在古人筆下的各類作品中。

中國古典文學領域中，詩、詞由於體制短小，所以意象運用較多。而使用最頻繁的意象多屬自然界的山川花鳥；萬物的實利性也因文人的「意象化」而使其審美性益加豐富。文人「融情入景」的結果，使得一切景物皆蒙上情感的色彩，景實而情虛，虛實之間，妙合無垠，往往就能達到豁人耳目和沁人心脾的審美效果。誠如劉熙載所說：「『昔我往矣，楊柳依依。今我來思，雨雪霏霏。』深人雅致，正在借景言情。若捨景不言，不過春往冬來，有何意味？」（《藝概‧詩概》）。所以透過「意象」所構築出的情景交融的境界，才是中國傳統詩歌所標榜追求的審美意境。

稼軒詞中，意象運用較為頻繁而突出者有黃昏、山、松、鶴、梅、春等，而這些，無一不反映出他的人格特質及審美價值觀。

一、春

在儒家的倫理價值觀看來，個人生命的死亡，不僅僅如道家所說的，只是一種「物化現象」而已；而是具有深刻社會意義及道德意義。死亡與生存一樣是個體實現倫理價值的一個環節。儒家對生命不抱持任何幻想，也不懼怕自然的死亡，所謂「夭壽不貳，修身以俟之」，「盡其道而死者，正命也」（《孟子‧盡心上》）。重點在於死亡之前的生命過程是否有善加把握利用。所以，「君子疾沒世而名不稱焉」（《論語‧衛靈公》）在這樣的價值觀影響下，志士仁人，對於「生」之把握，「生」

之追尋，就有了道德層次的意義。

　　文人筆下，往往以「春」代表暢旺的生機，以「秋」代表生機之衰退。若範圍再縮小些，則「孟春」、「仲春」、「季春」的時序就足以涵蓋萬物由萌發到衰敗的生命歷程。而靈敏細膩之文人，對於美好時光之流逝，更是別有一番「驚心動魄」的體驗感觸。歷來詞人多以「春」的意象，來醞釀傳遞一種「美麗的哀愁」。如馮延巳「煩惱韶光能幾許？腸斷銷魂，看卻春還去。」（〈鵲踏枝〉），到了李後主，則把亡國之痛，故國之思納入「春」的意象中，如「落花流水春去也，天上人間」（〈浪淘沙令〉），「春花秋月何時了，往事知多少」（〈虞美人〉）等，感慨深沉，「春」的意象因而更爲豐富。

　　稼軒的詠春詞是集中極爲特出的佳構，其中當然有家國之思的深意。劉熙載曰：「詞之妙，莫妙於以不言言之，非不言也，寄言也。如寄深於淺，寄厚於輕，寄勁於婉，寄直於曲，寄實於虛，寄正於餘，皆是。」（《藝概‧詞曲概》）稼軒詠春詞正應作如是觀。

　　　寶釵分，桃葉渡，煙柳暗南浦。怕上層樓，十日九風雨。
　　　斷腸片片飛紅，都無人管，倩誰喚、流鶯聲住？　　鬢邊
　　　覷，試把花卜歸期，才簪又重數。羅帳燈昏，哽咽夢中語。
　　　是他春帶愁來，春歸何處？卻不解、帶將愁去。（〈祝英台近‧
　　　晚春〉）

詞以憶昔開篇，以下折回現實傷春。「怕上層樓」者，乃因「十日九風雨」之故，故怕見「片片飛紅」、亂紅披離之殘景，甚至怕聽聲聲啼鶯。「都無人管」、「倩誰喚」是怨春匆匆歸去的癡情語。上片「傷別」復又「怨春」，下片則以痴語極寫盼歸之情。鬢邊覷花，繼以數瓣卜歸，才簪又重數，婉曲深細，把思婦之神態心理捕捉入微入妙。「哽咽夢中語」亦傳神之筆，不怨春去人不歸，卻怨春帶愁來，不帶愁去，可謂無理而有致。稼軒此詞，自來選家大多認爲上片喻國事日非，下片喻恢復無望。楊希閔《詞軌》以爲此詞詞旨乃抒發「離亂身世之感」。黃蓼園則云：「此必有所託而借閨怨以抒其志乎？」（《蓼園

詞評》）可見在綺語纏綿之言情包裝下，詞人論議國事，別有寄託的精神，還是深婉可感。

稼軒另有二首春詞，可與此詞參看：

> 誰向椒盤簇綵勝？整整韶華，爭上春風鬢。往日不堪重記省，爲花常把新春恨。　　春未來時先借問，晚恨開遲，早又飄零近。今歲花期消息定，只愁風雨無憑準。（〈蝶戀花・戊申元日立春，席間作〉）

> 可恨東君，把春去春來無跡。便過眼等閒輸了，三分之一。
>
> （〈滿江紅・暮春〉）

「戊申」爲宋孝宗淳熙十五年（1188），辛棄疾時年四十九，正投閒置散，閒居上饒之帶湖。由此寫作背景可知，稼軒這類詠春詞，絕非一般泛泛的傷春悲秋之無聊意緒，而是傷心人別有懷抱。若把稼軒的〈摸魚兒〉與其他傷春詞放在一起對照比較，那麼便可發現此中的盼春、迎春、留春、送春，以至於惜春、怨春之情感是一致的。稼軒筆下的「春」，是美好時光的表徵，「少日春風滿眼」（〈破陣子〉），所以春天也是年少英豪實現理想，建功立業的大好時光。然而，畢竟「春色難駐」，盛年難再；英雄的弓刀事業尙未建立，無情「風雨」已然摧殘。「春光」已逝，理想終不敵現實的破壞打擊，「一番風雨，一番狼藉」（〈滿江紅・暮春〉）之凋零景象讓人護惜不已卻又無可如何；春歸無尋處，徒留朱顏轉變的詞人愁怨不已。「春來春去無跡」，未嘗不是對良辰美景稍縱即逝的驚覺感嘆。這種感嘆實與曹丕「日月逝於上，體貌衰於下，忽然與萬物遷化，斯志士之大痛也。」（《典論・論文》）以及諸葛亮「年與時馳，意與歲去，遂成枯落，多不接世，悲守窮廬，將復何及」（〈誡子〉）之慨歎聲息相通，也幾乎是歷來志士仁人共同的千古悲嘆。

今人施議對《宋詞正體》說：「辛詞用於婉約之力，遠較用於豪放之力爲大。」証諸這些詠春詞，確實可以感受到他「寄勁於婉」的渾厚力道及「入化」的功力。

二、黃　昏

日昇日落，本爲自然界永恆的生命節奏。這一看似單純的自然現象，卻在傳統文學中頻頻出現，其中所積累的特定情感與生命意識實耐人深究。

中國傳統的農耕社會決定了華夏民族的生活方式和情感意趣。上古〈擊壤歌〉有「日出而作，日入而息」之句，說明了古人特定的作息時間和行爲方式。由於白天農事繁重，因此夕陽西下，黃昏來臨，便代表歇息寢食、親人歡聚的美好時刻的來臨。此外，古人與異性幽會，或上古掠奪之婚俗也大多選擇朦朧的黃昏時刻（註24）；因此，在傳統文化中，黃昏便有了溫馨歡晤，親人團聚的意義，由此也衍生出日暮相思的義涵。如《詩經·王風》：「君子于役，不知其期，曷至哉？雞棲于塒，日之夕矣，羊牛下來。君子于役，如之何勿思！」最先寫出焦慮的思婦於黃昏時分睹物傷情之感。其後，詩詞中日暮相思之意象愈見頻繁，如王實甫〈〔中呂〕〈十二月過堯民歌·別情〉〉：「怕黃昏忽地又黃昏，不銷魂怎地不銷魂。新啼痕壓舊啼痕，斷腸人憶斷腸人。」便是一例。

「黃昏」這一象徵靜謐和諧的時刻，同時又充滿光影、溫度的變化，對生性極爲敏感的文人而言，更足以牽動他靈敏的神經和情緒的微妙變化。所以，黃昏時刻便成爲一個可以生發無限情意的藝術載體，也是騷人墨客「最難將息」的時刻。

屈原最早將「功業未及建，光景忽西流」（劉琨〈重贈盧諶〉）這種理想的追求與人生短暫的矛盾放入「黃昏」意象中。他上下求索，日忽忽將暮，恨不得令羲和弭節緩征，「望崦嵫而勿迫」，以控制時光的流逝。自此，黃昏便有了「老冉冉其將至兮，恐修名之不立」（《離

〔註24〕王獻唐《炎黃氏族文化考》：「摽掠宜於昏暮。故婚姻之婚從昏，暮夜人不察覺，易於襲劫，因謂嫁爲婚，習俗相沿，後世婚禮亦於昏暮行之。《說文》：『婚』下：『禮，娶婦以昏時，婦人，陰也。』許君所說，義屬晚出。」（山東：齊魯書社，1985 年），頁 126。

騷》）的象徵意義。到了三國王粲，在登樓之際又感悟到：「悲舊鄉之壅隔兮，涕橫墜而弗禁。……步栖遲以徙倚兮，白日忽其將匿」（〈登樓賦〉），把建功立業之志與遊子懷鄉之思相互滲透，渲染膨脹成一種蘊含豐富的迷離哀傷氣氛。尤其對「塵滿面、鬢如霜」的他鄉遊子而言，「暮靄沉沉」既是家園溫情的召喚，也是時光無情的催逼；若再加上歸鳥或風雨的鋪襯，更加牽引出許多無端的愁緒。所以，「黃昏」也就成為一天當中涵義最豐富的時刻；溫馨、傷感、惶恐等種種情思都一併融入冉冉西沉的夕陽中。

　　稼軒詞中的黃昏意象，充滿憂患意識和孤獨寂寞之感。最具代表性的就屬前曾引述之〈水龍吟〉：

> 落日樓頭，斷鴻聲裏，江南遊子。把吳鉤看了，闌干拍遍，
> 無人會，登臨意。

在落日的蒼茫背景映襯下，江南遊子的身影益發顯得孤絕。接著把鏡頭拉近，以遊子手中「吳鉤」為特寫，戰場上的利器卻淪為手中把玩之具，多少無奈的喟嘆都在無聲的動作中默默傳遞。同樣是日暮登臨，「江南遊子」也有沉沉低吼，憤恨難平的一面：

> 落日古城角，把酒勸君留。長安路遠，何事風雪蔽貂
> 裘？……莫學班超投筆，縱得封侯萬里，憔悴老邊州。何
> 處依劉客，寂寞賦登樓。（〈水調歌頭〉）

此時江南遊子又化身為落日樓頭的「依劉客」，在寂寞登樓之際，一方面極目遠眺「長安之路」，一方面卻一味以反語否定功名事業；詞情愈矛盾，心境愈見翻騰。

> 獨立蒼茫醉不歸。日暮天寒，歸去來兮。（〈一剪梅〉）

詞中所勾勒之意象，很自然讓人聯想到杜甫筆下那位「天寒翠袖薄，日暮倚修竹」（〈佳人〉）的清麗佳人；以及「此身飲罷無歸處，獨立蒼茫自詠詩」（〈樂游園歌〉）中哀樂相雜，迷惘與覺醒並存的詩人形象；他們共同的心境就在於內心清明而又寂寞。然而遊子的「登樓意」果真只是一句瀟灑的「歸去來兮」而已？箇中消息，在〈念奴嬌・登

建康賞心亭……〉中即見分曉：

> 我來弔古，上危樓、贏得閒愁千斛。虎踞龍蟠何處是？只
> 有興亡滿目。

這位多情多感的「遊子」，日暮時分登高遠眺，所見所感無非是「興
亡滿目」之悲涼而已。而李白〈登金陵鳳凰臺〉所生「總爲浮雲能蔽
日，長安不見使人愁」之愁思，也同樣攙雜在稼軒「興亡滿目」的情
感中：

> 天宇沉沉落日黃。雲遮望眼，山割愁腸。(〈一剪梅〉)
>
> 悵日暮雲合，佳人何處，紉蘭結佩帶杜若。(〈蘭陵王‧賦一
> 丘一壑〉)
>
> 望斷碧雲空日暮，流水桃源何處。(〈惜分飛〉)
>
> 識稼軒心事，似風乎、舞雩之下。回頭落日，蒼茫萬里，
> 塵埃野馬。更想隆中，臥龍千尺，高吟纏罷。倩何人與問：
> 「雷鳴瓦釜，甚黃鐘啞？」(〈水龍吟‧用瓢泉韻戲陳仁和……〉)

「稼軒心事」的內涵爲何？「風乎舞雩」是也。然而眼前又見「蒼茫
萬里，塵埃野馬」，無邊空闊的茫茫天地，「獨與余兮目成」之「佳人」
何處可尋？「人間桃源」何在？「望斷」一詞，便把詞人心中的執著
迫切之感表露無遺；詞人憂國心切，一心待用，何以落得「黃鐘毀棄」
的地步？沉沉一問，恰似雲中奔雷，氣勢萬鈞。「雲遮望眼」、「山割
愁腸」由視覺意象轉爲感官意象，更具誇張的奇趣。唯一千古不變的
是：「落日」融融，輝映出無限溫馨撫慰；然斜陽冉冉西沉，又隱含
無邊的失落與驚惶……。

　　稼軒也喜用「落日」爲襯底，再配合「歸鴉」、「孤鴻」的意象，
一動一靜，交疊出更生動飽滿的「黃昏」意象：

> 暮雲多。佳人何處？數盡歸鴉。(〈玉蝴蝶〉)
>
> 目斷秋宵落雁，醉來時響空弦。(〈木蘭花慢‧滁州送范倅〉)
>
> 衰草斜陽三萬頃。不算飄零，天外孤鴻影。幾許淒涼須痛
> 飲，行人自向江頭醒。(〈蝶戀花‧送祐之弟〉)

登高遠眺，最容易把時間的「遲暮」感與空間的「空闊」感交織融合。

時間愈晚，愈覺天地遼闊，一己孤渺；心中之焦灼感亦隨著光影的逐漸黯淡而滋生。樓頭詞人透過他的傷心慘目，所見無非是「衰草斜陽三萬頃」，沉沉暮靄遮斷望眼，「佳人」不見，則「長安」亦不見。一場栖惶奔走，只落得「一番愁、一番病、一番衰」（〈行香子〉）之無邊淒涼。天邊「孤鴻」、「落雁」，至少還有不變的方向，所以「不算飄零」；江頭遊子，只有在痛飲之際，撫弄「空弦」寄意。而最摧折人心的，莫過於「獨醒」之後加倍的落寞淒清；多少恨，盡在此虛實對照映襯之中。豔紅的晚霞，似乎是英雄滿腔熱血的映射，而悠悠江水，彷彿也成了英雄無盡的淚水。

　　稼軒筆下的黃昏日暮意象，可用既有「愛與美的失落」，也有「愛與美的執著」〔註25〕來形容，兩者交織互補，故能形成一種不迫不露，又足以感蕩人心的文采風流。

三、山　石

　　西方「格塔式學派」有所謂「異質同構」說，簡單說，就是「物我同型契合」。他們認為世上所有的事物都具有「物理性」（非表現性）和「表現性」兩種屬性。如人的臉部狀貌表情、肌肉的活動節律、步態的樣式特點，……以及人體運動的張力和韻律，都具有表現性，即都能表現某個人內在的心理狀態、精神氣質及性格特徵等。而「審美體驗」就是審美對象的表現性及其內在物理性的「力的結構」，與人的神經系統中相同的「力的結構」產生「同型契合」的結果。〔註26〕

　　其實這樣的觀念中國早已有之，如《禮記・樂記》中說：「大樂與天地同和」。《論語・雍也》云：「知者樂水，仁者樂山。知者動，仁者靜」。照審美心理學的觀點來看，水是流動的，它和變動不居的智慧，雖然本質不同，其「力的結構」則是相同的。同樣，山是沉靜、穩重的，它和仁者的端正、堅定的情操也是「異質同構」的關係。換

〔註25〕王立《心靈的圖景》第八章〈暮靄沉沉詩境闊〉，頁 292。
〔註26〕參見童慶炳《中國古代心理詩學與美學・心靈與自然的溝通》，頁 168。

言之，物理世界與心靈世界雖然屬性不同，但兩者間存在著某種神秘的對應關係。如清代桐城派學者姚鼐把天下事事物物分成「陽剛」、「陰柔」兩大類，無論是哪一類，都包含了質性極不相同，但在「力的結構」上相同的事物〔註27〕。當物理世界與心理世界的力的結構相對應而溝通時，那麼就進入身心和諧、物我同一的境界。人的審美體驗也就由此而產生。而詩人的任務，就是找出不同範疇的「異質同構」的事物，利用它們之間的對應點，來發覺詩意之美。當詩中的「物」與「我」同型契合，主體與客體交融統一，讀者也就在這種契合統一中獲得審美的愉悅。〔註28〕而且人類乳孕於綠色的大自然中不知其幾千萬年，每當人類心靈受創時，往往會有一種重返綠色的渴望，以期從中得到這位自然之母適度的慰藉與治療。

　　循此審美心理和遺傳心理來看，稼軒筆下多「山」的意象，不僅是一種「物」與「我」同型契合的結果，也是人類對自然「孺慕之情」的眞情流露。稼軒喜歡寫山，勝過於水〔註29〕；他嘗自我調侃：「好山如好色」（〈浣溪沙〉），在他眼中筆下所出現的青山，無一不是姿態橫生，生意盎然；更重要的是，都被詞人賦以不同的情感色彩，因而有了極爲豐富的審美意義。只因稼軒「投老空山」（〈永遇樂·檢校停雲新種山松……〉）後，便把「君儕心事」都寄託在「高山流水」（〈水

────────────

〔註27〕姚鼐〈復魯絜非書〉云：「鼐聞天地之道，陰陽剛柔而已。文者，天地之精英，而陰陽剛柔之發也。……其得於陽與剛之美者，則其文如霆如電，如長風之出谷，如崇山峻崖，如決大川，如奔騏驥；其光也，如杲日、如火、如金鏐；其於人也，如憑高視遠，如君而朝萬眾，如鼓萬勇士而戰之。其得於陰與柔之美者，則其文如升初日，如清風、如雲、如霞、如煙、如幽林曲澗、如淪、如漾、如珠玉之輝，如鴻鵠知名而入遼闊；其於人也，漻乎其如歎，邈乎其如有思，暖乎其如喜，愀乎其如悲。」《惜抱軒文集》卷六。

〔註28〕詳見童慶炳《中國古代心理詩學與美學·心靈與自然的溝通》，頁168～175。

〔註29〕據林淑華編著《辛棄疾全詞索引及校勘》之統計，稼軒詞中，使用「山」字共三四三次，使用「水」字共一五七次。（北京：北京圖書館出版社，1998年）

龍吟〉〉之中：

> 陡頓南山高如許，是先生、拄杖歸來後。山不記，何年有。
> （〈賀新郎・題傅巖叟悠然閣〉）
> 我見青山多嫵媚，料青山、見我應如是。（〈賀新郎〉）
> 青山幸自重重秀。問新來、蕭蕭木落，頗堪秋否？總被西
> 風都瘦損，依舊千崿萬岫。（〈賀新郎〉）
> 一水西來，千丈晴虹，十里翠屏。喜草堂經歲，重來杜老。
> 斜川好景，不負淵明。……青山意氣崢嶸，似為我、歸來
> 嫵媚生。（〈沁園春・再到期思卜築〉）

這幾首當為一時之作。「悠然閣」取淵明「悠然見南山」之詩意。稼軒以傅巖叟比淵明，實則也以淵明自況；即古即今，亦吾亦友。南山自古已有，然而在淵明未歸隱之前，南山只是南山而已；自淵明採菊東籬，悠然見之，霎時融情入景，物我合一，從此，「南山」便染上淵明高蹈卓絕之人格色彩，在日後許多徘徊於仕隱之間的文人心中，「南山」便成為一座仰之彌高的崇山峻嶺，一種超凡的審美價值於焉產生。稼軒罷福建安撫使任，再度宦遊歸來，乃卜築期思；此時平生交遊，零落殆盡〔註30〕。不免有「甚矣吾衰矣」之嘆。人不我知，世不我用，惟有水聲山色，聊以相娛。詞人既以淵明自居，則眼前青山亦如「南山」般，相看兩不厭；詞人無限情意，盡向此山傳遞；而青山亦以同樣之情趣反射回應，物我之間悠然忘情，頗有「獨與天地精神相往來」的超然逍遙。「問新來、蕭蕭木落，頗堪秋否？總被西風都瘦損，依舊千崿萬岫。」則是藉山喻人，詞人心剛志堅，縱被群小中傷，亦如泰山巖巖，屹立不搖，翠意盎然。山之嫵媚，即我之嫵媚；山之堅毅，即我之堅毅；「意氣崢嶸」的是青山，也是稼軒。回歸山林，也就是回歸自我。故「淵明歸來」，則青山增色；換言之，稼軒與青山之互動關係，實含有「我與我周旋久，寧作我」之深意。再看：

〔註30〕如洪景伯、韓南澗、湯朝美、錢仲翔、王宣子、陸九淵、陳同甫等，
　　　　均先後下世。

> 莫笑吾家蒼壁小，稜層勢欲摩空。(〈臨江仙〉)
> 疊嶂西馳，萬馬迴旋，眾山欲東。……爭光見面重重。看
> 爽氣、朝來三數峰。(〈沁園春‧靈山齊菴賦……〉)
> 舊時樓上客，愛把酒、對南山。(〈木蘭花慢‧題上饒郡圃翠微
> 樓〉)
> 千載風味此山中。(水調歌頭‧賦松菊堂)
> 空悵望、風流已矣，江山特地愁予。(〈漢宮春‧即事〉)

「勢欲摩空」的是「吾家蒼壁」，氣魄極大；吾家南山自古原有，亦
飽含淵明精神；朝來群山爭先見面，爽氣迎人，沁人心脾，觸目有情；
吾人可以明顯感覺到，稼軒不是在寫山而是在寫觀山之人。壯士暮
年，投老空山，惟有透過山之崇高形象得到心靈的撫慰；當失意惆悵
之時，江山也能在默默中給予最大的靜定力量。

> 山頭怪石蹲鴟鵁。俯人間、塵埃野馬，孤撐高攫。(〈賀新郎‧
> 題傅君用山園〉)

即便是「山頭怪石」，也別有「孤撐高攫」之雄姿英發，「醜怪」中適
足以見其不落凡俗之「奇美」。

> 我笑共工緣底怒，觸斷峨峨天一柱。補天又笑女媧忙，卻
> 將此石投閒處。野煙荒草路。先生拄杖來看汝。倚蒼苔，
> 摩挲試問：「千古幾風雨？」　霍然千丈翠巖屏，鏗然一
> 滴甘泉乳。結亭三四五。會相暖熱攜歌舞。細思量：古來
> 寒士，不遇有遇時。(〈歸朝歡‧題趙晉臣積翠岩〉)

此詞純是藉賦積翠巖而托意。詞人從神話角度設想宕開，頗富浪漫之
色彩；然終究回到現實，以石寓人；原該用來補天的奇石，歷經千古
風雨之後，卻淪落在荒煙蔓草間；任憑牧兒敲火、牛羊磨角；如此際
遇，豈只冷落無聞而已，實有更多不堪明言之苦楚。「先生」拄杖，
摩挲探問，無限憐惜不捨；言下之意，我亦是擎天之材，卻無補天之
用，反淪落凡塵，飽受風雨摧折，胸中不平之意，盡在此相惜相憐的
言語動作中流露。然而詞人畢竟不會就此妥協放棄，他那「狂者」之
熱情在一時黯淡之後，旋又陡然振起，「千丈翠屏」霍然開展眼前，

綠意盎然，奪人眼目，豁人心胸。稼軒暢旺之生機，也在「千丈翠屏」
的開展中，展現無遺。

　　稼軒另有〈山鬼謠〉一首，詞序云：「雨巖有石，狀甚怪，取《離
騷・九歌》名曰「山鬼」，因賦〈摸魚兒〉，改今名」內容意境與此相
似。「怪石」因其醜怪而被世人冷落，在一夜風雨的交相侵襲之下，
形成「石浪掀舞」之雄奇景觀，這種「驚倒世間兒女」之美，唯有境
遇相似之作者獨具慧眼，並與之神交心許，相約遠遊萬里。詞人藉詠
石以詠懷之用意，顯然可知。再如〈滿江紅・題冷泉亭〉也是藉冷泉
週遭之景物描繪，表露出懷才不遇之憤懣心情，中有句云：

> 誰信天峰飛墮地，傍湖千丈開青壁。是當年、玉斧削方壺，
> 無人識。

詞人再三以「千丈」巨巖自比，雄奇、高大，孤峭卓絕，「不與坏壤
為類」（柳宗元〈始得西山宴遊記〉），充滿陽剛之氣；雖然終究「無
人識」，亦無損於巨石拔地倚天的傲岸豪氣。詠物詞不外摹寫物象，
取神攝美，在若即若離間，詞人之胸襟、氣象、人格亦委曲傳達

四、梅

　　詞體本以「要眇宜修」為審美標準，所以崇尚含蓄細膩的比興之
筆。南宋豪放派詞人進一步把家國身世之感透過比興手法，融入「香
草美人」的意象之中，使得「詠物詞」有了更深刻的涵義。文學史上，
「梅花」與文人間的關係也有一由疏而密的過程，對此，《四庫提要・
梅花字字香》有如下說明：

> 《離騷》遍擷香草，獨不及梅。六代及唐，漸有賦詠，而
> 偶然寄意，視之亦與諸花等。自北宋林逋諸人遞相矜重，「暗
> 香疏影」、「半樹橫枝」之句，作者始別立品題。南宋以來，
> 遂以詠梅為詩家一大公案。江湖詩人，無論愛梅與否，無
> 不藉梅以自重。……以求附雅於人。黃大輿至輯詩餘為《梅
> 苑》十卷，方回作《瀛奎律髓》，凡詠物俱入著題類，而梅
> 花則自立一類，此倡彼和，沓雜不休，名則耐冷之交，實

則附炎之局矣。

由此可知，「詠梅」之風是到了宋代以後，在時代「尚雅」審美觀的影響下才興盛起來；「觀梅」、「詠梅」乃成爲文人雅士寄託「雅趣」的普遍性活動。而第一部詠梅詞專集《梅苑》之編纂，亦出現於南渡之初。〔註31〕

早期詞人筆下之梅，不外是景物的烘托；再進一層，則是以落梅繁多雜亂之象來比喻文人心中撩亂情意；如韋莊〈鵲踏枝〉首句云：「梅落繁枝千萬片，猶自多情，學雪隨風轉。」以千萬片落梅象徵多情生命的殞落，梅花因而被賦予「多情繾綣」之意象。再如李後主之「砌下落梅如雪亂，拂了一身還滿。」（〈清平樂〉）則以拂之不去的落梅象徵「愁恨」之欲去還來，揮之不去、驅之不散。韋、李均以落梅「繁多」之特色來寄託情意，哀淒中別有一種「數大之美」。其後北宋初年林逋隱居孤山，以梅爲妻，以鶴爲子；一句「疏影橫斜水清淺，暗香浮動月黃昏」（〈山園小梅〉），驚動詞壇，更開拓了梅花的審美視野；自此，「梅」格與「人」格相結合，梅花一枝獨秀的橫斜身影，便有了「孤高自許」的意義。此後蘇軾乃藉詠梅來悼念侍妾朝雲：「黃骨那愁瘴霧，冰肌自有仙風。……素面常嫌粉涴，洗妝不褪唇紅。」（〈西江月〉）以梅擬人，強調梅花有冰雪般的肌體，神仙般的風致，以致瘴霧之氣亦不能爲害。南宋愛國詞人面對異族入侵，國土分裂的局勢，忠君憂國之思無日或已；在此情況下，很容易與雪地中綻放之寒梅與自我人格之間產生比附聯想。而爲了凸顯梅花的清高絕俗，往往又拿其他凡花作映襯，因而在「獨立不遷」的涵義外，又有了「蛾眉遭妒」的意義，梅花的意象，發展到此，可謂極矣至矣，蔑以復加矣。

稼軒有許多詠花之詞，如〈定風波〉賦杜鵑花；〈卜算子〉賦荷花；〈念奴嬌〉賦白牡丹；〈小重山〉詠茉莉；〈西江月〉詠木犀等，

〔註31〕《梅苑》一書爲宋人黃大輿於南渡之初（1129）編選問世。該書專收詠梅詞，凡十卷，五百餘首。

但都不如他的詠梅詞出色。稼軒於繁花之中，最喜、亦最善詠梅；一方面是出於時代風尚的影響，一方面也是個人審美意趣之投合；詞品人品一致如稼軒者，其賞梅、詠梅，皆有個人身世之感寄寓其中，未可與當時文壇上「附炎之局」相提並論。如〈臨江仙·探梅〉：

> 老去惜花心已懶，愛梅猶遶江村。一枝先破玉溪春。更無花態度，全是雪精神。　　賸向青山餐秀色，爲渠著句清新。竹根流水帶溪雲。醉中渾不記，歸路月黃昏。

「更無花態度，全是雪精神」爲全詞警句。「花態度」泛指以俗艷媚人之冶客嬌態；而「雪精神」則點出清、冷、峻、潔等品格特質。「愛梅猶遶江村」的畫面，猶如屈子行吟澤畔；人物與背景的關係，是一種有意爲之的選擇，兩者相映相襯，實有「高蹈遠舉」的深意，而作者「不與梨花同夢」（蘇軾〈西江月〉）之獨特人格品味也由此彰顯。

　　稼軒另有一首〈瑞鶴仙·賦梅〉，通篇用擬人法寫梅。形神兼備，寓意深遠。其中寫梅的姿容是：

> 溪奩照梳掠。想含香弄粉，豔妝難學。……倚東風、一笑嫣然，轉盼萬花羞落。

若非心領神會，物我交融，如何能有如此精妙入微而又細膩傳神之描繪？尤其風中冷梅臨風梳掠，風動花笑，自然自在；多少從容自信，風流韻致，亦在此流眄一笑中流露！如此嫣然風姿，試問「阿誰堪比」？

> 寂寞。家山河在？雪後園林，水邊樓閣。瑤池舊約、鱗鴻更，仗誰托？粉蝶兒只解，尋桃覓柳，開遍南枝未覺。但傷心，冷落黃昏，數聲畫角。

下片則逐層渲染「寂寞」情懷：「鱗鴻無托」一層；「粉蝶不解」一層；「黃昏畫角」，惟傷心而已，又一層。物理可以通人情，紅顏薄命，自古而然；同樣，英雄氣骨終究不敵凡夫之妍皮痴骨，唯有冷落黃昏，無邊寂寞相伴。此詞在婉約之風貌下，寓含英雄報國無門之孤危托落，情感之負荷極爲沉鬱，可謂「軟媚中有氣魄」（張炎評周邦彥詞

語）。稼軒筆下「梅花」的意象，可說涵義豐富，嫵媚多姿：

> 照影溪梅，悵絕代佳人獨立。(〈滿江紅〉)
>
> 疏疏淡淡，問阿誰堪比。……萬里風煙，一溪霜月，未怕欺他得。不如歸去，閬苑有個人惜。(〈念奴嬌〉)
>
> 深雪裡，一枝開，春事梅先覺。(〈驀山溪·趙昌父賦一丘一壑……〉)
>
> 醉裏謗花花莫恨，渾冷淡，有誰知。(〈江神子·賦梅，寄余叔良〉)

在詞人眼中，梅花是麗質天生，不須倚賴「借色」示人。而梅花開在早春，眾人皆睡，繄我獨醒，這種先知先覺的智慧也是梅花「真色」的內涵之一。然而這樣的「真色」反而不入世人之眼，「讒謗」往往緊隨著「美麗」與「智慧」而來，「冷落」、「冷清」、「冷淡」便成為此花唯一的歸宿，「臨水自照」也是「絕代佳人」最終的選擇。由此可知稼軒縱使失意困躓，備受「風雨」摧折，依然不失其自信從容；相較之下，群小的張牙舞爪反而顯得窘態畢露，多餘而可笑。

有時稼軒也以梅、菊、雪並列，形成一個清冷絕俗的審美「意象群」，以與桃紅柳綠之熱鬧俗豔區別，而雅俗之辨亦包含其中：

> 雪裏疏梅，霜頭寒菊，迥與餘花別。(〈念奴嬌·贈夏成玉〉)
>
> 年年索盡梅花笑，疏影黃昏。疏影黃昏，香滿東風月一痕。清詩冷落無人寄，雪豔冰魂。雪豔冰魂，浮玉溪頭煙樹村。(〈醜奴兒〉)
>
> 雪後疏梅、時見兩三花。比著桃源溪上路，風景好，不爭多。(〈江神子·博山道中書王氏壁〉)
>
> 江山一夜，瓊瑤萬頃，此段如何妒得。細看來、風流添得，自家越樣標格。……著意爭妍，那知卻有，人妒花顏色。無情休問，許多般事，且自訪梅踏雪。待行過、溪橋夜半，更邀素月。(〈永遇樂·梅雪〉)

稼軒不僅欣賞梅花「深雪裏，一枝開」的「越樣標格」；尤其對那「迥與餘花別」的「冰姿玉骨」(〈洞仙歌〉)及「雪豔冰魂」更是推崇不

已；但也不免爲梅花「人妒花顏色」的遭際感到惋惜；詞人不向落英繽紛的桃源路上尋桃覓柳，寧願「訪梅踏雪」，「只共梅花語」（〈卜算子·尋春作〉）。這種審美追求，也是一種人生價值追求；一切詠物，莫非詠懷，稼軒詠梅，無非是「更把梅花比那人」（〈鷓鴣天·和趙晉臣……〉）的用意，詞人的精神氣格，早已與花的精神合而爲一，花中有人，花中有我；見花如見人，花品即人品，眞正做到「不著一字，盡得風流」（司空圖《二十四詩品》）的境界。

五、松

　　早在先秦時代，「松」就被賦予「志操堅貞」的象徵。《禮記·禮器》：「其在人也，如竹箭之有筠也。如松柏之有心也。」李時珍《本草綱目·木一·松》云：「松節松心，耐久不朽。」江淹〈知己賦〉便有「我筠心而松性」之句。此外，松柏也是眾木中長青不凋之樹，《荀子·大略》：「歲不寒無以知松柏」，所以，先人很早就以「松」來象徵君子不畏艱難之堅貞高潔。如建安文人劉楨便以「勁松」之意象入詩：「亭亭山上松，瑟瑟谷中風。風聲一何盛，松枝一何勁。冰霜正慘凄，終歲常端正。豈不罹凝寒，松柏有本性。」（〈贈從弟三首〉之一），鍾嶸譽之曰：「眞骨凌霜，高風邁俗」（《詩品》）。

　　陶淵明也善於將自己的情志透過詩的意象來表達，如松、菊、孤雲、歸鳥都是他投注思想情感的對象，其中又以松、菊較爲突出：

　　芳菊開林耀，青松冠巖列。懷此貞秀姿，卓爲霜下傑。（〈和郭主簿〉其二）

　　青松在東園，眾草沒其姿。凝霜殄異類，卓然見高姿。連林人不覺，獨樹眾乃奇。提壺掛寒柯，遠望時復爲。（〈飲酒〉其八）

　　雲無心而出岫，鳥倦飛而知還。景翳翳以將入，撫孤松而盤桓。（〈歸去來兮辭〉）

清人黃文煥以爲：「菊色佳在泡露，松姿卓在傲霜」（〈陶元亮詩析義〉），故〈飲酒〉詩中，淵明以「青松」自比，以「望松」、「對菊」

下酒，這些意象群的交疊，實有詩人人品之寄託。此後，「松菊之操」
便成爲陶公貞潔品格之代稱。

　　稼軒仰慕陶公之人品志節，陶公筆下的松菊自然也經常出現在稼
軒詞中。然而陶、辛畢竟有其同而不同之處，以稼軒的英雄氣質而言，
較偏好以挺拔之「松」來寄託他深厚博大、磊落不群的情志。除了明
言：「一松一竹眞朋友，山鳥山花好弟兄」(〈鷓鴣天〉)外，詞中「松」
的意象極爲凸顯：

　　　　斷崖千丈孤松，挂冠更在松高處。(〈水龍吟·盤園任子嚴安撫
　　　掛冠……〉)

孤松生長在千丈斷崖之上，昂然獨立於勁風之中。蒼茫人間，盡在腳
下；滾滾紅塵，渾然無物。孤松姿態本已奇絕，然而詞人「挂冠更在
松高處」，則更翻進一層，如此之「高風亮節」已到了無以復加之境。
若無高人一等的胸襟視野，操持堅定之膽識定力，不能望到、搆到如
此超然之境。稼軒在解職閒居期間，便手種松竹、松菊，努力規劃經
營出另一個「松菊陶潛宅」，期望構築出異代相通的「千載風味」以
安身立命：

　　　　自嘆年來，看花索句，老不如人意。東風歸路，一川松竹
　　　如醉。(〈念奴嬌·和趙興國知錄韻……〉)

　　　　路險兮山高些。愧予獨處無聊些。冬槽春盎，歸來爲我，
　　　製松醪些。(〈水龍吟·用些韻〉)

　　　　淵明最愛菊，三徑也栽松。何人收拾，千載風味此山中。(〈水
　　　調歌頭·賦松菊堂〉)

　　　　醉裏卻歸來，松菊陶潛宅。(〈生查子·民瞻見和，再用韻〉)

手種青松，步趨三徑，固然代表一種「放下」的人生抉擇，但其中又
包涵詞人多少無可如何；比起淵明人生修養的爐火純青，稼軒畢竟還
有一些難以消除的「火氣」。在他偶爾詼諧自嘲的輕鬆口吻中，難免
有些憤懣不平之氣挾帶而出，如：

　　　　昨夜松邊醉倒，問松：「我醉何如」。只疑松動要來扶，以

手推松曰：「去」！（〈西江月‧遣興〉）

老合投閒，天教多事，檢校長身十萬松。（〈沁園春‧靈山齊菴賦〉）

投老空山，萬松手種，政爾堪嘆。（〈永遇樂‧檢校停雲新種杉松〉）

湖海早知身汗漫，誰伴？只甘松竹共淒涼。（〈定風波‧用藥名〉）

稼軒在幽居期間以種松自娛自遣，乍看之下，雅興不淺，頗為逍遙愜意；然而其中實含有「卻將萬字平戎策，換得東家種樹書」（〈鷓鴣天〉）的幽憤牢騷；所以面對十萬長松時，詞人聯想的不是松竹清韻，而是軍容壯盛的十萬大軍，可見他念茲在茲的仍是抗金之恢復大業，當年「渡江天馬南來」的初衷時刻縈之於懷。在他心目中，松，有時是自我人格的投射，有時又是氣味相投的知己，甚至是一起出生入死的袍澤兄弟。松邊醉倒，是醉倒在「自家人」身邊，又何須顧慮「失態」與否?松來相扶，恍若知己兄弟之關切，自然而然，毫不忸怩。「只甘松竹共淒涼」是心有不甘之後的暫時退讓，也是「壯懷酒醒心驚」（〈臨江仙‧醉宿崇福寺……〉）後的真情流露。稼軒也很明白，自己即使「東籬菊多重菊，待學淵明」，然而畢竟是「酒興詩情不相似」（〈洞仙歌‧開南溪初成賦〉），稼軒這種自相矛盾的情懷在〈沁園春‧帶湖新居將成〉中表露無遺：「東岡更葺茅齋，好都把、軒窗臨水開。要小舟行釣，先應種柳；疏籬護竹，莫礙觀梅。秋菊堪餐，春蘭可佩，留待先生手自栽。沉吟久：怕君恩未許，此意徘徊。」種柳觀梅，字字幽雅，不減陶令，然而最終一句「此意徘徊」便將前面經營的高人雅致一筆勾銷；稼軒懷抱大志，豈是真能安於閒退者?稼軒之所以為稼軒，正在於他毫不掩飾自己內心的矛盾痛苦，而所有的矛盾都來自於那澆不熄的報國熱情。

六、鳥

稼軒有「我見青山多嫵媚，料青山、見我應如是」之句，「青山」

一詞若作廣義的解釋，實包含自然界的紛然萬象；透過文人有情的眼目，所看到的自然世界往往是「好鳥枝頭亦朋友，落花水面皆文章」（翁森〈四時讀書樂〉）。稼軒賦閒期間前後長達二十餘年，和他朝夕相處的，無非是青山綠水，山鳥山花。所以筆下較常出現的，除了靜態的一丘一壑，一松一竹之外；最富生意，能與老兵共一笑，且相看兩不厭的，唯有「山鳥」而已。他嘗歡暢地說：「一松一竹皆朋友，山鳥山花好弟兄」（〈鷓鴣天〉），雖然語詞淺白，也是最真實的心聲流露。

　　稼軒時以「禽鳥」自況，而形貌意態各不相同：

　　　　當年眾鳥看孤鴉。意飄然，橫空真把，曹吞劉攫。（〈賀新郎‧
　　　　韓仲止判院山中見訪……〉）

《後漢書‧禰衡傳》：「鷙鳥累百，不如一鴉。」稼軒此處以「孤鴉」自況，橫空突起，意氣自得，頗有凌空而起，不可一世之概。他也以這樣的審美人格來期勉友人：

　　　　勸君且作橫空鴉。便休論、人間腥腐，紛紛鳥攫。九萬里
　　　　風斯在下，翻覆雲頭雨腳。快直上、崑崙濯髮。（〈賀新郎‧
　　　　用韻題趙晉臣敷文積翠巖……〉）

橫空之鴉扶搖直上九萬里，遠離人間腥腐之場；在崑崙山頂俯瞰人世，以雲雨濯髮，人我之間的高下、清濁之別，盡在此孤鴉超然遠舉之雄闊意境中呈現。

　　稼軒有時則以「鶴」鳥的形象出現，「鶴」在傳統觀念中，與道家游仙思想密不可分，得道仙人往往騎鶴出塵而去。東坡〈放鶴亭記〉有云：「《易》曰：『鶴鳴在陰，其子和之。』《詩》曰：『鶴鳴於九皋，聲聞於天。』蓋其為物，清遠閒放，超然於塵垢之外，故《易》、《詩》人以比賢德君子。隱德之士，狎而玩之，宜若有益而無損者。」所以，清高閒遠之士往往比德於鶴，借鶴以自鳴。稼軒在失意中，亦不免作此聯想：

　　　　醉裏不知誰是我，非月非雲非鶴。（〈念奴嬌‧賦雨巖……〉）

詞從反面達意，「非月非雲非鶴」即「是月是雲是鶴」，化我爲物，又物我兩忘，然而這種超然的齊物意境，唯有在醉中可得。

　　物化蒼茫，神遊彷彿，春與猿吟秋鶴飛。（〈沁園春・期思舊呼奇獅……〉）

　　老鶴高飛，一枝投宿，嘗笑蝸牛戴屋行。（〈沁園春・再到期思卜築〉）

詞人以一壑自專，如同老鶴自在高飛，獨佔一枝。比起「蝸牛戴屋」之世人，又是何等逍遙愜意！

　　有時，鶴鳥又成莫逆知己，可相與對話、共論幽事，甚至彼此立下盟誓，物我欣然一處：

　　幽事欲論誰與共，白鶴飛來似可，忽去復何如？眾鳥欣有託，吾亦愛吾廬。（〈水調歌頭・將遷新居不成戲作……〉）

　　凡我同盟鷗鷺，今日莫盟之後，來往莫相猜。白鶴在何處，嘗試與偕來。（〈水調歌頭・盟鷗〉）

　　甚等閒卻爲，鱸魚歸速。野鶴溪邊留杖屨，行人牆外聽絲竹。（〈滿江紅・呈趙晉臣敷文〉）

　　偶向停雲堂上坐，曉猿夜鶴驚猜。主人何事太塵埃？低頭還說向：「被召又還來」（〈臨江仙・停雲偶作〉）

　　偷閒定向山中老，此意須教鶴輩知。（〈瑞鷓鴣・京口有懷山中故人〉）

　　君向沙頭細問，白鷗知我行藏。（〈朝中措〉）

「誰識稼軒心事，似風乎舞雩之下」（〈水龍吟・用瓢泉韻……〉），既無知音共賞，唯有將心事與「山中友」共知聞。「野鶴溪邊留杖屨」，「被召又還來」，見出詞人理想與現實掙扎的矛盾。「吾愛吾廬」的歡欣也被滿面塵埃倦容抵銷。「此意須教鶴輩知」，「白鷗知我行藏」，其實也就是「惜花情緒只天知」（〈最高樓〉）的換句話說而已。「箇裏迷藏」（〈朝中措〉），其實不言可喻。

第九章　稼軒豪放詞在詞史上的地位及影響

第一節　「稼軒風」之成立

一、蘇、辛同而不同

　　詞史上論豪放詞者皆以蘇、辛並稱。並以之爲南北宋豪放詞的關鍵代表人物。這種說法始自南宋，以後歷代相傳，乃成定論：

> 詞至東坡，傾蕩磊落，如詩如文，如天地奇觀，豈與群兒雌聲學語較工拙？……嗟乎！以稼軒爲坡公少子，豈不痛快靈傑可愛哉！（劉辰翁《須溪集》卷六〈辛稼軒詞序〉）

> 樂府始於漢，著於唐，盛於宋，大概以情致爲主。秦、晁、賀、晏雖得其體，然哇淫靡曼之聲勝。東坡、稼軒矯以雄詞英氣，天下之趨向始明。（王博文〈白樸天籟集序〉）

> 蘇詞發展到了稼軒，於是文學史上所大書特書的「蘇、辛詞派」才得正式建立。（龍楡生〈東坡樂府序〉）

蘇、辛二人在詞體的流變過程中，各以其卓識高才，在特定的歷史條件下，先後崛起，以雄詞英氣，一掃詞壇哇淫靡曼之聲，對詞體進行一番「奪胎換骨」的改造；這項歷史任務，由東坡導其源，由稼軒肆

其流，因此詞之體格益尊，境界益廣，終使「豪放詞」在南宋詞壇「屹然別立一宗」(《四庫全書總目提要‧稼軒詞提要》)，取得極高的藝術成就。「斯實詞體興衰一大關鍵」(葉恭綽〈東坡樂府箋序二〉)，所以蘇、辛二人在詞史上的地位是無可取代的。

然而在整體流派風格之籠罩下，個人主體藝術風格的差異性亦是不容忽略。蘇、辛雖同屬豪放詞人，細味之，二人實有其「同而不同」的審美意義及影響。

辛棄疾的弟子范開首先從思想性格的角度論述蘇、辛異同。他在〈稼軒詞甲集序〉中說：

> 器大者聲必閎，志高者意必遠。……世言稼軒居士辛公之詞似東坡，非有意於學坡也，自其發於所蓄者言之，則不能不坡若也。……其間固有清而麗、婉而嫵媚，此又坡詞之所無，而公詞之所獨也。

從思想性格或胸襟見識而言，蘇、辛同屬「器大」、「志高」之屬，同樣以心靈抒發為第一義，以規矩準繩為餘事。然而兩人又各有屬於自我的情感興趣、「筆墨精神」，不容相混。除了「清而麗、婉而嫵媚」為坡公所無外，蘇、辛之別歷來詞評家多有論及：

> (稼軒) 大踏步出來，與眉山同工異曲。然東坡是衣冠偉人，稼軒則弓刀游俠。(譚獻《復堂詞話》)
>
> 世以蘇、辛並稱，蘇之自在處，辛偶能到；辛之當行處，蘇必不能到。二公之詞，不可同日而語也。(周濟《介存齋論詞雜著》卷一)
>
> 東坡心地光明磊落，忠愛根於性生，故詞極超曠，而意極和平。稼軒有吞吐八荒之概，而機會不來。正可以為郭、李，為岳、韓，變則即桓溫之流亞。故詞極豪雄，而意極悲鬱。蘇、辛兩家，各自不同。(陳廷焯《白雨齋詞話》卷六)
>
> 東坡之詞曠，稼軒之詞豪。(王國維《人間詞話》)
>
> 辛稼軒於南宋別開宗派，植基樹本，要當年少在中州日，間受東坡影響為深。辛以豪壯，蘇以清雄，同源異流，亦

未容相提並論。（龍沐勛〈東坡樂府綜論〉）

各家評騭中，以王國維之說最爲扼要。王氏拈出「曠」、「豪」二字，概括形容蘇、辛詞風之異。由於蘇、辛詞都臻於詞品、人品一致的境界；故二人詞品之別，實出於人品之別。如鄭騫便從性情襟抱的審美角度，對「曠」、「豪」之別作進一步說明：「『曠』者，能擺脫之謂；『豪』者，能擔當之謂。能擺脫，故能瀟灑；能擔當，故能豪邁。這都是性情襟抱上的事。而『曠』之與『豪』並非絕對不同的兩種性情，他們乃是一種性情的兩面。……都是屬於陽剛型的。所以說蘇、辛兩家是同幹異枝，同源異流。」鄭氏更進一步分析：「胸襟曠達的人，遇事總是從窄往寬裏想。……與東坡相反，稼軒總是從寬往窄裏想，從寬往窄處寫。」（《景午叢編·漫談蘇辛異同》）鄭氏評蘇之詞，與王灼評東坡：「高處出神入天，平處當臨鏡笑春，不顧儕輩。」（《碧雞漫志》卷二）的說法是一致的。至於稼軒之「豪」，則屬於「勇於任事」的英雄氣象；他不作「出神入天」之語，而是立足現實人生，以最大的熱情奔赴理想，摩頂放踵，在所不惜；表現在詞中，自然呈現一種吞吐八荒，不可一世之概。東坡之「曠」，多出於主體襟抱之超妙，而具瀟灑出塵之姿；辛詞之「豪」，不僅出於主體氣性，也是時代的激盪所致，是斯人與斯世結合的結果。這也就是蘇軾「衣冠偉人」與稼軒「弓刀游俠」的主要差異所在。

　　前人在評騭蘇、辛異同時，不免以各自的審美好尙對二家詞風及成就作一高下之分〔註1〕。今人由於時隔世異，較能有持平之論。如朱德才以宋人提出的詞體「本色論」觀點爲基礎，扼要地歸納出蘇、

〔註1〕如劉體仁《七頌堂詞繹》：「辛稼軒非不自立門戶，但是散仙入聖，非正法眼藏。」又葉恭綽〈東坡樂府箋序二〉：「論詞而尊蘇，實爲正法眼藏。」此爲尊蘇。而謝章鋌《賭棋山莊詞話》卷九云：「惟蘇、辛在詞中，則藩籬獨闢矣。……然辛以畢生精力注之，比蘇尤爲橫出。吳子律曰：『辛之於蘇，猶詩中山谷之視東坡也。東坡之大，殆不可以學而至。』此論或不盡然。蘇風格自高，而性情頗歉，辛卻纏綿俳惻。且辛之造語俊於蘇。若僅以大論也，則室之大不如堂，而以堂爲室，可乎？」此爲揚辛之論。

辛詞風之別，主要在於蘇軾力圖創格而「要非本色」；辛棄疾則是立足「本色」，卻能推陳出新（〈要非「本色」與立足「本色」——蘇辛詞變革瑣議〉）。而汪東則從藝術表現手法來論蘇、辛異同。他說：「東坡以詩爲詞，故骨骼清剛。稼軒專力於此，而才大不受束縛，縱橫馳驟，一以作文之法行之，故氣勢排宕。昔人謂東坡爲『詞詩』，稼軒爲『詞論』，可謂塙評。顧以詩爲詞者，由於詩境既熟，自然流露，雖有絕詣，終非當行；以文爲詞者，直由興酣落筆，恃才各放，及其遒斂入範，則精金美玉，毫無疵纇可指矣。學蘇不至，于湖、放翁，不失爲詩人之詞；學辛不至，雖二劉未免傖俗，況其下者邪！」〔註2〕以上論述，反映出今日學者對蘇、辛詞風異同之評價，持論尚稱客觀。

其實二人所處時代不同，生命氣性及價值觀亦不相同，二公之詞各有其獨到之審美趣味。若論二人對後世之影響，坡公功在首開風氣之先；而稼軒則「由北開南」，別立一宗，亦各有其不可取代之歷史地位。若能先辨得此中消息，方能既見輿薪，又見秋毫之末；也才能充分掌握稼軒豪放詞風的藝術特色及其影響。於此借用劉熙載《藝概・詞曲概》評辛、姜之語作一補充說明：「白石才子之詞，稼軒豪傑之詞。才子豪傑，各從其類愛之，強論得失，皆偏辭也。」若以蘇、辛詞風比爲詞中「李、杜」或可得二公之首肯〔註3〕。

二、「稼軒風」之成立

辛棄疾處在國家危急，國土分裂的時代，他不像大多數士大夫一樣，在偏安的局勢中，以晏歡歌舞來翫歲愒時。而是不合時宜地主張抗金救國，反對妥協求和。但這種激昂排蕩之高調畢竟不容於昏庸的南宋小朝廷，因而注定他在仕途上要屢遭排擠。無可如何之

〔註2〕〈唐宋詞選評語〉，載《詞學》第二輯（南京：華東師範大學，1983年），頁81。
〔註3〕此說源自楊希閔《詞軌》卷六：「蘇如詩家太白，非辛可覬。惟辛有一段耿耿不忘恢復之思，較放翁、石湖，反覺熱騰騰地。其見於詞者，不可沒也。」

際，唯有把那激揚踔厲、始終不渝的英雄報國情懷，和壯志難酬、沉鬱憤懣的心曲；加上他那縱橫自如、掃空萬古的氣魄和膽識，一一寓之於詞；因而使他的創作突破了詞的傳統內容和藝術表現手法，開闢了詞體上前所未有的新局面、新風格，形成了所謂的「稼軒風」。不論對當時或對後世詞壇，都產生了極為深刻的影響。也只有像稼軒這種具備敏銳時代感、富有主觀創造精神的作家才能順勢推移，以新變來代雄。

　　南宋中後期著名詩人戴復古在其《石屏詞》中首先提出「詩律變成長慶體，歌詞漸有稼軒風」的說法。今人嚴迪昌則分析道：「從『稼軒風』與『長慶體』的對舉中，從『漸有』和『變』的流程的把握中，均言簡而意深地道出了時代與詞風的深層的密切關係。」「變」與「漸有」絕非只憑詩人主觀情性好尚所能決定，而是取決於時代的選擇和影響。嚴氏並認為，「稼軒風」的形成，主要是「個性剛毅、心志奮進的才學之士因力求飛揚，與沉悶的客觀現實、難以抗爭的重閘大網相互衝突激化所構成的『逆反性』」。而這種心態、逆反性，恰好「符合時代要求而又充分符合文藝特性及內部發展規律的一種選擇。」〔註4〕否則難以成為一時之風尚。辛棄疾以其特有的奇才豪氣，將種這心態和逆反性在詞的創作過程中發揮得淋漓盡致，表現出既飛揚跋扈又沉鬱盤旋的新詞風，於是「稼軒風」成為具有代表性的詞體風格，所呈現的情韻風貌也就足以使同儕及後輩慕望不已，從而群起宗奉，靡然成風。

　　總括來說，「稼軒風」的藝術風貌是：以排戛激昂的悲慨為主旋律，又有猿啼鵑泣般的淒怨情韻，還不時穿插一種瀟灑閒逸的風神。由於「稼軒風」的涵義豐富，具有強烈的藝術生命力及感染力。在當時便吸引一批鴻儒俊彥共同趨附追求此一審美風尚，彼此相互激盪，形成所謂「辛派詞人」，詞壇上首見的「豪放派」也因而確立。

〔註４〕〈稼軒風與清初詞〉，《辛棄疾研究論文集》（北京：中國文聯出版社，1993 年），頁 48～49。

而范開、劉克莊、劉辰翁的三篇稼軒詞序，相互呼應，相互生發，構成一個完整、深刻的稼軒詞論，終於成爲一種具有時代普遍性的審美情趣，與南宋詞學中的東坡論共同完成蘇、辛豪放詞派的理論建構。

　　詞體自唐朝流衍至南宋稼軒時期，已有數百年的歷史；當厄運危時來臨時，「稼軒風」彷彿是詞體的長河配合時代環境所激盪出的一股驚濤巨浪，使人驚怖，使人讚嘆。此後，隨著國運的衰亡而逐漸成爲涓滴細流，滲入地底。然而，這股地下伏流經歷三百餘年的潛伏後，在清初特定的時空背景的配合召喚之下，「稼軒風」再度擇地而出，泉湧奔騰不已，詞體「中興」的局面，於爲形成。

三、「稼軒風」之內涵

　　稼軒是詞體發展過程中，使得詞體由「變」而「通」，由「北」開「南」的關鍵性的人物。稼軒之所以爲稼軒，正在於他一方面能規摹前賢，集其大成；一方面又能充分發揮強烈的主體意識和過人的才膽識力，運用在詞的創作上，因而形成「橫豎爛熳，頭頭皆是」（劉辰翁〈辛稼軒詞序〉）的藝術功效，及「橫絕六合，掃空萬古」（劉克莊〈辛稼軒集序〉）的詞壇成就。以下分從三方面說明「稼軒風」的內涵：

（一）就詩歌主題而言

　　稼軒繼承蘇軾之後，在詞的題材和主題方面做了更大的拓展。稼軒塡詞，無論是贈別、祝壽、酬答唱和；或是花邊月下、登山臨水、觥籌交錯，不同場合，不同性質的需求，他都能把民族的災難、抗金的情懷、現實的苦悶一一納入詞中。敢於用「懸崖撒手」的膽識魄力，大膽表現他的熱切情感，甚至是個人欲放不下的矛盾衝突，眞正作到「無意不可入，無事不可言」的地步。因而把詞的表現範圍擴大到如詩一般，無所不能寫。詩意能到之處，詞亦能企及；具體扭轉了前人「詞」爲「詩餘」的觀念，打破傳統「詩莊詞媚」的

審美分際。也因爲這些如「銅牆鐵壁」般「質實」（劉熙載《藝概·詩概》語）的詩歌主題，使得稼軒詞得以深入人倫物理；不論是志切報國的忠藎、感士不遇的悲慨、世道人心的臧否等，多以慷慨激昂的基調表達，俠骨凜凜、劍氣森森，悲壯中充溢強者的狂傲和自信。傳統詩歌的舊調到了稼軒手中，便被賦予新的精神面貌。當詞的涵蓋內容擴大之後，隨之而來的語言形式的改變便屬必然。詞體由「小詞」而變爲「壯詞」，是一個漸變而愈通的歷程，稼軒在此風雲際會之際，實爲旋乾轉坤的關鍵樞紐人物。

（二）就藝術手法而言

　　稼軒豪放詞的藝術精神主要在於以短篇詞章來承載重量級的忠愛思想，所以情感密度及張力都較婉約詞爲大，充滿陽剛氣息。但是才大如稼軒者，又不甘以「一味」呈現；他又善用傳統婉約詞的比興手法，融情入景，借景言情，使人會景生心，引發豐富的聯想，產生一種模糊多義的審美空間，進而形成既能「掣鯨魚碧海中」，又能「看翡翠蘭苕上」（化用杜甫〈戲爲六絕句〉其四）的「兼美」風格。稼軒之豪，未墮入粗豪叫囂一路，和他移比興於詞體之手法有極密切的關係，這也成爲稼軒豪放詞最具個人特色之藝術魅力。

　　此外，他的膽識魄力更反映在大量使事用典上；透過用典，而把經、史、子、集中各種語言「一氣包舉」，以故爲新，任由驅遣，揮灑自如，成爲具有象徵意義的自家語言符號，神明變化不已；有如「打通後壁說話」（劉熙載《藝概·詩概》評東坡語），引進光源的同時，也把大千世界、森羅萬象帶入詞的天地，形成如「天地奇觀」的奇情壯采。這種「納須彌於芥子」的手法，由學問中來，也由才性而來。

　　再者，稼軒善於用散文句法，自由抒寫，句法靈活多變；近於詩，類於文，可謂打破詩、詞、文各體的文類限制，無施不可；他又能「寓莊於諧」，用詼諧幽默之逸趣來表現抑鬱不平之氣。尤其他多用擬人法與萬物對話，在無理而妙的表象之下，其實蘊含的是無限感愴。王夫之說：「以樂景寫哀，以哀景寫樂，一倍增其哀樂」（《薑齋詩話》），

稼軒詞能使人笑中有淚，便是深得此法之妙，而詩人善於化醜爲美的
審美胸襟更由此彰顯。這些手法的運用，都出於他那不受拘束的自由
創作心靈，及充滿想像的浪漫藝術精神。

（三）就創作主體而言

　　稼軒之「壯詞」不僅來自內容的擴大，主題的深廣；最主要的因
素是在於「主體意識」的滲入，生命氣性的呈現。否則稼軒藝術手法
縱使再精妙，吶喊的分貝再高，若沒有詞人的渾厚的精神氣度爲底
蘊，也只是流於莽夫之叫囂而已；色屬內荏，一發無餘，何足以動人。
天下眞詩，往往來自第一等胸襟、第一等學識。稼軒的豪言壯語根植
於忠愛之天性，和吞吐八荒之概；然而一生功業無成，萬字平戎策變
成東家種樹書，撫時感事，橫生悲慨，其詞既是現實生活的反映，又
是時代精神的凝聚，更是稼軒全部人格襟抱的呈現；惟因其中有「性
情之至道」，才能使人感受到「魄力雄大，如驚濤怒雷，駭人耳目」
（陳廷焯評稼軒〈永遇樂〉）的感發力量。前人有「稼軒仙才，亦霸
才也」（江順詒《詞學集成》）之歎賞：「才華」非一人所能獨專，但
「仙」與「霸」之氣質，卻非人人所能兼有。稼軒塡詞，不過是眞我
的藝術呈現，「是我常與我周旋久」（〈賀新郎〉）的眞情流露。東坡在
詞中首先展示出一個左牽黃、右擎蒼的「老夫」形象，到稼軒則是大
踏步走出一位集仙才與霸才於一身的弓刀遊俠，時而「氣吞萬里如
虎」，躊躇滿志，令人驚怖其神力；時而「醉來時響空弦」，落寞悲涼，
感慨動人。或狂或狷，無不眞切生動，形象鮮明；至此，豪放詞才有
了眞正的「主體精神」、「一家風味」。

　　整體來說，稼軒之壯詞以「溫柔敦厚」爲出發點，在「人作成路
數」後，加上「理到至處」，然後形諸筆墨，自然具備理足、氣盛、
情深的動人藝術效果。在表現手法上更是有因有革，偶爾「發以仄
徑」，因而產生「亦莊亦諧」的豐富審美趣味，在出奇制勝的生動新
奇之美中，讓人驚異而愉悅。稼軒以「豪氣」入詞，以「性情學問」
入詞；同時在體制上、形式上、題材上，以「縱放」的方式進行突破，

終而打破詞體「本色」、「當行」的束縛，達到「人」與「藝」的和諧，「性情」與「境界」的統一。王國維在南宋詞人中，唯獨標舉稼軒，以爲足以和北宋大家頡頏者，唯稼軒耳，其因在於稼軒詞有「境界」：

> 幼安之佳處，在有性情、有境界。即以氣象論，亦有橫素波、干青雲之概。寧後世齷齪小生所可擬耶？（《人間詞話》）

「性情」之高下，實爲決定「境界」高下的主要因素，稼軒筆墨的「根本」在「有性情」，其不可學之處也在此；「性情少，勿學稼軒」（況周頤《蕙風詞話》）確屬的言。後世學稼軒者，往往無稼軒之胸襟氣度、性情學養，而「率祖其粗獷滑稽」；不得其本，徒逐其末，襲其貌而不得其神，終不免「闌入打油惡道」（謝章鋌《賭棋山莊詞話》），其間之差距，又何可以道里計耶？

第二節　稼軒豪放詞對南宋前中期詞壇之影響

一個時代的主導精神，一方面以理論的觀念形態表現爲社會政治思想，一方面則以審美的情感形態表現於文學作品之中。南宋自高宗以來，秦檜、湯思退、賈似道等相繼專權，使得投降派在政治上取得優勢。然而另有一派主戰的思想則成爲南宋社會的思想主流，並反映在學術文學作品上。如理學大家胡安國作《春秋傳》，就是要透過對歷史的闡釋而表達撥亂反正的政治思想。胡銓上書皇帝，請斬秦檜以堅天下抗戰之心，得罪被貶。張元幹作詞相送，名動天下，由此可見社會精神對詞學審美價值取向的影響。朱熹稱讚張孝祥〈六州歌頭〉「讀之使人奮然有擒滅仇虜、掃清中原之意」（〈書張伯和詩詞後〉），所反映的正是抗金救國的時代精神。

南宋前中期，曾出現一個以辛棄疾爲中心的創作群體，他們與稼軒時相過從，或抵掌共論天下之事，或以詞酬贈唱和；賦詞內容多以抒發報國之志，主張抗金殺敵爲主，詞風同歸豪放，隱然形成一個文學流派，專擅一時風流。除周濟有「南宋諸公，無不傳其衣鉢」之說

法外，歷來詞論家亦有所論及：

> 稼軒之次，則後村、龍洲，是其偏裨也。（先著、程洪《詞潔
> 輯評》）
>
> 他如龍洲、放翁、後村諸公，皆嗣響稼軒，卓卓可傳者也。
> （蔣兆蘭《詞說》）
>
> 劉改之、蔣竹山皆學稼軒者。（同上）
>
> 又有與幼安周旋而效其體者，若西橋（楊炎正）、洺水（程
> 泌）兩家，惜懷古味薄。……比諸龍洲，抑又次焉。（馮煦
> 《蒿庵論詞》）

上述嗣響稼軒者，唯有陸游長於稼軒十六年。嘉泰年間，稼軒任浙東安撫使兼知紹興府時，二人時相過從；甚至稼軒有意爲陸游築舍，而爲陸氏所止。陸氏〈草堂〉詩自注云：「辛幼安每欲爲築舍，予辭之，遂止。」陸游長於詩，與尤袤、楊萬里、范成大並稱南宋四大家。然亦工詞，有不少抒發抗金報國的作品，不論思想情感、藝術風格，都與稼軒相近，所以可視爲稼軒之同道。

　　以下分別就陸游、陳亮、劉過等與稼軒過往較密之詞人作說明，以見出這一群體相互間的影響。

一、陸　游

　　陸游，字務觀，自號放翁，越州山陰（浙江紹興）人。他一生堅持抗金，無時或已。畢生精力傾注於詩歌方面，是南宋最傑出的詩人之一。對於塡詞一事，他嘗云：「少時汨於世俗，頗有所爲。晚而悔之，然漁歌菱唱，猶不能止。」（《渭南文集·長短句序》）陸游在中年時期，生活狂放，不拘禮法，寫過若干屬於「豔科」的「汨於流俗」之作。所謂「漁歌菱唱」，乃指晚年一些反映閒居歸隱情趣之篇什。今存《放翁詞》一卷，約一百三十首（加上後人輯補則一百四十五首）。毛晉《宋六十名家詞·放翁詞跋》評曰：「楊用修云：『（放翁）纖麗處似淮海，雄快處似東坡。』予謂超爽處更似稼軒耳。」可見其詞風不拘一格。

　　陸游雖以餘力填詞，但在他為數不多的詞作中，還是充分彰顯出熾熱的愛國思想，有力地反映他「氣吞殘虜」（〈謝池春〉）的雄心大志：

> 當年萬里覓封侯，匹馬戍梁州。關河夢斷何處，塵暗舊貂裘。　　胡未滅，鬢先秋，淚空流。此身誰料？心在天山，身老滄州。（〈訴衷情〉）
>
> 雪曉清笳亂起。夢遊處，不知何地。鐵騎無聲望似水。想關河，雁門西，青海際。　　睡覺寒燈裏。漏聲斷、月斜窗紙。自許封侯在萬里。有誰知，鬢雖殘，心未死。（〈夜游宮·記夢寄師伯渾〉）

劉克莊《後村詩話續集》卷四：「放翁長短句，其激昂感慨者，稼軒不能過。」馮煦〈宋六十一家詞選例言〉云：「劍南屏除纖豔，獨往獨來，其逋峭沉鬱之概，求之有宋諸家，無可方比。」由上述諸評看來，放翁詞中以激昂感慨、逋峭沉鬱之作品為主要藝術風格，詞史上雖然有「辛、陸」並稱之說，但陸游畢竟是「奄有其勝，而不能造其極。」（毛晉〈放翁詞一卷提要〉）其成就實未可與稼軒相提並論。

二、陳　亮

　　南宋抗敵復國的政治思想、社會精神與詞學觀念的統一，最集中體現在陳亮（1143～1194）身上。陳亮，字同甫，婺州永康人（今屬浙江），人稱「龍川先生」，是南宋「永康學派」的創始人。他力主抗金，倡言改革，指斥時弊，議論無所顧忌，故遭權貴者嫉恨，三次被誣入獄，皆忼直不屈。一生所學，盡在以經世濟民為主的「功利之學」上。陳亮的「經濟之懷」不僅見之於議論、書翰、奏疏之中，也充分表現在詞中。不因時變，不以體易。除了有《龍川文集》三十卷傳世外，另有《龍川詞》，存詞七十四首。

　　劉熙載云：「同甫與稼軒為友，其人才相若，詞亦相似。」（《藝概·詞曲概》）辛、陳兩人詞風相近，最主要是因為「兩公之氣誼懷抱」相若之故，其名篇如：

　　不見南師久，謾說北群空。當場隻手，畢竟還我萬夫雄。
　　自笑堂堂漢使，得似洋洋河水，依舊只流東。且復穹廬拜，
　　會向薰街逢。　　　　堯之都，舜之壤，禹之封。於中應有，
　　一個半個恥臣戎。萬里腥羶如許，千古英靈安在，磅礴幾
　　時通？胡運何須問，赫日自當中。（〈水調歌頭・送章德茂大卿
　　使虜〉）

此詞借送章森使金，對森寄予殷殷之望，實則抒發一己愛國之思與仇
必可復之信念。聲情俱壯，斬截痛快，方之稼軒，亦未遑多讓。陳廷
焯《白雨齋詞話》卷一有云：「同甫〈水調歌頭〉云：『堯之都，舜之
壤，禹之封。於中應有，一個半個恥臣戎。』精警奇肆，幾於握拳透
爪，可作中興露布讀。」此外，陳亮也有寄託遙深之作，如「恨芳菲
世界，游人未賞，都付與，鶯和燕。」（〈水龍吟・春恨〉）和婉之中，
寄託的仍是剛健之情。劉熙載評此句曰：「言近旨遠，直有宗留守（宗
澤）大呼渡河之意。」（《藝概・詞曲概》）以壯語比擬小詞，不覺突
兀，是因其中精神足以相呼應之故。

　　陳亮善於以議論入詞，並喜用與此相應的散文化句法入詞，如〈念
奴嬌・登多景樓〉：

　　危樓還望，歎此意、今古幾人曾會？鬼設神施，渾認作、
　　天限南疆北界。一水橫陳，連崗三面，作出爭雄勢。六朝
　　何事，只成門戶私計！因笑王謝諸人，登高懷遠，也學英
　　雄涕。憑卻江山，管不到、河洛腥羶無際。正好長驅，不
　　須反顧，尋取中流誓。小兒破賊，勢成寧問強對！

淳熙十五年（1188），高宗逝世，有志恢復的孝宗即位。陳亮認為正
是北伐的大好機會，他上書給孝宗，指出「京口連崗三面，而大江橫
陳，江傍極目千里，其勢大略如虎之出穴，而非若穴之藏虎也。」並
認為「天豈使南方自限於一江之表，而不使與中國而為一哉！」（〈戊
申再上孝宗皇帝書〉）上書之餘，他寫下這首〈念奴嬌〉，在這篇慷慨
激昂的歌詞中發表了同樣的議論。陳亮以議論為詞，以散文為詞，比
起辛棄疾可說有過之而無不及。

此外，他也以一些「方言俚語」入詞，如前引〈水調歌頭〉中的：「於中應有，一個半個恥臣戎」。「只使君、從來與我，話頭多合」（〈賀新郎〉）、「入腳西風，漸去去來來，早三之一」（〈三部樂・七月二十六日壽王道甫〉）等。這和他自己所標舉的「本之以方言俚語，雜之以街談巷歌，摶搦義理，劫剝經傳，而卒歸之曲子之律，可以奉百世豪英一笑。」（〈與鄭景元提幹書〉）的創作態度是一致的。程千帆、吳新雷於《兩宋文學史》中第八章〈辛棄疾與南宋的豪放派愛國詞〉中如此說道：「宋人以方言俚語、街談巷歌入詞的不少，但像陳亮這樣公然提倡的，卻不多見。這種主張對於後來文士插手遠比歌詞更為俚俗的南北曲，應當是不無影響的。」陳亮表現於創作上的膽識魄力及其影響於此可見。

三、劉　過

劉過（1154～1206），字改之，號「龍洲道人」，吉州太和（今屬江西）人。有《龍洲詞》傳世。他「少有志節，以功業自許，博通經史百氏之書，通知古今治亂之略。至於論兵，尤善陳利害。」（元殷奎〈復劉改之先生墓事狀〉）劉過在光宗朝曾上書宰相，請求出師北伐，但無下文。加上應舉不中，因此落拓江湖，潦倒終身。他自稱：「四舉無成，十年不調，大宋神仙劉秀才」（〈沁園春・盧蒲江席上時有新第宗室〉），是江湖派詩人。據李濂〈批點稼軒長短句序〉云：「稼軒有逸才，長於填詞，平生與朱晦庵、陳同甫、洪景廬、劉改之輩相友善。」（見鄧廣銘《稼軒詞編年箋注》）嘉泰三年，稼軒任浙東安撫使，曾招劉過至會稽，劉過未能赴會，因仿效辛體，作〈沁園春・風雪中欲詣稼軒，久寓湖上，未能一往，因賦此詞以自解〉一首，寄辛稼軒：

> 斗酒彘肩，風雨渡江，豈不快哉！被香山居士，約林和靖，與坡仙老，駕勒吾回。坡謂西湖，正如西子，濃抹淡妝臨鏡台。二公者，皆掉頭不顧，只管銜杯。　　白云：「天竺

去來，圖畫裏、崢嶸樓觀開。愛東西雙澗，縱橫水繞；兩
峰南北，高下雲堆。」遄曰：「不然，暗香浮動，爭似孤山
先探梅。須晴去，訪稼軒未晚，且此徘徊。」

這是一篇有意模仿稼軒之作，櫽括蘇軾、白居易、林逋的西湖詩句，
以三位古人的對話組織成篇，佈局奇特，不受格律拘束；在幽默風趣
的筆調中，充分表現出劉氏橫溢的才氣，亦深得稼軒之賞愛。然而，
這終究是帶有遊戲成分的戲墨之作，眞正能代表劉過思想感情的，還
是那些富有時代氣息，充滿報國壯志的壯詞：

中興諸將，誰是萬人英？身草莽，人雖死，氣塡膺，尚如
生。年少起河朔，弓兩石，劍三尺，定襄漢，開虢洛，洗
洞庭。北望帝京，狡兔依然在，良犬先烹。過舊時營壘，
荊鄂有遺民。憶故將軍，淚如傾。說當年事，知恨苦。不
奉詔，僞耶眞？臣有罪，陛下聖，可鑒臨，一片心。萬古
分茅土，終不到，舊奸臣。人世夜，白日照，忽開明。裒
珮冕圭百拜，九泉下，榮感君恩。看年年三月，滿地野花
春，鹵簿迎神。（〈六州歌頭·題岳鄂王廟〉）

這是憑弔愛國英雄岳飛所作。上片敘岳飛功業，下片敘其得罪之冤，
結尾以昭雪榮名告慰岳飛之靈。除了對忠貞爲國的英雄表達無限欽仰
之意，而對畏敵苟安的高宗，亦暗寓不滿之意。

其餘詞情類似的名句尚有：「不斬樓蘭心不平」（〈沁園春·張路
分秋閱〉），「腰下光芒三尺劍，時解挑燈夜語，誰更識、此時情緒？」
（〈賀新郎〉）「悵望金陵宅，丹陽郡，山不斷綢繆。興亡夢，榮枯淚，
水東流。甚時休？野灶炊煙裏，依然是，宿貔貅。」（〈六州歌頭〉）
感憤淋漓，幾可與張于湖之〈六州歌頭〉相頡頏。劉熙載《藝概·
詞曲概》云：「劉改之詞，狂逸之中，自饒俊致，雖沉著不及稼軒，
足以自成一家。」劉氏「乏沉著之態」的說法，和馮煦評其學稼軒
得其豪放而「未得其婉轉」（《蒿庵論詞》）的看法都是極爲中肯的評
論。

四、其　他

　　與稼軒同時之南宋文人，除了辛派色彩較爲明顯的詞人外，另有一些與稼軒時相往來的同道知友，也各自在不同程度上受到稼軒豪放詞風的影響。茲舉數人說明：

　　韓元吉（1118～1187），字無咎，許昌（今屬河南）人。官至吏部尙書，晚年退居信州上饒，自號爲「南澗翁」。有《南澗甲乙稿》二十二卷傳世。詞集《焦尾集》已佚，朱孝臧輯有《南澗詩餘》，存詞八十首。黃昇《中興以來絕妙詞選》以「政事文學爲一代冠冕」稱許之。

　　韓與張孝祥、陸游、辛稼軒厚善，交接之士多爲磊落英豪，故其詞亦多英聲壯語，如：「中原何在？極目千里暮雲重。今古長干橋下，遺恨都隨流水，西去幾時東？」（〈水調歌頭·雨花臺〉）感慨沉至。最爲人傳誦者，爲〈好事近·汴京賜宴，聞教坊樂有感〉：

> 凝碧舊池頭，一聽管絃淒切。多少梨園聲在，總不堪華髮。
> 杏花無處避春愁，也傍野煙發。唯有御溝聲斷，似知人嗚
> 咽。

韓氏爲積極主張抗金的名臣，嘗出使金國，留意敵情，深得民心。在淪陷區汴京，金主設宴款待之，他爲此百感交集，而有此作，詞情感愴悲憤，覥顏事仇之痛，亦蘊含其中。

　　楊炎正，字濟翁，廬陵人（今屬江西），慶元二年（1196）進士及第，爲楊萬里之族弟，有《西樵語業》傳世。其名篇佳句有：

> 忽醒然，成感慨，望神州。可憐報國無路，空白一分頭。
> 都把平生意氣，只做如今憔悴，歲晚若爲謀。此意仗明月，
> 分付與沙鷗。（〈水調歌頭·登多景樓〉）
> 英雄事，千古意，人憑欄。惜今老矣，無復健筆寫江山。（〈水
> 調歌頭·呈趙總領〉）

詞意均以英雄垂老，報國無門爲主。毛晉〈《西樵語業跋》〉評其詞「俊逸可喜，要非俗豔所可擬」。馮煦《蒿庵論詞》則曰：「濟翁筆亦不健，

比諸龍洲，抑又次焉。」二家說法，各自道出楊氏詞作的優缺點。與稼軒時有唱和的詞人還有張鎡，他是宋代名將張浚的後代，平日自奉甚優渥。據《齊東野語》記載，張鎡家中「園池、聲伎、服玩之麗甲天下」，「姬侍無慮百數十人，列行送客，燭光香霧，歌吹雜作，客皆恍然如游仙也。」然與稼軒唱酬時，亦呈現出他豪情壯懷的另一面。他有《南湖詩餘》傳世，除〈八聲甘州‧秋夜書懷浙東辛帥〉、〈賀新郎‧次辛稼軒韻寄呈〉外，〈漢宮春‧稼軒帥浙東，作秋風亭成，以長短句寄餘，……〉下闋云：「江南久無豪氣，看規恢意慨，當代誰如。乾坤盡歸妙用，何處非餘。騎鯨浪海，更那須採菊思鱸，應會得文章事業，從來不在詩書。」對稼軒深致推崇期許，措語豪壯，聲情相稱。

至於程珌《洺水詞》則有〈六州歌頭‧送辛稼軒〉，詞云：「向來抵掌，未必總空談」可見二人來往密切。《四庫全書總目‧洺水詞提要》評曰：「其所作詞，亦出入蘇、辛二家之間。」上述各家，除韓元吉、陸游行輩大於稼軒外，其餘大致為同輩中人，與稼軒交情淺深不一；透過賦詞唱和，相互期許，彼此推崇，或多或少都受到稼軒豪放人品與詞風之影響。

另有一位詞人姜夔，雖不在辛派詞人之列，但也和稼軒有某種程度的契合。姜夔（1155～1221），字堯章，饒州鄱陽（今江西波陽）人。他精於詩、長於詞、深於樂。生性高雅，為人狷潔，張炎稱其詞如「野雲孤飛，去留無跡」，詞品亦正是他人品的反映。他的詩歌創作出入江西、晚唐，自創清逸一格，「不惟清空，又且騷雅」（《詞源》卷下）。曾自編詞集《白石道人歌曲》六卷傳世，收詞八十四首。內容涵蓋甚廣，從不同側面反映了姜夔豐富的感情世界和審美心靈。

姜夔於其《白路道人詩說》中提出「作者求與古人合，不若求與古人異。求與古人異，不若不求與古人合而不能合，不求與古人異而不能不異。」的觀點。所以他的詩歌創作由江西詩派入手，最後又能脫落蹊徑，自出機杼，終於「自有一家之風味」。就詞而言，他也

力圖以江西的瘦硬骨力挽救詞體婉媚之弊，所以他的詞有一部份精神和稼軒豪放詞是相通的。詞評家亦喜以辛、姜並論，如：

> 張玉田盛稱白石，而不甚許稼軒，耳食者遂於兩家有軒輊意。不知稼軒之體，白石嘗效之矣。集中如〈永遇樂〉、〈漢宮春〉諸闋，均次韻稼軒，其吐屬氣味，皆若秘響相通，何後人過分門戶也。（劉熙載《藝概・詞曲概》）
>
> 白石脫胎稼軒，變雄健爲清剛，變馳驟爲疏宕。（周濟〈宋四家詞選目錄序論〉）

但白石詞中也有頗得辛詞風味之作，如辛棄疾晚年知紹興、鎮江時，姜夔有四篇唱和之作，其中〈永遇樂・次稼軒北固樓詞韻〉云：

> 雲隔迷樓，苔封很石，人向何處？數騎秋煙，一篙寒汐，千古空來去。使君心在，蒼崖綠嶂，苦被北門留住。有尊中酒差可飲，大旗盡繡熊虎。　　前身諸葛，來游此地，數語便酬三顧。樓外冥冥，江皋隱隱，認得征西路。中原生聚，神京耆老，南望長淮金鼓。問當時依依種柳，至今在否？

姜夔用諸葛亮、桓溫典故，切合稼軒其人身分，以「神京耆老」南望王師由長淮進軍，收復失地，稱頌稼軒北伐大計，乃順天應人之壯舉。這是白石作品中情調較爲昂揚之作，吐屬近似稼軒。

第三節　稼軒豪放詞對南宋後期詞壇之影響

寧宗開禧北伐（1206），是南宋前後期的一個重要分水嶺。這次出師不利，使得「百年教養之兵一日而潰，百年葺治之器一日而散，百年公私之蓋藏一日而空，百年中原之人心一日而失。」（程珌〈丙子輪對札子〉二），更嚴重的是，南宋朝野上下對規復的信心和士氣幾乎喪失殆盡。反映在文藝創作方面，則是衰靡之氣日甚一日。朱熹對當時文風之變，曾如此評論：「紹興渡江之初，亦自有人才。那時士人所作文字極粗，更無委屈柔弱之態，所以亦養得氣字。只看如今，

稱斥注兩，作兩句破頭，是多少衰氣！」(《朱子語類》卷 109) 在文壇瀰漫一片衰氣之際，詞壇上反而興起少數嗣響稼軒豪放詞風之後勁，相較之下，尤屬難得。

一、劉克莊

辛棄疾身後，有三位劉姓詞人都是繼承稼軒詞風而卓然有成。「三劉」分別是：劉過、劉克莊、劉辰翁。其中又以劉克莊成就最爲傑出。劉克莊 (1187～1269)，字潛夫，號「後村」，莆田 (今屬福建) 人。他是南宋江湖詩人之宗主，存詩四千五百餘首；也是著名之詩論家，有《後村詩話》傳世。另有《後村長短句》五卷，存詞二百六十四首。

馮煦〈宋六十一家詞選例言〉中，對劉克莊之人品志節頗加推重：「後村與放翁、稼軒，猶鼎三足。其生丁南渡，拳拳君國似放翁。志在有爲，不欲以詞人自域，似稼軒。」其人品也反映在他的詞品上，劉熙載《藝概・詞曲概》云：

> 劉後村詞，旨正而語有致，……後村〈賀新郎・席上聞歌有感〉云：「粗識國風〈關雎〉亂，羞學流鶯百囀，總不涉閨情春怨。」又云：「我有平生〈離鸞操〉，頗哀而不慍微而婉。」意殆自寓其詞品耶？

後村的詞學觀是出於自覺的選擇，認爲詞應繼承發揚《詩經》國風正聲的「中和」傳統，反對詞壇流行的綺靡之風。由於重視詞的「思想性」，所以他主張「借花卉以發騷人墨客之豪，託閨怨以寓放臣逐子之感」(〈劉叔安感秋八詞跋〉)，因此，他高度評價辛棄疾詞是「橫絕六合，掃空萬古，自有蒼生所無」(〈辛稼軒集序〉)。當時南宋詞壇多步追姜夔「清空」一路，只有劉克莊等少數作家依然遵循「稼軒風」，所以他的詞便成爲南宋後期獨樹一幟的「別調」。後村詞的主導風格是豪邁奔放，雄健疏宕。毛晉〈後村別調跋〉曰：「所撰《別調》一卷，大率與辛稼軒相類，楊升庵謂其壯語足以立懦。余竊謂其雄力足以排奡云。」由於劉克莊生存的時代，已是逐步走向衰亡，「國脈微

如縷」（〈賀新郎〉）的衰世；所以，在他的詞中，常出現一種憂時傷世的焦灼感、迫促感。如：

> 盡說番和議。這琵琶依稀似曲，驀然弦斷。作麼一年來一度，欺得南人技短。嘆幾處城危如卵！（〈賀新郎〉）
>
> 新來邊報猶飛羽，問諸公可無長策，少寬明主。（〈賀新郎‧跋唐伯玉奏稿〉）
>
> 國脈微如縷。問長纓、何時入手，縛將戎主？（〈賀新郎‧實之三和……〉）

一方面外患侵逼，「城危如卵」，一方面朝廷卻無長策對應，詞人請纓無路，心中之焦慮、失望可想而知。再如〈賀新郎‧九日〉：

> 湛湛長空黑。更那堪，斜風細雨，亂愁如織。老眼平生空四海，賴有高樓百尺。看浩蕩，千崖秋色。白髮書生神州淚，儘淒涼，不向牛山滴。追往事，去無跡。

一句「白髮書生神州淚」，便把個人的際遇和國家的存亡續絕相聯繫，豪邁中見悲涼，亦不乏深婉之致。其他如「男兒西北有神州，莫滴水西橋畔淚」（〈玉樓春〉），「宣和宮殿，冷煙衰草」（〈憶秦娥〉）都是憂時傷世之語。「不要漢廷誇擊斷，要史家編入循良傳」（〈賀新郎‧壽張史君〉），「須信讒語尤甘，忠言最苦，橄欖何如蜜？」（〈念奴嬌‧壽方得潤〉）尤可見其拳拳忠忱，馮煦對此數語評曰：「胸次如此，豈剪紅刻翠比耶？」（〈宋六十一家詞選例言〉）

此外，他的詞也有明顯散文化、議論化的傾向，如「使李將軍遇高皇帝，萬戶侯何足道哉！」（〈沁園春‧夢孚若〉），「嘆臣之壯也不如人，今何及！」（〈滿江紅‧夜雨涼甚，忽動從戎之興〉）。但也由於多用議論，而難免招致「直致近俗」之誚。（《詞林紀事》卷十四引張炎語）

二、戴復古、陳人傑

與劉克莊同時的辛派詞人還有戴復古、陳人傑等。戴復古（1167～1252），字式之，天台黃岩（今屬浙江）人。戴氏畢生致力於詩歌

創作，並以詩名，爲江湖四靈之一。他的詞以豪放爲主，有《石屏詞》，存詞四十六首。

　　況周頤《蕙風詞話》續編卷一評曰：「石屏詞，往往作豪放語。」他的詞雖數量不多，但亦不乏佳構。如〈水調歌頭·題李季允侍郎鄂州吞雲樓〉是集中代表作之一：

　　　　輪奐半天上，勝概壓南樓。籌邊獨坐，豈欲登覽快雙眸？
　　　　浪說胸吞雲夢，直把氣吞殘虜，西北望神州。百載一機會，
　　　　人事恨悠悠。　　騎黃鶴，賦鸚鵡，謾風流。岳王祠畔，
　　　　楊柳煙鎖古今愁。整頓乾坤手段，指授英雄方略，雅志若
　　　　爲酬。杯酒不在手，雙鬢恐驚秋。

此詞冶景物勝概、歷史傳說、情感抒發於一爐，由「吞雲樓」三字引發激情，表達作者整頓乾坤、氣吞殘虜的凌雲壯志。而對統治者坐失光復舊物之良機亦深感痛心，悠悠之恨，無損於全詞昂揚之格調及豪情壯采。

　　陳人傑（約 1217～1243），字剛父，又名經國，號龜峰，福建長樂人。有《龜峰詞》，存詞三十一首。是一位短命而多才的詞人。《龜峰詞》最大特色在於全集只用〈沁園春〉一個詞牌。而內容主要是抒發這位「才命相敵」的青年滿腔鬱勃憤激之情。《龜峰詞》可說是他用「熱血」與「生命」寫成的。他極爲推崇辛稼軒的詞，有：「尤奇特，有稼軒一曲（〈摸魚兒·觀潮上葉丞相〉），眞野狐精。」（〈沁園春·浙江觀瀾〉）之讚語。除了曾效法稼軒，作〈沁園春·天問〉外，他「不恨窮途，所恨吾生，不見古人」的狂吟，也有稼軒的身影；至於那「撫劍悲歌，縱有杜康，可能解憂？……關情處，是聞雞半夜，擊楫中流。」（〈沁園春·次韻林南金賦愁〉）的壯懷激烈，更是辛派詞人共有的千古憾恨。他有一首〈沁園春·問杜鵑〉，殆自取法稼軒而來：

　　　　爲問杜鵑，抵死催歸，汝胡不歸？似遼東白鶴，尚尋華表；
　　　　海中玄鳥，猶記烏衣。吳蜀非遙，羽毛自好，合趁東風飛

向西。何爲者，卻身羈荒樹，血灑芳枝？　興亡常事休
悲。算人世榮華都幾時？看錦江好在，渥龍已矣；玉山無
恙，躍馬何之？不解自寬，徒然相勸，我輩行藏君豈知？
閩山路，待封侯事了，歸去非遲。

此詞構思奇特，以諧趣寄寓深意。題曰「問杜鵑」，由質問杜鵑言歸
而不歸；再深入一層，以鶴、燕不言歸而歸，反襯杜鵑鳥可歸而不
歸之不近情理；步步進逼，終於翻出「傷心人別有懷抱」之不得已
苦衷。然而，情有不堪之「傷心者」，又豈只杜鵑而已，終於帶出「功
成不受爵，長揖歸田廬」的主旨思想。這種單向與物溝通的筆法，
可看出稼軒〈沁園春‧將止酒，戒酒杯使勿進〉的影子，二者有異
曲同工之妙。

三、劉辰翁

　　劉辰翁（1233～1297），字會孟，號「須溪」，吉州廬陵（今屬江
西）人，宋亡不仕。是宋末著名的學者、詩人、詞人，其中又以詞的
成就最高。著作宏富，生前自編《須溪集》一百卷，明代已佚，今存
輯本《須溪集》十卷。中有《須溪詞》三卷，存詞三百五十餘首。《蕙
風詞話》卷二評曰：「《須溪詞》風格猶上似稼軒，情詞跌宕似遺山。
有時意筆俱化，純任天倪，竟然略似坡公。往往獨到之處，能以中鋒
達意，以中聲赴節。」可謂推許備至。

　　范開、劉克莊、劉辰翁的三篇爲稼軒詞所作的序文，是總結豪放
詞發展歷程的代表作，而劉辰翁的〈辛稼軒詞序〉更是對范開、劉克
莊等說法作一較爲完整的補充，相爲表裡。他指出辛棄疾在詞中鎔鑄
經史，把意義重大的內容，雄深雅健的文筆引入詞體；這不僅是繼承
蘇軾以詩以文入詞的傾蕩磊落精神，更爲詞體帶入一個別開生面的新
局，提昇到一個無以復加的新境界，又豈能與「群兒雌聲較工拙」？
而且，他以辛詞比諸漢高祖劉邦的〈大風歌〉，其志概際遇比諸西晉
的劉琨；在趙宋政權瓦解之際，劉辰翁未嘗沒有藉此序文激勵當世奇

志逸氣之士，起而效法稼軒英豪精神之深意。

　　劉辰翁有〈青玉案・用辛稼軒元夕韻〉詞，詞題標明仿效辛體，而《須溪詞》在題材內容、藝術風格、語言運用等方面，都與稼軒有一脈相承的淵源。如〈柳梢青・春感〉、〈永遇樂・璧月初晴〉、〈六州歌頭・賈似道督師至太平洲魯港，未見敵，鳴鑼而潰，後半月聞報，賦此〉、〈金縷曲・聞杜鵑〉等，都是頗富代表性之作；較諸稼軒詞，除了「沉鬱」之外，又多了一份悲咽悽愴的遺民之痛。稼軒善用「春去」的意象，象徵國勢衰落，劉辰翁也繼承這種寫法，《須溪詞》中有不少「送春詞」，都是別有寄託深意，如〈蘭陵王・丙子送春〉：

> 送春去，春去人間無路。鞦韆外、芳草連天，誰遣風沙暗南浦。依依甚意緒。漫憶海門飛絮。亂鴉過，斗轉城荒，不見來時試燈處。　　春去，誰最苦。但箭雁沉邊，梁燕無主。杜鵑聲裡長門暮。想玉樹凋土，淚盤如露。咸陽送客屢回顧，斜日未能度。　　春去，尚來否。正江令恨別，庾信愁賦。蘇堤盡日風和雨。嘆神遊故國，花記前度。人生流落，顧孺子，共夜語。

「送春詞」在《須溪詞》中為數不少。所謂「送春」，便是哀悼南宋的滅亡。「丙子」即宋恭帝德祐二年（1276），是年正月，元軍攻入臨安，宰相陳宜中及部分宗室浮海逃至福建，並在福州擁立端宗繼續與元軍對抗，詞中反映的就是這一山崩海竭的歷史鉅變。陳廷焯《詞則》云：「題是送春，詞是悲宋，曲折說來，有多少眼淚。」《須溪詞》中用同樣手法表現亡國之痛的還有〈摸魚兒・甲午送春〉、〈沁園春・送春〉、〈八聲甘州・送春韻〉、〈江城子・和鄧中甫晚春〉、〈虞美人・客中送春〉、〈青玉案・暮春旅懷〉等。

四、文天祥

　　民族英雄文天祥（1236～1282），字宋瑞，號文山，吉州盧陵（今屬江西）人。文氏與劉辰翁為同鄉兼摯友，劉辰翁之子劉將孫〈文氏祠堂記〉說：「將孫之先人交丞相兄弟為厚，蓋嘗與江西幕議」可證。

1275 年，元兵南下，他毀家紓難，在家鄉江西吉安起兵勤王。1278
年，在廣東海豐北的五坡嶺被俘，囚於燕京三年，堅貞不屈，慷慨就
義；其忠義之心，足以映照百世。今存《文文山詞》七首（或作八首）。
文天祥被俘之後，與鄧剡一同被押北行，至金陵，鄧剡因病被遣歸，
文天祥繼續北上，鄧氏作〈念奴嬌・驛中言別〉贈之，文氏亦作〈酹
江月〉答之，詞云：

> 乾坤能大，算蛟龍、元不是池中物。風雨牢愁無著處，那
> 更寒蛩四壁。橫槊題詩，登樓作賦，萬世空中雪。江流如
> 此，方來還有豪傑。　　堪笑一葉飄零，重來淮水，正涼
> 風新發。鏡裏朱顏都盡變，只有丹心難滅。去去龍沙，江
> 山回首，一線青如髮。故人應念，杜鵑枝上殘月。

此詞從生前的積極奮戰，寫到此心至死不渝，死後亦將「魂兮歸來」，
如同他在另一首〈金陵驛〉詩中所說：「從今別卻江南日，化作啼鵑
帶血歸」。全詞立意與〈過零丁洋詩〉之「人生自古誰無死，留取丹
心照汗青」相同；其臨難不苟免之志節，千載之下讀之，猶能使人心
旌動搖，凜然生敬，可謂雖死猶生。王國維《人間詞話》對文文山詞
深為推許，置於宋末諸家之上：

> 文文山詞，風骨甚高，亦有境界，遠在聖與（王沂孫）、叔
> 夏（張炎）、公謹（周密）諸公之上。

劉熙載《藝概・詞曲概》則從正、變的角度來推崇文山詞：

> 文文山詞有「風雨如晦，雞鳴不已」之意，不知者以為變
> 聲，其實乃變之正也。故詞當合其人之境地以觀之。

這段話不僅提昇了豪放詞的地位，也為南宋豪放派詞人不得不走向豪
放一路作了最好的說明；詞中的民族精神是隨著國運日蹙而相對高
張。再者，辰翁與文天祥同出於歐陽守道（巽齋）之門，學有本原，
以詞言志，學養襟懷自然流露，高致自現。全祖望《宋元學案・巽齋
學案》云：

> 巽齋之門有文山，徑畈（徐霖）之門有疊山（謝枋得），可
> 以見宋儒之講學無負於國矣。

又可見一代文風之轉移，因革損益，不僅關係時局甚鉅，而學術思想之影響亦不容忽視。

第四節　稼軒豪放詞對金代詞壇之影響

　　辛棄疾詞學淵源於金初蔡松年、吳激。南渡後馳騁詞壇，蔚然成為一代大家，而其影響，亦及於與南宋對峙之金國詞壇。由於金世宗、章宗倡導儒家文化，影響所及，「儒風丕變，庠序日盛。……一代制作，能自樹立唐、宋之間。」(《金史·熙宗本紀》) 就金代詞壇表現而言，也有其「自樹立處」。況周頤說：「金源人詞伉爽清疏，自成格調。」(《蕙風詞話》卷三) 馮金伯則認為《中州樂府》所選詞「頗多深衷大馬之風」(《詞苑萃編》卷六)。這除了和北地民族剛健樸質的氣質有關外；南宋以後，「蘇學北行」也有莫大關聯。如趙秉文，被時人譽為「金源一代一坡仙」(郝經《陵川集·題閑閑像》)，而作為金詞殿軍的元好問，則被後人逕稱為「東坡後身」(吳梅《詞學通論》)。所以，基本上金代詞壇是承襲蘇、辛豪放一路發展的。

　　元好問 (1190～1257)，字裕之，號遺山。太原秀容 (今屬山西) 人。興定五年 (1221) 進士，官至尚書省左司員外郎。從學於郝天挺，六年業成，乃下太行，渡黃河；趙秉文為之延譽，一時名動京師。金亡後不仕，以保存故國文獻自任，輯有《中州集》、《中州樂府》等，金人詩、詞多賴以傳。由於他在絲竹中年，遭遇國變，經亂離，所以對民生疾苦別有深切的體會；反映在詩、詞中，就顯出一種慷慨低回，真切而沉鬱的境界，其作品亦可視為時代的悲歌和實錄。

　　元好問為金元詞壇之巨擘，清代翁方綱有「蘇學盛於北，景行遺山仰」(〈齋中與友人論詩〉) 之說。其論宋詞，極力推崇蘇、辛。自云：「樂府以來，東坡為第一，以後便到稼軒，此論亦然。東坡、稼軒即不論，且問遺山得意時，自視秦、晁、賀、晏諸人為何如？予大

笑，拊客背云：『那知許事，且噉蛤蜊。』」（〈遺山樂府引〉）這段話可見元氏論詞以「東坡爲第一」的論點。在論及自己的詞時，亦頗以善學東坡自許；只是他用顧左右而言他，「不言言之」的方式表達而已。遺山在〈新軒樂府引〉中進一步指出：「東坡聖處」，在於「情性之外，不知有文字」，這也是蘇、辛共通之優點。歷來詞評家多肯定遺山詞乃上承蘇、辛而來，所以他的詞也是屬於「詩化之詞」。章炳〈重校遺山先生新樂府序〉則以詞境、詞法的角度予以推崇：「詞盛於南宋，南宋人以姜、張爲宗。吾謂姜、張非蘇、辛比。蘇、辛詞外有詞，……與蘇、辛可並傳者，於本朝得顧貞觀，於金源得元好問。……好問詞境眞意眞，……詞法則以蘇、辛之法爲法。弔古傷今，於世道人心，頗有關係。」

　　今存元遺山詞三百七十四首，劉熙載評其詞「疏快之中，自饒深婉，亦可謂集兩宋之大成者矣。」（《藝概·詞曲概》）「集大成」之說，容或過當，但其詞風有縱橫超軼，步趨蘇、辛處，亦有風流蘊藉，不減周、秦處，則是事實。

　　如〈摸魚兒〉「問世間、情是何物，直教生死相許」便成功塑造了一個忠於愛情，乃至殉情而死的大雁藝術形象。此外，他也善於用雄奇之筆寫闊大景象，如〈水調歌頭·賦三門津〉：

> 黃河九天上，人鬼瞰重關。長風怒捲高浪，飛灑日光寒。峻似呂梁千仞，壯似錢塘八月，直下洗塵寰。萬象入橫潰，依舊一峰閒。　　仰危巢，雙鵠過，杳難攀。人間此險何用，萬古祕神奸。不用燃犀下照，未必飲飛強射，有力障狂瀾。換取騎鯨客，撾鼓過銀山。

此寫三門津雄奇險峻之景觀，寫人間祕藏「神奸」，抒發蔑視鬼怪，橫躍天險的豪情。奇崛排奡，情感激越，近似稼軒。元人徐世隆評元好問詞：「清雄頓挫，閒婉瀏亮，體制最備。又能用俗爲雅，變故作新，得前輩不傳之妙。東坡、稼軒而下，不論也。」（《元好問全集》附錄一）徐氏道出元詞之特點，及其上承蘇、辛之藝術淵源。而張炎

《詞源》則指出「遺山詞，深於用事，精於鍊句」，這也正是稼軒之特長所在。

第五節　稼軒豪放詞對明、清詞壇之影響

龍榆生在〈近三百年名家詞選後記〉中，對元明以降之詞體發展有段極爲精闢扼要的說明：

> 元、明詞學中衰，文人弄筆，既相率入於新興南、北曲之小令、散套，以薪能被管絃。其自寫性靈，則仍以五、七言古、近體詩相尚，於是詞之音節，既無所究心，意格卑靡，亦至明而極矣。夫所謂意格，恆視作者之性情襟抱，與其身世之感，以爲轉移。三百年來，屢經劇變，文壇豪傑之士，所有幽憂憤悱、纏綿芳潔之情，不能無所寄託，乃復取沉晦已久之詞體，而相習用之，風氣既開，茲學遂呈中興之象。明、清易代之際，江山文藻，不無故國之思，雖音節間有未諧，而意境特勝。殆朱、陳二氏出，衍蘇、辛、姜、張之墜緒，而分道揚鑣。康、乾之間，海內詞壇，幾全爲二家所籠罩。

龍氏把詞體自明而衰，至清而盛的過程作了概略的分析說明，以下分就明、清兩代來看豪放詞遞變的情形。

一、豪放詞沉寂之明代詞壇

詞的發展，至明代而中衰。清代吳衡照《蓮子居詞話》卷三云：「金元工於小令套數而詞亡。論詞於明，並不逮金元，遑言兩宋哉？蓋明詞無專門名家，一二才人如楊用修、王元美、湯義仍輩，皆以傳奇手爲之，宜乎詞不振也。其患在好盡，而字面往往混入曲子。昔張玉田論兩宋人字面，多從李賀、溫歧詩來，若近俗近巧，詩餘之品何在焉？又好爲之盡，去兩宋蘊藉之旨遠矣。」這段話指出明詞之所以不振，和南戲興盛有關。當時文人上焉者或鏤心刻骨於八股制義，以

求仕進；下焉者則將心力轉移到新興戲曲的創作上，詞體自然受到冷落。由於曲盛詞衰，所以填詞時又不免將戲曲語言混入詞中，因而形成明詞「近俗近巧」之弊。再者，明人詞曲體製不分，自度之腔違離聲律，形成「按律之學未精，自度之腔乃出」（萬樹《詞律·自序》）的乖謬現象，以訛傳訛的結果，自然曲益工而詞益晦。

明代詞評家把「言情」看成詞體最主要的藝術特質，強調「情性」之重要，而男女之情尤爲「人情之極」〔註5〕。所以《花間集》和《草堂詩餘》二書被當時人們奉爲詞學矩範。這反映出明人的詞學觀依然停留在詞爲豔科小道的觀念中。朱彝尊說：「獨《草堂詩餘》所收天下最傳，三百年來，學者守爲兔園冊，無惑乎詞之不振也。」（《詞綜·發凡》）陳廷焯也說：「《花間》、《草堂》、《尊前》諸選，背謬不可言矣。所寶在此，詞欲不衰得乎？」（《白雨齋詞話》卷八）朱、陳以「雅」論詞，詞既托體不尊，則詞格焉能不卑下？二家所論亦屬合理。

概而言之，明初之詞上承宋、元遺風，楊基、高啓、劉基等人所作無多，但風調高雅，猶存風雅詞派之餘韻。明代中葉楊愼、王世貞、馬洪等輩蚤聲詞壇，然間有格律乖舛之作，成就不高。到明代後期，因社會動盪，國家危亡，陳子龍、夏完淳等人繼起，才把家國身世之感帶入作品之中；然而他們依舊拘守「詩言志」、「詞言情」的藩籬，往往把愛國思想、民族氣節透過詩的形式來表現，相較之下，詞的成就自然不如詩。所以終明之世，可說是詞壇豪放之聲沉寂的時代。茲以劉基〈沁園春·和鄭德章暮春感懷呈石末元帥〉爲例，說明其詞於風雅中仍存豪放遺韻：

> 萬里封侯，八珍鼎食，何如故鄉。奈狐狸夜嘯，腥風滿地，蛟螭晝舞，平陸成江。中澤號鴻，芭荊集鴉，軟盡平生鐵石腸。憑欄看，但雲霓明滅，煙草茫茫。　　不須踽踽涼涼，蓋世功名百戰場。笑揚雄寂寞，劉伶沈湎，嵇生縱誕，

〔註5〕　沈際飛〈草堂詩餘序〉：「曰：『人之情，至男女乃極』。未有不篤於男女之情，而君臣、父子、兄弟、朋友間反有鍾吾情者。」

　　賀老輕狂。江左夷吾，關中宰相，濟弱扶傾計甚長。桑榆
　　外，有輕陰乍起，未是斜陽。

這是一首述懷詞，抒發詞人濟弱扶傾、不計個人名位的高尚情操。上片連用六個排比句，寫易代之際天下大亂，滄海桑田的社會巨變。下片再透過六個歷史人物的品評褒貶，寫自我心中的豪情壯志。結語措辭婉麗，仍不失渾厚氣象。

二、稼軒豪放詞對清代詞壇之影響

（一）清初陳維崧

　　指弊矯枉，常是江山易代之際的士人必須面臨的時代課題。清初學術界有顧炎武等提出「文須有益於天下」（《日知錄》卷十九）的呼籲，以與危時厄運的時代背景相呼應。詞壇上也有鑒於明詞日益頹靡，因而產生補偏救弊，振興詞苑的客觀要求。而轉變一時風潮的大有力者，首推朱彝尊（1629～1709）和陳維崧（1625～1682）。朱氏領導的「浙西詞派」走姜、張婉約之路；陳氏領導的陽羨詞派則衍蘇、辛之墜緒。譚獻《篋中詞》說：「錫鬯、其年出，而本朝詞派始成。……嘉慶以前，為二家牢籠者，十居七八。」朱氏雖主張「詞以雅為尚」（《詞綜‧發凡》），但尚未完全擺脫傳統詞學狹隘觀念，以為「詞則宜於宴嬉逸樂，以歌詠太平」，（〈紅鹽詞序〉）；只有陳維崧真正從理論及創作上雙管齊下，推尊詞體，自出風神；他以波瀾壯闊、沉雄俊爽的詞風承襲稼軒豪放一脈，使得蘇、辛開拓的豪放之風再度張揚詞壇。朱彝尊在〈邁陂塘‧題其年填詞圖〉中說：「擅詞場，飛揚跋扈，前身可是青兕？」迺以稼軒喻之，而「擅詞場」一詞也指出他在清初詞壇引領風騷的「巨擘」地位。

　　陳維崧，字其年，號迦陵，江蘇宜興人。有《湖海樓詞集》三十八卷傳世，存詞一千六百二十九首。填詞之富，可謂古今無兩。維崧出身世家大族，父祖輩皆為東林黨中堅人物，並曾師事陳子龍、吳應箕等氣節之士。家庭師友的薰陶，加上大半生落拓不遇，這對陳維崧

的思想創作都有很大的影響。他的詞學理論主要反映在所編選的《今詞苑》序文中（又作〈詞選序〉），亦可視爲「陽羨詞派」的理論宣示，主要觀念如下：

> 蓋天之生才不盡，文章之體格亦不盡，……鴻文鉅軸，固與造化相關；下而讕語卮言，亦以精深自命。要之穴幽出險以屬其思，海涵地負以博其氣，窮神知化以觀其變，竭才渺慮以會其通；爲經爲史，曰詩曰詞，閉門造車，諒無異轍也。……選詞所以存詞，其即所以存經存史也夫。

於此，他大膽提出詞可比肩經史的觀念；不論「鴻文鉅軸」或「讕語卮言」，作者只要是出於「精深自命」，抒發自我憂生憂世的思想感情，反映現實，同樣都能「與造化相關」。循此標準，則「東坡、稼軒諸長調，又駸駸乎如杜甫之歌行，與西京之樂府也。」（〈詞選序〉）在這樣的理論指導下，陳維崧的詞自然以感慨身世、寄意興亡爲主，充滿寫實色彩與雄放之精神。其名篇如：

> 寒山幾堵，風低削碎中原路。秋空一碧無今古。醉袒貂裘，略記尋呼處。　　男兒身手和誰賭。老來猛氣還軒舉。人間多少閒狐兔。月黑沙黃，此際偏思汝。（〈醉落魄·詠鷹〉）

詞人以鷹自況，雄鷹猛氣軒舉，在「月黑沙黃」的苦難時世中，一心要攫取人間爲非作歹的「閒狐兔」。「此際偏思汝」把詞人迫切伸張正義的使命感充分表露，誠可謂「聲色俱厲」（《白雨齋詞話》卷三）。

《湖海樓詞》中，有「痛飲狂歌，說霸論王」（〈惜分釵·偶作〉）這類意氣豪奢的作品外，也有英雄失路的憤憤不平：

> 別來世事一番新，只吾徒猶昨。話到英雄失路，忽涼風索索。（〈好事近·夏日史蘧庵先生招飲……〉）

此寫詞人鄉試落第後，晉身無路之黯然悲慨。近人沈軼劉《清詞精華》評此詞曰：「能斂滄海於一粟，恍惚變滅，具尺幅千里之勢，令人誦之，心潮益沸，滉漾於意外，不能自制。此境爲自來詞家所未有。」其推重若此！其他諸如「悲風吼，臨洺驛口，黃葉中原走。」（〈點絳

唇〉）、「估船運租，江樓醉呼。西風流落丹徒，想劉家寄奴。」（〈醉太平〉）等，都是在「平敘中峰巒忽起，力量最雄」。所以陳廷焯推許曰：「其年諸短調，波瀾壯闊，氣象萬千，是何神勇！」（《白雨齋詞話》卷三）

此外，《湖海樓詞》更具有寫實的一面；或是直陳當時政治的黑暗，或反映民生疾苦，充分彰顯詞可「比肩經史」的功能，如〈賀新郎‧縴夫詞〉：「征發權船郎十萬，列郡風馳驟。嘆閭左，騷然雞狗。里正前團催後保，盡累累，鎖繫空倉後。捽頭去，敢搖手？」，「雞狗騷然，朝驚北陌暮南阡。印響西風猩作記，如鬼。老券排家驗鈐尾。」（〈南鄉子‧江南雜詠〉之四）這些作品的內容與精神，與杜甫社會寫實詩的功能並無二致。

陳維崧身為「稼軒後勁」（陳廷焯語），二者「情與貌，略相似」之處，不僅在於他們先天具有浪漫的熱情，經世濟民的理想；也在於他們都經歷了才命相敵，齎志以沒的命運；並且他們也出於同樣的審美好尚，而把滿腔孤憤，一寓於詞。二人的悲劇命運一致，悲壯的性格也如出一轍；形諸於詞，自然形成雄健豪放之詞風。差別則在於，陳維崧「硬箭強弓」般的個性，「撲地獅兒騰吼」的氣勢，偶失於悍霸，「一發無餘」，「若能加以渾厚沉鬱，便可突過蘇、辛，獨步千古。」（《白雨齋詞話》卷三），二人藝術境界之高下，由此判然可分。

（二）其他辛體後繼者

陳廷焯《白雨齋詞話》卷八云：「稼軒同時，則有張、陸、劉、蔣輩，後起則有遺山、迦陵、板橋、心餘輩。」遺山為金元大家，迦陵為清初詞壇巨擘；板橋、心餘則為清朝前中期人物，二人雖被列為稼軒之後繼者，然皆不以詞名，豪放詞發展至此，已是強弩之末，難有上乘佳作。

鄭燮（1693～1765），字克柔，號板橋，江蘇興化人，有《鄭板橋全集》，附《板橋詞鈔》，存詞七十七首。鄭燮有多方面的才華，詩、書、畫均所擅長，人稱「三絕」。生平狂放不羈，言行多憤世嫉俗，

時人目爲「揚州八怪」之一。

　　板橋詞亦如其爲人，狂放不羈，沉著痛快，他在〈詞鈔自序〉中說：「中年感慨學辛、蘇，老年淡忘學劉、蔣。皆與時推移而不自知者。」陳廷焯《詞壇叢話》云：「板橋詞，遠祖稼軒，近師其年，別創一格，不與稼軒其年沿襲，眞獨來獨往之概。」《國朝詩人徵略》卷二八引《松軒隨筆》云：「板橋先生疏曠灑脫，……其生平詞勝於詩，弔古抒懷，激昂慷慨，……皆世間不可磨滅文字，余嘗謂蔣心餘、鄭板橋之詞，皆詞中之大文，不得以小技目之。」其佳句如：「流不斷，長江渺。拔不倒，鍾山峭。膳古碑荒塚，淡鴉殘照。碧葉傷心亡國柳，江牆墮淚南朝廟。問孝陵松柏幾多存，年年少。」（〈滿江紅·金陵懷古〉）陳廷焯曰：「余最愛其〈滿江紅〉二句云：『碧葉傷心亡國柳，紅牆墮淚南朝廟。』淒涼哀怨，爲金陵懷古佳句。」又如〈賀新郎·徐青藤草書〉：「畢生未挂朝衫領，……只有文章書畫筆，無古無今獨逞。并無復自家門徑。拔取金刀眉目割，破頭顱血迸苔花冷，亦不是，人間病。」雖是痛快之極，亦不免招致「張眉努目」（《白雨齋詞話》卷八）之譏。

　　蔣士銓（1725～1784），字心餘，一字苕生，號清容。又號藏園。江西鉛山人。工詩文，與袁枚、趙翼並稱「乾隆三大家」，有《忠雅堂集》。又長於戲曲，有雜劇、傳奇十六種傳世，詞集名《銅弦詞》。謝章鋌《賭棋山莊詞話》卷一云：「學稼軒要於豪邁中見精微。……蔣藏園爲善於學稼軒者。」張德瀛《詞徵》論及南宋「辛體」時，有云：「本朝鉛山蔣氏則專以此體爲宗矣。」蔣與鄭燮一樣，也是遠師辛棄疾，近師陳其年，徐珂《近詞叢話》在論述清初兩大詞派時說：「興化鄭燮，鉛山蔣士銓，近陳者也。」其《銅弦詞》多長調，其佳句如：「越霰吳霜篷背飽，奈年來王事都麾監，藉竿木，尚能舞。」（〈賀新涼·南昌判官程十七北涯浮香精舍小飲，……〉），「觸往事，幾番追省。十載中鉤吞不下，趁波濤忍住喉間鯁。嘔不出，漸成癭。」（〈賀新涼·廿八歲初度日感懷，時客青州〉），「初刃環而下。血淋漓、

浩然之氣，與刀相射。賊技如斯堪一唾，公乃憑虛而駕。看府谷、荒城斗大。中有孤魂垂白練，照河山、不許秦關月。莫弘恨，豈能化。」（〈賀新涼‧明餘杭知縣府谷蘇公萬元殉節哀詞〉）大致說來，心餘之詞雖取法其年，但「氣粗力弱，每有支撐不來處。匪獨不極迦陵，亦去板橋甚遠。」（《白雨齋詞話》卷四）。

第六節　結　語

　　以上簡要論述了稼軒詞對後世詞壇的影響，足以彰顯稼軒詞在詞史上之地位。稼軒把昂揚的愛國赤忱、英姿勃發的氣質、富贍之才華巧妙融合，方能臻於詞品人品一致之崇高境界，使得「稼軒風」鼓盪流行不已，引發後代無數文人仿效。然而，誠如陳廷焯所說：「稼軒詞自是有大本領、大作用人語」，「不善學者，流入叫囂一派。論者遂集矢於稼軒，稼軒不受也！」（《白雨齋詞話》卷一）此語切中豪放末流之弊，足為率意步驟稼軒者之戒。稼軒不易學、不可及處亦在此！「多少江湖憂樂意，漫呼青兕作詞人」（王鵬運〈校刊《稼軒詞》率題〉），若僅以「詞人」看待稼軒，是又不知稼軒者矣！

　　　　嶺頭一片青山，可能埋沒凌雲氣？遐方異域，當年滴盡，
　　　　英雄清淚。星斗撐腸，雲煙盈紙，縱橫遊戲。謾人間留得，
　　　　陽春白雪，千載下，無人繼。　　　不見戟門華第，見蕭蕭
　　　　竹枯松悴。問誰料理，帶湖煙景，瓢泉風味。萬里中原，
　　　　不堪回首，人生如寄。且臨風高唱，逍遙舊曲，為先生醉。

　　（〈水龍吟‧醉辛稼軒墓〉）

這是辛棄疾死後一百餘年，張埜過鉛山稼軒墓時，所寫的一首弔詞。詞中對辛氏之事業、人品、創作都作了高度的評價，詞情亦沉鬱、亦豪宕，頗得稼軒之神理韻味。稼軒生前雖然未能踐履「了卻君王天下事」之宏願，但也終於為自己「贏得生前身後名」，千載以來，青山常伴英靈，以雲煙為詞人馨香祝禱，「瓢泉風味」至今猶存，霑溉無數後人，「為先生醉」的，又豈獨張埜一人而已！

參考書目

1. 丁仲祜，《陶淵明詩箋注》（臺北：藝文印書館，民國 78 年）。

2. 丁傳靖，《宋人軼事彙編》（臺北：台灣商務印書館，民國 71 年）。

3. 丁福保，《歷代詩話續編》（北京：中華書局，1983 年）。

4. 丁福保，《清詩話》（北京：中華書局，1964 年）。

5. 于安瀾編，《畫品叢書》（上海：上海人民美術出版社，1982 年）。

6. 弋載，《詞林正韻》（臺北：世界書局，民國 57 年）。

7. 仇兆鰲，《杜詩詳注》（北京：中華書局，1979 年）。

8. 元遺山，《中州集》（臺北：鼎文書局，民國 62 年）。

9. 卞孝萱等，《韓愈評傳》（南京：南京大學出版社，1998 年）。

10. 孔凡禮，《全宋詞補輯》（北京：中華書局，1981 年）。

11. 尤振中、尤以丁編著，《清詞紀事會評》（合肥：黃山書社，1995 年）。

12. 方回，《桐江續集》（臺北：台灣商務印書館，景文淵閣四庫全書本，民國 58 年）。

13. 方智範、鄧喬彬等，《中國詞學批評史》（北京：中國社會科學院，1994 年）。

14. 木齋，《蘇東坡研究》（廣西：廣西師範大學出版社，1998 年）。

15. 毛晉輯，《宋六十名家詞》（上海。上海古籍出版社，1989 年）。

16. 王力，《詩詞格律》（北京：中華書局，1997 年）。

17. 王立，《心靈的圖景》（上海：學林出版社，1999 年）。

18. 王易，《詞曲史》（臺北：廣文書局，民國 77 年）。

19. 王南，〈「沉鬱頓挫」論〉，《文學遺產》，1993 年 4 期。

20. 王琦，《李長吉歌詩彙解》（上海：中華書局，1959 年）。

21. 王夫之，《宋論》（臺北：台灣中華書局，民國 55 年）。

22. 王水照，〈蘇辛退居時期的心態平議〉，《文學遺產》，1991 年 2 期。

23. 王水照，《唐宋文學論集》（濟南：齊魯書社，1984 年）。

24. 王水照，《蘇軾論稿》（臺北：萬卷樓圖書公司，民國 83 年）。

25. 王水照、崔銘，《蘇軾傳》（天津：人民文學出版社，1999 年）。

26. 王水照主編，《宋代文學通論》（高雄：復文圖書出版社，民國 89 年）。

27. 王兆鵬，〈論「東坡範式」──兼論唐宋詞的演變〉，《文學遺產》，
    1989 年 5 期。

28. 王兆鵬，《宋南渡詞人群體研究》（臺北：文津出版社，民國 81 年）。

29. 王先謙，《莊子集解》（北京：中華書局，1959 年）。

30. 王百里校箋，《詞苑叢談校箋》（北京：人民文學出版社，1998 年）。

31. 王延梯，《辛棄疾評傳》（西安：陝西人民出版社，1981 年）。

32. 王明清，《揮塵錄》（臺北：藝文印書館，百部叢書集成本，民國 60
    年）。

33. 王偉勇，《南宋詞研究》（臺北：文史哲出版社，民國 76 年）。

34. 王琦注，《李太白文集》（北京：中華書局，1977 年）。

35. 王華光，〈南北文化交融的結晶──「稼軒體」成因及特點初探〉，《齊
    魯學刊》，1989 年 2 期。

36. 王瑞明，《宋儒風采》（湖南：岳麓書社，1997 年）。

37. 王運熙、顧易生，《中國文學批評史》（臺北：五南圖書公司，民國
    80 年）。

38. 王熙元，〈論婉約與豪放詞風的形成〉，《師大國文學報》，第 5 期，
    民國 65 年。

39. 王翠芳，《陳維崧湖海樓詞研究》（高雄師範大學國研所碩士論文，
    民國 86 年）。

40. 王鵬運，《四印齋所刻詞》（上海：上海古籍出版社，1989 年。）

41. 王獻唐，《炎黃氏族文化考》（濟南：齊魯書社，1985 年）。

42. 王驥德，《曲律》（長沙：湖南人民出版社，1983 年）。

43. 北大中國文學史教研室選注，《先秦文學史參考資料》（臺北：里仁
    書局，民國 81 年）。

44. 北大中國文學史教研室選注，《兩漢文學史參考資料》（臺北：里仁
    書局，民國 81 年）。

45. 北大中國文學史教研室選注,《魏晉南北朝文學史參考資料》(臺北：里仁書局,民國 81 年)。

46. 古遠清,《留得枯荷聽雨聲》(北京：三聯書店,1997 年)。

47. 古遠清、孫光萱,《詩歌修辭學》(湖北：湖北教育出版社,1995 年)。

48. 司馬光,《資治通鑑》(北京：中華書局,1976 年)。

49. 司馬遷,《史記》(臺北：世界書局,民國 75 年)。

50. 史雙元,《唐五代詞紀事會評》(合肥：黃山書社,1995 年)。

51. 皮朝綱,《禪宗的美學》(高雄：麗文文化公司,民國 84 年)。

52. 任二北,《敦煌曲校錄》(上海：文藝出版社,1985 年)。

53. 吉川幸次郎著、鄭清茂譯,《宋詩概說》(臺北：聯經出版社,民國 77 年)。

54. 朱弁,《風月堂詩話》(北京：中華書局,1988 年)。

55. 朱熹,《朱子語類》(北京,中華書局,1988 年)。

56. 朱熹,《楚辭集注》(上海：上海古籍出版社,1979 年)。

57. 朱熹,《詩集傳》(上海：上海古籍出版社,1980 年)。

58. 朱光潛,《文藝心理學》(臺北：臺灣開明書店,民國 61 年)。

59. 朱自清,《朱自清古典文學論文集》(臺北：源流出版社,民國 71 年)。

60. 朱金城,《白居易集箋校》(上海：上海古籍出版社,1988 年)。

61. 朱祖謀,《彊村叢書》(臺北：廣文書局,民國 59 年)。

62. 朱德才,〈宋詞的抒情和比興〉,《文史哲》,1985 年 3 期。

63. 朱德才,《辛棄疾詞選》(北京：人民文學出版社,1988 年)。

64. 朱彝尊編,《詞綜》(臺北：世界書局,民國 57 年)。

65. 牟宗三,《心體與體性》(臺北：正中書局,國民 70 年)。

66 艾治平,《婉約詞派的流變》(瀋陽：遼寧大學出版社,1994 年)。

67. 艾治平,《詩美思辨》(上海：學林出版社,1996 年)。

68. 何薳,《春渚紀聞》(北京：中華書局,1983 年)。

69. 何文煥輯,《歷代詩話》(北京：中華書局,1981 年)

70. 余冠英,《漢魏六朝詩選》(北京：人民文學出版社,1978 年)。

71. 余英時等,《知識份子十二講》(臺北：立緒文化,民國 88 年)。

72. 余嘉錫,《世說新語箋疏》(北京：中華書局,1983 年)。

73. 余毅恆,《詞銓》增訂本 (臺北：正中書局,民國 80 年)。

74. 吳訥,《唐宋元明百家詞》(臺北：廣文書局‧民國 60 年)。

75. 吳曾，《能改齋漫錄》（上海：上海古籍出版社，1979 年）。

76. 吳之振，《宋詩鈔》（上海：上海古籍出版社，1993 年）。

77. 吳功正，《六朝美學史》（江蘇：美術出版社，1994 年）。

78. 吳企明校注，《須溪詞》（上海：上海古籍出版社，1998 年）。

79. 吳則虞，《辛棄疾詞選集》（上海：上海古籍出版社，1993 年）。

80. 吳相洲、王志遠編，《歷代詞人品鑑辭典》（北京：北京大學出版社，1996 年）。

81. 吳處厚，《青箱雜記》（臺北：新興書局，民國 67 年）。

82. 吳惠娟，《唐宋詞審美觀照》（上海：學林出版社，1999 年）。

83. 吳熊和，《唐宋詞通論》（杭州：浙江古籍出版社，1995 年）。

84. 吳熊和主編，《十大詞人》（臺北：世界文物出版社，民國 81 年）。

85. 呂祖謙，《宋文鑑》（臺北：世界書局，民國 56 年）。

86. 李燾，《續資治通鑑長編》（臺北：台灣商務印書館，景文淵閣四庫全書本，民國 72 年）。

87. 李璧，《王荊文公詩箋注》（北京：中華書局，1958 年）。

88. 李元洛，《詩美學》（臺北：東大圖書公司，民國 79 年）。

89. 李心傳，《建炎以來繫年要錄》（臺北：藝文印書館，百部叢書集成本，1936 年）。

90. 李辰冬，《陶淵明評論》（臺北：東大圖書公司，民國 73 年）。

91. 李延壽，《南史》（北京：中華書局，1975 年）。

92. 李昌集，〈北宋文人俗詞論〉，《文學遺產》，1987 年 3 期。

93. 李長之，《司馬遷之人格與風格》（臺北：台灣開明書店，民國 84 年）。

94. 李浚植，《蘇、辛豪放詞的形成及其成就研究》（台灣師大國研所碩士論文，民國 72 年）。

95. 李勤印選注，《豪放詞派選集》（北京：北京師範學院出版社，1993 年）

96. 李澤厚，《美的歷程》（臺北：谷風出版社，民國 73 年）。

97. 李澤厚，《華夏美學》（臺北：三民書局，民國 85 年）。

98. 李錦全，《陶潛評傳》（南京：南京大學出版社，1998 年）。

99. 杜呈祥，《辛棄疾評傳》（臺北：正中書局，1954 年）。

100. 沈約，《宋書》（臺北：鼎文書局，民國 79 年）。

101. 沈德潛，《宋詩別裁集》（上海：上海古籍出版社，1978 年）。

102. 沈德潛，《唐詩別裁集》（上海：上海古籍出版社，1979 年）。

103. 汪誠，《辛棄疾》（臺北：幼獅文化事業公司，1990 年）。

104. 汪誠，《稼軒詞選析》（臺北：台灣商務印書館，1993 年）。

105. 汪志勇，《詞曲概論》（臺北：華正書局，民國 75 年）。

106. 谷聞編注，《豪放詞》（西安：西北大學出版社，1994 年）。

107. 阮元校刻，《十三經注疏》（北京：中華書局，1980 年）。

108. 佟培基，《辛棄疾選集》（開封：河南大學出版社，1996 年）。

109. 何湘雲，《稼軒信州詞研究》（東吳大學中研所碩士論文，民國 83 年）。

110. 卓人月，《古今詞統》，明崇禎年間刊本（臺北：國家圖書館館藏）。

111. 周密，《齊東野語》（北京：中華書局，叢書集成本，1985 年）。

112. 周濟，《宋四家詞選》（台北，廣文書局，民國 51 年）。

113. 周振甫，〈釋劉勰的「風骨」與「奇正」〉，《文學遺產》，1993 年 3 期。

114. 周振甫等，《詩文鑑賞方法二十講》（臺北：國文天地，民國 78 年）。

115. 周紹良主編，《敦煌文學作品選》（臺北：里仁書局，民國 81 年）。

116. 周義敢，《蘇門四學士》（臺北：萬卷樓圖書公司，民國 82 年）。

117. 周裕鍇，〈禪宗語言對宋詩語言藝術的影響〉，《文史知識》，1999 年 1 期。

118. 周裕鍇，《中國禪宗與詩歌》（高雄：麗文文化公司，民國 83 年）。

119. 周裕鍇，《宋代詩學通論》（四川：巴蜀書社，1997 年）。

120. 周韶九選注，《陳維崧選集》（上海：上海古籍出版社，1994 年）。

121. 周曉琳，〈崇陶現象與古代文人的自由觀〉，《四川師範學院學報》，1996 年 1 期。

122. 孟元老，《東京夢華錄》（臺北：藝文印書館，百部叢書集成本，民國 60 年）。

123. 宗白華，《美學的散步》（上海：人民出版社，1997 年）。

124. 屈萬里，《詩經釋義》（臺北：華岡出版部，民國 63 年）。

125. 岳珂，《桯史》（北京：中華書局，1981 年）。

126. 房玄齡等，《晉書》（臺北：鼎文書局，民國 79 年）。

127. 易蒲、李金苓，《漢語修辭學史綱》（吉林：吉林教育出版社，1989 年）。

128. 林承坏，《稼軒詠物詞之藝術表現》（台灣師大國研所博士論文，民

國 82 年)。

129. 林承坏,《稼軒詞之內容及其藝術成就》(台灣師大國研所碩士論文,民國 75 年)。

130. 林惠美,《張元幹詞研究》(高雄師範大學國研所碩士論文,民國 83 年)。

131. 邵雍,《擊壤集》(臺北:台灣商務印書館,景文淵閣四庫全書本,民國 72 年)。

132. 俞平伯,《唐宋詞選釋》(北京:人民文學出版社,1994 年)。

133. 姜亮夫,《歷代人物年里碑傳》(臺北:華世書局,民國 65 年)。

134. 姜書閣,《陳亮龍川詞箋注》(北京:人民文學出版社,1980 年)。

135. 姜廣輝,《理學與中國文化》(上海:人民出版社,1995 年)。

136. 姚寬,《西溪叢語》(揚州:江蘇廣陵古籍刻印社,1983 年)。

137. 姚鼐,《惜抱軒文集》(臺北:文海書局,民國 68 年)。

138. 姚一葦,《美的範疇論》(臺北:台灣開明書店,民國 81 年)。

139. 施蟄存主編,《詞籍序跋萃編》(北京:中國社會科學出版社,1994 年)。

140. 施蟄存、陳如江輯錄,《宋元詞話》(上海:上海書店,1999 年)。

141. 施議對,《宋詞正體》(澳門:澳門大學出版社,1996 年)。

142. 柳宗元,《柳河東集》(上海:上海人民出版社,1974 年)。

143. 段大林校,《劉辰翁集》(南昌:南昌人民出版社,1987 年)。

144. 洪邁,《夷堅丁志》(臺北:新興書局,民國 64 年)。

145. 洪興祖,《楚辭補註》(臺北:漢京文化公司,民國 72 年)。

146. 相福庭,〈美是道德的象徵——康德美學思想探析〉,《南京大學學報》,1998 年 4 期。

147. 紀昀等,《四庫全書總目提要》(臺北:藝文印書館,民國 78 年)。

148. 胡仔,《苕溪漁隱叢話》(北京:人民文學出版社,1981 年)。

149. 胡昭曦、劉復生等著,《宋代蜀學研究》(四川:巴蜀書社,1997 年)。

150. 胡雲翼選註,《宋詞選》(上海:上海古籍出版社,1982 年)。

151. 范曄,《後漢書》(臺北:鼎文書局,民國 68 年)。

152. 范之麟主編,《全宋詞典故辭典》(湖北:辭書出版社,1996 年)。

153. 苗菁,《唐宋詞體通論》(鄭州:中州古籍出版社,1998 年)。

154. 郎曄,《經進東坡文集事略》(臺北:台灣商務印書館,四部叢刊本,民國 54 年)。

155. 韋穀，《才詞集》（臺北：新文豐出版公司，民國 69 年）。

156. 柯翠芬，《稼軒詞研究》（東吳大學研所碩士論文，民國 81 年）。

157. 唐圭璋，《全金元詞》（臺北：洪氏出版社，民國 69 年）。

158. 唐圭璋，《南唐二主詞彙箋》（臺北：正中書局，民國 55 年）。

159. 唐圭璋，《詞學論叢》（臺北：宏業書局，民國 77 年）。

160. 唐圭璋、繆鉞主編，《唐宋詞鑑賞詞典》（上海：上海辭書出版社，1988 年）。

161. 唐圭璋、鍾振振編，《金元明清詞鑑賞辭典》（上海：江蘇古籍出版社，1989 年）。

162. 唐圭璋編，《全宋詞》（北京：中華書局，1965 年）。

163. 唐圭璋編，《全金元詞》（北京：中華書局，1980 年）。

164. 唐圭璋編，《詞話叢編》（臺北：新文豐出版公司，民國 77 年）。

165. 唐玲玲，〈寄我無窮境──蘇軾貶儋期間的生命體驗〉，《文學遺產》，1996 年 4 期。

166. 唐玲玲，《東坡樂府研究》（四川：巴蜀書社，1993 年）。

167. 唐富齡，《明清文學史》（武漢：武漢大學出版社，1991 年）。

168. 夏承燾，《夏承燾集》（杭州：浙江古籍、浙江教育出版社，1997 年）。

169. 夏承燾主編，《詞學》第六、八、十輯（上海：華東師範大學出版社，1988 年）。

170. 夏敬觀，《二晏詞選注》（臺北：台灣商務印書館，民國 54 年）。

171. 夏敬觀，《詞調溯源》（臺北：台灣商務印書館，民國 66 年）。

172. 夏敬觀、任半塘等，《李太白研究》（臺北：里仁書局，民國 74 年）

173. 夏瞿禪，《重校陽春集》（附年譜）（臺北：世界書局，民國 59 年）。

174. 夏瞿禪，《唐宋詞欣賞》（臺北：文津出版社，1983 年）。

175. 孫立，《詞的審美特性》（臺北：文津出版社，民國 84 年）。

176. 孫克強編著，《唐宋人詞話》（鄭州：河南文藝出版社，1999 年）。

177. 孫昌武，《柳宗元評傳》（南京。南京大學出版社，1998 年）。

178. 孫崇恩、劉德仕等，《辛棄疾研究論文集》（北京：中國文聯出版公司，1993 年）。

179. 孫康宜著 李奭學譯，《晚唐迄北宋詞體演進與詞人風格》（臺北：聯經出版社，民國 83 年）。

180. 孫望、常國武編，《宋代文學史》（北京：人民文學出版社，1996 年）。

181. 容格著，北京中國社科院譯，《原型與集合下意識》（北京：中國社

科院，1999 年）。

182. 徐北文，《李清照全集評注》（濟南：濟南出版社，1990 年）。

183. 徐師曾，《文體明辨序說》（北京：人民文學出版社，1982 年）。

184. 徐培均注，《淮海居士長短句》（上海：上海古籍出版社，1985 年）。

185. 徐夢莘，《三朝北盟會編》（臺北：台灣商務印書館，景文淵閣四庫全書本，民國 72 年）。

186. 徐漢明校勘，《辛棄疾全集》（四川：四川文藝出版社，1994 年）。

186. 殷致平，《稼軒詞用典研究》（台灣師大國研所碩士論文，民國 86 年）。

187. 班固，《漢書》（臺北：鼎文書局，民國 68 年）。

188. 袁行霈，《中國詩歌藝術研究》（北京：北京大學出版社，1987 年）。

190. 馬令，《南唐書》（臺北：藝文印書館，百部叢書集成本，民國 57 年）。

191. 馬興榮，《宋詞綜論》（濟南：齊魯書社，1989 年）。

192. 高寬，〈稼軒詞的用典藝術〉，《社會科學輯刊》，1982 年 2 期。

193. 高步瀛，《唐宋詩舉要》（臺北：學海出版社，民國 81 年）。

194. 高步瀛編，《唐宋文舉要》（上海：上海古籍出版社，1982 年）。

195. 高晨陽，《阮籍評傳》（南京：南京大學出版社，1998 年）。

196. 崔海正，《宋詞研究述略》（臺北：洪葉文化，民國 88 年）。

197. 張相，《詩詞曲詞辭匯釋》（北京：中華書局，1953 年）。

198. 張健，《南宋文學批評資料彙編》（臺北：成文出版社，民國 67 弗）。

199. 張晶，〈論遺山詞〉，《文學遺產》，1996 年 3 期。

200. 張溥，《漢魏六朝百三家集》（臺北：文津出版社，民國 68 年）。

201. 張子良，〈東坡詞「是曲子中縛不住者」辨析〉，《中國學藝年刊》11 期。

202. 張子良，《金元詞述評》（臺北：華正書局，民國 68 年）。

203. 張少康，《中國古代文學創作論》（臺北：文史哲出版社，民國 80 年）。

204. 張少康，《古典文藝美學論稿》（臺北：淑馨出版社，民國 78 年）。

205. 張火慶，〈兩朝開濟老臣心──三國演義中的諸葛亮〉，《鵝湖月刊》，28 期）。

206. 張立文，〈論朱熹哲學的時代精神〉，《文史哲》，1998 年 4 期。

207. 張自文，〈開宋詞風氣之先的關鍵人物──馮延巳〉，《湘潭大學學

報》，1989 年）。

208. 張宗楠，《詞林紀事》（上海：中華書局，1960 年）

209. 張彥遠，《法書要錄》（北京：北京人民美術出版社，1984 年）。

210. 張高評，〈宋詩特色之自覺與形成〉，《漢學研究》，民國 81 年，10 卷 1 期。

211. 張高評，〈破體與宋詩特色之形成〉，《成大中文學報》，第 2 期。

212. 張高評主編，《宋詩論文選集》（一）（高雄：復文圖書公司，民國 77 年）。

213. 張高評主編，《宋詩論文選集》（二）（高雄：復文圖書公司，民國 77 年）。

214. 張高評主編，《宋代文學研究叢刊》（高雄：復文圖書公司，民國 85 年）。

215. 張高評，《宋詩之傳承與開拓》（臺北：文史哲出版社，民國 79 年）。

216. 張惠民，《宋代詞學審美理想》（北京：人民文學出版社，1995 年）。

217. 張惠民編，《宋代詞學資料彙編》（廣東：汕頭大學出版社，1993 年）。

218. 張節末，《狂與逸》（北京：東方出版社，1995 年）。

219. 張夢機，《詞律探源》（臺北：文史哲出版社，民國 70 年）。

220. 張夢機、張子良編著，《唐宋詞選注》（臺北：華正書局，民國 78 年）。

221. 張端義，《貴耳集》（上海：中華書局，1958 年）。

222. 張璋、黃畬編，《全唐五代詞》（上海：上海古籍出版社，1986 年）。

223. 曹寅，《全唐詩》（北京：中華書局，1979 年）。

224. 曹保和，〈談陳廷焯的本原論〉，《文學遺產》，1996 年 2 期。

225. 梁啓超，《梁任公學術演講集》（臺北：河洛圖書出版社，民國 63 年）。

226. 畢沅，《續資治通鑑》（北京：中華書局，1979 年）。

227. 脫脫等，《宋史》（北京：中華書局，1985 年）。

228. 莫礪鋒，《杜甫評傳》（南京：南京大學出版社，1993 年）。

229. 莊仲方，《南宋文範》（臺北：鼎文書局，民國 64 年）。

230. 許總，《宋明理學與中國文學》（江西：百花洲文藝出版社，1999 年）。

231. 許抗生，《魏晉思想史》（臺北：桂冠圖書公司，民國 84 年）。

232. 郭紹虞，《宋詩話考》（北京：中華書局，1985 年）。

233. 郭紹虞，《宋詩話輯佚》（北京：中華書局，1980 年）。

234. 郭紹虞，《滄浪詩話校釋》（北京：人民文學出版社，1983 年）。

235. 郭維森，《屈原評傳》（南京：南京大學出版社，1998 年）。

236. 郭靜惠，《辛稼軒山水田園詞研究》（台灣師大國研所碩士論文，民國 77 年）。

237. 陳亮，《陳亮集》（臺北：漢京文化，四部備要本，民國 72 年）。

238. 陳壽，《三國志》（北京：中華書局，1973 年）。

239. 陳伯海主編，《唐詩彙評》（杭州：浙江教育出版社，1996 年）。

240. 陳邦瞻，《宋史紀事本末》（臺北：三民書局，民國 62 年）。

241. 陳俊生，《清詩話論陶要籍研究》（高雄師範大學國研所博士論文，民國 89 年）。

242. 陳衍評點、曹中孚校注，《宋詩精華錄》（四川：巴蜀書社，1992 年）。

243. 陳匪石，《宋詞舉》（南京：金陵書畫社，1983 年）。

244. 陳師道，《後山居士文集》（上海：上海古籍出版社，1984 年）

245. 陳振孫，《直齋書錄解題》（北京：現代出版社，1987 年）。

246. 陳淑美，《稼軒詞用典分類研究》（台灣大學中研所碩士論文，民國 56 年）。

247. 陳祥耀，《中國古典詩歌叢話》（臺北：華正書局，民國 80 年）。

248. 陳滿銘，《稼軒詞研究》（臺北：文津出版社，民國 69 年）。

249. 陳滿銘，《蘇辛詞比較研究》（臺北：文津出版社，民國 78 年）。

250. 陸游，《南唐書》（臺北：藝文印書館，百部叢書集成本，民國 55 年）。

251. 陸游，《陸游集》（北京：中華書局，1976 年）。

252. 陶潛，《陶淵明集》（北京：中華書局，1979 年）。

253. 陶濤，〈論發端於屈原的逐臣文學〉，《南京大學學報》，1999 年 2 期。

254. 陶宗儀，《說郛》（臺北：台灣商務印書館，景文淵閣四庫全書本，民國 72 年）。

255. 陶爾夫、劉敬圻著，《南宋詞史》（哈爾濱：黑龍江人民出版社，1992 年）。

256. 陶慕寧，《青樓文學與中國文化》（北京：東方出版社，1993 年）。

257. 傅秋爽，〈《美芹十論》與辛棄疾的政治軍事才能〉，《河北學刊》，1993 年 4 期。

258. 勞承萬，《朱光潛美學論綱》（安徽：安徽教育出版社，1998 年）。

259. 喬力，〈辛棄疾詩詞的多樣化創作思維格局〉，《文史哲》，1987 年 6 期。

260. 喬力，《晁補之詞編年箋注》（濟南：齊魯書社，1993 年）。

261. 惠洪，《冷齋夜話》（北京：中華書局，1988 年）。

262. 曾昭岷，《溫韋馮詞研究》（上海：上海古籍出版社，1988 年）。

263. 曾國藩，《曾文正公全集》（臺北：世界書局，民國 54 年）。

264. 曾慥編，《樂府雅詞》（臺北：藝文印書館，百部叢書集成本，民國 54 年）。

265. 程千帆、吳新雷，《兩宋文學史》（上海：上海古籍出版社，1998 年）。

266. 程顥、程頤，《二程遺書》（臺北：台灣商務印書館，景文淵閣四庫全書本，民國 72 年）。

267. 童慶炳，《文學理論要略》（北京：人民文學出版社，1995 年）。

268. 童慶炳，《文體與文體的創造》（雲南：人民文學出版社，1994 年）。

269. 賀崇明，〈論陶淵明的孤獨意識〉，《學術論壇》，1995 年 5 期。

270. 黃昇，《中興以來絕妙詞選》（臺北：台灣商務印書館，景文淵閣四庫全書本，民國 75 年）。

271. 黃文吉，《詞學書目研究》（臺北：文津出版社，1993 年）。

272. 黃永武，《字句鍛鍊法》（台北，洪範書局，民國 75 年）。

273. 黃永武，《中國詩學・設計篇》（臺北：巨流圖書公司，民國 81 年）。

274. 黃叔琳，《文心雕龍校注》（上海：中華書局，1962 年）。

275. 黃宗羲，《宋元學案》（臺北：華世書局，民國 76 年）。

276. 黃保眞、蔡鍾祥等著，《中國文學理論史》（北京：北京出版社，1991 年）。

277. 黃庭堅，《山谷內集詩注》（臺北：台灣商務印書館，景文淵閣四庫全書本，民國 72 年）。

278. 黃啓方，《北宋文學批評資料彙編》（臺北：成文出版社，民國 67 年）。

279. 黃惠菁，《東坡文藝創作理論研究》（台北師範大學國研所碩士論文，民國 81 年）。

280. 黃慶萱，《修辭學》（臺北：三民書局，民國 72 年）。

281. 黃錦鋐，《莊子讀本》（臺北：三民書局，民國 86 年）。

282. 黑格爾著、朱光潛譯，《美學》（臺北：里仁書局，民國 70 年）。

283. 逯欽立編，《先秦漢魏晉南北朝詩》（北京：中華書局，1983 年）。

284. 楊勇，《陶淵明集校箋》（臺北：正文書局，民國 76 年）。

285. 楊倫，《杜詩鏡銓》（臺北：華正書局，民國 64 年）。

286. 楊仲良，《續資治通鑑長編紀事本末》（臺北：商務商務印書館，《宛委別藏》本，民國 70 年）。

287. 楊伯峻，《論語譯注》（北京：中華書局，1982 年）。

288. 楊恩寰，《審美心理學》（北京：東方出版社，1997 年）。

289. 楊海明，《唐宋詞主題探索》（高雄：麗文文化公司，民國 84 年）。

290. 楊海明，《唐宋詞史》（高雄：麗文文化公司，民國 85 年）。

291. 楊海明，《唐宋詞的風格學》（臺北：木鐸出版社，民國 76 年）。

292. 楊海明，《唐宋詞美學》（江蘇：江蘇教育出版社，1998 年）。

293. 楊海明，《唐宋詞論稿》（浙江：浙江古籍出版社，1988 年）。

294. 萬樹，《詞律》（上海：上海古籍出版社，1984 年）。

295. 葉朗，《中國美學史》（臺北：文津出版社，民國 85 年）。

296. 葉恭綽編，《全清詞鈔》（北京：中華書局，1982 年）。

297. 葉瑛注，《文史通義校注》（臺北：里仁書局，民國 73 年）。

298. 葉嘉瑩，《中國詞學的現代觀》（臺北：大安出版社，民國 78 年）。

299. 葉嘉瑩，《迦陵論詞叢稿》（上海：上海古籍出版社，1980 年）。

300. 葉夢得，《避暑錄話》（臺北：商務印書館，景文淵閣四庫全書本，民國 72 年）。

301. 虞集，《道園學古錄》（臺北：中華書局，四部備要本，民國 60 年）。

302. 熊克，《中興小紀》（北京：中華書局，1985 年）。

303. 臧勵龢注，《漢魏六朝文》（臺北：河洛圖書出版社，民國 64 年）。

304. 趙翼，《二十二史箚記》（臺北：世界書局，民國 51 年）。

305. 趙山林，〈晚唐詩境與詞境〉，《華東師大學報》，1997 年 5 期。

306. 趙令時，《侯鯖錄》（臺北：台灣商務印書館，景文淵閣四庫全書本，民國 74 年）。

307. 趙敏俐，《漢代詩歌史論》（吉林：吉林教育出版社，1995 年）。

308. 劉昫，《舊唐書》（臺北：鼎文書局，民國 65 年）。

309. 劉大杰，《中國文學發展史》（臺北：華正書局，民國 73 年）。

310. 劉子健，《兩宋史研究彙編》（臺北：聯經出版社，民國 76 年）。

311. 劉文潭譯、Wtadystaw Tatarkiewicz 著，《西洋六大美學理念史》（臺北：聯經出版社，民國 77 年）。

312. 劉永濟,《文心雕龍校釋》（臺北：正中書局,民國 80 年）。

313. 劉永濟,《詞論》（上海：上海古籍出版社,1987 年）。

314. 劉再復,《文學的反思》（臺北：谷風出版社,民國 78 年）。

315. 劉克莊,《後村先生大全集》（臺北：台灣商務印書館,《四部叢刊》本,民國 68 年）。

316. 劉克莊,《後村詩話》（北京：中華書局,1983 年）。

317. 劉明宗,《宋初詩風體派發展之研究》（高雄師範大學國研所博士論文,民國 83 年）。

318. 劉若愚著、王貴苓譯,《北宋六大詞家》（臺北：幼獅文化出版公司,民國 79 年）。

319. 劉尊明,〈論蘇東坡的人生幽默及其文化內蘊〉《湖北大學學報》,1994 年 4 期。

320. 劉揚忠,《辛棄疾詞心探微》（濟南：齊魯書社,1990 年）。

321. 劉斯奮,《辛棄疾詞選》（香港：三聯書店,1996 年）。

322. 劉慶雲,《詞話十論》（臺北：祺齡出版社,民國 84 年）。

323. 劉樹清,〈略論漢代大賦的諷諫藝術——兼談揚雄的欲諷反勸說〉,《廣西師院學報》,1992 年 11 月。

324. 歐陽脩等,《新唐書》（臺北：鼎文書局,民國 65 年）。

325. 滕咸惠校注,《人間詞話新注》（臺北：里仁書局,民國 76 年）。

326. 蔡守湘主編,《中國浪漫主義文學史》（湖北：武漢出版社,1999 年）。

327. 鄭騫,《辛稼軒先生年譜》（臺北：華世書局,1977 年）。

328. 鄭騫,《景午叢編》（臺北：中華書局,民國 61 年）。

329. 鄭文焯校評,《樂章集》（臺北：廣文書局,民國 62 年）。

330. 鄭在瀛,《六朝文論講疏》（臺北：萬卷樓圖書公司,民國 83 年）。

331. 鄭板橋,《鄭板橋全集》（北京：中國書店,1985 年）。

332. 鄭臨川,《稼軒詞縱橫談》（成都：巴蜀書社,1987 年）。

333. 鄭騫編著,《詞選》（臺北：華岡出版部,民國 62 年）。

334. 鄧喬彬,〈驛騎蘇秦間——陸游詞風格及成因淺議〉,《杭州大學學報》,1998 年 3 期。

335. 鄧魁英,〈辛稼軒的詠花詞〉,《文學遺產》,1996 年 3 期。

336. 鄧廣銘,《宋史職官志考證》（上海：上海古籍出版社,1980 年）。

337. 鄧廣銘,《辛稼軒年譜》（上海：上海古籍出版社,1979 年）。

338. 鄧廣銘,《辛稼軒詩文鈔存》（臺北：華正書局,民國 68 年）。

339. 鄧廣銘,《稼軒詞編年箋注》增訂本,(上海:上海古籍出版社,1998年)。

340. 鞏本棟,〈作詩猶愛邵堯夫——論辛棄疾的詩歌創作〉,《南京大學學報》,1999 年 1 期。

340. 鞏本棟,《辛棄疾評傳》(南京:南京大學出版社,1998 年)。

342. 蕭兵,《楚辭與美學》(臺北:文津出版社,民國 89 年)。

343. 蕭統,《文選》(北京:中華書局,1981 年)。

344. 蕭馳,《中國詩歌美學》(北京:北京大學出版社,1986 年)。

345. 錢穆,《莊子纂箋》(臺北:三民書局,民國 58 年)。

346. 錢仲聯,《夢苕盦論集》(北京:中華書局,1993 年)。

347. 錢仲聯,《韓昌黎詩繫年集釋》(上海:上海古籍出版社,1984 年)。

348. 錢東甫,《辛棄疾傳》(北京:作家出版社,1995 年)。

349. 錢奕華,《宣穎南華經解之研究》(臺北:萬卷樓圖書公司,民國 89年)。

350. 錢鍾書,《宋詩選註》(臺北:木鐸出版社,民國 73 年)。

351. 錢鍾書,《管錐編》(臺北:書林出版社,民國 79 年)。

352. 錢鍾書,《談藝錄》(臺北:藍燈文化,民國 76 年)。

353. 龍榆生,《東坡樂府箋》(臺北:華正書局,民國 79 年)。

354. 龍榆生,《詞學論文集》(上海:上海古籍出版社,1997 年)。

355. 龍榆生選輯,《唐宋名家詞選》(台南:北一書局,民國 62 年)。

356. 繆鉞、葉嘉瑩《詞學今古談》(臺北:萬卷樓圖書公司,民國 81 年)。

357. 薛瑞生,《樂章集校注》(北京:中華書局,1994 年)。

358. 謝桃坊,《中國詞學史》(四川:巴蜀書社,1993 年)。

359. 謝桃坊,《宋詞辨》(上海:上海古籍出版社,1999 年)。

360. 鍾陵,《金元詞紀事會評》(合肥:黃山書社,1994 年)。

361. 鍾屏蘭,《元好問及其學術研究》(高雄師範大學國研所博士論文,民國 86 年)。

362. 鍾振振,《宋詞紀事會評》(合肥:黃山書社,1995 年)。

363. 鍾優民,《陶淵明研究資料新編》(長春:吉林教育出版社,2000 年)。

364. 鍾優民,《陶學史話》(臺北:允晨文化公司,民國 80 年)。

365. 韓愈,《韓昌黎集》(北京:商務印書館,1988 年)。

366. 韓元吉,《南澗甲乙稿》(臺北:台灣商務印書館,景文淵閣四庫全

書本,民國 74 年)。

367. 韓林德,《境生象外》(北京:三聯書店,1996 年)。

368. 韓經太,〈詩歌的美學特質〉,《文學遺產》,1987 年 6 期。

369. 顏雲受,〈略論中國文學的美學風格與發展道路〉,《文學遺產》,1987 年 5 期。

370. 魏承思,《古代禮制風俗漫談》(北京:中華書局,1992 年)。

371. 魏慶之,《詩人玉屑》(上海:上海古籍出版社,1978 年)。

372. 鄺利安,《宋四家詞選箋注》(臺北:中華書局,1971 年)。

373. 羅大經,《鶴林玉露》(北京:中華書局,1983 年)。

374. 羅仲鼎校注,《藝苑卮言》(濟南:齊魯書社,1992 年)。

375. 羅宗強,《隋唐五代文學思想史》(上海:上海古籍出版社,1986 年)。

376. 嚴迪昌,《清詞史》(江蘇:江蘇古籍出版社,1990 年)。

377. 嚴迪昌,《陽羨詞派研究》(濟南:齊魯書社,1993 年)。

377. 嚴壽澂校點,《山谷詞》(上海:上海古籍出版社,1985 年)。

377. 蘇軾,《蘇軾文集》(北京:中華書局,1986 年)。

380. 蘇軾,《蘇軾詩集》(北京:中華書局,1982 年)。

381. 顧隨,《顧羨季先生詩詞講記》,葉嘉瑩筆記(臺北:桂冠圖書公司,民國 81 年)。

382. 顧隨,《顧隨文集》(上海:上海古籍出版社,1986 年)。

383. 顧之京,〈辛棄疾農村詞篇什探究〉,《河北大學學報》,1987 年第 3 期。

384. 顧易生、蔣凡等著,《宋金元文學批評史》(上海:上海古籍出版社,1996 年)。

385. 龔鵬程,〈由李白詩歌詮釋史看詩的現實性與超越性〉,《歷史月刊》,1997 年 11 月號。

386. 龔鵬程,《文學批評的視野》(臺北:大安出版社,民國 79 年)。

387. 龔顯宗,《詩筏研究》(高雄:復文圖書出版社,民國 82 年)。

388. 龔顯宗,《詩話續探》(高雄:復文圖書出版社,民國 74 年)。